谨以此书
献给我最亲爱的老朋友
哈利·考夫斯基

A GOD IN RUINS
拯救美国

里昂·尤里斯（Leon Uris） 著

高卫民　袁东武　译

A GOD IN RUINS, Copyright © 1999 by Leon Uris
Published by arrangement with Avon Books, an imprint of HarperCollins Publishers.
著作权合同登记号：图字01-2016-7215号

图书在版编目（CIP）数据

拯救美国 /（美）里昂·尤里斯著；高卫民，袁东武译． -- 北京：新世界出版社，2016.11
ISBN 978-7-5104-6042-5

Ⅰ．①拯… Ⅱ．①里… ②高… ③袁… Ⅲ．①长篇小说－美国－现代 Ⅳ．① I712.45

中国版本图书馆 CIP 数据核字（2016）第 262878 号

拯救美国

作　　者：	里昂·尤里斯 著
译　　者：	高卫民　袁东武 译
策　　划：	周奎杰
责任编辑：	董晶晶
责任印制：	李一鸣　黄厚清
出版发行：	新世界出版社
社　　址：	北京市西城区百万庄大街24号（100037）
发 行 部：	(010)6899 5968　(010)6899 8705（传真）
总 编 室：	(010)6899 5424　(010)6832 6679（传真）
本社中文网址：	http://www.nwp.cn
本社英文网址：	http://www.nwp.com.cn
版权部电子信箱：	nwpcd@sina.com
版权部电话：	+86 10 6899 6306
印　　刷：	北京中印联印务有限公司
经　　销：	新华书店
开　　本：	787×1092　1/16
字　　数：	400千字　印张：27
版　　次：	2016年11月第1版　2016年11月北京第1次印刷
书　　号：	ISBN 978-7-5104-6042-5
定　　价：	59.00元

版权所有，侵权必究
凡购本社图书，如有缺页、倒页、脱页等印装错误，可随时退换。
客服电话：(010)6899 8638

在这个乱世之秋，人类若非脱胎换骨，迎来又一个弥赛亚，将难以从堕落中获得新生。

——拉尔夫·沃尔多·爱默生《论自然》

译者的话

二十世纪后半叶，美国文坛升起一颗耀眼的明星，著名小说家里昂·尤里斯用他五十年的创作生涯，证明了他是美国文坛上的一代奇才。他的十二部长篇小说，无论从历史还是现实角度欣赏，几乎每一部都充满激情和耐人寻味，其中七部改编成了电影或电视连续剧。

《拯救美国》（1999年）是里昂·尤里斯继他的代表作《出埃及记》（1958年）和《爱尔兰往事》（1976年）后，又一部体现他独特历史感和想象力的作品。小说以虚构的人物和情节，上演了2008年美国总统大选的一幕，透过对大选的描述，美国社会的民主政治和社会生态跃然纸上，惊人地隐喻（影响）了十年后美国政坛上那场世界瞩目的风云变幻。

小说主人公奎恩·帕特里克·奥康内尔是个孤儿，被一对美籍爱尔兰裔夫妇收养，他有过幸福的童年，也有过迷茫、叛逆的青春年华。大学毕业后，他加入了美国海军特种部队，在执行一项秘密使命的任务中经受了生与死的考验。退役后，他从年迈的养父手里接管了农庄，继而步入政坛，逐渐对传统的美国政治萌发出变革的冲动。为了成为美国历史上第二任具有罗马天主教背景的美国总统，他在与共和党的较量中，在可怕的对手——美国全国步枪协会的威胁下，不屈不挠，勇于献身，一步一个脚印地朝着总统的宝座走去。

在奎恩踌躇满志地为赢得大选做准备的前夜，他同父异母的兄弟在寻觅了半个世纪后找到他，向他透露了一个惊人的秘密，一个几乎断送他政治前程和导致国家分裂的秘密：他是一个犹太人！成为美国历史上第二任具有天主教背景的总统，已经是个神话般的梦想，而成为第一任具有犹太血统的美国总统，那简直就是天方夜谭。传统的美国政治能接受这个现实吗？素以民主和社会宽容自居的祖国将会做何反应？崇尚信仰自由和生活方式多元化的美国人民愿意把他们的命运托付给他吗？当所有这一切都是未知之谜的时候，他已经别无选择。

历史在十年后几乎再现了当年里昂·尤里斯笔下的美国政治，在经济大萧条的阴霾下，2008年美国大选中奥巴马的胜出，无疑是美国民主政治的一个突破，是美国错综复杂的种族、民族、宗教和五花八门的政治、经济势力之间的重新组合，是二十一世纪的美国能否继续充当世界领袖的新的起点。

如果你对今天的世界有兴趣，对今天的美国有兴趣，里昂·尤里斯的小说无疑给你观察世界、观察美国开启了一扇有趣的窗口，当你放下他的书时，你会有所感悟……

这部小说本应于2008年奥巴马当选美国总统后即在中国大陆出版，因为一直拿不到版权，无奈之下，我只好放弃与中国青年出版社的合作，于2012年转由中港传媒出版社在香港出版了这部小说。八年后的今天，新世界出版社有限责任公司终于拿到了它在中国大陆的版权，尽管奥巴马的两届任期将满，但其间2012年罗姆尼和2016年桑德斯的参选，又给这部小说添加了有趣的注解。为此，我要感谢新世界出版社有限责任公司对这部小说的兴趣和付出，并希望通过我们的努力，帮助读者去了解这个正在变化的新世界。

高卫民
2016年9月10日于北京

上卷

第一章

2008 年秋
科罗拉多州乱世城[1]

一个信仰天主教的孤儿，六十年后突然发现他的生身父母都是犹太人，那感觉真是酸甜苦辣，五味俱全。其实犹太人就犹太人，原本没什么了不起，可对于我——一个正全力角逐 2008 年美国总统大选的人来说，这一变故却无疑是一颗重磅炸弹。

新的一天即将开始，我的竞选幕僚们早早便都坐进了会议室。分析结果显示，离全国大选投票还有一周，我的当选已经毫无悬念。感谢上帝，看来他们还坐得住，至少没人过早地就称我为"总统先生"。

如今，当我一次次回顾那个悲喜交加的时刻，仍然感到恍如隔世。

我叫奎恩·帕特里克·奥康内尔，是美利坚合众国科罗拉多州的州长。作为美国民主党推举的总统候选人，在选民心中，我是一个通过天主教教规被领养的孤儿，我的养父母是科罗拉多州有名的农场主丹和舒本·奥康内尔夫妇。

像所有爱尔兰裔的美国家庭一样，我和我的养父都很有个性，常常各持己见，幸亏有我的母亲，在她的操持下，我们这个家才充满了爱与温馨。

---

[1] 作者虚构的一座城市。——译者注

世事难料，我即将成为美国历史上第二任具有罗马天主教背景的总统，今早的变化却出人意料地使我将要成为第一任具有犹太血统的美国总统。

常人很难想象孤儿对生身父母的那份纠结与渴望，但这就是人性，放在谁身上都一样。

不管你是否相信，当阴冷的夜幕降临，在这个世界上还真的会出现无头骑士的游魂。

我同父异母的哥哥本·霍奥维茨在游荡了半个世纪后，终于在今天早上找到了我。

明天，落基山中部时间中午一点整，我必须将这一特大新闻披露给公众。知道落基山中部时间吗？不知道也没关系，它令很多电脑系统都难以设置时间。世界就这么大，时空却是无限的。

过去的半个世纪，犹太人成为美国社会的一支中坚力量，越来越多的犹太众议员、参议员、市长、州长的出现，打破了传统的美国政治格局，他们在平静的水面上泛起了阵阵浪花，却从没有人敢于去问鼎总统的宝座。

如果我仅仅是竞选州长，毫无疑问，即使我以亚历山大·霍奥维茨的犹太身份参选，我也会赢得非常漂亮。遗憾的是，我竞选的是美国总统，在大选投票前不到一周的时候，我生身父母的惊天爆料，给那些蛰伏在阴暗角落里伺机向我发难的势力提供了一发几乎置我于死地的炮弹。

我该怎样陈述这些事实呢？在过去的几个小时里，我若有所思地写下了二十六遍"我的美国同胞们……"、二十一遍"在我即将启程前往华盛顿的前夕……"、三十六遍"美国人民有权了解所有的内幕……"，直到废纸篓里堆满了我扔掉的演讲草稿。

　　别伤心，小苏茜，圣诞节时，白宫的草坪上肯定会有漂亮的圣诞树；

　　白宫的厨房当然不会只提供犹太人的饭菜，我对清真食品的偏好也与宗教无关；

美国人民用不着担心犹太人的圆顶小帽；
以色列绝不会成为美国的第五十一个州。

说一千，道一万，我的同胞们，奥康内尔无疑是个称职的州长，但在风云变幻的总统大选中，我却日益失去了自我。

我的目光茫然地飘向卧室，落在我太太丽塔的身上。瞧她那睡相和色彩浓重的睡衣，在乡下她就喜欢穿得像个墨西哥的姑娘。卧室里温馨的科罗拉多风情又一次勾起我爱的欲望，我很想发泄，却又不得不凝神于我对公众的演讲稿。

每当我与丽塔在重压下渴望舒缓的时候，我们总会以忘我的爱去迎接风险与挑战。

专注你的讲稿，伙计！明天，落基山中部时间中午一点整，无论如何你都要勇敢地去面对你的祖国。

坦白还是回避？或者像个政客那样模棱两可？当你无法证明奥康内尔绝非霍奥维茨的时候，只有真诚和坦率才能让你摆脱困扰。

奇怪，太奇怪了，此时此刻，我居然又一次想起了戈尔。毫无疑问，若不是丽塔温柔且善解人意，就没有我们近三十年的相敬如宾。但若换成戈尔，结果又将怎样？

如果不是戈尔·利特尔鬼使神差地助我在大选中走到今天，我早就成了被选民唾弃的垃圾。是她为我搭起了竞选班底，筹到了竞选资金，并以她对政治的敏感策划了一个又一个奇迹。

如同多年前分手时一样，在她提出辞呈后，我又一次陷入了极大的痛苦。为了挽留她，我敲开她的房门，她却醉醺醺地躺在丽塔的怀里，像个小姑娘似的坠入了梦乡。丽塔把手放在唇上示意我安静，我沉默了。

我的生活中可以没有戈尔，却不能没有丽塔。

走廊上，挂钟滴滴答答地响着，犹如即将起爆的定时炸弹，迫使我集中精力完成了一篇又一篇演讲底稿。

当地平线露出黎明的曙光，无法回避的疑问再次冲击我的神经。我要如实坦白一切吗？人民能以宽容和理解接受现实，或者无动于衷吗？

上帝！为什么是我？难道我被戏弄得还不够，还得在白宫大门前再次接受考验？我似乎听到了在总统加冕的军乐声中，白宫卫队长向"美利坚合众国总统霍奥维茨和夫人"的致敬。上帝啊！这个玩笑是不是开得有点过分？

好了，有关爱尔兰往事的精彩段子都是说书人在熊熊篝火旁一代代传下来的，我当然也不能把话题扯得太远。

我的故事应该从第二次世界大战结束时讲起，那时，我未来的养父丹尼尔·蒂莫西·奥康内尔胸前佩戴着两排耀眼的军功章，正瘸着一条腿，急匆匆地从太平洋战场踏上回乡之旅。

1945 年秋
布鲁克林

人类史上最残酷的一场大战终于结束了，空中飘浮着一架 DC-3 军用运输机。破碎的机体蒙皮飞舞在机长的舷窗旁，伴随尾翼的摆动，转动的钢缆不时发出吱吱嘎嘎的呻吟。飞机上坐的都是军人，从着装就可以分出谁是步兵，谁是水兵，谁是海军陆战队的精英。他们是刚刚远离战场硝烟的退伍军人，个个面无表情，心事重重。

海军陆战队上士丹尼尔不停地抹去额头上的汗水，舱内的缺氧让他不得不从颤抖的胡须下吐出阵阵呻吟：从圣地亚哥千里迢迢赶来，好不容易才搭上了这班飞机，可千万不能晕机，更不能在同机的这些沙场老兵的面前呕吐，否则这洋相可就出大了。

驾驶飞机的两名女飞行员似乎带给他更大的烦恼："瓜岛、塔拉瓦、塞班、冲绳……在熬过噩梦般的生死后，难道却要我在家门前停下脚步？"

穿越美国可不容易,那时没有商业航班往返圣地亚哥,美国军事空运局只好在百忙之中担起了运送退伍老兵回家的重任。不幸的是,每天仍有成百上千名老兵的名字从申请名单上去除。

丹尼尔不得不从圣地亚哥先乘火车抵达洛杉矶,然后再换乘两班飞机,中途停靠了九个机场,经过十二个小时的飞行后,才降落在代顿市郊外的莱特·帕特森机场。

飞机又是晚点,他在办好前往东海岸的转机手续后,无聊地踱进机场大门外的一间酒吧。他刚走进去,就迎面撞上曾在海军陆战队共事的战友格罗斯。

在被称作"忧郁女士"的吧台旁边坐着六七个神情落寞的女人。

"是妓女,收好你的钱!"丹尼尔本能地提高了警惕。

"都缠在腰上了。"

"我敢打赌,她们的目标一定是我们这些揣着退伍金的大兵。"

"那你可得保护好我。"

"啤酒?"

"占边威士忌加备份。"

"那两位女士想请你们过去坐坐。"一个酒吧招待迎了上来。

"我早料到她们会的。"

"嘿,把包放下,别那么紧张好吗?"酒吧招待笑了,"我叫阿米,这里是'寂寞夫人'俱乐部。那些女士都是莱特·帕特森机场的工作人员,其中有些美人怕是几年都没碰过男人了。"

"是这样啊,那我还真想待上两天再走。"格罗斯对丹尼尔说道。

"好吧,但我们总要先找到西联银行,把钱寄回家再说。"

"这么说你是打算待上两天再走啦?"格罗斯问道。

"不。"

"我说,你好好看看那些姑娘,有哪个不在渴望着我们给她们一些肉体上的安慰?"

"我知道,这才是我们男人的责任。"

"对这些精心打造的佳丽就这样熟视无睹,转身离去,我想上帝是不会饶过他的。"

"可我三年来魂牵梦萦的都是我的心上人。"丹终于板起了脸,"我劝你还是先把钱寄回去,然后再决定怎么享乐。"

就在格罗斯与一个半老徐娘卿卿我我的时候,丹急急忙忙地赶回机场。可还是迟到了,他被挡在了登机坪外,只好眼睁睁地看着飞机冲上了蓝天。

无奈之下,他连滚带爬地赶到火车站,登上一列驶往匹兹堡的列车,又连夜转乘去纽约的列车。第二天天还没亮,他从睡梦中醒来,意识到自己在久别之后,终于踏上了家乡的土地。

在惊喜的尖叫声中,舒本·洛根张开双臂扑进了丹的怀抱。她的哥哥肖恩·洛根神父静静地站在一边,看着这对青梅竹马的恋人,露出了欣慰的笑容。

丹甩掉背上的水手包,一把抱起舒本就转了起来。

"哎呀,我忘记你的腿伤了,快放下我。"

"别担心,我照样壮得能拎起一个酒鬼。舒本,你可是越来越漂亮了!"

丹总算把目光转向了一身神职人员装束的肖恩神父。

"肖恩神父。"

"还是叫肖恩吧。"

他们从小就是好朋友,长大后走上了各自的人生之路。肖恩进了神学院,丹则进了布鲁克林的警察学校。在这个久别重逢的时刻,丹没有像以往那样拥抱他,只是紧紧地握住他的手,拍了拍他的肩膀。

"我帮你拿包吧。"神父伸出了手。

"这点分量我还能对付。"

"看你一瘸一拐的我可心疼,你非要自己扛着也行,真摔趴下了可别说我不帮你。丫头,还不快搭把手。"

"好吧好吧,你们连个老兵都信不过,那我把包快递回去算了。"

"你的宝贝会找到家的,一个也丢不了。"神父说道。

这些日子里，布鲁克林山坡旁的便道上很少有空的长凳和停车位，从布鲁克林出去又返回家乡的人可不止丹一个。

"人们都在议论，纽约湾上要建一座通往斯塔滕岛的大桥。"舒本用期待的口吻说道。

"别信那个。"

舒本的吻越来越勾魂，在陆战队服役时，丹喜欢把这感觉称作"赌注飙升"。

她抬起头，做了个鬼脸："我们现在就差正式结婚了。"

"是啊。"

"可你总该有所表现呀。"

"我难道没表现吗？"

"不是这样的，是还应该表现！既然我们早晚要做夫妻，我要你做真正的夫妻该做的事，今天就做，现在就做！"她迫不及待地说道。

"我也一直在想那件事，"丹答道，"但为了婚姻的完美，我们的结合还是应该先得到上帝的祝福。"

"那又要等两个星期呢，上帝有这个耐心，我可等不及了。我有我女朋友宿舍的钥匙，你去不去？要不我现在就把衣服脱了！"

家！一个可遇而不可求的梦。

他越想有个家，就越不想给这个家留下任何遗憾，以至于作为一名警察，一名来自纽约布鲁克林区的警察，虽然在海军陆战队中已小有名气，却只结交了一位令他羡慕的挚友，那便是贾斯汀·奎恩。

他已经记不清母亲尖叫时的神态，只记得她和别人争吵时，那声音就像是粉笔划过黑板的噪音，让他毛骨悚然，浑身起满鸡皮疙瘩。

但他无论如何也忘不掉他们这些警察从午夜持续到清晨的巡逻脚步、深更半夜发生的枪战、躺在血泊中的同事、被割开喉咙的母亲和婴儿床上惨遭杀害的孩子，他更忘不了那个失去理智的父亲和他持枪乱射的疯狂。

家！阴暗狭窄的街道，破旧低矮的陋室。在又一次见到姑姑之前，他甚至都忘了她下巴上还长了个瘊子。

在那个令人窒息的空间里，人们除了无聊地打发一天又一天之外，还能做些什么呢？

在他认识的所有人里，只有贾斯汀·奎恩才有一个真正的家，但他永远也回不去了，他死在了塞班岛。丹记得他临死前的那个晚上，他一直喋喋不休，话题总也离不开他父亲在科罗拉多州的那个农场，一个所有人都梦寐以求却很少能有人拥有的广袤的农场。

海军陆战队的生活单调、枯燥，只有假期外出时，他们才能一身戎装奔向海滨，欢快的火花才得以迸发。每当他们摆脱军营的束缚，贾斯汀的嗜好是去泡妞，而丹，尽管能歌善舞、诙谐幽默，却只在新西兰与当地姑娘有过一两次逢场作戏。细想起来，他还真是守身如玉，没做过对不起自己心上人的勾当。

在亲戚朋友眼里，家是个充斥流言蜚语、奇闻轶事的道场，除了吹嘘他们在第一次世界大战时在法国的战事或在巴黎的艳遇外，似乎找不出更新的话题。

"丹，你干掉了多少日本人？"

"圣地亚哥！它可是当今这个星球的支点！"

"丹，再数数你的勋章吧，这枚是你负伤时得的吗？"

"那些有关亚洲女人的事到底是真是假？"

"欢迎回家，丹！"他看着街区入口上方的横幅不禁有些伤感，毕竟战争夺去了这个街区的五条人命。

但眼前那块新出炉的大蛋糕和几箱刚抢购来的一毛钱一瓶的可乐又带给他许多惊喜。

在市长的特批下，他又穿上了崭新的警服，并获准配给了一把漂亮的0.38口径的史密斯-韦森警用左轮手枪。

"你最好把你的军功章佩在警服上。咦，这是什么？"

"它有个昵称叫'跛脚鸭'，是我们退伍军人的荣誉和标志。"

考虑到丹的腿有伤，他的上司正研究给他安排个合适的工作。他是战争英雄，即使不能再去执行巡逻或抓捕，干个内勤或乘警总还可以，或许还会成为一名不错的侦探。

一个叫考斯基的新警员接手了丹的警区，他像丹一样，穿上崭新的警服，佩上崭新的手枪皮套，看上去还是那么笨手笨脚。丹从心眼里喜欢爱尔兰裔的同事，那些波兰小子怎么看都不顺眼。

所谓"巡逻"，不过是一种姿态，表明巡逻者充当保护神，地位不可触犯。丹从一个意大利小贩的摊上顺手拈起一个苹果，转身踏上他曾经走过无数遍的巡逻路线。

一栋楼里传出的喧哗引起了他们的注意，他们冲上三楼，化解了一对拳脚相加的夫妻间的纷争。战前，丹曾与教区牧师一起做过家庭矛盾的调解人，一杯茶和一块比萨往往就是对他们调解后的答谢。考斯基，你在干吗？能不能收起你那根挥舞的警棍？

一个偷盗汽车轮毂罩的孩子进入他们的视线。在一番吃力的追捕后，考斯基给他戴上了手铐。就在考斯基用力推搡他，想把他带回警局的时候，丹做出了判断：他还是个孩子，应该给他悔过的机会。经过斟酌，丹把这孩子交给了他的父母。

追捕过程见证了丹的身体状况大不如前，他的伤腿拖累了他的奔跑速度，以至于不得不任由一个新警员独自发挥他对职责的想象。

战时，丹曾与各种各样的人打过交道，得克萨斯州人、农民，来自洛杉矶的毛头小子……战前他对这些人就有所耳闻，但若非战争爆发，他还真没想过自己能与他们相处得不错。如今战争结束了，国家也变了吗？

他抬头扫了一眼四周，这里看起来真像是一片高墙环绕的墓地。

在叽叽喳喳的喧闹声中，一场充满爱尔兰传统风情的婚礼拉开了大幕。亲戚朋友们都在忙里忙外地布置、装饰，送出的邀请名单上不光有乐队、踢踏舞演员、诗人、歌手，就连市长都可能大驾光临。

厨房菜单上的美味根本吊不起丹的胃口，他每天躲在自己的小屋里，盼望他未来的大舅子肖恩·洛根神父的到访，好像只有那一刻他才能有所解脱。

"丹，怎么对女人都没兴趣了？"

"我……"

"是呀，结婚是姑娘一生的大事，难免漫天要价，你可要挺住。我有个好消息，布鲁克林的主教批准了你们的婚礼，同意你们在教区的天主大教堂举办仪式。三年了，我都忘了该怎么主持婚礼，难得你和我心爱的小妹妹还能如此相信我。"

"可这花费却要逼得我倾家荡产。"丹抱怨道。

"胡说，你又不是为钱才娶我妹妹的，我看你是有点婚前恐惧症，不过还算正常。"

"那是当然，肖恩，我爱舒本爱得发疯。"

"可我倒觉得你更爱你的海军陆战队。"神父意味深长地看了他一眼。

"你怎么知道的？"丹叫了起来。

"从战场回来的小伙子们很难摆脱战争的影响，对你们大多数人说，它是你们离开布鲁克林后的第一次独立，不管其间发生了什么，你们所参与的战争注定会成为你们生命中不可磨灭的一段记忆。"

"是啊，我都动过重新入伍的念头了。"

"几个月前，在一次教区活动中，我遇到一位从第六海军陆战队回来的牧师。他告诉我，在太平洋战场的一次战役中，你们的部队在激战首日就失去了四名指挥官。"

"是啊，塞班岛是块硬骨头，在瓜达康纳尔和塔拉瓦我们也吃尽了苦头，但最恐怖的是遭遇战，那枪林弹雨打得你简直无处藏身。"

"除了战场上的生死相搏，你就没有其他见闻了吗？"

"有啊，我们第一次乘火车去圣地亚哥的新兵训练营，路过布法罗车站换车时，我领略了那个冰天雪地的世界。那个站台高得吓人，地面上都是露水，静悄悄的神秘极了。我们两车人变一车人，车厢里挤得水泄不通，不少人只好睡地板，我和另一个家伙共睡一张下铺，一路上就像是在打仗。"

"第二天一早,我拉开窗帘,眼前豁然出现了一幅一望无际、绿草茵茵的画面。火车徐徐经过一座粉刷一新的车站,站牌上的几个大字是堪萨斯-道格拉斯。我遥望远方一栋栋精美的小屋,就像走进了米基·鲁尼的电影《安迪·哈迪》中的动漫世界。"

"行啦,丹,别以为你发现了新大陆。其实若你当时下车,随便敲开一户人家,你就会发现那里和我们的布鲁克林没什么两样。"

"绝对不一样!布鲁克林是个什么地方?一家五口挤在一起,常常为争抢洗手间而发疯。我父母总在争吵,平日里交流都像是吵架。一会儿是我十五岁的侄女摔倒了,一会儿是姑姑不小心碰了头,就连睡觉的床都显得又笨又大。"

"我看你是打算离家出走了。"

"我想我的战友,想去看看堪萨斯的道格拉斯。"

"这主意不错,但你早晚要回来,你可得想好了。"

丹兴奋地说道:"我要去道格拉斯,还要去科罗拉多,去拜访我的一个莫逆之交贾斯汀·奎恩的父母。肖恩,我一定要见到他的父母,让他们知道他们的儿子在海军陆战队有多棒。贾斯汀是我们的大哥,他很有主见,曾在全师比赛中拿过第一。可惜这个傻瓜想一个人就拿下塞班岛,结果丢了小命。他的死对我打击很大,我好像对什么都失去了兴趣。"

"既然这样,你就去吧。打算什么时候动身?"

"婚礼一结束就走。"

"舒本知道吗?"

"上帝,我可不想在这会儿看她哭天抹泪的。"

"你确定她跟你去吗?她可是有点霸道。"

"是啊,走一步看一步吧。"

再有三天就要举办丹告别单身王老五的聚会了,到时候会有近百名警察赶来痛饮,还有来自新泽西州的亲戚朋友,其中有些好事的家伙一定会带上黄色影片和八毫米的放映机。

在舒本眼里，丹好像变了。他真的想结婚吗？还是只是因为战争给了他太多刺激？尽管他很少谈论战争的残酷、疟疾或登革热，却总是私下里喃喃地回忆着他所在连里小伙子们的名字。唯一令他感到兴奋的话题只有一个，那就是贾斯汀·奎恩。

"再有两天你就是我的了。"舒本说道，"我知道那些家伙肯定要带脱衣女郎去你的单身聚会，你可别忘了自己是个执法人员哦。"

"不会的，他们都是局长钦点的乖孩子。"

"简爱·奥康内尔夫人的称呼好吗？或者仍叫舒本？"她问道。

"只要不亵渎爱尔兰独立运动的国父，你爱叫什么就叫什么。"

"谢了，我的大人，那我还是宁愿用我的闺名。"

"这场战争都解放了什么？"丹忍不住发起了牢骚，"你们女人确实成了军火生产线上的主力军，可也不能随手就把丈夫的姓都当垃圾扔了呀。"

当婚礼纳入程序，他发现自己有了说服心上人的办法。现在，每当他毫无顾忌地挑逗舒本，把手伸进她的胸衣时，总能感受到她的渴望。她甚至会按住他的手，陶醉在她对爱的想象之中。

"我必须告诉你一件事，一件很重要的事。"温存过后，丹一本正经地说道。

"你不想结婚了？"舒本故意撅起了嘴。

"当然想，而且就在星期天，我是说婚后的计划。"

"还要去尼加拉瓜大瀑布，对吗？"

"要去，但不是乘火车。"他压低了嗓音。

"我可不想走着去！"

"你让我把话说完！"

舒本闭上了嘴。

丹原地转了个圈，本已准备好的那些说服舒本的话却一句也想不起来了。

"是这样，"他终于开口道，"我们在离开尼加拉瓜大瀑布后就直接去旧金山怎么样?"

"圣子之心啊,我要晕过去了。"

"舒本,我在给你的信中曾暗示过,我遇到过许多人,他们来自这个国家的各个角落,通过与他们的交流,我觉得在布鲁克林之外还有个更美好的世界。"

"是啊,丹,布鲁克林只是座岛,一座闭塞的小岛,生活在这儿既沉闷又无聊,要不是怕你说我,我早就告诉你我的看法了。"舒本沉思了片刻说道。

"哦,上帝,我们想到一块儿了。"

"亲亲她们,丹。"舒本掀起上衣解开了胸罩。

丹照着做了,然后抱起她放在自己的腿上。

"生活会变好的,还记得艾塔琳街上的那个靓仔罗梅罗吗?他死在了日本的硫磺岛,战争期间他的车一直停放在我们的街区。"

"记得。"

"我兄弟皮尔斯是个汽车通,外号'亨利·福特'。他里里外外地看过那辆车,车况很好。肖恩神父告诉我,如果谁能买下罗梅罗留下的那辆车,或许多少能缓解他老爸的悲伤。那是辆1941年版的德索托大吉普。"

"41年版的吉普车!我们又不是百万富翁,你去哪儿弄那么多钱?"

话不投机,看来不玩点儿真的不行了。

"我用我的退伍金买下了这辆车,罗梅罗的老爸希望我买下来,他儿子在警局和海军陆战队做过我的同事和战友。我……我付了他七百美元。"

"七百美元!你可真有钱!但我从没听说谁能自己驾车穿越这个国家,我们怎么睡觉?怎么吃饭?会不会受到印第安人的攻击?"

"听我说,我去了美国车协,作为退伍军人,我拿到了免费的交通图和汽车旅馆名单。"

"汽车旅馆是个什么东西?"

"嗯,那不是常说的酒店,是专为驾车人服务的旅馆。"

舒本仍然有些困惑。

"那些旅馆有厕所吗?"

"有的,有厕所和私人淋浴,差不多每一百英里就会遇到这样的旅馆。"

"那我们还回来吗?"她的声音有些颤抖。

"如果我们觉得外面的世界还不如这里,我们就回来,但总得亲眼看看才知道。"

"我们是不是在自己骗自己,外面真的就那么好吗?"

"据我所知,很有可能。"

"我们靠什么生活呢?"

"我有退伍金和纽约州政府的奖金,还有伤残抚恤金,我把钱寄回家交给父亲存起来了。另外,你知道吗?赌博在海军陆战队是合法的,我玩扑克可有才了。"

"扑克?你敢赌钱?"

"还玩过骰子。"

"你真赌博?那是要进监狱的!"

"战时它完全合法,何况入乡随俗,你得跟着陆战队的规矩走。"

"那你赢了多少钱?"

"加上奖金什么的,我一共有九千美元,此外,我每月还能从政府领到二百美元的伤残抚恤金。"

舒本从来没想到他会这么有钱,不由得一阵惊喜。

"我到过很多地方,这辈子再不想当一个爱尔兰裔的街头警察了。"

"好吧,反正只要我觉得不对了,我就自己回布鲁克林。"舒本一边扣好胸罩一边说道。

第二章

1945 年秋

　　丹脱掉警服，换上陆战队军服，佩上退伍军人的荣誉证章，在经过一个个男装商店时，他总会下意识地加快脚步。他不是去度蜜月，他是去体验一场他早就期盼的探险。

　　从离开纽约布鲁克林的那一刻起，在舒本·奥康内尔夫人心里，新婚的感觉就变了味。一天的旅程还没结束，无论他们到哪儿，驶入任何小镇，她总能在主街路口的拐角处找到汽车旅馆的标志。那些四层砖混结构的小旅店里是千篇一律的房间装修，前台接待眼神疑虑，门童总是结结巴巴，一晚六到八美元的开销还说得过去。

　　每到一地，丹去办理入住手续的时候，舒本通常是在车上等候。当一次又一次遭遇酒店接待质疑的白眼后，她终于忍无可忍，在抵达克利夫兰时，将合法的结婚证书甩在了酒店的前台上。

　　这是趟不同寻常的蜜月之旅，紧张和劳累也无法阻挡他们对彼此的渴望。只要她不是处在自己生理周期的禁欲期，他们的鱼水之欢总会给新的一天增添惊喜。虽然今后的日子还很长，但新婚在人生中毕竟只有一次。

芝加哥

　　与昔日战友克利夫·罗曼诺斯基的重逢让丹和克利夫激动了很长时间。克利夫在塔拉瓦岛的战斗中失去了一条胳膊，战后在芝加哥结婚定居。当舒本见到他怀孕六个月的妻子科琳，面对她高高隆起的肚皮时，禁不住倒抽了一口凉气。

为庆祝重逢，科琳准备了一顿以波兰香肠为特色的家宴。饭后他们一起走上大街。兴奋之余，丹拖着他的伤腿跳了一段波尔卡，算是给这座城市献上了他的祝福。

受男人酒后憨态的影响，妻子们也陶醉在了明媚的阳光下。

第二天，大家都睡了个懒觉。起床后，丹把大家带到一家希腊餐馆，前一天聚会时的悲喜交加演变成了对往日的回忆。酒足饭饱后，他们回到家，各自抱起一个枕头。刚在地板上坐下，舒本就悄悄地把她的脚趾头伸进了丹的裤管。

海军陆战队的生活，无论是急行军时的汗流浃背、愚蠢和无聊的恶作剧，还是熙熙攘攘的啤酒聚会，似乎都充满了回味。

"在新西兰的一个车站，丹、贾斯汀和我赶上了一趟刚刚启动的列车。车上的人真多，卧铺、座位、地板上都是人，我们三个只好爬上行李架，可那上面也都是人。火车开出惠灵顿不到一个小时，行李架突然塌了，灯也灭了，霎时间，不知道有多少个陆战队员的屁股砸在了我的脸上。"

新西兰？那不是一座很遥远的荒岛、英国的殖民地吗？好像未开化的毛利族就住在那个岛上。舒本很想问问那儿的女人都是什么样，但时间不早了，该是让她们的男人发泄的时候了。

可他们此时偏偏聊得忘了他们的职责。

"还记得那个瘦小的家伙吗？"

"当然，亚利桑那州的韦索。"

"没人认为他能坚持下来。"

"是啊，是个好样的。"

"……小韦索……"

"……是他……"

"……靠，我差点忘了那次疟疾大爆发。"

"我可记得……看在上帝的份上，伙计，你不能忘啊。"

"当你们冲上塞班岛的海滩时,我正在旧金山附近的橡树山海军医院住院。我遇到一个哥儿们,情报处的普兰提斯。"克利夫说道。

"是的,我记得他。"

"他对我讲了那场悲壮的登陆作战,还有你负伤的消息,可我最痛心的是贾斯汀的死。多好的陆战队员,一颗流弹就要了他的命。"

克利夫沉浸在可怕的回忆中。

"那时候电话线没架通,他是急着去传达命令才中弹的。"

重逢和回忆在痛苦与思念中总算结束了。

熬过了两个晚上的酩酊大醉,奥康内尔夫妇又坐上那辆1941年版的大吉普,朝着长满玉米和麦子的一望无际的大平原开去。

为了确保每天的住宿不出意外,虽然长途话费昂贵,舒本也不敢不花这笔钱。只要安排好了下一站的食宿,他们就可以在一眼望不到头的公路上想怎么跑,就怎么跑。

舒本在旅途中学会了开车,每当因超速被交通警察拦下时,她就会像其他所有的女人一样,向警察嗲嗲地撒娇,叙说他们的新婚蜜月,以及她丈夫从战场捡了条命才活着回来的感慨……

"没关系,夫人,再开可一定要慢点。"

他们驶过堪萨斯城,在城外路边的一家E-Z旅店住了下来,那里对退伍军人提供半价房费。旅店外面停了好多辆重型卡车,隔壁开了一家牛排店。

丹从附近的饮品店买了一大杯饮料,灌下后骂道:"这个鬼地方居然不卖酒,还出台了一部什么禁酒法!真是一帮傻蛋!"

他把杯子一扔,全身泡进浴缸,发出一阵畅快的"哦哦"声。

喧闹引起了舒本的共鸣,她冲进浴室,一边温柔地摩挲着丈夫的后背,一边也"哦""耶"地叫了起来。

晚饭时,他们在牛排店里瞪着大块的牛排发呆。"我家的冰箱里从没见过这么大块的牛肉!"舒本叹道。

"还要用叉子,我看不如干脆上手吧。"

"好啊,我们就照自己的吃法吃吧。"舒本说道。

一个巡警走了进来,刚往吧台前一坐,丹就赶紧用一个棕色的口袋盖住了他私自带进来的那瓶酒。不一会儿,一个招待生走过来,送上两瓶啤酒,说是那个巡警请客。

唉,这还有点人情味,丹总算松了口气。

"你看,他们有多好客!"舒本夸道。

"我承认,你说得不错。"丹点了点头。

"丹,我一直想把你拉回来,拉回到这个世界。我不是要你忘掉那场战争,我知道,战争的经历会永远陪伴着你,但你不能让它成为你生活中的唯一。你要考虑我们的将来,所以最好把你的军旅生涯存放在你心中一个合适的角落,一个不要影响我们家庭生活的地方。"

一辆辆大卡车呼啸而过,引擎的轰鸣声被阻隔在了玻璃窗外。

"我们明天还向南走吗?"她问道。

"我心中总会闪现一幕又一幕的画面:我们站在堪萨斯州道格拉斯城那个虚幻的小火车站上,我搂着你,眼前是绿茵茵的草坪和远方那些动漫一样的小屋。"

"你不能因为心血来潮就自欺欺人,非要你的家是那个样子,如果你不能正视现实,你就永远忘不了它。"

"所以我才又想去科罗拉多,又怕去科罗拉多,因为我又想见到贾斯汀的父母,又怕见到他们。我的出现可能会成为他们的一场噩梦,所以我一直没敢通知他们我的来访。"丹喃喃地说道。

"是啊,那意味着不管你是否能摆脱过去,你将再也不会把他当成你唯一的回忆。"

"他是我最好的朋友,好得都有些变态。我们一起喝酒、吸毒,甚至一起泡妞。我一点也不夸张,任何时候只要我们想唱,我的中音配上他的高音立刻就唱得整个军营都安静下来。只要我们在一起,没人敢找我们的麻烦。我们曾在一间高级酒吧里大打出手,打得那些家伙屁滚尿流。"

舒本会意地拍了拍他的手。

"他常对我讲,他们家在丹佛城外有一片巨大的农场,大得令人难以想象。他是长子，作为继承人，他要先去科罗拉多修完大学学业，他已经在科罗拉多大学拿到了橄榄球奖学金。"

"好了，丹，贾斯汀的父母一定在期待着你的来访，你会受到热情款待的。"

在舒本的想象中，就算是去耶路撒冷朝圣，也不会有这般大惊小怪的刺激。在杳无人迹的山路上，1941年版的德索托大吉普在深深的车辙印中，沿着崎岖的山路颠簸，她常常吓得用手蒙起双眼。腾云驾雾的感觉尽管很不一般，山谷中的美景也很诱人，但危险的旅程还是令她胆战心惊，几乎要昏厥在丹的驾驶座旁。

西部，这就是西部！他们终于抵达了他们的目的地，一个被称作"乱世"的小镇。舒本松了口气，她没有在肮脏的街道上发现一个胯下别着手枪的西部牛仔。

"去M/M农场？"加油站管理员问道。

"是的，伙计。"

"嗯，很久没有听到那边的消息了。"

"还有多远？"

"十五英里左右，大概一小时车程，打算今天就去吗？"

"是的。"

"你们最好抓紧时间。"他抬头看了看天气，"如果五点钟还赶不到那儿，就赶快回来，否则天一黑你们会迷路的，明天我还得去山沟里找你们。"

丹从他手里接过一张草草绘制的路线图，灌满水袋，千恩万谢后准备上路。

"你们今晚要是还回来，就住我的车库吧，自从这里的钼矿倒闭后，旅馆全都关张歇业了。"

两条边境牧羊犬狂吠着扑了上来，不知道是欢迎还是警告他们，直到一个人从一所巨大的很别致的房子中走了出来。

"一定是这儿,这地方跟贾斯汀向我描述的一模一样。"丹说道。

"你好,水兵。"那人说着,把狗叫了回去,"有什么需要帮忙的吗?"

"这里是 M/M 农场吗?"

那人笑了:"很久以前是的。"

丹上下打量着他,从他黝黑的肤色判断,他肯定是纯正的墨西哥血统,但说话却没有南美口音。

"我在找奎恩一家,贾斯汀·奎恩曾经是我的战友,他牺牲在塞班岛上。这是我妻子,我们是来看望他的家人的。"

一个二十多岁的漂亮女人从屋里走出来,站到她丈夫身边,在他们用西班牙语交谈的过程中,她的脸色变得越来越凝重。

"我叫佩德罗·马丁内斯,是这里的管事,这位是我妻子康塞萝。请进吧,您贵姓?"

"中士……啊不,叫我丹尼尔·蒂莫西·奥康内尔好了,这是我妻子舒本。"

"舒本,多美的名字。"那个女人夸道。

"是爱尔兰称呼,相当于这边的简爱。哦,好漂亮的房子!"

宽阔的原木搭建的客厅、高高的吊顶和鹅卵石砌成的壁炉给人一种置身庄园的感受。

佩德罗若有所思地瞄了一眼腕上的手表。

"喝点什么吗?"他太太问道。

"不用麻烦,我很想知道贾斯汀的父母还好吗?"

"我得带你们去农场的另一边,"佩德罗说道,"可我担心天黑前我们赶不回来,就算能赶回来也不能放你们赶夜路下山返回镇上,所以你们最好先在这儿过上一夜。"

舒本笑着对丹点了点头。

"或许,奥康内尔夫人,我可以和这位军士先去探探路。"佩德罗建议道,"途中有条小河,不知道会不会妨碍你们的去路。"

这是位称职的管事,舒本思忖了一下,对丹说道:"好啊,你们去看看吧。"

丹和佩德罗上了吉普，在一阵尘土飞扬的疾驰后，前方传来湍急的水流声。丹把车停靠在一座临时搭建的木桥桥头，小河对面是一栋摇摇欲坠的矿工小屋。

"我们到了吗？对面那个窝棚就是贾斯汀的家？"丹心里一沉，指着对面的小屋问道。

"你猜得不错。"佩德罗答道。

"我有伤，恐怕过不了这个小桥。"丹的腿好像一点也迈不动了。

"我们可以不过去。"

"可我又很想过去看看！"丹在心里对自己说道。

"我们回去吗？"

丹没有说话，他需要点时间来做决定。如果放弃，他跑那么远路来是为了什么？"过去看看。"他从牙缝里挤出几个字。

迎着发霉的刺鼻味道，他钻进了窝棚，里面没有一件像样的东西。他的目光扫过窗上的积土、塌陷的屋顶，落在满是裂缝的墙壁上。由于荒废已久，这里已经成了老鼠的世界。看着这个令人作呕的地方，丹默默地走了出来，心中泛起一阵莫名的刺痛。

"这个农场从来没有属于过奎恩一家。"佩德罗跟出来说道。

"告诉我到底是怎么回事！"丹大叫起来。

"这个农场连同附近的鸡公山地区都属于塞尔维亚人的地盘，其中有两兄弟，哥哥叫塔卡，弟弟叫森亚，他们才是这个农场的真正主人。塔卡·马尔科维奇的酒量很大，是我见过的唯一能与爱尔兰人拼酒的汉子。但他们总爱惹祸，所以我们这个地区无论是从政、从商还是负责社会福利的人几乎谁也不愿意和他们打交道。战前，塔卡因一次酗酒死于心脏病，农场在他弟弟的经营下变得负债累累，不得不抵押给了银行。将近一年的荒废后，银行找我签了个代管协议，希望多少弥补一点他们的管理成本。他们承诺一旦把农场卖掉，会给我留下三百亩地。我一直都很想有一个自己的农场。"

"这和贾斯汀·奎恩有什么关系？"丹打断了他。

"你听我解释。"佩德罗不紧不慢地说道。

"简单点,有什么关系?"

佩德罗叹了口气道:"贾斯汀的父亲叫罗斯科·奎恩,是个臭名昭著的无赖,做过马尔科维奇兄弟的佃户和矿工。他就是个畜生,动辄殴打他的妻子和孩子,还猥亵过他的女儿。贾斯汀是长子,长大后常常和他的父亲对着干,据说每一次不打得头破血流决不罢手。"

"没错,他的确很能打架。"丹喃喃地说道。

"有一次,罗斯科去丹佛参加一个骡马大会,在酗酒后因强奸妇女和打劫银行被送进了监狱,刑期二十年。他妻子带着孩子去了亚利桑那州的亲戚那边,贾斯汀应征进了海军陆战队。"

丹不想再听下去了,却还是抱着最后一线希望问道:"他不是拿到奖学金,很快就能去大学改变命运了吗?不是还有很多姑娘在追求他吗?"

"我说军士,他从来没拿到过奖学金,甚至连高中都没毕业。至于姑娘,谁愿意追他们奎恩家的人呀?"

回到佩德罗的住处,丹靠在窗边,整个晚上都闷闷不乐。"这个骗子!"他一遍遍低声骂道。

舒本理解丹的心情,谎言玷污了他心中的偶像,就连贾斯汀的死也没给过他这么大刺激。

"他活得不容易,你不如换个角度去想想他的苦衷,也许就能体会他为什么要撒谎了。"舒本宽容地劝道。

"我想过,他是可怜,但他还是个王八蛋!我们都撒过谎,可没这么恶劣。比如我吧,一个布鲁克林的警察,为了彰显我的勇敢、我的能干,我就曾经吹嘘过我抓捕罪犯的惊险场面,但那不过是为了面子,稍微添油加醋罢了,他做得却实在过分!"

"是啊,他这个谎是撒大了。"

说着,她伸出双臂,把丹轻轻揽进怀里。他把头往她胸前一靠,忍不住想哭。

"入伍的第一天他就向我炫耀他的农场、他的豪宅、他的姑娘和他的奖学金。现在回想起来，从他的肤色判断，我看他可能连美国公民都不是。我们连有不少墨西哥人、印度人，还有几个纳瓦霍部落的印第安人，奇怪的是，从没有过黑人。"

"丹，不许用这样的口吻议论他们。"

"是啊，反正你从来没去有色人种的小区转过。"

"住嘴！再说下去你快变成一个种族主义者了。"

泪水流下了丹的面颊。

"我知道你是受了刺激才这样胡说八道的。"舒本披上浴袍，拉开阳台门走了出去。群山托起了一轮明月，远方陡峭的山谷中静卧着那个叫"乱世"的小镇，一条银练般的小溪穿过白雪皑皑的山涧。太美了！她还从来没见过这么美的风景。

"对不起！"丹用愧疚的口吻说道，"我刚才是气疯了，这个叫佩德罗的家伙就很不错。看来他们从墨西哥引进了不少移民，能碰上个老实人算我们运气。我说，不是每个人都能叫人放心的。"

"康塞萝说过，佩德罗出身本地的一个世家，当过六年的海军，在珍珠港负了伤。你没注意他有一只眼已经失明了吗？"

"我气昏了头，什么都没注意。"

"你只要一受刺激，就变得既偏执又极端，你应该学会冷静。"

"我知道我不对，能抱抱你吗？"

她早就在等他的这句话了。

"其实奎恩很想让你过来看看。"说着，她扑进了他的怀里。

"是吗？"

"当然。"

"你有什么发现？"

"一下子说不好，但我敢确定他真的希望你能来看看。"

第三章

1945 年底

在经历了本世纪初疾风骤雨般的圈地运动和银价暴跌,以及至今未见缓解的旱灾之后,银行家丹西屁股下面的那把座椅,就像小镇里失去了活力的第一国家银行一样,越来越摇摇欲坠。

他信仰摩门教,对乱世镇附近山谷中的一草一木都了如指掌。当佩德罗向他引见丹的时候,他立刻喋喋不休地唠叨起来:"尽管我及时地从马尔科维奇兄弟手里收回了这片土地,却一直没办法把它脱手变现,而佩德罗虽然在战争中瞎了一只眼,总算没死在战场上,还娶了山那边最漂亮的姑娘,我知道他早晚会时来运转。我说得对吗,佩德罗?"

"我可没想那么多。"佩德罗答道。

"佩德罗当时接管这个农场的条件是,一旦我找到买主,我们将从中划出两百亩地留给他作为回报。"

"你们先谈吧,"佩德罗起身说道,"等吃晚饭的时候我再回来,军士。"

交易范围很广,整片农场的土地外加零零碎碎的山地差不多有两千多英亩,其中包括水源所有权和那栋少说值一万美元的房屋。每当讨价还价陷于僵局时,丹总会不停地摆弄他的军功章,深情地回忆起他难忘的军旅生涯。可无论他怎样软磨硬泡,丹西就是不为所动,甚至扬言要把这个农场留给那些信仰摩门教的退伍军人。

"算个账吧。"丹无奈地吐了口气。

丹西一边翻阅着手中的账本一边说道:"如果不介意那些斯拉夫无赖们为了盗用水源而乱圈土地的话,这个农场真的不错,而且有很大的扩张余地。"

"到底多少钱?"

"按照账面估算大概要三万美元,我需要再查一下官方纪录,特别是毗邻北面的那片政府征地,估计会有四千美元的上下浮动。"

丹像是听见了自己的心跳。

"你在纽约是个警察?"

"我已经跟着佩德罗在这儿骑马转了三天,感觉不错。"

"受过伤?"

"是的,在塞班岛。"

"你能拿出多少钱?"

"我自己有九千元现金,或许还能从家人那里再借个四五千。"

"可你对牛羊一无所知。"

丹茫然地耸了耸肩。

"我有个主意,你觉得佩德罗·马丁内斯怎么样?"

"我倒很乐意把他当成一个战壕里的战友。"

"你知道,墨西哥人很穷,何况他从小爱交际,根本留不下钱,所以在他申请贷款的时候,我们拒绝了他。警官,你懂我的意思吗?"

"但他值得信赖,对吧?"

"当然,你可以像信耶稣一样信任他。他在医院住了快一年,大部分时间被绷带蒙住双眼,头在沙袋的固定下动都不能动,在那种情况下还不能与上帝沟通的话,上帝就真的不存在了。目前我付他百分之十的经营利润加住房,你要能给他百分之二十,你就有了科罗拉多最好的农场总管。"

"我要先和妻子商量一下。"

"没问题,警官,我相信我们能成交,但你需要有人帮你。"

丹西探过身神秘地说道:"我是上帝的人,他告诉我值得和你一起试试。"

整整一周,只要一想起自己从一名布鲁克林的警察变成了科罗拉多州一个无拘无束的农场主,丹就会怀着一颗感恩的心,迎着黎明的曙光睁开双眼。

牛仔式的靴子、帽子和皮腿裤,哪一样丹都爱不释手。他喜欢把牛和羊摔倒后捆起来给它们打上印记,喜欢训练他的牧羊犬,他更喜欢在暴风雪的严寒中接受挑战。

无论是骡马大会的赛马场,还是讨价还价的交易市场,哪儿都少不了丹的身影。他向往强者的尊严,在恶劣的生存环境下,只有强者才能改变命运。

周六的晚上,在那个叫乱世的小镇,夜生活的焦点是一个被称作"无底矿洞"的矿工沙龙。喧闹的场所也会有安静的角落,在女士们的心中,丹的一支支爱尔兰情歌远比那些忧郁的乡村小调和西部民歌更能引起她们的共鸣。

"再来一段,丹!"一首《小伙儿丹尼》已然煽情得催人泪下,若能再配上贾斯汀的高音,还不知道要迷倒多大一片呢?

伴随与日俱增的相互了解,一种勤奋、睿智、富于进取的合作悄然而生。在佩德罗眼里,丹是名副其实的军士,农场的日常打理无需丹的费心,哪些事该自己作主,哪些该请示后再做,他心里非常清楚。

从彼此拘谨到融合,两个家庭在一个屋檐下共同生活了几个月。在此期间,舒本对康塞萝的厨艺和墨西哥口味的大餐越来越喜欢和痴迷。

春天到了,他们必须在流经乱世镇的那条小河边为佩德罗一家盖一栋新房,一来便于农场的管理,二来康塞萝很快就要产下第二个宝宝了。

附近的邻居,无论是来自墨西哥的移民,还是信仰摩门教、天主教、新教的教徒,在放下以往的信仰分歧和生存摩擦后,纷纷赶来帮忙,一栋漂亮的木屋没用两个月就基本完工了。当新房封顶时,一些信仰摩门教的男人居然在喜庆的气氛下,背着他们的妻子偷偷地饮了些烈酒。丹无意中发现后，怀着浓厚的兴趣把他们喝剩的酒瓶藏进了自己的酒柜。

小宝宝帕布鲁刚一出世，佩德罗一家就搬入了新居。小生命不仅带来了喜悦，也搅动了丹与舒本原本平静的生活。

三年来，丹每个月都盼着舒本会突然欣喜地告诉他"例假停了"，但却一直没有如愿。

随着岁月的逝去，丹和舒本在进行成功的经营后变成了地地道道的科罗拉多人。他们学会了开飞机，常常驾驶一架小型双引擎飞机盘旋在农场上空。除了对纽约的家人有求必应外，他们还慷慨地捐资给学校和教会，甚至是摩门教会。在丹当选州议会的众议员后，他们越发渴望能有个孩子给他们的生活增添色彩。

不安和酸楚取代了成功和喜悦，温馨和甜蜜成了对往事的回忆。

在极度的痛苦下，丹把他的伤感一次又一次地发泄在了他的《小伙儿丹尼》中。一天晚上，"无底矿洞"的沙龙老板终于无法忍受他的歇斯底里，请来一位颇为同情他的户警把他送回家，舒本的心理底线也彻底崩溃了。

床上放了只快要装满衣物的衣箱，他记得那是他在圣诞节时买给她的法国衣箱。

"你在干吗？"

"去丹佛，我已经在布朗宫饭店订好了房间。"

"为什么要去那儿？"

"去好好查查为什么不能怀孕。"

"你是该去查查，愿上帝保佑他们能治好你的不孕症……"

"我要你和我一起去。"她打断了他。

"我？你是说我吗？"

"是的。"

"我可不想受那些巫术的摆弄。"

"那好，我自己去，查完我就回纽约，都三年没见肖恩神父了。"

"你在威胁我吗？"

"随你怎么想，但我确实很想他们，除非你能面对现实。我们之间肯定出问题了，难道你害怕和我一起去查查，所以才一直保持沉默？"

丹二话不说，转身朝卧室走去。

"你最好不要再借酒浇愁、自暴自弃，那不解决问题。"

丹拉开了门。

"要睡就睡客房去！"她不客气地说道。

丹在愣了片刻后用力地甩上了房门。

"是去天主教的医院吗？"他问道。

"当然。"

"那我跟你一起去吧。"

在圣·安妮医院，赖瑞医生花了几个月把舒本的排卵周期绘成了一张精确的图表。

与此同时，他找到丹在海军陆战队时的病历档案。按照档案的描述，丹染上过陆战队士兵常见的那些疾病，例如在新兵训练中患过上呼吸道感染，在瓜岛战役后得过黄疸和疟疾，在塔拉瓦岛吃过登革热的苦，在塞班岛又患上了过敏症，等等。当赖瑞医生请丹立刻提供一些精液样品时，丹大吃一惊。

"那东西说来就来吗？你要它干吗？"

"别紧张，不过是做个常规检查。"

丹很不乐意，但还是照医生的吩咐做了。

过了些日子，他接到赖瑞医生的电话，要他单独去一趟丹佛。

"我担心搞错了，所以又花了些时间核对你们的体检报告。"赖瑞医生说道。

"她生不了孩子了？"丹提心吊胆地问道。

"不，她壮得像头小牝牛。"

"那就是我……"

"我想核对一下你1942年1月在马太野战兵营时的医疗记录。"

医生说道。

"那是个靶场，离基地很远，我们在那儿搞了几个星期的军械培训。"

"你在那儿的检疫隔离病房待过吗？"医生问道。

"我们中间是有几个人待过，又没有常驻医生。我想起来了，我后来被调到一个新的连队去完成的新兵训练。"

"当时好像是爆发了流行性腮腺炎？"

"我的脸肿得很难看，而且，而且我的私处也很疼，连走路都有困难。"

"后来有医生确诊过那就是流行性腮腺炎吗？"

"我们受了传染，都在发热、拉肚子，所以相互间就开玩笑说是得了腮腺炎。但腮腺炎应该是儿科病呀，我记得我小时候得过这个病。"

"病历上的描述是'症状与流行性腮腺炎相似'。"

"它不是儿科病吗？"

"通常是儿科疾病，也不会留下后遗症，但对成人来讲就不好说了。你的精液显示，你已经不能再让你太太受孕了。"

在塔拉瓦岛的丛林沼泽，当他涉进齐胸深的湖水，将步枪举过头顶遭遇日军的火力突袭时；在塞班岛血染的海滩上，当他目睹自己的连队被狂轰滥炸得七零八落时；在眼睁睁地看着贾斯汀咽下最后一口气的时候，他都没有过如此恐怖的感受。如今，当他听说自己失去了正常的传宗接代的能力，他崩溃了。

康塞萝又产下了一个健康的宝宝，小卡洛斯可爱极了。在为朋友高兴的同时，舒本越发对自己的不幸感到哀伤。

可怜的舒本！我怎么没早点意识到她承受的打击要远远大于我自己的痛苦呢？

在返回乱世镇前，丹去一位神父那里祈求帮助。

"求天求地不如求自己。"神父说道，"假设你现在仍是个军人，在你最困难的时候该怎么做？"

"我会鼓励我的战友，无论身处何等险境，面对何等厄运，都必须像个真正的军人那样去迎接挑战。"

"对呀，为了你的女人，你就像个真正的军人那样去迎接挑战吧！"

丹回到农场，在马丁内斯家找到了正在和康塞萝闲聊的舒本。

他停下脚步，康塞萝在准备晚餐，她们谁也没有注意自己。

"对，要像个真正的军人。"他深深地呼了口气。

当康塞萝正忙于照看烤箱的时候，舒本走到她的朋友哺乳时常坐的那张摇椅旁，坐下后，充满母爱地把小卡洛斯抱在了胸前。

丹轻轻地走过去，把手放在她的肩头，以从未有过的温柔和自信说道："一切都会好的，亲爱的。"

第四章

2008 年
华盛顿特区

是的,我是桑顿·汤姆特里,美国总统。一年前,民调显示我的连任毫无悬念,但就像乔治·布什和吉米·卡特遭遇的厄运一样,选情出现了意外的变故。

在 2008 大选前的一个星期,匪夷所思的突发事件动摇了我的根基。我的天,如果我只任一届总统就下台的话,那不是太冤了吗?

众人都知道是武装峡谷的惨案给了我当头一棒。

惨案发生后,我在竞选中的地位一落千丈,幸亏我游说和安抚得及时,才多少平息了选民心中的伤痛。在大多数选民眼里,我与那桩惨案并无直接关系。

在那段难熬的日子里,我的副总统——前德州参议员马修·霍普,与众多保守的基督徒选民结成了攻守联盟。我真要感谢霍普,否则我还得亲自去那些卫道士们中间拉选票。在面对奎恩·帕特里克·奥康内尔州长——一个信仰天主教的自由主义者的威胁时,只有霍普才有能力去唤醒那些选民内心深处的恐惧。

距投票日仅有七天,那个家伙的竞选总部突然低调得让人起疑,以至于我在千里之外都嗅到了他的不安与困扰。

在纽约市政图书馆举办的那场公开辩论会上,我曾经输给了他,而且败得很惨。辩论结束前一小时,我在会间休息时得知,由于我的糟糕表现，我已经被选民抛弃，几乎失去了连任的任何希望。

是该反思一下了，桑顿！你怎么会走到这一步？那场惨案又不是你的错，公众为什么要抛弃你？

上个世纪五十年代，当我还是个孩子，我的人生目标是像我老爸亨利·汤姆特里一样，做个废品回收场的老板。我老爸对他收来的破铜烂铁、报刊杂志，甚至一节废电池、一个旧门窗把手都了若指掌。他做生意从来不用计算器和账本，因为这老头有一个聪明的大脑，是东北各州从事废品回收的老板中绝无仅有的奇才。

由于我从小就喜欢泡在废品回收场，我在幼儿园和小学的时候几乎没有朋友。我讨厌学校的大教室，讨厌那些看不起我的男孩子和女孩子。记得有一天，我站在学校走廊的大镜子前，确实感到自己的形象有些不雅，但即便如此，我对他们以貌取人的习惯还是很不以为然。

在我的印象里，我的学生时代要属低年级时最恐怖。尽管我并不用功，却成绩很好，但无论是在餐厅还是操场，我总会成为别人的戏弄对象。

每当我受到伤害，我就会跑回废品回收场，因为只有在那里我才感到安全。我模仿老爸的思维方式，解开了一道道数学难题，还学会了自己和自己下盲棋。在废品回收场，我逐渐打造了一个属于我自己的独立王国。

如果你用逻辑思维和标准公式都解不开一道难题的话，你肯定要疯了。而我针对标准数学的特点，开发了一套我自己的辅助公式，其中多少借用了一些量子数学的概念。

我从不向任何人泄露我的秘密，上课的时候，我拒绝举手回答问题，下课以后也绝不与同学做任何交流，哪怕她是个不错的女生。我兴趣广泛，但没人知道我的兴趣到底是什么。

我收集了大量的数据和公式，我必须找个地方把它们储存起来，于是，我创造了一个虚拟的空间，并把它命名为"巴尔道城"。在我眼里，它就像一个国家、一片与世隔绝的领土。它坐落在群山之中，山顶上布满了卫兵和导弹发射架。我发明的一套超级激光器可以拦截任何导弹攻击和间谍飞机，如果有太空卫星胆敢窥探巴尔道城的秘密，我的激光器照样会击落它。哥儿们，谁也别想随意地进出这个地方，因为只有我才能指挥这里的军队，打四分卫的橄榄球，在歌剧院里唱歌，做所有我在现实世界中无法做到的事情。

我老爸的合伙人是个黑人，叫摩西·杰斐逊，他一表人才，很有心机，在他时来运转前一直不太得志。在竞标拆除旧威廉姆斯大饭店的过程中，他用卑鄙的手段从我老爸手里抢走了那个工程。

由于他没钱雇用劳工，没钱租赁施工机械，只好把工程倒手给了分包商，然后再与分包商分享红利。工程结束后，他手里留下了一大堆破烂，其中有钢筋铁管、面盆水槽，有上世纪产的精美便池、吊灯、铁艺围栏，总之，有一个大酒店被拆除后留下的所有垃圾。

虽然他把我老爸害得很惨，但此时此刻，他手里的垃圾却让他盯上了我老爸的废品回收场。在拿出一个要把我老爸的垃圾场改造成现代企业的方案后，他从我老爸的竞争者变成了合伙人。

"对不起，我要接个电话："哪里？"

"总统先生，我们搞定了所有人，但仍无法摸清他们那边到底出了什么事。"

"一群废物。"我在心里骂道，"现在是这边的凌晨两点，你说什么？落基山时间？什么意思？"

"我想留下几个人继续跟踪和监听他们的电话，其余的人一接到奥康内尔新闻发布会的消息就立刻出发。所有的高层都去现场，以便在第一时间做出决策。"达内尔在电话那边说道。

"难道没有任何线索表明这帮民主党人到底想干什么？"

"没有。"

"只好这样。"我失望地说道，"达内尔，今晚你来白宫陪我吧，我需要你留在我身边。"

第五章

二十世纪五十年代末到六十年代末
罗得岛的波塔基特

在一个几乎荒废的工业区中,亨利·汤姆特里的废品回收场占据了整整一个街区。回收场里,到处都是解体后被压扁的旧车,还有断裂的轮胎、软饮料和啤酒瓶罐、破碎的玻璃和废塑料,以及亨利最主要的回收产品——成捆的旧报纸和旧杂志。

"什么乱七八糟的味道?太熏人了。"加油车的尾气、油罐中发出的油脂恶臭、附近的垃圾焚烧场冒出的浓烟,天天都在刺激着亨利的嗅觉神经。每当运送垃圾的卡车在月色下倾倒出一车又一车的垃圾时,天空中便响起海鸥的凄鸣。

摩西确实是个人才,在他的辅佐下,亨利开始了与他的终生合作,并把他们的这种合作关系传给了他们的儿子——桑顿·汤姆特里和达内尔·杰斐逊。

摩西一家住在波塔基特,以中低收入的中产阶级家庭的标准衡量,那里的生活条件相当不错,美中不足的是缺少一支红袜子棒球队。

亨利一家住在距摩西家几个街区外的普罗维登斯,一个经过精心规划的小区、一个中产阶级的乐园。在起伏的果岭坡地和大海之间,一栋栋独立的房屋粉刷一新,看起来很美,小区内随处可见的文化教育机构更为这片乐土平添了许多人文色彩。对来自纽约和波士顿的那些爱吃的人来说,这里不可或缺的美食协会正好满足了他们交流食欲的愿望。

　　距市区二十英里的新港海湾是著名的风景区，迷人的海滨风貌和夏日风情总会吸引许多豪华游客前来度假。作为世界级的游艇大赛胜地，自从上世纪初美国选手第一次摘得大赛桂冠后，那里就成了美洲杯赛事的举办地。

　　摩西的祖先比亨利，甚至比许多新港地产大佬的祖先都更早来到美国。

　　他的根在非洲西海岸的佛得角群岛，即使在葡萄牙殖民时代，他的祖先也从未沦落为真正的黑奴，而是以在大西洋航道的商船上做苦力为生。当摩西开始为亨利工作后，摩西的妻子鲁比仍然舍不得放弃她清洁工的工作，为此她常常不得不把小达内尔留在废品回收场，由摩西负责照看。

　　桑顿从小腼腆、不善交际，废品回收场就是他最好的避风港。每当亨利拉着摩西沉湎于他们无休止的象棋大战时，达内尔便成了没人管的孩子，在废品堆中东游西逛。没人知道亨利和摩西用坏了多少棋盘，直到鲁比有一天送给摩西一张木制棋盘做他的生日礼物。

　　从小学一年级开始，桑顿对废品回收场的兴趣就越来越浓，把什么破烂都当宝贝，其中有仪表盘、洗衣机电机、船用马达、锄草机，等等，他收藏的旧风扇皮带通用汽车公司用一年都有富余。

　　在废品回收场的一个角落里有一间仓库，桑顿在里面收藏了许多他从废品中精选出来的宝贝，其中最有代表性的要属豪宅装饰用的彩色玻璃、雕塑、铜制器皿、木刻，以及带夜光的阳台围栏。

　　为了腾出一块空地，搭建一个工作台，桑顿和他的帮手达内尔小心翼翼地把堆放得乱七八糟的宝贝挪到了仓库的四周。

　　当桑顿十一岁而达内尔也快九岁的时候，摩西和亨利在回收场内竖起了一个篮球架。起初，两个小子当然打不过两个老子，但达内尔的进步很快就打击了他们的自信，逼得他们只好无趣地回到他们的象棋世界。

　　对达内尔来说，废品回收场的魅力实在难以启齿，因为他看上了一摞花花公子杂志。当鲁比在达内尔的床铺下发现一本花花公子的杂志时，她大骂了儿子一顿，但丝毫没有减轻儿子的好奇心。达内尔在杂志中发现了许多秘密，其中最让他感到好奇的是画册中的女人都是白人，而且那个地方都没有毛。他在很长一段时间里把这当成他的重大发现，直到几年后，在一次午夜的泳装聚会上他才恍然大悟，不管是白人还是黑人，所有的女人那个地方都有毛。

达内尔是个天生的篮球坯子，一个出色的后卫。他的跑动、弹跳、带球过人，没有一样不流露出他的"酷"，特别是他那张阳光的娃娃脸和他舔嘴唇的样子真的很帅。

桑顿越长越像父亲，骨瘦如柴，其貌不扬，却拥有一个聪明的大脑。每当他神情贯注地摆弄破铜烂铁和收集一捆捆报刊杂志时，他的执着和忘我还真令人意外。至少从那时起，他的个性就已经注定要把达内尔当成他一生的帮手。

不同的学校和不同的社交圈子决定了他们不同的人生，但只要一有时间，那个他们在回收场中搭建的独立王国就会把他们吸引回来。

为了解释清楚篮球比赛中团队合作的重要性，达内尔一遍遍地让桑顿观摩他搞到的电影片段，然后再一次次把球传给桑顿，直到两人都累得筋疲力尽。

"拿住球，传给开放的队友！"达内尔喊道。

"可我想自己投篮，不行吗？"桑顿问道。

"你没有机会，桑顿，他们才有。你个子高，又是个出自废品站的汉子，应该把对手吸引过去，替他们打掩护，然后你就蹲在篮下，负责把篮板球抢回来！"

桑顿的动作虽然滑稽，但一点不笨，一旦他明白了自己的角色，他会充分利用自己的身体条件发挥自己的特长。

达内尔会不时邀请一些孩子来打半场篮球，藉以训练桑顿的跑、跳和扣篮。每次训练，场上都少不了达内尔喋喋不休的指责和唠叨。

夏天要过去了，达内尔终于培养出了一个球员。桑顿的强项是在篮下，尤其擅长肘和膝的小动作。问题是假期一结束，他们仍要去不同的高中上学。

为了转学与达内尔成为校友，桑顿索性把他的家庭住址改在了废品回收场。

波塔基特高中校队的选拔只吸引了两个白人孩子，在众目睽睽和不怀好意的议论下，桑顿一米八八的身高在这个规模不大的学校显然是个诱惑。他没有在意场外的冷嘲热讽，通过了体能测试，成为校篮球队的一名替补队员，一个达内尔打造出来的"聪明的怪物"。

与在篮球场上付出的时间和精力相比，新学校的课程，无论是数学还是其他学科，对桑顿来说都不是难以逾越的障碍。

在达内尔的影响下，桑顿开始对社交，特别是对异性有了点兴趣，回收场中那些陈旧的《花花公子》杂志成了他的读物。

"为什么白人女的那个地方都没有毛？"达内尔始终对此感到好奇。

"还真没有，难道黑人有吗？"桑顿问道。

"有啊，可《花花公子》为什么从不登黑人呢？"

每次一提起这个话题，达内尔就兴致勃勃，但桑顿却总是叹叹气，摇摇头，然后便回到他的工作台。

渐渐地，达内尔成了桑顿与外部世界沟通的桥梁，原本痴迷于篮球、垂钓、黄色刊物和异性的达内尔对桑顿工作台上的发明创造也有了兴趣，那个模仿"鲁贝黄金堡"的游戏原来是个电子铃铛。当达内尔接触到越来越多的发明创造后，他对自然科学的理解越来越准确、越来越丰富。

一天，桑顿独自在家，科技的魅力突然给了他灵感，他的电子铃铛不就是一部强大的计算机吗？他把它称为巴尔道城，一个属于自己的世界，即使是达内尔也无权知道这个秘密。

从那以后，桑顿不再迷信当地的那些技术专科学校。他打进了麻省理工学院的网络，在复杂的电子游戏的过招中，用他的巴尔道系统打败了所有来自知名学府的竞争对手。

桑顿从波塔基特高中毕业时，学校专门以他的名字命名了一项科技成果奖。兴奋之余，桑顿和达内尔却又有些失落。桑顿要去上大学了，达内尔却还有两年才能毕业。

越战正酣，如果桑顿不是家里的独子，肯定要去越南打仗。他至今仍对当时的侥幸心存余悸。

夏末，新港夜晚的街道上，成群的游客出没在街边的小店，豪放的水手们正聚在一起一边喝酒，一边等候游艇主人出海。布朗大学的露天晚会引起了路人的好奇，高楼大厦里举办的慈善酒会在弦乐声中，上演着点一支乐曲捐一千美元的慷慨。

见达内尔家的车位空着，桑顿知道他又去约会了，便把自己的皮卡停好，来到门廊下，东张西望地盼着达内尔赶快回来。

"达内尔。"

"是你吗，桑顿？"

"是我，约会怎么样？"

"不坏，那些牙买加姑娘只要能尽快弄本美国护照，什么条件都肯答应。找我有事吗？"

"这个夏天你几乎没有去过我们的车间。"桑顿说道。

"原来为这事。"达内尔往对面的摇椅上一躺，"我老爸说你很快就要发达了，什么麻省理工、哈佛、卡内基工学院，你到底申请了多少个学校的奖学金？他们一定都把你当成橄榄球巨星了。"

"那和我们的友情有什么关系？"

"太有关系了，"达内尔说道，"你在走向一座孤岛，伙计。几年的大学生活后，我们之间或许要请个翻译才能对话。嘿，你将乘着火箭青云直上，我们在一起同舟共济的时间和空间都不存在了。当然，我们还是朋友、好朋友，但我们却只好在人生的路上各奔东西了。"

"我已经决定了，"桑顿说道，"我什么奖学金都不要，也不去上什么大学，我为什么要浪费四年时间去学那些已经会了的东西？我情愿把我的时间用在开发巴尔道系统上。"

"你在说什么胡话？"

"我说我不去上大学了。"

"你老爸知道吗?"

"他是个明白人,"桑顿说道,"他了解我就像他了解十吨废铁的价值一样准确,他只想确定我是否知道自己在做什么,他总是相信我的判断。"

"那是因为他的废品回收场并不需要一个受过高等教育的人来捣乱。"达内尔幸灾乐祸地说道。

"不,他对我期望更高。我老爸的学问是你在学校学不到的,你明白吗?达内尔,你在波塔基特高中继续读你的书,我就在我们的回收场,哪儿也不去。"

"可我并不会嫁给你,伙计。"

"当然不会,但你是这世界上唯一能帮我的人。一旦我搞清其中的奥妙,我们的巴尔道系统将会创造奇迹。"

达内尔不再晃动他的摇椅。

"我想你会赞同我的。"桑顿期待地看着他。

"看来你是真想好了。"达内尔答道,"可我在你的世界里又算什么?我们不妨先试两年,但我的目标还是大学,是哥伦比亚法学院。他们鼓励我去拿篮球奖学金,想想都诱人,伙计,那可是去纽约!"

"你真蠢。"桑顿一脸的不屑,"蠢得无可救药。就说我吧,虽然我也能抢到球,还能把球传出去,但我笨手笨脚的,是块打球的料吗?你就听不出那些花言巧语是骗人的?"

"哥伦比亚肯定不会信口开河,你可别乱说。"

"所以你就为了一个法学学位把你的生命浪费在那儿?然后找家保险公司做个黑小子职员?这年头到处都在招你这样的黑小子,尤其是NBA,就你这样的少数族裔打包给他们还真能乐死他们,达内尔。"

"你到底想说什么,桑顿?"

"等你好不容易取得律师执业资格的时候,我的巴尔道系统早就成了这一行业的标准,到时候你可别像个犹太佬似的落个人财两空。"

"别那么牛,伙计,我们先把关系摆正了再说别的。"达内尔说道,"我有我自己的生活,你想让我干什么?做你的黑鬼侍卫?"

"看来你还是没明白,达内尔,我很快就要出人头地了,我需要有人在我身边照料我的生活和工作,以便我可以专心致志地在我的工作台上忙碌。"

"你可真牛。"

"我牛吗?那是因为我的世界牛。虽然我已经超越了这个世界上的大多数数学家,但也有未知,而未知就在那个我要继续探索的世界里。遗憾的是,每当我回到现实世界,面对镜子里的我,我总会对自己的形象感到惭愧。更令我无法忍受的是,我就像尊缺胳膊少腿的泥塑却又无能为力。我只有你这么一个朋友,今生今世恐怕也只有你这么一个朋友,如果没有你,我无法想象这个夏天我还能不能每天去我的工作室,我会感到孤独,甚至害怕。"

对,这就是桑顿!为了解开物理难题,他居然能在激烈的比赛中走神,对拉拉队靓女们的超短裙和大腿无动于衷,达内尔暗自思忖着。没人能理解他的怪癖和孤傲,更没人敢去分享那只有他才能听懂的天籁之音。

在达内尔眼里,比基尼的海滨似乎失去了往日的诱惑。这些年来,废品回收场确实给了他太多独特和新奇的感受,看来摆脱桑顿并不像自己想象的那么简单,他还真的舍不得他。但他到底看上自己哪点了呢?一个废品回收场看门人的看门人吗?

"好吧,照你的想法,我高中一毕业就该来帮你,可我不懂生意,不懂理财,什么都不懂呀。"达内尔说道。

"不,你懂,你天生就有与人交往的本能,这个州里没人比你更擅长这一点。"

"这个州太小。"

"只要我们一起干,你仍然有机会在普罗维登斯附近选一所大学。"

"要上就上哥大。"

桑顿气得嘟嘟囔囔地离开门廊,钻进他的皮卡发动了。

达内尔转身一甩门进了屋，发现父亲正站在面前。

"抱歉，我都听到了。"摩西说道。

"听到就听到吧。"

"你还有两年才毕业，还有足够的时间去做自己的决定。"

"那你怎么看这件事？"

"他说得不错，很值得考虑。"

"爸爸，我爱你，也尊重你的判断，但我比你更了解桑顿，他的人生就是一局棋，一局能让象棋大师博比·费舍尔先走四步的棋。如果他成了我的老板，那我只好永远都手拿簸箕和扫把，跟在他屁股后面给他扫灰。"

"你能少说两句听听我的意见吗？"摩西说道。

"遵命，长官。"

"儿子，我知道你干什么都会干得很出色，但退一步讲，这个社会并没有真正为我们敞开平等的大门，即使我们的小伙子再优秀，他未来的人生之路也不会平坦。你或许能成为一个管家，但在一个白人世界里，你的一生都不得不小心谨慎，以免出错。不管你选择什么职业，有多能干，你都无法摆脱肤色对你的影响。"

"可我们有黑人民权运动，决不会再容忍一个不平等的世界，爸爸。"

"那只是个梦，是个长期、艰苦的追求，最终还是会白人当家。"摩西答道。

"桑顿野心勃勃，但没有我，他恐怕实现不了他的梦想，所以他要我去给他打杂，可我更想为自己的人生去拼搏。"

"这是个机会，你可别后悔。"

"你怎么就那么看好桑顿，爸爸？"

"我还从没见过像他那样的天才，一个值得你为他付出的天才。只要他能远离麻烦，学会吃一堑长一智，虚心求教，日后必将成为美国最有权势的人之一。我是看着你们两个长大的，达内尔，如果你真的能让他离不开你，那你算是捞着了。"说着，摩西伸出一个手指晃着说道，"依我看，你总要有个老板，但一个能为你所控制的老板是可遇而不可求的。"

两年来，达内尔无时无刻不在关注桑顿的科技创新，巴尔道系统日渐成熟的魅力驱使桑顿顶住了来自许多超级电子公司的高薪诱惑。

当越来越多的电子产品和科技成果涌向市场，桑顿自己也不知道他的巴尔道系统究竟能对市场产生什么影响的时候，计算机系统中普遍存在的脉冲现象引起了他的注意。

桑顿的勤奋和好奇感染了达内尔，为了给巴尔道系统创建一个嵌入式的应用环境，他开始以自己的方式对采集到的资料进行处理。

在收到哥伦比亚大学的邀请后，他没有回复，或许普罗维登斯大学篮球队的后卫角色，会给他一个更好的机会去实现他在废品回收场中发现的人生价值。

他需要时间，需要在今后几年中不断地收集和分析他所能搞到的商业信息。在既拿到大学文凭又不中断科研进展的前提下，普罗维登斯大学应该是最好的选择。

"亨利，风向不对，会有大浪的，今天就别出海了。"

"这可是黑鲈交尾的季节，摩西，我可不想错过这个机会。"亨利说着，把钓具扔进了皮卡的车厢。

摩西一把拉住他："不行，我感觉不好。"

"好吧，鱼头、鱼尾归你。"

这个季节最好的垂钓海域是距海岸线大约四分之一英里、暗流涌动的诺亚礁附近。潮涨潮落的浪花之间，成群结队的黑鲈像是被施了魔法，轰都轰不走。

但今天，大海以它异乎寻常的暴虐，将亨利那条经过改装的捕虾船抛上十几英尺的浪峰，然后在浪涛退去、礁石裸露出它坚硬的表面后，将小船用力地摔了上去，小船立刻撞得四分五裂。

亨利和他的小船瞬间失去了踪迹。

没人见到桑顿在守灵期间和葬礼上落泪，他沉浸在失去亲人的悲痛中，悲痛得对达内尔的安慰都麻木不仁。葬礼后，他把自己深深地埋进了他迷宫似的线圈世界，直到一个月后，他才用一声叹息，从心底吐出了他的伤痛。

当他重新出现在废品回收场，与摩西一道察看经营明细的时候，他已经不再是从前的桑顿了。

"账目记得太糟糕了，摩西。"他说道。

"那算什么账，真正的账都记在这里面了。"摩西指着自己的额头答道。

"好吧，为了做好遗嘱认证，我得把它们都挖出来。我不能只是简单地继承，我要搞清楚都剩了什么，否则我担心我会失去这个废品回收场，摩西。"

摩西拍了拍他的头："不会的，孩子。亨利对我非常好，我已经存了一笔信用金以防不测。"

一个月后，备感孤独的摩西·杰斐逊最后看了一眼那个破铜烂铁的王国，接着往篮球场上一站，自言自语地说道："接球！传给开放的人！"

桑顿的小屋依然亮着灯光，似乎那灯光就从未熄过。

几天来，摩西意识到他终于等到了自己彻底休息的时候。

第六章

2008 年
乱世城

　　我不停地告诫自己："奎恩，有话就说，有屁就放，这年头拐弯抹角的没人爱听，把你想说的说出来，然后转身走人。"我这是在干什么？现在才凌晨两点十四分！

　　选举结束后，丽塔和我该带着孩子们干点什么呢？如果我们输了，只好吞下这颗苦果，一如继往地去过我们的日子；但如果我们没输，眼看白宫近在咫尺，我们却被羞辱地挡在了门外，那该怎么办？也许我可以找些理由安慰自己，输的不是我，不是奎恩·奥康内尔，输的是亚历山大·霍奥维茨，但事实是这一阴影将陪伴我直到死，甚至会影响我们孩子的一生。

　　我又浏览了一遍讲稿，尽管还要修改，我却一点心情都没有了。

　　我感觉丽塔就在身边，我能从半英里外就感觉到她的存在，每次开车回到农场，我都能在门外就预感到她是否在家。

　　我并没听见她从卧室飘过来，但我知道她在我的身后，当她用手指按摩我的太阳穴时，没人知道我有多么享受。

　　"讲稿都编好了？"她问道。

　　"就像我为什么会赢得民主党提名一样，明天我无论怎样向美国人民解释，恐怕也解释不清楚，因为这简直太令人难以接受了。亲爱的，要叫醒戈尔吗？她应该去安排新闻发布会了。"

"她此刻正在梦游呢,所以睡前我把这事交待给皮特去办了。"

我拿起了电话。

"我是皮特。"

"皮特,我是奎恩,我们明天运气如何?"

"头儿,一帮圣人正往这儿游行,嗡嗡地像是落日下寻觅臭肉的苍蝇。奎恩,我们能不能把会提前,安排在午时?这样在西海岸是上午十一点,正好赶上那边的午间新闻,而在东海岸是下午三点,仍然可以成为那边晚间新闻的焦点。"

"这些雕虫小技现在毫无意义,皮特。"我说道。

像所有奎恩身边的人一样,皮特很想问问此时奎恩的心情和反应,却又有些尴尬,有些难以启齿。

"主动权掌握在总统桑顿·汤姆特里的手里,他的一举一动都可能改变整个选举。"

"那个狗娘养的不会乐得给自己一枪吧?"皮特说道。

放弃算了,奎恩,回到丽塔的怀抱,只有她知道该怎样安慰你。

我真想脱去衣服,一头扑到床上,因为我知道当这一切都结束后,只有她才能给我温暖和爱。

我的上帝,这么温馨的感受都不能让我安静下来。

只要一想起我那一直都蒙在鼓里的身世,我就难以接受。

我试图理清那些与我的童年有关的记忆,但所有的往事最初都要从乱世城讲起。

丹和舒本经过六个一筹莫展的春秋后才找到了我。

1953 年

乱世城

不管舒本如何从丹的忠诚与理解中感受到爱的力量,不管她是否从追求牛仔裤的时尚、从驾驶塞斯纳小飞机的快感中得到满足,她最心爱的人——一个海军陆战队的精英、一个充满柔情和爱心的男人,却不得不面对一个令人心酸的结局。

春天到了，消融的积雪从高山之巅倾泻而出，汇入湍急的河流，农场的小屋在咆哮的浪涛声中发抖。

河水穿过山谷，在这片高原上留下无数小小的湖泊和滩涂，也留下无数饥饿却又狡猾的虹鳟鱼。

渴望风调雨顺的农场主们都在盼望丰收的一年。

当飞往北方的蜂鸟路过此地，饥饿难耐、疲惫不堪的时候，它们总能在奥康内尔的农场上空，根据康塞萝放在地上的几片红色玻璃碎片，找到免费的晚餐。成百上千的小鸟在落日的余晖下，争先恐后地扑向盛有糖水和面包屑的食槽。晚宴犹如一场大战，一只比红喉鸟体积还大的蜂鸟霸占了最好的吃食位置，还不时轰走它身边体型弱小的同类。

入夜，从乱世镇通往农场的山路上安静极了，静得好像失去了生命的迹象。满天的繁星挂在农场的上空，似乎只有地球才是这个宇宙的中心。

当原野上、山坡旁、峭壁间绽放出五颜六色的菜花时，当它们像舞台上曼舞的芭蕾明星，轻轻地出现，又轻轻地消失时，丹和舒本陶醉了。他们在蓝天白云下、碧草溪水旁耕耘他们的爱，在头顶光环的小天使的祝福下享受生活。

除了那个无法弥补的伤痛外，丹展现出一个好男人能做到的一切。在佩德罗卓有成效地接管了整个农场的运营，舒本胜任了管家理财的重任后，丹在州参议员的换届选举中赢得了席位。

在佩德罗的影响下，丹学会了打猎、捕鱼、划独木舟，学会了修补篱笆、买卖牛羊，学会了在深山老林中迷途知返，学会了感知瞬息万变的天气变化。

尽管山谷中的夏季短暂，但他们很知足。这里有茂密的参天大树，有挺拔的白杨。看着它们盘根错节、深深地扎下土壤的树根，看着它们迎着山风摇摆的枝叶，丹和舒本感受到了为什么墨西哥人称这些白杨树是"教皇的财富"。

秋天的九月，漫山遍野的白杨渐渐变得一片金黄，落叶松的枝叶颜色也越来越深，冬天就要到了。

积雪给春天和秋天的山谷带来的是泥泞和湿滑，但感恩节前后，当真正的寒冬降临，空中轻轻地飘舞着雪花，你吹上一口气就可以把它们吹得四分五裂。

肖恩神父来了！

三年来，在非洲的某地，一个连上帝都不敢去的地方，只有肖恩神父这样的天主教传教士才能冒险在那一待就是三年。如果不是因为疾病的折磨，他无论如何不可能再回美国。在躲藏在圣保罗大教堂的幕后人物——布鲁克林的红衣主教瓦特的眼里，肖恩三年的尽职和奉献总算为他赢得了一分尊重。

我们的传教士需要休整和康复，教会为他在圣约翰大教堂附近安排了一次短暂的进修，以便他可以在深造的同时与人交流。

为了他能恢复健康，瓦特同意肖恩在进修前先休假一个月。神父在丹佛机场刚下飞机，就被送上了停机坪旁的一架小飞机。

当他发现开飞机的是他的妹妹——他的小舒本的时候，他吓得差点晕过去。舒本不失时机地将飞机拉上拉下，向哥哥展示了自己高超的飞行技艺，然后稳稳地将飞机停在了乱世城那个尘土飞扬的跑道上。

在妹妹那栋农场大宅的旁边，肖恩看到一栋属于自己的公寓：从私人汽车到时尚音响，从高大的壁炉到可以眺望山谷风景的阳台，应有尽有，简直太不可思议了。

肖恩打开壁炉，点燃炉火，大家坐下后，舒本帮哥哥换上了一双羊毛拖鞋。屋里弥漫起从肖恩的烟斗和壁炉中升起的青烟，也响起他惬意的呻吟。

"近来还好吧？"丹问道。

"看来红衣主教瓦特是个好人，一个值得为他付出的人。"

肖恩一边知足地回答着，一边呷了一口甘醇的白兰地，目光从丹转向了舒本。

"舒本，你常回布鲁克林吗？"

"有八次？还是十次？我记不清了。"

"大家都羡慕你们在科罗拉多州的小日子，对你们的不幸却又心照不宣、缄默无语。"

"肖恩，"丹说道，"我真想找上帝问问还有没有更好的产科医生，我甚至在犹太医生的注视下脱掉了我的裤子。照他们的说法，因腮腺炎而失去生育能力的病例实属少见，或许我仍有机会弥补我的缺陷。"

"那要等到什么时候？"

丹嗫嚅着说道："我们想领养一个孩子。"

"我咨询过这边的教会，风险很大，你可能在几个月，或者几年后才发现你认领的是一个残障儿。"舒本补充道。

"我也很关心这件事，"肖恩神父磕了磕烟斗，"红衣主教瓦特有个贴身助理——加里克教士，专门负责教区里的大小事务。当我向主教谈起你们的遗憾时，他问我为什么不去找加里克。"

丹和舒本竖起了耳朵。

"加里克是个真正的耶稣会教士，他精明能干，想做什么谁也挡不住。最近几周，他给了我不少婴儿的数据，但我实在无法把他们与这里的荒野群山联想在一起。我这次来前，他又给我电话，说他好不容易找到一个他一直想找的孩子。这孩子出生后与他的亲生父母一起生活了一年，然后被送进修道院，在关照下受到了良好的教育。我怀疑加里克早就知道这孩子的底细，却用其他孩子的数据先试探我。你们也知道教会，我们喜欢故弄玄虚，喜欢神神秘秘。"

在舒本期待的注视下，肖恩又点燃烟斗叼在了嘴上。

"那你知道这孩子的底细吗？"丹谨慎地问道。

"对教会来讲，收养和抚养孤儿，特别是为他们找到领养家庭都有一套繁琐的手续。"肖恩耸了耸肩，"而不幸的是，大部分等待领养的孤儿一般是来自那些未婚的，甚至未成年的母亲，你可能连他们的父亲是谁都不知道。因此……"他停顿了一下，接着说道，"除非你收养的是一个刚出世的婴儿，否则你必须尽可能多地了解孩子的第一年是如何度过的。"

"为什么?"丹不解地问道。

"人与人之间的第一次接触基本能决定孩子的性格,大家都看好这个孩子,也给了他很多关爱,所以他才在那些修女的呵护下表现得很乖。"

"听起来那教士从开始就知道孩子的底细,他不会就是孩子的父亲吧?"丹问道。

"不知道,这不是我的权限。不管怎么说,当他把孩子抱给我看时,我确实被迷住了。这孩子长得很俊,又十分聪明乖巧,在孤儿院里和其他婴儿相处得很好,像个绅士。总之,你第一眼见他就会产生一种言语无法表达的心灵感应。"

肖恩掏出一个破旧的满是绿色的非洲霉藓痕迹的钱包(舒本提醒自己明天一定要给他买个新的),凑到灯下掏了半天掏出一张照片。

"我的上帝,他可真漂亮!"舒本大叫起来。丹从她的反应判断这事算是基本敲定了,看着手里的照片,他也被迷住了。

"我还有个问题,神父,我们一点也不能打探他父母的消息吗?"

"不能。"

"但那个加里克教士算怎么回事?"丹大声问道,"我爱我的教会,我的农场中到处都有圣像,可我最不喜欢的就是把隐私和骗局混为一谈,他们遮遮掩掩的,不会是因为这孩子是哪个教士或修女的私生子吧?"

"丹!"舒本厉声喝道,"你知道我们的规矩。"

"如果你真想领养孩子,你的担心就是多余的。"神父说道。

丹又一次拿起了照片。他实在不想再伤妻子的心,更不想再看到当她得知丈夫失去生育能力时脸上的那副表情。

"或许我是有些不近情理,但你和孩子对过去了解得越多,也就越容易敞开心扉迎接外来者融入你的生活。我曾经见过那些被领养的孩子见到亲生父母时的样子,太残酷了,一场本来美好的梦却被现实无情地唤醒了。"

"你要怎样才放心呢？"

"几百年来，男男女女最神圣和隐私的秘密都是由神职人员判定的。"

"那就守密到死，撒谎到死。"

"如果你不知道，正好可以告诉你的儿子你不知道，你也就告诉了他真相。"

"见他的鬼，加里克的耶稣会肯定没说真话。"

"丹，"舒本打断了他，"如果我们拒绝了，明天和明天以后的夜晚我们该怎么过呢？"

"有多少次当我路过冰面的捕鱼洞时，我从水中的倒影里看到了我和儿子；有多少次我在想象中和儿子一起踢球；又有多少次……唉，一想起这些我就心乱如麻，神父。"

"生活本来就像一团乱麻。"

"好吧，舒本，我们有儿子了。"丹说道。

"太好了，从他踏上农场的那一刻，他将开始崭新的人生。但我要提醒你，有时孩子对生身父母的渴望是难以磨灭的，你唯一能做的事情是付出你智慧的爱和养育之恩。当他的生活变得充实后，或许他就不再那么纠结，最终会把你们看成他的生身父母。"

丹惬意地往壁炉旁一靠，此时此刻，他似乎全然忘了爱尔兰家园图片展上那段令人辛酸的历史往事。

"主已经给了我们一切，"丹说道，"我们不能再把自己的不幸转嫁给孩子。他叫什么？"

"修女们叫他帕特里克。"

"这名字爱尔兰味很浓。"

"就叫他帕特里克·奥康内尔。"舒本幸福的样子打动了丹。

"舒本，在部队时，我们都习惯直接叫对方的名字。如果我们叫他奎恩·帕特里克·奥康内尔，你觉得怎样？"丹试探着问道。

"很好，就这么定了。"

第七章

2008 年
华盛顿特区

还不到三点,时间过得真慢,就像等一壶总也烧不开的冰水。

"给我接惠普尔。"我拿起了电话。

"我是惠普尔,总统先生。"

"有什么情况吗?"

"几分钟前,奥康内尔的人宣布要在明天下午落基山中部时间一点召开新闻发布会。"

"看来他又要熬夜了。"

"是的,先生。新闻媒体正一窝蜂地赶往乱世城。"

"见鬼,他们要干什么?立刻叫我的顾问班子去情况分析室,我们在那儿观察他们的动静。"

"传言很多,其中一个有点意思。《纽约时报》一个叫琼·赛德尔的记者在丹佛机场发现一位脸熟的旅客下了飞机,她通过旅客登机记录查到这人是小有名气的警探本·霍奥维茨。奥康内尔的人从机场把他接走了,已经在乱世城的记者们也都确认了霍奥维茨的出现,但他又被从城里直接拉往奥康内尔的农场。"

"这意味着什么,惠普尔?"

"现在不好说,总统先生。"

"让纽约联邦调查局查查这个霍奥维茨的底细。"在惠普尔找借口抱怨由联邦调查局出面会有麻烦之前，我迅速转换了话题，"副总统在哪儿？"

"总统先生，你一定要联邦调查局出面吗？"

"我们没工夫在这些屁事上纠缠，就这么办。副总统在哪儿？"

"达拉斯。"

"叫他接电话。"

挑选参议员马修·霍普做我的副总统是我对南方保守的基督教联盟的最大让步，他是那个素来言辞激烈的联盟中的核心人物，通过他我才能控制那个集团。在克林顿执政后期，几个基督教团体、长老会、联合卫理公会，以及天主教和犹太教的教士们联合提出了一个全面禁枪提案。克林顿离任后，枪械院外集团死灰复燃，重新夺回了他们被搁置的大部分权利，促成这一转变的根本原因就是马修牢牢控制的一千六百万南方联盟的浸信会教徒。

"我是马修。"

"马修，你在达拉斯听到什么传言了吗？"

"没有，总统先生。"

"我们的计划要做些变动，你得马上回华盛顿来，下午两点我们在情况分析室见面。几个小时前，我拿到一些不太乐观的选情民调，我想你在拉票结束前最好先看看，因为最有可能发生争议的地区已经转移到了你的地盘上。"

副总统清了清嗓子："是吗？一点小风浪，我马上摆平它，弄出一份对我们有利的民调。"

"我可没心思开玩笑！"我正色说道，"在南卡罗来纳州和阿拉巴马州已经有两个百分点转向了奥康内尔，在路易斯安那州、乔治亚州和密西西比州有二点五个百分点转向他，这是个危险的走势，马修。"

"见鬼，长老会教徒都是你的人呀，总统先生。"

"没错，马修，但南方一千六百万浸信会教徒是你的人，而他们却在动摇，难道我们得罪了他们的女人？"

马修，我指望的救星，嘟嘟囔囔得像个泄了气的皮球，气得我干脆挂断了电话。隔壁的门开了，达内尔走了进来。

"我好像听到了百灵鸟的叫声，所以我猜你一定起床了。"他说道。

"我刚在电话上和马修分手，如果这次我能摆脱浸信会的要挟又能赢得大选，我发誓要让他做个乖点的副总统。"

"我的直觉告诉我奥康内尔的发布会一定对选情有重大影响，南方的变数不过是个小小的插曲。"

"你总是对的，达内尔，所以我们要利用马修在这最后一周搞定得克萨斯州和佛罗里达州。"

达内尔理解我的担心。

"我们正处在一个敏感时期，桑顿，但我们这一生不都在未知与风险中熬过来了吗？想当初我们穷困潦倒、连三明治都快吃不上的时候，我们依然锐意进取、锋芒毕露，凭借敏锐的本能不择手段地摆脱了困境。你不怀念那段岁月吗，桑顿？"

"见鬼，我可不。"

"大选还没结束，什么都可能发生，我好像已经嗅到了奥康内尔的不安。"

达内尔走了，是我派他去了解最新的选情进展，可我却怎么也睡不着了。

在成为总统之前我从不失眠，我试图用一道物理习题化解我的烦恼，但根本没用。

奇怪，达内尔居然把我们的人生划成了两个阶段，看来他说得没错，我们年轻时的确精力充沛，勇于接受挑战。时间过得真快，距上世纪七十年代一晃都快四十年了。

我怀念那段岁月吗？或许还真有点儿。

二十世纪七十年代

波塔基特

　　在废品回收场，桑顿没日没夜地沉湎于他自己的方寸世界，痴迷得几乎不修边幅、与世隔绝，最终打造出一系列奇形怪状、具有各种功能和振铃的样机。

　　一场伟大的电子革命经过长久的孕育，必将如火山喷发一样引人注意。

　　与那些受过正规教育的竞争者相比，桑顿的自学成才和科技创新能让他的巴尔道系统在这个属于勇敢者的舞台上大放异彩吗？

　　对市场前景的迷惑给负责营销的达内尔造成不小的压力，为了配合巴尔道系统的开发，他中断了在普罗维登斯大学的学业，还把自己继承到的十万美金都填进了桑顿的无底洞。

　　将银行账号注销后，他们不再收购废品，达内尔发起了一场清仓大甩卖。

　　成堆的废品消失了，过去的全都过去，他们要开始新的生活，因为他们谁也不像他们的父辈那样喜欢垃圾。

　　好点的破烂都卖掉了，彩色玻璃和古董装饰也被拉走，他们只剩下一间窝棚似的库房，那简直是一个布满导线的老鼠窝。

　　在达内尔的生意经中，市场法则是顺其者昌、逆其者亡，无奈眼前的市场变化得实在有点疯狂，即使是一流的发明家和精明的商人也无法把握它的方向。激烈的竞争在把幸运的公司送上天堂的同时，也把更多不幸的公司打入地狱，无情的尔虞我诈背后只有一个目的，那就是让它们的产品成为市场的标杆和导向。

　　经过无数次的彻夜长谈，达内尔和桑顿逐步明确了他们的市场发展战略：巴尔道系统一不能卷入残酷的市场争斗，二不能受外来势力的左右。

　　巴尔道系统的应用在哪儿？优势在哪儿？市场空间又在哪儿？

　　他们在夜色中窥探，在黑暗中等待。"欲速则不达。"达内尔一遍遍告诫着自己。

随着市场上出现越来越多的新技术、新产品，桑顿对巴尔道系统的信心也越来越大。他按照自己的理解不断地升级改造他的系统，以至于达内尔越来越摸不清桑顿到底在干吗。

"我们必须把水搅浑，浑了才能浑水摸鱼。"一天，桑顿打破了沉默，"知道现在的市场上什么最时髦吗，达内尔？聪明的计算机正在试图窥探其他计算机的秘密！为了抵御'黑客'入侵，确保系统安全，开发者们绞尽脑汁，争先恐后地把他们的防火墙技术推向了市场。可惜呀，他们的被动防御就能避免'黑客'入侵吗？我不是吹牛，我现在几乎能侵入任何系统并且破解任何代码。"

"那东西可变不成钱。"达内尔拨浪鼓似的摇着脑袋。

"但我们趁现在就能钻市场的空子，先搭建一个系统，一个谁也无法入侵的系统，等大家都明白过来再想开发的时候，我们已经把它推向了市场。"

"能具体点儿吗？"

"这是一种无法破解的信息编码加密和传输方式。"

"你有把握？"

"当然。"桑顿亮出了一个小黑盒，一个被他称为"戈勒尔"的高级编码译码器。这可是他心血的结晶，它凝聚了桑顿对数学和量子学的领悟，也透露出他对秘密和隐私的天生嗜好。

"干脆把技术卖掉！怎么样？"达内尔突然有了精神。

"绝对不行！"

"但一个这样的网络至少要投入上百万美元啊！"

"我们可以先把这种小型终端器投放到哈佛大学、麻省理工大学、加州大学、斯坦福大学这样的高等院校，或者国防部陆海空军的计算机网络中去，随便他们怎么破解我的程序。哥们儿你就从当今世界五百强企业中挑出三百家，等着把我们的产品兜售给他们吧。下一步我们再以这三百家公司为起点去占领更大的市场，在提供绝对保护的前提下按月收取他们的服务费，那将是数以亿计的增值服务市场……"

桑顿说得有道理，却又似乎不能自圆其说，他不是要把水搅浑再浑水摸鱼吗？达内尔越琢磨，越觉得虽然他们的做法并没有抵触《反垄断法》和《不正当竞争法》，也不会招致政府的干预，但这个市场好像远没有桑顿所说的那样广阔。

然而，一旦巴尔道系统成为计算机世界的劳斯莱斯，三百个网络系统根本不能满足桑顿的胃口。

银行、保险、汽车制造商、石油大亨、警察局、航空公司、船运集团、医疗网络……哪一家没有自己的秘密？

在桑顿心中，一部巨大的中央处理主机将出现在波塔基特的控制中心，他要从那里遥控成千上万个网络系统，发送和接收数据必须以指纹比对、图像识别、DNA扫描为前提。

达内尔尽管仍心存疑虑，但还是全力以赴地履行了他在市场上的角色，用他的三寸不烂之舌把戈勒尔终端器打进了大学和军队的网络。他把军队作为合作重点，因为只有军品的成功才能为他打开更大的民用市场。他好像看到了无数个网络"黑客"试图破解戈勒尔时的苦相。哥儿们，别费劲了！

那些并无敌意的对手纷纷举起了白旗，他们的发送和接收在戈勒尔不断变换的成百万组的代码组合的验证下，没有一次能蒙混过关，桑顿得意地笑了。

但是，从实验到应用之间仍存在着巨大的障碍，别的不说，他们从哪儿能搞到钱去开发主机呢？

以达内尔的为人和他对戈勒尔的理解，他想这个东西总该有些功能是受市场欢迎的吧？但随着桑顿越来越深入的开发和定型，达内尔也越来越不知道自己是否还能把这个宝贝换成钱。

"桑顿，再这样干下去我们是不是真的疯了？如今的计算机不得不消耗一半的空间和能量去勾心斗角，防火墙越筑越高，最后除了使用我们的巴尔道系统，什么都别干了。你看看，你也勾心斗角，他也勾心斗角，整个计算器工业简直成了'贪婪'的代名词，以至于我们只好在那些企业精英的周边为他们开发一片神秘的缓冲区。那是个阴暗的角落，政府早晚会盯上的。"

"达内尔，你最好换个角度想想，正是由于你的布局，再过十年，当成百万台个人计算机和商业网络中有相当一部分都在干着窥探和窃取他人机密或隐私的时候，联邦调查局就该出马了。"

"于是他们将求助于我们……"达内尔似乎明白了。

"到政府都不得不参与进来的时候，这个世界上就会有更多的商业和国防系统离不开我们的巴尔道网络，我们将成为这个世界的核心。"

"所以我们才要把水搅浑。"达内尔喃喃地咀嚼着这句话的含义。

"你总算明白了。"桑顿说道，"我们不过是在提供技术，至于它是否符合伦理道德，那是市场和客户的事，与我们无关。"

梦想的实现不可能一蹴而就，开发和建立一个大规模的网络系统犹如是在太空中漫步。

又是需要支票。

"下周末前给我准备两万美元，达内尔。"

"或许我们该找银行帮助了，要不就找个合作伙伴吧。"

桑顿没有反应，数据库中破碎的代码已经吸引了他的注意力。

"桑顿，我不喜欢你的做事方式。"

"你来看看这都是什么。普罗维登斯第一商业银行，为了洗钱，他们在收到成捆的现金后，把那些毒品交易的资金转入了由银行参股的'房屋储备基金'，然后换成小额支票，一笔一笔地转了出去。"

"伙计，你是在和一帮肮脏的恶棍打交道啊。"

"没错，不然我们靠什么养活自己？何况他们又不是什么高明的家伙。那些愚蠢的银行家把钱贷给墨西哥后，从不过问钱是怎么转出'房屋储备基金'的。我只要帮他们监管一下，寄一张咨询费用账单，就能从邮局收到一张支票，存进我指定的银行账户。达内尔，他们总是打着咨询费的幌子给那些毒品贩子们汇兑支票。"

"嗨！"小屋里突然挤进一位绅士，他顺手递给桑顿一张名片，上面印着德怀特·格拉斯里。这是那种只有大人物才会使用的名片，上面除了印有名字外，没有电话，没有地址，也没有经营范围。

格拉斯里家族是罗得岛上的望族，两个世纪以前，他们的祖先以贵友会教徒的身份从布洛克岛登上了美洲大陆。这个家族曾经在保险和银行业建立了他们的王朝，但在复杂的裙带关系和家族势力的争斗下已经失去了往日的辉煌。随着一座又一座工厂的倒闭，整个新英格兰地区陷入了一场制造业的经济危机。

尽管格拉斯里家族的势力今不如昔，毕竟"瘦死的骆驼比马大"。

他们眼前的这位大人物身材矮小，红扑扑的圆脸上总是露出郁郁寡欢的笑容，如果不是他的父系、母系继承者似乎都在一夜之间突然离开了这个世界，他无论如何也不可能执掌家族大权。

德怀特上任伊始就和他的第一副总裁以及首席营运官闹翻了。

"很抱歉，但愿我的到访没有吓到你们。"

"还真吓着了，但我们更感到受宠若惊。"达内尔的反应很快。

"这里的大部分土地都是我的，但目前因缺少资金停放那些运送垃圾的卡车，所以我才注意到你们这个鬼地方。"

"该死，我怎么不知道他们一天到晚在忙什么。"达内尔答道。

德怀特的脸一沉，看来这小子不好对付，他只好开诚布公地说道："如果我能拿下你们这个鬼地方，我的二十五英亩土地就连成了片，对市场会有更大的吸引力，否则，我的地只能分两片出手，难度很大，所以我愿意给你们出个好价。"

"原来从哈莫尼到切帕奇特的几块地都是你的，那你也不能想挤走谁就挤走谁呀。"达内尔的答复显然激怒了德怀特。

"你们是要自己开发还是卖地？"桑顿问道。

"部分开发，部分出售。"德怀特闪烁其词地答道，"总之，根据需要……"

"这就对了，"达内尔插嘴道，"开发什么呢？购物中心？离波塔基特的商业中心太近；海滨酒店？离新港旅游胜地又太远；老年公寓？可怜的回报显然无法平衡庞大的造价。"

"你哪来的这些乱七八糟的消息？"德怀特大惊失色地问道。

就在桑顿支支吾吾的时候，达内尔手一挥说道："从你们的电脑里。"

"好吧,好吧,德怀特暗自思忖后清了清嗓子,朝桑顿探过身,压低嗓音说道:"我们单独谈谈好吗?"

"请原谅,"桑顿说道,"这位是达内尔·杰斐逊,我的副手,也是我唯一的雇员和'黑颜知己'。为了把你的精神传达给贫民区的黑人,你身边恐怕也要雇几个黑人律师吧?"

"你很聪明。"德怀特把两手往桌上一支,撑住脸说道,"我承认我栽了。"然后话题一转,"我们已经认识了,能来点冰镇可乐吗?"

"可惜我们已经断电了。"达内尔说道,"你到底想打什么算盘,格拉斯里先生?"

"必须出售一些土地以偿还贷款。"

"那我再补充一点,然后你就可以引进沃尔伍斯、雅克意粉、西尔斯、法琳贝特等名店,再按照国家橄榄球联赛的标准建一座配有豪华包间的十万人体育场,到时候连艾伦·戴维斯都会对它感兴趣。"

"德怀特,我可以直接叫你德怀特吗?"达内尔犹豫了一下问道。

"当然,我也知道了你叫达内尔,他叫桑顿。"

"我们去屋顶看看吧,"达内尔提议道,"上面视野开阔,可以鸟瞰整个废品场。格拉斯里先生,哦不,德怀特,你是罗得岛的大户,这个州曾经盛产念珠、手镯,还有形形色色的服装和珠宝,据说都是当年的朝拜者从印第安人那儿学来的。如今这些产业已日薄西山,再也不能成为经济增长点和主要的税收来源,如果我们不能重新开发这片土地,搞一片现代化的工业园,我们就没办法重振罗得岛的经济。"

"那就把你们的工厂作为我们的落脚点吧。"德怀特回应道,"伙计们,我们做过调研,可没人知道你们在干什么,也许连你们自己都不知道自己在干什么。"

大雾遮挡了阳光,久久不肯散去,他们只好从屋顶返回了办公室。

"给我提供一张这块地的图纸,我把它打包在我的方案中,转让后给你们留下百分之二十的土地收益。"

达内尔瞄了桑顿一眼,见桑顿点了点头,立刻心领神会地取出一个戈勒尔终端器递给了德怀特。

"这个小东西是我们巴尔道系统的安全保障。"

德怀特像是被噎得打了个嗝,立刻笑着挥了挥手。

"如今,计算机环境在骗子、精神病、色魔、大盗、非法武装、股市黑手、贪婪的银行和投机商的玷污下变成了一个恐怖的世界……"

达内尔解释说。

"看来只有你们哥儿俩才买通了上帝。"德怀特嘲笑道。

"老实讲,"桑顿说道,"普罗维登斯第一商业银行,我是说你的银行,通过你们房屋基金的再投资,帮助毒贩从十个可卡因账户中洗钱。虽然目前尚无准确的数据报告,但可以肯定每次你都能从洗过的钱里留下十七个点的提成。"

德怀特脸色大变,瞬间对这两个捏住自己七寸的年轻人生出了一丝恐惧。他定了定神,试图找个分辩的理由,但很快就放弃了。

"你们打算把我供出去吗?"德怀特忐忑不安地问道。

"当然不会。"桑顿答道,"所有那些令人敬畏的银行都在做这些事,我只想建议你装一套更安全的网络防护系统。"

"比如说巴尔道和戈勒尔。"达内尔直言不讳地劝道。

德怀特暗自庆幸,看来眼前这两个年轻人在阴暗的角落里待得太久,已经对贪婪习以为常了。贪婪是人类的天性,而计算机世界的勾心斗角愈演愈烈,正反映了人类社会的堕落,以及人们彼此之间越来越脆弱的信任。

除普罗维登斯第一商业银行外,它所属的保险、房地产公司都用上了原装的巴尔道·戈勒尔终端加密器。尽管系统仍需要完善,但毕竟不再有人能侵入他们的核心腹地。

当空军受到"黑客"的攻击并因此瘫痪了一个至关重要的系统后,他们也选择了巴尔道。

巴尔道·戈勒尔系统引起了无数大专院校和实验室的注意,在精英团队连续的测试报告中,系统独特的加密程序博得了众口一致的赞誉。

推土机驶进了废品回收场，桑顿的春天到了。第一个土地开发项目启动了，他似乎看到他的主机机房里转动着那两个他亲手制作的电子魔方。

在达内尔看来，媒体对测试的关注度越高，他们的系统就越受市场瞩目。当庞大的客户群和广泛的需求奠定了他们的市场地位后，达内尔骄傲地将他们的事业定位为"T3产业"。

短短几年，世界五百强中的一百多家企业就成了T3产业的用户。

面对急剧膨胀的市场需求，在T3产业的交易中获利丰厚的德怀特意识到自己靠上了一棵摇钱树。为了成倍地提高产量，培育这棵取之不尽、用之不竭的摇钱树，他不惜放弃了他的毒品交易账户。

大局已定，T3产业的创造者桑顿却迟迟不能浮出水面。达内尔发誓要改变桑顿的性格，无论这个过程有多缓慢、多曲折，自己都必须让他学会与商界交往，学会在公众和媒体前随机应变、口若悬河。为此，达内尔专门为桑顿找了一个演说陪练。当桑顿第一次走上讲台，面对公众，紧张不安、声音颤抖地发表枯燥无味的演讲时，他不得不靠一粒温和的贝塔受体阻滞含片来缓解不安。这是一场巨大的挑战，但他总算熬过来了。

随着在公众场合频频露面，他终于越来越善于表达自己独特的思想，以自己独特的幽默感引起了大众的注意。

他的身影出现在大学的毕业典礼上，出现在商界和学术界的权威论坛上。他在演讲中的停顿、不安总能感染现场的气氛，他腼腆的神态、他引用的那些连他自己都不明白的传说中的笑话，也总能引起听众的爆笑和掌声。

桑顿在达内尔眼中的形象变了，变成了一个活生生的大人物。

这才是桑顿！一个即将书写崭新人生的桑顿！有一点达内尔始终不明白，桑顿怎么那么享受公众的崇拜？是因为他的自卑？他的本能？还是他的使命感？不管怎样，他似乎再也不会变回那个具有温情与爱心的桑顿了，他已经把自己当成了救世主的化身。

一天晚上，在曼哈顿岛上以极端自由主义思潮而享誉美国的第九十二大街上,桑顿的演讲刚刚开始,就引起了听众的强烈共鸣。他终于跨越了那道巨大的鸿沟,从一个普通的演讲者变成了一个蛊惑人心的大师。

他习惯性地把手插进裤兜,缓缓走下讲台,然后擦擦眼镜,一边开着玩笑说"他很快就要失去他的影响力了",一边漫不经心地瞄上两眼附近上演的讽刺喜剧,顺口甩上几句骂人的脏话。

桑顿从来不会睡不着觉,但那天在曼哈顿演讲之后,他失眠了,连续三天三夜没有睡觉。就个人魅力而言,他已经跨入顶尖人物的行列,至少可以排在基辛格博士之后。

达内尔像养育孩子一样把精力都投进企业扩张之中,他要在波塔基特控制中心上马两台新型的大型主机,以有足够的能力实时处理成千上万条指令和信息。

在负责组装计算机和加密终端的厂房里,流水线上的员工只能在授权下分别参与四分之一的加密集成,科研开发实验室和安装维修车间则被规划在了另一座厂房里。

还有一座毫不起眼的四层办公楼。

一天,达内尔把所有图纸,包括一些与T3产业没有直接关系的建筑图纸摊在了桑顿的面前。

"这是什么?"桑顿在工作台上展开最后几张图纸问道,"员工俱乐部?你没搞错吧?开什么玩笑?"

"是建筑师的设计。"达内尔解释道,"我认为一个现代企业应该具备休闲、健身、娱乐场所,所以我没反对。"

"这还有个药房?看起来像座大型综合医院。"

"假如有一天疾病流行……以防万一。"

"高档餐厅?旅行社?海滨夜总会?观光团?……怎么还有个托儿所?简直是乱来!"

桑顿把那几份图纸从文档中扯下来,撕成碎片后揉成团扔进纸篓,划着一根火柴丢了进去。

"看来你对这份设计并不满意。"达内尔说道。

"真他妈扯淡！简直是该死的社会主义！干脆都当保姆好了！这样搞下去快变成苏联的工人阶级了，还不如再建一座革命同志议事堂，然后挂上列宁同志的画像！"

"你应该知道我为什么要推动此事。"达内尔说道。

"我不知道，除非那是你的临终忏悔。"

"我是在帮你，帮你从全国挖掘最好的人才。我们会有最好的人才的，可你不能让一个年薪六位数的员工在一个垃圾场似的环境里工作。这是个机会，一个解决未来劳工问题的机会。公共关系是门大学问，如果他们见此还想搞工会，如果缺勤率不降、生产效率又不升的话，我情愿在感恩节大游行的时候在梅西百货的橱窗里亲你的屁股。"

"在百分之九十称职的企业高管中，没有哪个共和党总裁会支持这套社会主义的把戏，只有傻瓜才相信他能买到雇员的忠心。"

他们各执己见、针锋相对，友好的分歧暴露出他们身份、地位的差异，也印证了物以类聚、人以群分的自然法则。

"你是在给我下通牒吗，达内尔？"

"是的。"

"想一辈子都以此来要挟我？"

"那要看你是不是太过分，桑顿。与今后的麻烦相比，现在的投入算什么？只要出现一星期的罢工潮，你的损失就会成倍。见鬼！你好像还没脱离工业革命时期的思维方式。"

"我是担心整个世界都会和我作对。"

"退一步海阔天空，桑顿，我倒觉得你应该有个更美好的世界。"

在一片欢乐的气氛中，员工俱乐部大楼的奠基典礼出人意料地改变了T3产业园的劳资关系。

乐队、野餐、州长和罗得岛选美小姐的出席，波士顿流行乐团的闪亮登场，无不印证了这是一场真正的狂欢节。两千一百零四块牛排被大啖一空，在《美国佬的幸福明天》的乐曲声中，T3产业园的奠基仪式挖下了第一铲土。

第八章

1953 年
乱世城

丹佛机场的接机大厅里,修女唐娜把怀里的小男孩往地上一放,朝对面的舒本和丹指了指,孩子立刻张开两手喊道:"爸爸!妈妈!"扑了过来。

舒本伸出手把孩子紧紧抱住,言语哽咽地问道:"他怎么会认出我们呢?"

"这孩子最近一直在认你们的照片,我们告诉他那上面的人就是他的父母。"

小奎恩只带了两件换洗的衣物和怀中的木娃娃,好奇地观察着这个陌生的世界。

在修女唐娜办理抚养交接的那几天,每当舒本从唐娜怀里抱过孩子,总会情不自禁地亲了又亲他,而丹好像也从孩子的眉宇神情中看到了奥康内尔和洛根家族的身影。

修女唐娜离开的那天,舒本忍不住再次问起了孩子的身世。

"舒本,我只是个使者,真的不清楚奎恩的身世。"修女说道,"这孩子的出身就是一本合上的书,现在我把他交给你和奥康内尔先生了,我已经履行了我的诺言。"

"可丹那么传统,那么为他的爱尔兰血统骄傲,如果有一天他发现奎恩·帕特里克并非爱尔兰裔的话,恐怕连上帝都要后悔。"

"我只知道他是修道院收养的孩子,一个非常可爱的孩子。"修女深情地看着舒本说。

此时此刻,丹对孩子的柔情已经无需舒本再对孩子的身世表示疑问了。所有的家庭都有隐私,如今,他们与赋予了奎恩生命的那对父母毋庸置疑地组成了一个崭新的大家庭。

奎恩的成长从来没有离开过丹的那双大手,他在那双大手的搀扶下学会了走路,在那双大手的指导下学会了骑马。

作为强者,丹在成为山谷中的无冕之王和地方帮派的核心后,两次赢得了州参议员的选举,从一个塔玛尼市政厅的民主党人转变成一个不满甚至讨厌政府法规的共和党农场主。乱世城外的山谷是他的地盘,但他却一直与那些所谓的环保主义者老死不相往来,因为他讨厌那些蓄着大胡子、叼着烟斗、打扮得像嬉皮士似的家伙,讨厌他们要自己的河流改道!直到有一天,一个穿着打扮还算顺眼的家伙坐在他的面前,与他一起拿出了一个保护河狸的小水坝方案后,丹才对他们改变了一点看法。

小奎恩对新环境越来越适应了,也越来越爱发脾气和调皮捣蛋,丹和舒本也觉得与孩子之间的情感越来越亲密。无论在什么时候,在何种场合,只要一谈起儿子,他们就喜形于色。

舒本发现奎恩很聪明,比他爸爸还会见风使舵。当他有求于爸爸时,他会软硬兼施,不达目的誓不罢休,但只要他感觉不对,便会立刻转而去捧爸爸的臭脚。

不过父子俩有时都很固执,固执得让夹在中间的舒本左右为难。

每当此时,丹就会沮丧地把这一切都归咎于奎恩神秘的身世。

该发生的事情迟早要发生,不该发生的事情永远也不会发生。

"你好,奎恩。"富兰克·毕可拉在校车车站朝奎恩打招呼。

"你好,富兰克,今天去打球吗?"

"不了,我老爹揽了一堆事要我去做。"

"如果能凑够九个人,我们就可以组织一个像样的俱乐部了。"

"嗨,奎恩,"富兰克打断了他,"我听我爸妈在厨房里悄悄地用意大利语交谈，他们显然不想让我知道，可我还是听到了。我爸说，他记得很清楚，是个修女把你送到这个农场的。"

无知只能引起好奇，却无法动摇爱的根基，该面对的总要去面对。

"你爸爸和我反复斟酌，一直想找个合适的时机告诉你一切。秘密不可能永远都是秘密，看来那天你在校车站有所耳闻后，这个机会终于出现了。"舒本说道。

"富兰克·毕可拉只是随便说说，没其他意思。"奎恩试图解释。

"很高兴你把它摆上了桌面，儿子。"丹说道，"我们等这一天等了很久，久得我们已经成了一家人。你就是我们的儿子奎恩·帕特里克·奥康内尔，连名字都是我们根据一名勇敢的海军陆战队员的名字起的。"

"可我是被领养的？"

"是的。"舒本点点头，娓娓道来了奎恩被领养的经过。

奎恩懂事地拉起他们的手："我爱你们，我们现在、永远都是一家人。我不在乎他们怎么说我，因为我爱你们，我就是爱你们。"

丹和舒本从他的语气感受到了他内心受到的伤害。奎恩说完，起身准备离开房间："我的父母，我是说……我的另外的父母是谁？"

"我们真的不知道！"舒本伤心得几乎落下了泪。

"我们以圣父圣母的名义保证，他们不告诉我们，否则我们会失去你！我向你发誓，儿子，你妈妈和我什么都不知道。"丹实在不知道该怎么解释才好。

"教会一定知道。"奎恩转身离开了房间。

生活一如既往，但在他们三个水乳交融的依存背后，却浮现出两个幽灵。他们忽而令人心惊肉跳，忽而又消失得无影无踪，他们到底是谁？

在随后的几年，父子俩照旧一起长途跋涉去钓鱼，一起去洛杉矶看道奇队的比赛，一起去泛舟激流，一起燃起篝火野营。在和儿子玩球时，丹的伤腿使他追起球来有点力不从心，但奎恩射球精准，用不着在这方面占老爸的便宜。

奎恩从小就和农场管理人的儿子卡洛斯·马丁内斯成了朋友。卡洛斯一点不像农场长大的孩子，他喜欢下棋、看书、听音乐，身上有股拉丁裔男子的气质，才十几岁就充满了征服欲。

在牛羊的陪伴和大自然的熏陶下，奎恩和小伙伴们从小到大都很珍惜他们的友谊，丹从他们身上仿佛嗅到了自己当年与贾斯汀·奎恩的那份交情。

丽塔·马尔多纳德是这里唯一的年轻姑娘，她的父亲是颇有名气的肖像画和雕刻艺术家雷纳尔多·马尔多纳德。在距离农场一英里远的一片高地上，雷纳尔多把他的家和画室安在了一座金字塔似的建筑中。他早年丧妻，在一个墨西哥保姆的帮助下带大了丽塔。

虽然丽塔比奎恩和卡洛斯要小很多，却坚持要打入他们两人的俱乐部。她无拘无束，喜欢玩球，还帮他们搭起一座硕大的树屋。她常出没于奎恩家的厨房，她的棋艺已经足以打败这两个"兄弟"。

卡洛斯在高中时就明确了他的人生目标，他一心要考法学院，然后拿下律师资格证书，成为一名卓越的律师。他对东部的著名大学根本没有兴趣，只想去以移民法教学闻名美国的得克萨斯大学。

卡洛斯选定了他的人生方向，奎恩却依旧喜欢家乡的山水，对农场经营充满了浓厚的兴趣。

丹在年轻时因家庭生活的窘迫而失去了上大学的机会，他把梦想寄托在了奎恩身上。

当年在游戏场上玩耍的奎恩一天天长大了，如今，他肌肉结实，体重一百七十磅，站直后身高足有一米八。

乱世城高中的各个体育运动队都不是强队，好在他们的对手也不怎么样。奎恩在棒球队是个不错的一垒球手，他还喜欢冰球和速滑，尽管从未有过突出的表现。

在丹的鼓励下，奎恩也尝试过橄榄球。比赛中他的位置很有意思,总是在进攻时打后卫,防守时打边锋。没人看好他,只有丹例外。

奎恩房间里不断增加的书刊引起了丹的不安,里面的好多书丹都看不懂,他怕有一天儿子会因此而离家出走,那可是个噩梦。

时间过得飞快,尽管丹私下里为奎恩制订了一个长远的人生规划,但与儿子的沟通却变得越来越困难。

卡洛斯如愿考上了奥斯汀的得克萨斯大学,他只身一人来到奥斯汀,一头扎进了书本和课程当中。

当他逐渐适应了校园生活,开始把时间用在学习和应酬追逐他的异性身上后,他与奎恩之间的通信减少了。

当两人第一次在农场重逢时,他们都意识到过去的已经过去。卡洛斯不但蓄起了胡子,就连神情举止都发生了变化。

奎恩身边有了新的好朋友——丽塔,别看她只是个十几岁的少女,稚气未脱,却像株含苞待放的花朵,早晚会成为漂亮的大姑娘。

学校放假了,卡洛斯远离了这个世界,丽塔和她的父亲去了墨西哥,奎恩只好在主的陪伴下,独自漫步到了河边。

在农场和花园里摆放的那些神圣的雕像前,在床头悬挂的十字架下,奎恩感受到了父母对天主教的虔诚,也感受到了教会的力量。

他可以对这个世界产生疑问,但不能去触碰父母的底线。

肖恩神父刚一进门,就察觉到家里的变化,一场期待已久的对话正等着他的到来。

天黑后,那个不速之客出现在神父的阳台上。

"是不是有点寂寞了,奎恩?"神父问道。

"其实我很忙,又有一大帮哥们儿要应酬,但还是想找个人聊聊。卡洛斯这个暑期要留在奥斯汀完成他的学业,我和雷纳尔多蛮投缘的,可惜他带着丽塔去了墨西哥,要等开学才能回来。"

"我听你父亲说,你很有可能拿到那些不知名大学的橄榄球奖学金。"

"我老爸把我当成盖尔·塞耶斯了,也不问我到底喜不喜欢橄榄球。我不想扫他的兴,橄榄球还真不如棒球有意思。其实我冰球水平不错,但老爸非要我去拿橄榄球的奖学金。"

看来这不是什么奖学金的问题,这是一场真正的控制与反控制之战。

丹在试图左右孩子的命运,他怕失去儿子,怕儿子一怒之下去找生身父母,他已因恐惧变得不可理喻。

"肖恩舅舅,有个问题一直在困扰我,那就是上帝为什么要把我的身世搞得那么神秘?我曾经在天主教的信仰中找答案,可除了对丹和舒本的感恩外,却失去了对教会的信任。"奎恩不安地对神父说。

"这个问题也一直在困扰着我,孩子。"神父说道,"但教会这么做一定有它的道理,毕竟天主教是人类历史上最悠久、最庞大的宗教组织。"

"那你怎么解释教会中有那么多酗酒的教士和未婚生育的修女?还有那个以杀戮闻名穆斯林世界的圣战英雄萨拉丁?我第一次听说他的故事时差点吓得晕过去,但与中世纪的西班牙宗教大审判和'二战'中德国的种族灭绝相比,他却是'小巫见大巫',可那两个国家都是地地道道的天主教国家呀!"

神父拉起奎恩的手说:"与主沟通的方式有很多,天主教只是其中之一,但却被那些有钱有势的人利用了,他们把教会的力量当成了他们手中的砝码。可那些穷人为了生存也在利用教会,他们以奇特的方式在教堂的祭坛上祭奠活鸡,每个教派都站在各自的角度曲解天主教的教义。他们是魔鬼,天主教中的魔鬼。犹太教中也有魔鬼,伊斯兰教中也有魔鬼,那些魔鬼正试图用金钱洗刷他们的良心。但既然人类繁衍出了宗教制度,就说明人类需要它,不管它是否存在污点,它依然在运转。"

聪明,舅舅太有智慧了!可惜啊,他这么有智慧,一定很孤独,一定很难找到既能理解他又能与他交流的人。

"对我来讲，爱是我信仰的底线，只有爱才是来自耶稣的福音。"神父接着说道，"至于其他所谓的奇迹或圣贤、杜撰或曲解，你都可以一笑了之，只有爱才能让你从福音中找到生活的真谛。"

神父明白，他再表白和解释，也难以打消奎恩的疑虑和对教会的叛逆。没有哪个宗教信仰能够真正影响奎恩，因为他决不会接受任何他无法接受的说教。

冬天到了，随着季节的变化，父子之间的关系也越来越僵冷，但在乱世城那四百个从幼儿园到中学都没分开过的孩子们中间，奎恩天生的人格魅力却让他成了许多孩子心中的偶像。

在肖恩神父的开导下，丹开始重新思考奎恩对生身父母的那份纠结。一个孤儿发自内心的冲动和人性的呼唤，似乎不能简单理解为是对家庭关系的威胁。

奎恩是个心态开放、求知欲很强的孩子，受丹的影响，他也成了道奇队的球迷，也喜欢杜克·施耐德、杰克·罗宾逊、吉尔·霍奇斯和普利策·罗伊。如果不是道奇队赛后升级离开了布鲁克林，丹原本计划带奎恩回纽约去开阔一下他的眼界。

或许，丹私下里盘算着，或许可以为儿子在那些名校申请个名额，一来缓解自己心中的愧疚，二来弥补一下父子关系的裂痕。

遗憾的是，丹的一厢情愿却引起了儿子更强烈的逆反。

他们不再一起钓鱼、骑马、泛舟、骑山地车。当奎恩从中学毕业后，他开始面对人生中的第一次重大选择。

卡洛斯希望奎恩去上得克萨斯大学，但他很快就要毕业了，即使奎恩去了，他们最多也只能做一年校友。

丹为奎恩忙里忙外地报了不少大学，为了表明他的心意，他还大度地安排奎恩和舒本回东部去实地考察一下那边的名牌大学。尽管丹一直认为年轻人应该在运动项目上有所建树，但儿子的生活毕竟是他自己的生活，只要他能在东部的一所名校完成学业，他一定会怀着感恩的心返回科罗拉多。对于这个一厢情愿的安排，丹和奎恩没有彼此做认真的交流。

母子俩就这样踏上了新英格兰发现之旅。东部和西部确实很不一样,在纽约大剧院的舞台上,当田纳西·威廉姆斯的话剧的第二场刚拉开大幕,舞台角色的痛哭流涕就让奎恩再也坐不住了。

他原本感觉纽约州立大学和福特海姆大学还不错,但那里的人好像谁也不在乎别人的感受。

奎恩明白,只要他选择了东部,他很难再回到农场,这不但对父母来说太残忍,对自己来说也是个损失。他可以决定自己的人生,但不能不考虑丹的遗产,为此他曾经考虑过自己是否应该有个兄弟。

从华盛顿沿高速公路驾车经斯坦福抵达洛杉矶后,奎恩为广袤的美国国土感到震惊,他第一次从内心深处萌发出一股冲动,他要向祖国和人民证明他的存在价值。

他们一返回农场,就注意到丹春风得意,好像在他们外出的时候他见到了上帝。

"你们看上哪所大学了,舒本?"丹迫不及待地问道。

"我个人比较倾向的是加州大学伯克利分校。"

"共产主义!"丹脸色一变,"他们早餐吃的都是抗议牌薯片,和洛杉矶分校一样,简直就是个妓院!"

他说着,将一摞入学通知书递了过来。全是名校!他从中抽出一份拍在桌上,嘴一咧,露出得意的笑脸。

当他沾沾自喜地报出哈佛大学的那个瞬间,舒本却从儿子的脸色中看到了不悦。

"……哈佛!这是哈佛!你是第一个去上哈佛的奥康内尔,第一个不再上夜校的奥康内尔。哈佛!我儿子要上哈佛了!"

"我照妈妈说的从学校发出了我的申请,但我并没有申请哈佛大学。"

"是我替你申请的,还有我的银星勋章,我太高兴了。"

"等等,丹。"舒本打断了他,"儿子,你好像并不高兴?"

"我能有自己的选择吗?"奎恩问道。

"我说,难道你和你妈还没看够那些学校吗?这可是哈佛大学!

全世界最出色的大学！有多少人想上他们还不要呢！"

"爸爸，我可以考虑哈佛大学，但我必须先确定我的选择是对的。"

"你什么意思，儿子？"丹诧异地问道，"你或许还可以进入他们的棒球队呢。"

"看在上帝的份上，爸爸，那只是我的业余爱好。"

"在棒球上不是，你很有潜力。"

"别总想把我变成布鲁克林道奇队的球员，进哈佛大学是为了学业，我不想在没弄明白我到底要学什么之前就陷入到那些球赛当中。"

"奎恩，你是第一个拒绝去哈佛大学接受教育的白人，你知道这样做的后果吗？"

"够了，丹！"舒本生气地打断了他，"别理他，儿子，上帝会善待我们，我存了足够的钱去应付未来。"

丹脸色一变，嘟嘟囔囔地把酒瓶里剩下的酒全倒进酒杯。

儿子脾气太倔，从来不给自己面子。

"我想要自己的生活，爸爸。这次和妈妈走了一趟，我看到也感受到了这个国家的伟大，但我不想因此而受到诱惑，我要留在你们身边。爸爸，你并不需要一个哈佛毕业生来管理你的农场。"

"说下去。"丹露出了一丝不快。

"他还是个孩子，"舒本说道，"想想你因为当警察的蛮横而愧疚的时候，你曾经多少次诅咒过是你的父亲安排了你的人生。"

"我要去上科罗拉多大学。"奎恩说道，"不打冰球，不打橄榄球，如果他们的棒球队足够烂，或许我可以考虑试试。我准备专修普通文科和人文学，拜雷纳尔多为师，因为我想多一些激情。"

丹猛地站起身，冲向奎恩，一巴掌打在他的脸上。当舒本本能地冲过去挡在他们中间时，奎恩已经转身朝门外走去。

第九章

1968 年
乱世城

　　这是个泥泞的季节,夜间的霜冻一到白天就把崎岖的山路变成了泥浆的世界。从农场到镇上的路面车辙纵横,遍地湿滑,在两英里长的"之"字形山路上,你只能一步一步地踩着前人留下的脚印徐徐前行。

　　奎恩离家的时候没有穿夹克,没有带手电筒,没有开吉普车(他从来不认为那车是自己的)。去得克萨斯大学找卡洛斯?不,那样会把他的父母佩德罗和康塞萝卷进自己的家庭纷争,这事本来与他们无关。

　　给肖恩舅舅打电话?他总能对自己的不幸一笑了之。可方圆一英里根本找不到电话。一束汽车大灯的灯光从身后照了过来,他停下脚步,靴子头上沾满了泥浆。

　　"奎恩!"吉普车在舒本的喊声中停了下来,"回家吧,孩子,求你了,你爸爸现在非常后悔。"

　　他不停地摇着头。

　　就算妈妈的恳求能感动这片山谷,他也不回头。妈妈看起来像个泥人,满身泥点,泪水伴着泥水流下了她的面颊,但奎恩依然坚决地推开了妈妈伸向他的臂膀。

　　"把车开走吧。"她无奈地叹了口气,"我在手套箱里放了些零钱和信用卡。给我打电话，儿子，一定要打电话。"

话音未落，她已经转身艰难地朝家里走去。奎恩犹豫了片刻，不由自主地抓住方向盘，滑进驾驶座，打开沾满冰水的雨刷器，擦去挡风玻璃上的雾气，挂上低速四轮驱动，缓缓地向着山下的城镇开去。

泪水和雾气遮挡了奎恩的视线，如果不是他熟悉这条山路的每一个弯道，他随时都可能出现意外。危险的路程转移了他的注意力，也多少舒缓了一点他心灵上的伤痛。

车在打滑，他不得不放开刹车。车子冲进路沟，差点撞上一棵老树。他动不了了，可小镇还在两个弯道之外。听天由命吧，反正我什么都不是，正好一个人待会儿。

一道手电筒光照在他的脸上。

"圣母玛利亚！是你吗，奎恩？"

"嗯。"

"你受伤了？"

"不，没有，我还好。"

"哦，我的上帝。"奎恩痛苦的表情好像吓着她了。

"你是谁呀？"

"是我，丽塔·马尔多纳德。"

她从车里翻出块破布，给奎恩擦了擦脸，然后捧起一把雪，小心翼翼地敷在他肿胀和擦伤的脸上。

"这么晚你跑这儿来干什么？"他不禁哼了一声。

"我刚去看了电影。你是想在这练爬树吧？看来我得送你去医院。"

"用不着，我发誓我还好。"

"可你明明像是刚刚遭遇了邪恶的雪人。"

"或许你说得没错。"

"我送你回家吧。"

"不，我没有家。"

"哦，我的上帝。"丽塔不解地咕哝了一声，"起来吧，那就先去我家，然后给警长打电话，让他把你的车拖出来，走吧。"她拉起奎恩，把他塞进自己的小皮卡，扣好安全带，坐上了自己的驾驶座。

"嘿，你要干吗？你才十三岁就敢动车呀！"奎恩喊了起来。

"我就要十四岁了，何况我早熟。我最近一直在替警长带孩子，他只是希望我别在白天开车就行。"

丽塔说得没错，她确实是早熟。

他们沿着湿滑的山路爬上一道山梁，拐进一条狭窄的私家路，眼前呈现出乱世山谷中又一幅动人的画面：一片几英亩大小的草坪上，千奇百怪的雕塑托起了一栋展翅欲飞的庄园。

雷纳尔多·马尔多纳德以他独特的艺术品位和建筑风格，定居乱世山谷短短七年，就成了享誉山谷和城镇的名人。

他什么都干过，在得克萨斯摘过棉花，在码头做过搬运工人，甚至因为边境走私、聚众酗酒、倒卖毒品而蹲过卡农城的大牢。

在成为一位引领潮流的画家和雕塑家之前，他的早期作品反应的多是一个普通的墨西哥人对社会压迫与不公的愤世嫉俗。尽管他已经是第三代墨西哥裔的美国公民，却一直把自己看成是墨西哥人。

他唯一的一次婚姻是娶了一位金发碧眼的明尼苏达州姑娘，那个姑娘因乳腺癌去世后，给他留下了一个六岁大的女儿。

他痛定思痛，为了女儿丽塔，一改放浪的生活方式，定居在了乱世山谷。

雷纳尔多的家成了一座圣堂，吸引了山谷内外许多上高中的孩子。那里有他天南海北的见闻，有他抱着吉他自弹自唱的抒情，更有无数挂在墙上的裸体画像和摆在院子里的裸体雕塑。几年来，作为一位选修课的讲师，雷纳尔多三进三出科罗拉多大学。他的课程繁杂，内容五花八门，总之，他是科罗拉多大学的一块瑰宝。

当丽塔吃力地把奎恩推上后门的台阶时，马尔（雷纳尔多的昵称）打开电灯，诧异地问道："你在干吗，丽塔？"

"奎恩·奥康内尔。"

"奎恩？我怎么觉得你是把一段泥巴路搬回家了。"

"我没事，什么事也没有。我是说，我没受伤，我很正常。"奎恩叽里咕噜地咕哝着。

丽塔帮他脱掉鞋，递过一件浴袍。他走进浴室，冰冷的指尖唤醒了他的意识，他又一次记起了丹给他的那个耳光。好吧，让大家给我评个理吧。

"我想我应该给你家里打个电话。"几分钟后，马尔说道。

"不。"

"'不'是什么意思？"

他犹豫了一下："我们吵架了。"

"如果丽塔在这种天气下外出的话，不论我们之间发生了什么误会，我肯定会担心的，所以我还是要通知他们。"

怪不得谁都认为马尔是个变态的艺术家，奎恩听着马尔在隔壁捂住话筒的通话声，心里暗自说道。

"你今晚就住这儿吧，想吃点什么吗？"

"热乎的就行。"

浓汤温暖了奎恩的身体，也刺激了他的神经，他总算从麻木中清醒过来。

"你知道我是被领养的吗？"奎恩问道。

"不知道。"丽塔答道。

"我也不知道。你是今晚才发现的吗？"马尔问道。

"不，我十岁时就知道了。"

"难怪，我们来乱世镇才七年。奎恩，如果我是你，我也会和父母产生矛盾，你妈妈也瞒着你吧？"

"没人知道我的生身父母是谁，一定是教会在作怪，还把它与什么隐私和上帝的安排扯在一起，我看就是个骗局。"

"是啊，教会就是干这个的。如果你被一个教士从地狱带回这个世界的话，是福是祸谁也没法预料。想开点吧，要不要我给你哼上几段小曲？"

奎恩把头靠在马尔的胸前，他们一起朝客房走去，泪水滚动在他的眼中，他真希望此时他依靠的是父亲。

他朦胧地感到是丽塔为他关掉大灯，打开盥洗室里的小灯，又点上了一支蜡烛，他似乎听到了马尔哼唱的小曲，歌词大意是一只可怜的小鸽子就要死了。这些墨西哥人怎么个个都有一副动人的嗓子？

马尔放下吉他，充满父爱的目光落在女儿身上。他知道，女儿一直在暗恋奎恩，虽然她才十三岁，却已经流露出少女的纯真和诱惑。

遗憾的是，她的早熟和暗示并没引起奎恩的注意，她可真是一个单相思的小傻瓜。

去年夏天，在女儿的纠缠下，马尔不得不答应为她画一幅裸体肖像。他们在天体浴场与那些裸泳爱好者一起游泳，一起洗热水浴。当女儿像个模特一样摆好姿势后，马尔却再也无法正视女儿一眼。在艺术家和模特的大笑声中，马尔烧掉了他画了一半的素描。

"我要去睡觉了。"马尔说道。

女儿的眼神中充满了期待。

"干吗不去陪他坐坐？这么晚了他还独自在外，一定是出了什么大事。"

"爸爸，你真好。"

奎恩……我的偶像……你就从没注意过我吗？千万别离开这里，否则我会死的……你是我的，只属于我，有我陪着你，你将再不会受到任何伤害……

第十章

博尔德
科罗拉多大学

丹从妻子留下的便条中得知,舒本与她的母亲及妹妹去了欧洲。这就是母性愤怒的后果。

在祈祷、自责、悔恨、无地自容后,他觉得自己是这个世界上最笨的警察。

他只好抱起电话,没完没了地把忏悔倒给肖恩神父。

"听着,丹,上帝是公平的,你要补偿对奎恩做出的伤害。"

"我准备送他一辆福特产的野马车。"

"送什么都不如你去当面向他道歉。"

在警察和军人生涯中,丹仗着军阶和地位做过不少称王称霸的勾当,但那个年月,只要拍拍对方的背,事情也就过去了。

可现在,这点家事就像一块嚼不烂的卷心菜卡在心口,日夜折磨着他。

舒本把家里那辆旧吉普留给了奎恩,又为他在银行开了个账户,钱虽不多,却也足够儿子在外面自己租个公寓。两年来,在一片宁静的校园里,奎恩怀着浓厚的兴趣遨游在人文学的大海中。像其他同龄人一样,他们年轻、有朝气,但对人生充满了困惑。

奎恩每周都要去酒吧替一个哥们儿顶一天班。那天,如果不是在酒吧里突然见到了丹,他几乎已经淡忘了他与父亲之间的摩擦。

丹拉过一把高凳,往吧台边一坐,用手推了推头上的牛仔帽:"儿子,我想告诉你,如果有一万种方式可以表达我内心的悔恨,我情愿现在就做。"

"还是高度啤酒?"奎恩问道。

"不,低度。"

"低度?你是说低度啤酒?"奎恩显得有些吃惊。

"是啊,听医生的吧。"

说着,丹一把抓住奎恩的手,脸上充满了期待。

"我还有一小时下班,附近有家不错的牛排店,要尝尝吗?"奎恩问道。

那个晚上,当奎恩原谅父亲后,丹的脸上露出了久违的欢笑。

"感谢上帝,我们总算不再担心像其他爱尔兰家庭那样把矛盾带进坟墓了。你过得还好吗?"

"还好,我租了套两个卧室的公寓,雷纳尔多教授每两周来学校上一堂艺术伦理课,就住在我这儿,替我分担一部分租金。"

"教授?他是教授?"

"是的,爸爸,你随便去一家画廊,告诉他们你要找雷纳尔多的作品,你就知道他为什么是教授了。"

"该死,我以为他只会画些裸体女郎呢!"

"那仅仅是他艺术的一部分。"

"看来我是误会他了。奎恩,一晃两年多了,什么时候回趟家呀?"

"我一直很想家。"奎恩动情地答道,"不过我又交了不少朋友,偶尔也去约会一下。"

"我明白,明白。耶稣啊,孩子们都长大了,偶尔偷个情就像偶尔喝点酒一样,你一定要原谅他们。我这样的人是过时了,但如果你不想结婚的话,和有些姑娘你玩归玩,总要小心为好。"

"放心吧,老爹,我们都不小了。"

奎恩总算又回家了,偶尔还带个女友回来。他携女友回家时,通常是先把吉普车停在农场一个叫象牙口的地方。那里有个温泉，丹在那个地方盖了栋小屋。一到周末，丹总会一个人盯着那栋小屋发呆，嘴里还咕咕哝哝的，一脸的不快。

但只要在饭桌旁坐下，丹就会发现儿子的女友个个都不错。她们有学法律的，有学工程的……看来这个世界真是变了，变成了一个勇敢者的世界，连肖恩神父也不得不承认婚前同居在很多信仰天主教的孩子们中间很时髦。

算了，但愿儿子能找到一个好姑娘，一个自尊、自爱、自立的好姑娘。圣母保佑吧！

奎恩用他准确潇洒的一击，把飞来的球打向了外场的防守队员。

大腹便便的霍伊教练两手拍着屁股，不停地对场上的队员们吼叫着，要他们盯死各自的本垒。

奎恩换过一桶球，突然发现自己的表演又吸引了那个姑娘，一个连续三天都在场外观看训练的姑娘。

她看起来挺瘦，但姿色不错，浑身上下洋溢着青春的活力，至少可以打个七分。约她？

训练一结束，队员们纷纷跑向了更衣室。霍伊吹了声口哨，朝那个姑娘招了招手。

"奎恩，过来认识一下这位女士。"

"我叫戈尔·利特尔。"

"戈尔是《野牛周刊》的撰稿人，想对各个运动队的主力做一些跟踪采访，你就代表棒球队配合她的采访吧。"说完，霍伊迈着罗圈腿走进了休息室。

"好吧，你都想了解些什么？"

在戈尔的诱导下，奎恩很快就把家底倒给了她：他上大三，专业是人文学，父亲是个农场主，政治立场中立，但对毒品、性和摇滚的态度趋向保守，著名的雷纳尔多教授是他最好的朋友。

缘分！真是缘分啊！

奎恩贪婪的眼神落在戈尔细腻的皮肤上，肤色是值得炫耀的浅橄榄色。她很会打扮，柔软的衣料烘托出她娇小、玲珑的曲线，个性突出的首饰并不昂贵，却点缀得恰到好处。她的一举一动都显得自然、大方，好像她天生就知道自己的魅力。

"恐怕我还要再次采访你，希望你不会介意。"她说道。

"随时听从祖国的召唤。"

"男孩子的更衣室臭气熏天，可和我住同一宿舍的两个姑娘比你们味道还大，下次我们去图书馆见面好吗？"

"我请你去吃工作晚餐怎么样？"

"好啊。"她答道，"但我讨厌你们这些打球的家伙喝酒喝得太晚。"

"我们可以到校园外面去，我知道山谷那边有一家不错的餐馆。"奎恩提议道。

我也知道旁边还有一家很方便的汽车旅馆，戈尔乐了。

戈尔的饭量超出了奎恩的想象，饭后又加了三份奶昔。"奎恩，既然你老爸是州参议员，恕我直言，他一定是个顽固的保守主义者。"

"他喜欢有人给他这么高的评价，直到现在他都不肯脱光了换衣服。"

"能谈谈关于孤儿的事情吗？"

奎恩的眼圈红了，他摇摇头："不要吧。"

他的反感和不安显然令戈尔有些吃惊。

"戈尔，你的读者总不至于对'雾都孤儿'之类的故事感兴趣吧？"

"好吧，提问取消。"她答道。

"为什么会选择我？"

"基督在上，奎恩，我喜欢你，而且看好你。霍伊教练同意我在你们这些笨蛋训练的时候随便挑一个，我看中了你。你在跑一垒时的气势、步伐和扑跃，在跑三垒时的反应，都说明你是个可塑之材。"

"如果打出绝杀球，我还会跳着舞步去跑垒，要不要我跳一个给你看看？"

"只要你别得意得跳错了位。"

"可惜的是，在我不知道我的生身父母是谁之前，我什么都不是。"奎恩说道，"我怀疑我是生在女厕所里的，在达拉斯还有个妹妹。收养我的人都对天主教会发了毒誓，必须保持沉默，他们遭的罪一点也不比我少。我上周末才从老爸那儿知道他为什么总看我不顺眼，不是因为我不是他的亲儿子，是因为我做事总比他好。他曾经是纽约布鲁克林的一个警察，既霸道又忠于职守，但突然有一天，一个从石头缝里蹦出的小子，不管是骑马、打枪、修车都比他强，甚至连山谷中对他敬而远之的墨西哥人都成了这小子的死党。"

戈尔合上了笔记本。此时此刻，球场上那个倜傥潇洒的奎恩不见了，在六个小时的交谈中，他竟丝毫没有涉及女性或内衣胸罩之类的下流话题。

戈尔一口吸干了杯底的奶昔。

"再来一杯？"

"不要了。"

"你是怎么保持体形的？"

"性生活。"她坦率地答道。

"瞧你，都长胡子了。"他用纸巾擦掉了沾在她嘴边的奶昔。

"谢谢你的晚餐，但我还是要说些你不爱听的话。去年，你总共打出二百七十个漂亮球，如果能改变一下击球动作，我保证你至少会打出三百个漂亮球。"

"对不起，我不懂你在说什么？"

"我老爸在得梅因市打过超级棒球赛，他没有儿子，所以我从小就成了棒球迷。"

"你不是在吓我吧？"

"当然不是，但我确实可以帮你提高击球水平。有我帮你，你就偷着乐吧。"

"说点具体的。"

"你可以成为一名球手，也可以变成一只猩猩，大学校队中的球手十个有九个都是猩猩。奎恩，别看你人高马大的，要是我用滑手球和分指快球迷惑你，就算打上一天，你恐怕连个球毛都碰不上。"

"你不是在吹牛吧？"

"明天是星期天，我们弥撒后见。"

"我从不做弥撒。"

"我也不做，他们都快把我当成路德会信徒或北欧人了。"

他们把发球机装满球，从棒球架上挑了几根球棒。戈尔在投球手的位置站好，将发球机调成中速，伴随机器铁臂的摆动，球像一颗颗飞弹朝奎恩砸去。

奎恩是个从右侧击球的球手，很少漏球，有几个被他打爆的球甚至还发出了哈利路亚的呻吟。他做了三四十次的挥棒动作后，戈尔关掉了发球机，走到挡板旁边。

"滑雪吗？"她问道。

"马马虎虎。"

"打高尔夫吗？"

"很少。"

"网球呢？"

"我喜欢网球，但只是个球迷，而且是个左撇子。"

"好吧，我们刚欣赏了山顶洞人耍大棒，或许他正在追杀一头狮子。现在，拿好你的球棒，动作要舒展、自然，接着掌握网球、滑雪、棒球运动中的一个基本要领，转动你的屁股。"

她开始做慢动作的原地转体、出腿、上步、臀部一转、重心偏移，整个击球动作协调自然，一气呵成。

在她的指导下，奎恩成了个刚入门的新手，原因很简单，却又充满了哲理。

"你打棒球时从右侧击球，打网球时却用左手，所以从现在开始，你要练习从左侧击球。球棒从背后挥起时要尽量抬高，击球时是这个姿势，把球棒抡起来，抡起来！"

奎恩笨拙地挥起了球棒，不停地眨动着双眼，面前好像飞起了一片球的海洋。戈尔见他总是在击球的瞬间失去了目标，只好走过来，从他身后探出双臂，像演双簧一样对他说道："现在我们来个形象教学，你抓住我的胳膊，靠紧我，然后这样慢慢挥动球棒。"

"我做不到。"奎恩躲开了她。

"为什么？"

"你这是在勾引我呀。"

"好吧，我发誓，我根本没想勾引奎恩·帕特里克·奥康内尔先生。"

在一阵耳鬓厮磨的训练后，戈尔放开了奎恩。"我差点忘了提醒你，如果你抓棒时手指分开，左手再顺球棒稍微向内移动八分之一圈，你就能控制好你的球棒了。"说完，她回到了发球机旁。

狗日的！来吧！来吧！来吧！

"降低重心！放松！注意击球时不要踩线！"

她终于笑了，而且笑得非常可爱。

"哇塞，最后那组练习太棒了，你在这球场上迷住过多少傻瓜？"

"少说有几打，老不摸球我会憋得难受。我老爸有支球队叫约翰·迪尔拖拉机厂队，曾经拿过一届州赛冠军和两届本地联赛的冠军。"

奎恩真的服了，他甚至担心自己会因为冲动而做出什么傻事。

"你得多练才行。"她说道。

"只要你不赶我走，怎么练都行。"

"你这么给劲，我自己都觉得挺兴奋的。"

"一个真正的科罗拉多人是不会轻易就兴奋的。"

坦白讲，奎恩的宿舍确实不错，不但干净得出奇，而且散发着一股书香气。

"里面那间是马尔的卧室。"

"嗯……"

"他女儿常来，来了就睡客厅的那张气垫床。"

床上盖了一条绣花的羊毛床罩，上面堆满了毛绒绒的靠垫。还挺会过的。

"你为什么不在这些壁龛上再装几面镜子？我的天，你居然还爱听《蝴蝶夫人》和《波西米亚人》？"她翻弄着奎恩的唱片架子。

"是我的哥们儿卡洛斯推荐给我的。"

"莫扎特、格伦·米勒、路易斯·阿姆斯特朗，怎么没有甲壳虫？"

"那不是音乐，是噪音。"

"我讨厌你的评价，但确实有道理。"戈尔说道，"与那些疯狂的部落音乐和大麻加歇斯底里的嚎叫相比，他们或许还算文明。我说，你这儿常有姑娘来吗？"

"我在台历上记下了对她们的评价，不知道还能不能找到。"

"有够劲儿的饮料吗？"

"我给神父存了几瓶。"他打开壁柜。哇！有瓶柠檬哈特鹿血酒，这宝贝劲儿大，酒精度数也高，够她过瘾的。不过我得准备些石榴汁，以防她心脏受不了。看着他"砰"地打开了瓶塞，戈尔像个牛仔似地夸道："小子，这就对了。"

她刚喝了一口，噎得瞳孔好像都放大了，不得不跑到水池前灌了口凉水。

"狗娘养的，你想害我！"她兴奋地大叫起来。

"对不起，女士。"他又给她添了些柠檬哈特，"别急，慢慢来，慢慢来。"

"你这家伙是有点意思，真该去会会那个在橄榄球赛场上裸奔的伊朗毛贼。"她指点着奎恩。

"可我还是喜欢坐在这些垫子上，这有安全感，除非有谁邀请我，否则我才不去做那个出头的椽子呢。"

戈尔见奎恩正精心地为自己调制鸡尾酒，不禁惬意地舒展四肢，往床垫上一躺。"不错，这地方真的不错。奎恩，你老爸是很有钱吗？"

"一般吧。"

说着,他顺手拿过两个靠垫,往身后一塞,坐了下来。戈尔接过他调好的酒品了一口,两手抱住双膝,把下巴放在膝盖上。

"奎恩,你今后有什么打算?"

"先完成学业。你知道,我是雷纳尔多的崇拜者。除了专业课外,他还兼职教一门只有四个学生的非正式的伦理课,对性爱,对人类进化与文明的关系,他都有独到的见解。你呢?"

"我?"

"嗯。"

"就像一个正处在通往纽约岔路口的小姑娘,不管前面的路多么曲折,她也一定要做传媒业的老大。我在娘胎里就不安分,下学期我或许应该去找雷纳尔多教授给我一个解释。

"你是吹牛还是开玩笑?到底想说什么?"

"别看我才九十八磅的体重,但每个毛孔里都浸满了欲望。明年是我的发情年,凡是能搞到的黄书和毛片我都看过。我并不在乎什么贞洁,遗憾的是我遇到的却都是些擅长捆小牛和打火印的'牛仔'。不管怎样,这些酸甜苦辣倒是更刺激了我对未来的幻想。"

"嘿,那些家伙可真走运。"

"只要你愿意,你也可以一样走运。"她说道。

"别往我身上扯。"

"啊哈,从现在起,我必须享受我的每一天,我要买下这里的所有蜡烛和熏香,在每个角落装上镜子,还要穿得像个妓女,要去纹身,我得在征服纽约之前最后再风光一年。"

"你真是疯了。"奎恩打断了她。

她朝他摆摆手:"我知道!我什么都知道!你在打那个马尔多纳德小姐的主意。"

"拉倒吧,傻瓜,她才十六岁。"

"但你一定很欣赏她看你比赛时的眼神。"

"以后别来找我,等我电话吧。"

奎恩的爷们儿气刚坚持了两天，就因训练和比赛时失去了戈尔的踪迹而感到非常不爽，何况那天的比赛他打得很漂亮，打出了三个双垒，每局一次。

终于有一天，他在一家小吃店看到了戈尔。一个戴筒帽的瘦子正和她在一起，那家伙瘦得麻秆似的，高高的，一头的乱发能给一个班的人遮风挡雨。那小子曾经是篮球队的球星，算他走运，被一个饥不择食的女人给撞上了，其实戈尔也就是拿他解闷儿。"她有什么好，除了给你添乱，一无是处。"奎恩酸溜溜地不停地安慰自己。

整个赛季棒球队的表现相当不错，打出了百分之五十的胜率，而奎恩百分之二十九点四的击球成功率也使他在队内的排名从第八位跃居到了第二位。

为此，贝克菲尔德的一支甲级球队想在夏季联赛的时候把奎恩挖过去。霍伊教练一想起这事儿就睡不好觉，每天瞪大了他那双猎犬似的眼睛盯死了奎恩。

"嗨，别担心，我只是答应老爸暑假回农场去给他帮忙，况且我真的想重温我在那儿的童年时光。"奎恩对霍伊说。

"还回来继续你的学业吗？"

"当然，否则雷纳尔多教授就住我老爸的农场附近，我干吗还跑这儿来听他的课呢？我肯定要回来的。"

"我看你是为了那个瘦丫头。"霍伊一脸的狐疑。

说得不错，奎恩耸了耸肩。"她是在给我演戏，装什么清高，做做样子罢了。"

"我年轻的时候我们都把这种关系称作'斗鸡'。"霍伊说道。

奎恩感到自己的手心里冒出了冷汗。

在图书馆的阅览室里，奎恩又一次见到了戈尔，她正一个人蜷缩在一张椅子里。

"你好，伙计。"奎恩打了个招呼。

"哦，是你呀，随便坐吧，反正这是公共场所。"戈尔彬彬有礼地点了下头。

"你真该去看看你徒弟在赛场上的表现。"

"我看了,面对密苏里州和堪萨斯州那几个最棒的投球手,你居然打出了九比十五的成功率,如果科罗拉多州再多一个优秀的投手,你们的成绩一定会更好。"

"最近我怎么一直没见到你?"

"是啊,我也一直没见到你。可能是我没把你当外人,所以那天我的坦率有点过分,给你留下了一个婊子的形象。不过也没啥,反正明年我正要像个婊子一样去征服纽约,想想都疯狂……"

"你在胡说什么呀?"

"说什么?奎恩,你以为你有多潇洒、多深沉吗?其实你也就是装了一肚子的老娘们花花肠子,还不如我敢做敢当呢。"

"周五晚上去看电影吧?"奎恩打断了她。

"能不能来点新鲜的?"她露出了一脸的不屑。

"你还知道不好意思?"

"我只是觉得太傻。"

"天啊,你这个女人从头到脚都令人刮目相看,不光自己活得潇洒,还能把你周边的一切都罩在你的光环之下。"

"这都是从哪儿偷来的马屁经啊?"她看起来有点松动了。

"还是去看电影吧,怎么样?"

"不。"

奎恩扭过头,龇了龇牙,手指下意识地在书桌上敲了起来。响声招来了阅览室里的一片嘘声,他不安地挪了挪屁股,椅子发出的共振引起了图书馆管理员的注意。

奎恩尴尬地咧了咧嘴,小声说道:"听着,我们还是到外面去吧,我不习惯说悄悄话。"

她撅起嘴(奎恩很欣赏她的这副表情),想了一会儿答道:"好吧。"

他们走出图书馆,找了个台阶坐下,目光投向远方一座座层峦叠嶂的山峰。那些山峰就像是这所校园的守护神,山顶上的积雪已经开始融化，山脚下盛开着茂密的野菊花。

"为什么不理我了？"奎恩问道，"是我的人品有问题？还是我有抠鼻子、打饱嗝的坏毛病，倒你的胃口？你只要说一句'我讨厌你，奎恩'，那我立刻掉头就走。"

"都不是，是因为我自己。"戈尔说道，"是我给了你一个错觉，所以你被吓住了。"

"嘿，宝贝……"

"奎恩，可能是我对你期望太高，所以把你看成和我一样的人了。你知道吗，我们一旦联手，就必须事事都做到最好。"

"心急吃不了热豆腐，到我的农场来，我们有足够的周末去读懂彼此。"他说道。

"拉倒吧！我才不上你的当呢，我还不想这么早就沉迷在爱河中不能自拔，因为什么也不能阻止我走向纽约。"

"好吧，那我能去看你吗？"

"宝贝，我申请了十个星期的实习，是在纽约的克罗德传媒公司做一个制片人兼导演的实习生，如果你在的话，肯定不太方便。"

没办法，当她面临人生选择的时候，她明摆着是不欢迎他去，即使去了，他们两个也不可能在这十个星期里有机会去曼哈顿岛上的大桥和隧道漫步，因为她要去完成她的神圣使命。可他呢？哪儿也不想去，啥也不想做。自从和母亲有了那次东部之旅的经历后，奎恩对那个令人神往的曼哈顿岛很不以为然，可它居然对戈尔有那么大的魅力。

"还回科罗拉多吗？"他问道。

"可能回，也可能不回，我可能会忘了你，也可能不会，因为对我来讲，纽约实在是太有诱惑力了。"

"看来你是不会再回来了。"他显得有些失落。

"奎恩，你不知道此刻我的心情有多复杂。我不想离开你，但又不甘心今后就把自己的生命浪费在琐碎的家务上。"终于可以下决心将纠结已久的困惑做个了断了。

"我们做个交易吧，我发誓，等实习一结束我就回来，然后我们同居，直到毕业，然后我们就各走各的路。"

"那你干吗还要回来？"他不解地问道。

"因为我不想给我们留下遗憾。"

"这可真像一部现实版的西班牙喜剧《福斯蒂娜》，但倒计时能带给我们乐趣吗？"

"奎恩，我是为了你才回来的，否则我会直接去读纽约大学，或者有哪家电视台看中了我。嘿，听着，别插嘴。即使我拿到奖学金，或者能站稳脚跟，我还是要回来，因为我有这个能力。只要能和你待上一年，我才不在乎暂时放弃那边的机会呢。"

奎恩拉起戈尔，两人相拥着走下图书馆的台阶。他从未想到小鸟依人的她会有如此大的诱惑和杀伤力，禁不住春心荡漾地说道："今晚我们就上床吧。"

"我的天！别这么吊我的胃口好吗？我还要赶回科罗拉多呢。"

"是啊，是啊，我可能太过分了。谁叫我只要一想起你，就忘乎所以，不能自持呢，宝贝。"他抱歉地说道。

"其实我也一样。"

"劳工节那天我去机场接你。"

这个夏季，父子情感得到了弥合。为了找回十年前的亲情，丹怀着不安与焦虑迎回了儿子。

奎恩很快意识到，如果不是出于父子情深，作为一个曾经的海军陆战队员，父亲绝不会低下他那骄傲的头。他很高兴父亲的转变，并与父亲度过了一段美好的时光。他甚至陪父亲去了加拿大和阿拉斯加交界的兰加拉度假胜地，那里的三文鱼足足有一码长。

除读书外，奎恩常常泡在雷纳尔多的身边，从而受益匪浅。马尔从不说教，但他的闲谈话语总会让处于迷茫与纠结之中的奎恩得到一些启示。

转眼间，丽塔已经十七岁了，看起来却像个二十岁的大姑娘。每当她和那些长满青春痘的傻小子出去约会的时候，奎恩就觉得可笑。

在丽塔心中，仍然只有奎恩才算是个真正的男人，可现实却对她的自信给以越来越大的打击。

暑假刚过两周，从乱世城到纽约某地的电话线路几乎被打爆了。戈尔越是把纽约描绘得平淡无奇，奎恩就越是感受到一股莫名的惆怅。他开始怀疑戈尔还会不会回来，即使有她做出的甜蜜承诺在。

整个暑假，奎恩除了去拜访雷纳尔多之外，就是在卡洛斯探家的那个星期与他玩耍。丹和舒本从电话里认识了戈尔后，不由得对儿子的处境感觉不妙。

一天，丹小心翼翼地找儿子问道："她是天主教徒吗？"

"不是，怎么了？"

"哦，我是想说最好大家的信仰都能一样。"

"为什么？"

"你知道，这样全家就能和主保持一致了。"

"老爸，有那么严重吗？"

"是啊，说得也是。"丹叹了口气。

"她会做饭吗？"

"她最爱吃必胜客比萨。"

"投尼克松的票？"

"不，是个崇拜肯尼迪的自由派。"

"科罗拉多的姑娘大都很有个性。"

"你是说像妈妈那样的吗？"

奎恩终于熬过了八月，劳工节后，新学期就要开学了。

戈尔没有回来，奎恩从越来越难得的通话中感受到了她的不安。

上夜班、出差、在曼哈顿的重要采访中做替补等占用了她越来越多的时间。

又过了十天，连电话都没有了。奎恩显得很平静，他要在新学期振作起来。

"儿子，怎么不带你的女友去温泉小屋度周末啦？这个暑假不是有很多姑娘给你来电话吗？"丹用充满父爱的口吻问道。

"除了戈尔，我对其他约会已经没兴趣了。"

"是啊，这个暑假你好像过得并不开心。"

"还是你理解我，老爸。其实这样挺好，她留在纽约不是正好可以让你松口气了吗？"

"你说得对，也不对，因为我实在不愿看到你不开心。作为父亲，我想谈点我的看法，戈尔永远不会成为你心目中的另一半儿，痛苦是暂时的，一切都会过去的。"

"可这说起来容易……"奎恩带着哭腔说道。

舒本用脚踹开门，进屋后把两大包装满食品的购物袋放在了台上。

"要帮忙吗？"

"当然。"

奎恩刚跑出后门，电话铃响了。舒本拿起电话，等奎恩回到屋里，她满脸惊愕地把电话递给儿子，拉起正在低头喝咖啡的丹，带着一丝难以察觉的微笑离开了房间。

"我是奎恩。"他对着话筒说道。

"我正在返回科罗拉多的路上。"电话那边响起了戈尔的声音，"宝贝儿，这个暑假我就没睡过一个好觉，连跟你吵架的劲儿都没了，伙计。"

奎恩发出了一声长叹。

"我要先回家看看，周日去你的公寓见面吧。"

"这个夏天我也很累，除了在山谷里四处忙碌外，还要给牲畜打火印，但星期天我一定会返校。宝贝儿，你这次是认真的吗？"

"难道你想反悔？"

"鬼才想反悔呢。"

戈尔一到公寓，就觉得自己有一肚子曼哈顿的故事要讲给奎恩，可又怕他听了会不高兴。在那座令人神往的城市里，她见识了宏伟的纽约图书馆、高耸的帝国大厦、画满涂鸦的地铁，也见识了日益壮大的同性恋团体和妇女解放运动。只是为了奎恩，她才算得上守身如玉，但也没少去体验那些一直开到凌晨四点的夜总会、够劲的饮料和快节奏的生活方式。在通宵达旦的热舞和寂寞难耐的孤独中，她把对奎恩的思念埋在了心底。

因为她——戈尔·利特尔无论在哪儿，都不能是个默默无闻的一般人。

快，趁奎恩没到，她要做些准备。她从携带的两只衣箱中挑出一只，打开后，从里面取出一套迷你绞架，在客厅那张气垫床上方的横梁上吊好，又取出一条缠着金丝绒的皮鞭、一副镣铐，以及大大小小、香气扑鼻、各式各样的基督教和犹太教的蜡烛。当她做完这一切后，又翻出一堆足够一个小型唱诗班打扮用的女性内衣（当然都是适合她这样的身材娇小的女性穿的内衣），直到衣箱里露出那些乱七八糟的成人玩具。

她打开另一只衣箱，里面装满了行为艺术的道具。她走进盥洗室，在镜子前脱光衣服，先是戴上一顶橙色的假发，然后用油彩把自己的左半边脸涂成紫色，右半边涂成黄色，接着又在自己的右乳房上涂上一圈一圈的绿色，左乳房涂成红色。

"屁股，还有屁股。"她一边提醒自己，一边又涂抹了一双直到大腿根的白色长筒皮靴。在满意地欣赏完自己的杰作后，她才画龙点睛地在隐私处喷上了她的心声：赞美我主。

窗外的刹车声吓了她一跳。乖乖，一秒钟多余的时间都没有。

她屏住呼吸，往客厅中间站了站，以便他一进门就能给他一个天大的惊喜。

敲门声传来。"用你自己的钥匙，我正忙着呢。"她喊道。

整整一个夏天没人来过，门锁显然是受潮了，不过总算"砰"的一声打开了。

"哎呀，天哪！"惊叫声中，戈尔本能地并住两腿，抱起了双臂。

舒本手提两个购物袋，目瞪口呆地站在门口，她需要点时间才能清醒过来。

"真对不起,"舒本说道,"我正在找妓院呢,看来我应该去楼下转转。"

"是奥康内尔夫人吗?"

"是我,很高兴能这样见到你。"

"噢,我的上帝!"

"我想我最好喝点什么。"舒本放下购物袋,走进厨房,顺手从厨柜中拿出那瓶柠檬哈特鹿血酒,在戈尔还没来得及阻止之前就一口灌了下去。看到她摇摇晃晃地扶着餐桌坐下,戈尔手忙脚乱地给她送上了几杯冰水。

在尴尬过后,两个女人你看看我,我看看你,突然不约而同地爆发出一阵歇斯底里的大笑。

"感谢上帝,还好丹没跟我一起过来!"舒本一边笑一边说道。

"雷纳尔多也不行啊!"

"雷纳尔多的女儿也不行!"

"肖恩神父也不行!"

"校务主任更不行!"

"是不是太意外了,夫人?"

这个丫头和奎恩的未来将会成为茫茫夜色中漂泊在海上的一条孤帆。舒本一边驾驶汽车,一边琢磨着坐在身边的戈尔。

"十五个星期可不算短,戈尔,时钟不应倒转,否则会出问题的。"舒本说道。

"你是想让我回纽约去吗?"

"你应该回去,"舒本说道,"但我不知道奎恩跟着你去能做什么。我和奎恩曾经为了上哪所大学去过纽约,他也确实兴奋过一阵,可很快就过去了。我很高兴他毕竟知道了这个世界上还有个纽约,也很高兴他对上大学有了兴趣。他不是个混日子的人,也不是个自暴自弃的人,但他不像你,他还不知道自己到底需要什么。"

"他知道,他需要找到自己的根,只是他比谁都更有能力驾驭自己的渴望。相信我，舒本，或许我是唯一能真正理解他的人。当然了，他想要的那份安宁我是永远都给不了他的。怎么说呢？他只想为这个世界多送出一份和谐。"

"你真的要在这儿再待上一年吗？"舒本问道。

"是啊，我可能会在这一年里错过很多机会，但我既然答应了奎恩，我就要说到做到。"

在汽油桶、金属板等打击乐和犹太风管、短笛、小号的伴奏下，一曲《别拿你那红眼珠瞪我》引得奎恩也加入了乐队的演奏。

第十一章

1971 年

博尔德

　　戈尔用爱成倍地释放了奎恩体内的雄性荷尔蒙，在她的影响下，奎恩变了，变得越来越口无遮拦、肆无忌惮，甚至常常令人瞠目结舌。

　　爱的力量是如此神奇，一个小小的触摸也会燃起欲望的烈火，当信赖最终取代了不安，他们的世界就只剩下了甜蜜。感谢上帝，时间似乎已经静止，一年之后那不可避免的分别就像是天边的一缕白云。

　　他们如胶似漆，哪怕分开片刻，也要先送给彼此一个热吻；他们打情骂俏，无论是粗俗还是高雅的笑话，总能在津津乐道之后笑个人仰马翻。

　　他们并不在意学校的课程，除非是因爱的游戏感到了疲累，否则他们实在无法把充沛的精力用于学习。他们就是这样完成了学业，常常是她躺在那张超大号的床垫上，而他就坐在厨房餐桌旁。

　　一到周末，小小的公寓就像个小小的校园，在一张张年轻的面孔上，你可以找到欢乐、落魄、愤慨、困惑。这里不是吸毒和淫乱者的巢穴，只有尼克松访华那样的话题才能引起与会者的痴迷。我的天，难道他们就不能像戈尔和奎恩那样浪漫些吗？

　　为了证明纽约并非只有肮脏的地铁和中央公园的凶杀，戈尔费尽口舌，希望能说服奎恩放弃偏见。但她终于明白了，奎恩不属于那座城市，无论她怎样施加影响，他们都不是一路人。她常常私下里对自己说道:"亲爱的,尽管我们相识在一个错误的年代,我还是要感谢主,因为我们毕竟曾携手有过一段难忘的回忆。"

整个暑假实习期间,戈尔光顾了第八大道上的每个阴暗的角落。她购买了五花八门的黄色书刊、成人杂志、淫秽影碟,又从纽约国立图书馆翻出了那里的馆藏经典。在把所有"教材"汇总成册后,她为自己和奎恩总结出了一百零六套做爱大法。

"这个做过,这个也做过,还有新鲜的没有?"奎恩不耐烦地翻阅着图解。

"你往下看呀。"

"我的天!难道纽约国立图书馆还收藏这样的书吗?"

"用不着大惊小怪的,它就和家庭喜剧《欢乐满人间》摆在同一个书架上。"

"其实你不用去翻图书馆里的这些垃圾,你自己就是一个疯狂和变态的化身。"

"说得真好,奎恩,我都要落泪了。"

他们偶尔也尝尝大麻,但通常是在聚会上。每当此时,奎恩都很小心,生怕染上毒瘾,戈尔却每次都要一醉方休。她甚至会在凌晨三点爬起来,灌下一杯橙汁,再吸上几口大麻,那才真是过瘾。

当球队的两名队友在迷幻药和可卡因的诱惑下彻底堕落后,奎恩改变了对大麻的好奇,并制定了严格的吸食底线。一次,戈尔触犯了他的底线,他立刻搬了出去,直到两星期后戈尔发誓再也不碰可卡因了,他才回来。"宝贝,可卡因是个魔鬼,一个温柔的魔鬼。你在第八大道上猎奇的时候,难道没见过它是怎么迷惑那些人的吗?"

"是啊,那些明星一样的俊男靓女们真是被它害惨了,感谢上帝,我有了你。"

他们渴望甜蜜,渴望到当接吻时都喜欢含上糖水做的冰块,任凭融化的糖水流淌到脖子上再相互舔个干净。在探索与挑战的爱河中,在一个又一个似水柔情的长夜、疾风暴雨的合欢后,他们将自己的一切都交给了对方。

对于儿子与女友的交往，丹好像已经懒得再说什么，舒本却以她母爱的本能，越来越担心戈尔不想再回纽约。这两个孩子为了爱，就是再花上一百年也无法满足他们那无休止的欲望。

圣诞节到了，是在戈尔的家还是在农场过节，他们要做出选择。不管怎么说，趁这个机会出去走走也没什么不好，何况奎恩早就想去拜会戈尔的父亲，因为他曾经打过棒球超级联赛上的自由人。

"我老爸一直都打不好那种慢速曲线球，否则他现在就能给你露两手。"戈尔说道。

"可你教我的第一招不就是打慢速曲线球嘛。"奎恩有些失望。

"她是投错了胎，不是个小子，但她还是有能力主导一支球队。有一年，在州棒球联赛上，他们拿了少年组冠军，一个家伙想占她的便宜，结果她当着大伙的面塞了那小子一嘴的肥皂，直到他当众道歉……好了，以我的判断，吉米·福克斯应该是所有球员里最有威胁的球手，因为他是从右侧击球的。"

奎恩乐了，眼前的这对父女对棒球的理解都充满了哲理。

在草坪上一阵嬉笑打闹后，奎恩不得不把她扛回房间，扔进了热水澡盆，当然用不着捆起来。

1971年除夕

新年伊始，无论是喜是忧，家家户户总要为新的一年敞开大门。当核威胁成为街头巷尾的话题，悲观的情绪立刻变成了可怕的瘟疫。

悲观是魔鬼，新年之吻本该是祝福与憧憬的象征，但对奎恩与戈尔来讲，它却成了分手倒计时的开始。

冬练很快就要结束了，在一次室内棒球训练中，奎恩的击球又准又狠，看起来像是要用超人的力量让球在时空隧道中停住。

但他的表演已不能引起戈尔的共鸣，过去的总要过去，新的一页总要掀开。虽然他们还能继续携手共度那余下的时光，分手的失落感却时时都在困扰着彼此。

戈尔拖着疲惫的身躯回到家,一脸的倦意。见奎恩像往常一样趴在餐桌上,聚精会神地翻阅着约瑟夫·坎贝尔的大作,不禁抚弄了一把他的头发。接着,她拿起茶壶。

"今天还好吗,亲爱的?"奎恩抬头问道。

"噢,还好,但出了点小问题。"她在奎恩对面坐了下来。

"你怀孕了?"奎恩说道。

"你怎么知道?"

"我还没傻到不会从一数到二十九。"

她摇摇头。奎恩把她拉过来坐在自己腿上,摸了摸她的肚子:"好像是多了点什么。"

"你看起来并不意外,奎恩。"

"干这事怀孕很正常,否则就是和上帝过不去。其实我早有准备,只是最近想得又多了点儿。我们前面的路还长,所以得好好谈谈,就你和我,认真地谈谈。"

"哦,耶稣,你真好。"她哽咽着把头靠在了他的肩上。

"我爱你,戈尔,我们一起做决定,我会信守承诺的。"

"我的牧师杰克逊告诉我,校园里天天都有这种事,所以没什么大不了的。当我意识到怀孕后,我想自己解决,去做个人工流产,然后该怎么过还怎么过。嗯……我把堕胎时间都预约好了,但又下不了决心。我爱你,宝贝,我们不会结婚,可我又想要这个孩子,我想把他(她)带到纽约去。"

"你错了,宝贝。不管他(她)是男是女,都是我的孩子,应该由我来抚养。一个二十二岁的单身母亲怎么在曼哈顿生存呢?何况你还想轰轰烈烈地大干一场呢。"

"要不就送人?"她犹豫着说道。

"我不同意!"他大叫起来,"绝对不行!戈尔,生下这孩子,我在科罗拉多把他养大,还要他能常常见到妈妈。"

"你确实做好准备了吗?"

"义无反顾。"

戈尔哭了。"你真是太好了,可我却是个自私的坏女人。"她带着祈求的神色抓住了他的手,"你知道,我在纽约是没有能力照顾这个孩子的。"

"我们没有退路,戈尔,更何况五千年来还有谁是像我们这样痴迷于对方的呢?我们就往前走吧,孩子和事业都不能不要。"

"如果我们又和别的人成家了呢?"

"他还是有他的父亲和母亲,到时候你愿意和他保持什么样的关系由你自己决定,至少他总能知道他的出处,也可能是她……说心里话,我还真盼着是个女孩呢。"

午睡后,肖恩神父走进他的那栋房子里一间似乎油漆未干的房间,屋里坐着舒本、丹,还有奎恩,每个人看起来都像是尤金·奥尼尔,正在为人类的未来忧心忡忡。

"你们是在等一个家人呢还是在等一个牧师?"神父问道。

"我给您的信里提到过戈尔。"奎恩开口道,"不幸的是,我没听您的忠告。您是对的,舅舅,有得就有失。戈尔不是个安分的女孩子,可却是个很有个性的姑娘。妈妈,我知道您有些失望,但她是我们大学有史以来公共关系专业最优秀的学生之一。她就要毕业了,在纽约也有了三四个工作机会,所以我们想在走入社会之前再尽情地享受一年。"

"所以她就怀孕了,"肖恩神父打断了他,"但却仍然不愿放弃纽约的梦想?"

"确实如此。"

"这太不合常理了。"丹大声说道。

"他们本来就不合常理,"神父说道,"与众不同,个性张扬。奎恩,你也追求这个吗?"

"是的,先生。"奎恩答道。

"没有和别人乱来吧?"神父问道。

"当然没有,就我们两个。"

"吸过毒?"

"一星期最多一两次大麻,仅此而已。"

"我是觉得这两个孩子从一开始就不般配,即使我们不反对他们的选择,奎恩如果跟她去了纽约,我们照样会失去儿子。"舒本的语气中充满了忧虑。

"她不会做饭,不会缝纫,不会骑马,连天主教徒都不是。"丹补充道。

"够了,丹。奎恩,你爱她吗?"神父问道。

"是的,但我们……我们……我们不会结婚,尽管这听起来有些滑稽。"

"那你有什么打算,奎恩?"

"我想要她留下,直到孩子出生,我会用一生来照顾这个孩子。"

"荡妇!"丹终于发怒了,"真是个不知羞耻的荡妇!"

"丹,不要再说了!"舒本朝他喊了起来。

"爸爸,请你不要这么说她,我不许你这样说她!"

"难道我们就这么肯定她怀的是奎恩的孩子?"

"你说够了没有,丹!"神父显然也不高兴了,"我虽然没有穿我的神职制服,但我还是要让你住嘴。你不能用你的憎恶去影响孩子,因为奎恩可能会因此而离开你们,永远离开你们。奎恩,你是个有责任感的好男人,但孩子的母亲还在,只是出于某种原因而放弃了她的义务,如果你单独抚养孩子的话,对你是不公平的。你自己已经饱尝了失去亲身父母的痛苦,难道要把这痛苦再传给你的孩子吗?"

"你不会是建议她去堕胎吧?"舒本感到了一丝不安。

"是的,这正是我的意思,愿上帝饶恕我们。"神父说道。

"只能这么办。"丹咕哝着,"等她堕了胎,我愿意付她一万美元。"

"爸爸,您总算说出了真话。怪不得戈尔不想把孩子生在这儿,连我自己都觉得是个多余的人,看来我父母生下我是犯了个大错。好啊,您还可以亲手把那个胎儿扔进垃圾桶去。"

"丹,我跪下求你了,那可是奎恩的血肉呀。"舒本哭了。

"我马上去收拾我的东西,离开这儿。"奎恩冷冷地说道。

"走吧!走了一了百了。"丹说道,"自从你十岁,奎恩,你看我的每一眼都充满了怨气,好像每个眼神都在对我说:'你不是我的父亲。'你考虑过我的感受吗?但我认了。可这次不一样,这次除了你,还有那个贱货!"

舒本无语了,只好紧紧搂住了儿子。

"还有你,肖恩神父,你要我们杀死自己的孩子,干吗不直接让我们把它生在公共厕所里,然后再扔进垃圾箱?"奎恩也落泪了。

"是的,我承认是我的提议。"神父又换上了他那副谦卑的面孔。

"在你滚出去之前,我还要告诉你,你的生母就和那个贱货一样,是个彻头彻尾的娼妓,一个修女、一个荡妇!"

"他说的是真的吗?"

"当然不是。"神父说道。

"我的教会……我的教会要我伴着谎言度过一生;我的神父、我的舅舅要我亲手杀死我的孩子……"

奎恩头也不回地冲出了家门。

怀着期盼与焦虑的心情,奎恩驾车疾驰在返回博尔德的公路上,耳边不时响起比利·比奇洛的音乐剧《旋转木马》中的台词:"我的乖儿子……我的乖女儿……,只有你才是爱的化身,你这宝贵的小生命决不会在人类一时的迷失和争斗中受到伤害。没人敢碰你,我的小宝贝。"

终于到家了,他很清楚自己该怎么做,无论如何他都要让她把孩子怀到预产期,无论如何!大门没锁,他伸手推开了门。

"戈尔!"

她的帽子和太阳镜放在桌上。"你躲哪儿去啦?"他拉开壁橱,又看了看洗手间，都没有人。一阵微弱的喘息声传进了他的耳朵，他低头一看，戈尔正蹲在墙边，蜷缩在一张长长的工作台下面。

"宝贝，出来，快点出来。"

她爬出来，扑进了他的怀里。

"我把一切都解决了！"她发出了神经质般的尖叫声。

痛苦的呻吟过后，屋里又安静下来。"我不得不这样做，因为我爱你，宝贝，我不能没有你！让纽约见鬼去吧，奎恩。我要留在这儿，我要你娶我，然后我们再要一个孩子！"

他尽可能地安慰、呵护她，除此之外，就只剩下一脸的无奈。

时间一天天过去了，每天晚上，当奎恩把她搂在怀里，都能感到她身心的痛楚在一点点消失，终于有一天，戈尔又恢复了他熟悉的踌躇满志的本来面目。

她还是走了。

第十二章

1973 年
乱世城

卡洛斯很长时间没回过家了，上次他回来还是从得州大学毕业后，在一家夜校补习法律时。他进了休斯顿一家颇有声望的律师事务所，该所的主要业务都与墨西哥人有关。

作为一个初出茅庐的合伙人，卡洛斯向同行证明了他对得起那份工资。他几乎一直在为了案子和纠纷而游走在边境线，就连南美和加勒比地区的很多角落也常常出现他的身影。

他酷爱名牌，衣着华贵，而且清楚自己不用多久就能拥有顶级的汽车和游艇，或许有一天还会开上一流的飞机。他聪明、俊朗，又有魄力，是一个大有前途的后生晚辈。

岁月如梭，他的父母佩德罗和康塞萝年纪大了，地里的活儿都干不动了，如果卡洛斯能常回来看看，家里也能多个帮手。

在父亲的指导下，小弟弟胡安逐渐从父亲手里接过了农场的管理，也最有可能成为这个家族的接班人。

马丁内斯家族拥有百分之二十五的农场股份，按照传统，他们至少要有一个儿子留在乡下做个农夫。

奎恩的出走给丹和舒本的生活蒙上了一层阴影，除了雷纳尔多和他的女儿丽塔外，谁也不知道他的去向。

圣人节到了！

山谷中洋溢着浓郁的饭菜香味，节日大餐甚至吸引了许多信仰摩门教的清教徒。卡洛斯一现身，年轻的姑娘和小伙子们就觉得眼前一亮。"知道我是谁吗？明年我就开辆克尔维特回来！我，卡洛斯，就是这么神奇。"

在卡洛斯的眼里，山区的姑娘不是太土就是太胖，再漂亮的衣服只要穿在她们身上，也立刻变得单调和粗俗。农场主的姑娘都是给农场主的小子准备的，看上去没有任何特别之处。

卡洛斯衣锦还乡，真可谓出尽了风头。

正当他春风得意的时候，丽塔和她的父亲雷纳尔多绕过拥挤的人群朝他走来。

"耶稣啊。"他倒抽了一口凉气。

她有多大了？十七岁了吗？怎么雷纳尔多从没画过或雕塑过这么漂亮的女人？如果不是有一头飘逸的黑发，她简直就是希腊神话中的爱神阿芙罗狄蒂，而她母亲的北欧基因又赋予了她诱人的身段。

"卡洛斯。"她张开双臂大叫着扑了过来。

"你真是长大了。"

他用欣赏的眼光上下打量着她，许久，许久，直到周围的人都觉得不好意思了。

他们骑马走过儿时就熟悉的小路，不同的是，此时他们之间少了一个奎恩。没有奎恩在场，丽塔和卡洛斯确实感到有些遗憾。

在农场附近一片海拔上千英尺的鹅卵石滩上，他们把脚泡进了冰冷的溪水。

"奎恩不在还挺不习惯的，你说呢？"她开口道。

卡洛斯摇摇头："我在圣地亚哥办案的时候见过他，但每次他都不愿多谈他为什么要离开这里。"

"我也不知道，我只知道他很爱一个叫戈尔的女友。那姑娘在纽约实习时，他几乎每天晚上都趴在马尔的肩上落泪。后来她回来了，一年后他们又分手了，然后奎恩就走了，他爸爸妈妈再也没提起过他。我知道他从不给他们写信，可能是和天主教会有什么瓜葛。"

"没他还真不习惯。"卡洛斯赞同地说道，"尽管我是咱们几人中最年长的，上学的时候却要靠他来给我撑腰，他还教了我不少本事。"

"你也教了他很多，卡洛斯。总之，我们每个月都通信，我想多写一些，可又怕他不回信，你明白吗？"

"在我眼里，他是个真正的男子汉。"卡洛斯说道，"有意思的是，他的遭遇对我处理案件很有帮助。法律这东西也很烂，充满了谎言和欺骗。我最近才意识到，只有奎恩不甘堕落，他只要承诺了，就一定会做到。"

他将撩人的目光转向丽塔，然后在一块岩石上坐下，穿上了靴子。丽塔撩起宽松的裙摆，迈开雪白的双腿走下溪水，弯弯的衣领露出丰满的乳峰。他怎么还不明白？她若有所思地来到他的面前。

"看来我们很快就要失去他了。"卡洛斯说道。

"你什么意思？"

"还记得吗？你和马尔搬过来的第一天你就爱上了奎恩。那时你多大？六岁？七岁？"

"我有那么早熟吗？"

"我能感觉得到，那时我们三个总是在一起。"

"得了吧，奎恩眼里从来没有我，我永远都是一个小妹妹。他和那个叫戈尔的女人相爱后，我一个人不知道哭过多少回。当他们分手时，我还有些幸灾乐祸。为了表明我早就不是当年那个小姑娘了，我把照片寄给了他，可他根本不当回事，或许他在圣地亚哥已经有了一堆姑娘。"

卡洛斯什么也没说，但这恰恰证明了她的猜测。

"我就是个傻瓜，卡洛斯，但再也不会傻下去了，我要做出改变。"

"你要干吗？"

她搂住他的脖子，黏在他的身上，炙热的双唇贴到了他的嘴上。一阵惊喜过后，他推开她。当她又一次要亲吻他的时候，卡洛斯倒退了一步。

"你是想报复他吗？"卡洛斯问道。

"不知道。"她答道。

"那你知道什么？"

"我知道三年来你一直在打我的主意，所以我才把照片寄给你。当我听说你要回来，我知道我的机会来了，因为我要做个真正的女人。"她停顿了片刻，"我还知道你是个绅士，所以我相信你，希望你能像个绅士那样呵护我。"

他们紧紧地抱在一起，惊天动地……

"这样对奎恩不公平。"卡洛斯突然大叫起来。

"他已经做出了选择，没什么不公平的。对一个无视我是个女人的男人，你用不着愧疚。愧疚什么呢？因为我的情人居然是你吗？"

积蓄已久的激情终于爆发了，坚硬的岩石、冰冷的溪水、荆棘的河滩，也不能阻挡他们释放出压抑多年的青春活力。整整一星期，卡洛斯的每一天都充满了梦幻般的甜蜜。

分手的时刻到了，他们在失落和伤感中依依难舍。"你能来丹佛吗？"他问道。

"我可以在周末去看你。"

"怎么对马尔说呢？"

"就说我在丹佛有个男友。"

"也对。但奎恩呢？"

"奎恩已经从我的生活中消失了，我们没必要撒谎。"她说道。

"有些事我说不好，但我们之间的恋情恐怕会影响奥康内尔家和我父母的关系。丽塔，我从来没想过会有今天，我爱你，我要永远拥有你。"

"但是？"她问道。

"我的事业才刚刚开始，还远没有能力去拥有一个家庭。我总是出差，丹佛那个办公室我一个月最多只能待上一两天。"

她有些失望，但既然他这么说了，又有什么办法呢？"我也要先完成我的学业，否则我老爸会心碎的。"

"在正式确定我们的关系前,你还是来丹佛找我吧。"他带着乞求的口吻说道。

"世事难料,卡洛斯,我可不希望出什么意外。"

"别那么疑神疑鬼的。"他说道。

"如果得不到奎恩,卡洛斯也是个不错的选择,我很乐意他成为我的第一个男人。"丽塔私下里常常这么想。

第十三章

二十世纪七十年代末
罗得岛的波塔基特

在德怀特·格拉斯里的曾经捍卫过美洲杯荣誉的帆船俱乐部里，刮起了一场由德怀特资助的，向新港上流社会隆重推出 T3 产业和其创始人桑顿·汤姆特里的春风。

按照古老的家风，这个家族的女性在择偶时，要求对方至少要与格拉斯利家族门当户对，为此，德怀特负有不可推卸的责任。他有三个姐妹，其中一个住在丽贝卡的阁楼上，已经很少来往，一个遵循祖训嫁了出去，剩下的那个是他的一块心病。

彭妮是个不错的艺术家，美中不足的是她像个喜欢赤脚和裸泳的伯爵夫人，爱上了太多一见钟情的男人，结果是那些人中的三个给她留下了三个相当另类的孩子。最令德怀特不解的是，她居然是三姐妹中活得最潇洒的一个，虽然曾经有过一两次自杀倾向。

倪妮做事严谨、滴水不露。在新港帆船俱乐部举办的婚礼随着婚礼上摆放的冰雕的融化很快就被人们遗忘了，倪妮夫妇俩貌不惊人，却孕育出了天使般的孩子。

帕奇有个时尚的嗜好——裸奔。她长得又高又瘦，一米七五，如果不是门牙大了点儿，她还真是个美人坯子。从上第一所寄宿学校起，她的未来就与闭塞又沉闷的新港上流社会有了联系，那些追逐彭妮的赛车手根本引不起她的兴趣。

千万别以为她是个淑女，她的欲望就像是瓶冒泡的毕雷矿泉水，每当需要展示姿色的时候，她消瘦的身材和婀娜的举止便爆发出极大的杀伤力。

在她看似纯真的外表下，包藏着一颗既能放纵自己，又能驾驭他人的心。尽管帆船俱乐部里的花花公子们像是一匹匹发情的种马，却谁也无法从她身上占到便宜。

桑顿的露面立刻引起了她的兴趣，她不仅看中了他高挑的身材，更看准了他日益增长的财富和社会地位。

她开始不动声色地观察他，当发现他和他的T3在帆船俱乐部就像是魁北克省的冰天雪地中一只无人问津的小狗时，她意识到机会来了。他此刻最需要一个女人，无论是情人还是妻子，去温暖他那颗孤独的心。

她曾经把演员、作家、艺术家当成猎物，如今，她突然发现自己对一个搞实业的产生了浓厚的兴趣。

帕奇是出色的帆船高手、能干的家庭主妇和热心的慈善义工，更重要的是，她是本州岛文化生活的推动力量，包括定期举办的爵士乐狂欢盛会。

经过多年的演变，普罗维登斯已经成了那些在纽约无缘成名的艺术家的后花园。在帕奇保守的举止和服饰下，他们窥测到了一颗敢于出位的浪漫的心。

她绞尽脑汁却也无法接近桑顿，于是，她与彭妮合作上演了一出双簧。

那天，他们在海滨游泳，彭妮叫桑顿去帮她取一条浴巾。他刚走进她们的海滨别墅，就被一丝不挂的帕奇惊呆了。她亭亭玉立，宛如一尊希腊女神，他的目光落向她丰满的双乳，便再也无法把持自己。

T3产业的利润终于突破了十亿美元，他们结婚了。他买下了南塔克岛，在面向一片广阔高原的峭壁上盖起一栋两万平方英尺的豪宅，每天要靠直升飞机才能往返波塔基特。

婚后的几年，帕奇如愿以偿地为这个家生下了一个儿子和一个女儿。

　　桑顿的腼腆和内向曾经令她心动，但日子久了，她开始觉得生活变得如此的无趣。

　　二十年弹指一挥间，桑顿已经越来越不关心她的情趣爱好和她的存在。

　　在桑顿封闭的精神世界中，只有一代又一代崭新的计算机语言，以至于帕奇无论如何都无法与他有正常的交流。

　　他们的人生之路原本就不同，经过短暂的交汇，又奔向了各自的终点。新港大厦的慈善晚会和巴洛克风格的弦乐重奏偶尔会迎来桑顿的露面，但在充满爵士乐噪音的狂欢节，却只会出现帕奇的身影。

　　作为格拉斯里家族的成员，他们的孩子吉吉和托马斯从小就深深地打上了这个世家的烙印。他们不思进取，毫无建树，除了在航海上的天赋和等着继承家业外，就只剩下找到门当户对的亲家成亲。遗憾的是，他们在尚未成家前，就已经堕落成了嬉皮士，曾经两次被从嬉皮士的圣地——旧金山的海特·阿斯伯里遣返回家。

　　从哪个角度看，帕奇都不是个一般的女人，但她却根本无法触及丈夫的内心世界，甚至失去了作为女人的魅力。在桑顿眼里，睡觉意味着是在思考，做爱是为了释放。

　　纽约？歌剧院？纯粹是浪费时间。那些满脸大胡子的家伙用单簧管吹出来的《圣徒曲》有什么好？帕奇，你还想要什么？有什么能比事业的蒸蒸日上更有诱惑力的呢？

　　二十年的煎熬，孩子们终于长大了，帕奇也彻底获得了解放。

　　此时此刻，她唯一的知己除了达内尔，还剩下谁呢？

　　"T3又不是人，它不过是部机器！"她一次次向达内尔抱怨道。

　　对桑顿和帕奇的貌合神离，达内尔冷眼旁观了很久，但直到这个步入五十岁的可怜女人快要崩溃的时候，他才不得不打破了沉默。

　　"你从一开始就知道你们的结合会有什么结果，对吗，帕奇？"达内尔问道。

　　"是的，所以我才活得很压抑。"

"但你嫁给他的时候曾幻想过能改变他或征服他,就像许多其他新娘那样,在新婚之夜拉开冰箱,然后指手画脚地对新郎官说:'你不该吃这么多热狗,你应该多喝酸奶……'但是对桑顿来说,这简直就是对牛弹琴,因为他永远都是个原装货。"

"我知道你行。"她用充满期待的口吻说道。

"帕奇,我还真不知道他该怎么样才能多点儿雄性激素。"

她重新捡起了格拉斯里家族的生活方式,除了参加华盛顿举办的各种会议、光顾本地剧院、陶醉于艺术创作、资助年轻的艺术家外,最令她感到欣慰的是,儿子和女儿总算改邪归正,彻底远离了嬉皮士和瘾君子的社交圈子。

在南塔克岛的那栋豪宅中,宽敞的主卧面向大海,中间摆放了一个巨大的冲浪浴盆。桑顿总是躲在最阴暗的角落,他不喜欢强烈的阳光刺痛他的眼睛。

如果不出意外,每天早上五点左右,帕奇一被桑顿盥洗室中传出的撒尿和刷牙的声音吵醒,就会急急忙忙地跑进自己的盥洗室。每当此时,桑顿都非常清楚她将在里面待多久才能把自己打扮一新后出来。

昏暗的光线掩盖了一场例行公事的敷衍了事,几分钟的仪式只有几下小鸡啄米似的吻、几下扭动、几声祝福,帕奇还没反应过来,仪式就已经结束了。

在痛苦与压抑的状态下,她默默地忍受着一切,直到女儿的出世。

那是个多事之秋,"挑战者号"航天飞机爆炸,切尔诺贝利核电站泄漏,柏林墙倒塌……达内尔在纽约和华盛顿的T3产业办公室忙得团团转,但这并不影响他和他的现任太太陪同帕奇出现在百老汇剧院、林肯中心,或者其他充满情调的高档场所。

帕奇讨厌待在派克大街上的T3产业公寓里发呆,所以天一黑,她就常常独自去找姐姐彭妮。达内尔有些担心,却找不出理由阻止她去见她的姐姐。

他不想和这个女人搞僵关系，却因此给自己添了很多麻烦。

为了支持工程学和医学研究，达内尔不久前说服桑顿成立了一支数千万美元的慈善基金。

T3产业的蒸蒸日上引起了全国的注意，在T3产业园内，突然之间冒出了上百名有同性恋倾向的员工。当达内尔提议拿出五百万美元用于艾滋病研究的时候，桑顿的答复是"决不可能"。

根据多年来与桑顿打交道的经验，在达内尔的担保下，帕奇进了慈善基金董事会。当帕奇知道这一重大决定后，她的眼中重新闪现出了希望的火花。

"资助计划第一百二十二项：犹他大学淡水鱼养殖项目，三万美元。"一脸疲惫的基金会主席汉斯·纽坎普博士强睁着布满血丝的双眼念道。

一致通过。

"下一个项目是彼得森兄弟的项目，他们在托莱多发明的电瓶一次充电就可以供一辆吉普车跑上三百英里，这是一项惊人的突破。"汉斯博士说道。

桑顿点了点头。

"好，通过。"汉斯说。

"如果没有反对意见，我就认为大家一致通过了项目计划。"

帕奇朝达内尔看了一眼，突然说道："我反对。"

"你必须改变桑顿对你的看法。"她想起了达内尔对她的忠告。

宝贝，悠着点儿！达内尔有些坐不住了。

"桑顿夫人，是你反对吗？"汉斯博士吃惊地张大了嘴，嗓门也高了许多。

"她要干吗？"桑顿厉声问道，看看手表，朝达内尔探了探身子。

达内尔会意地点了点头："我看不如这样，这个会已经开得太长了，今天暂且到这里，明天接着开。我先了解一下桑顿夫人的想法，很快就会搞清楚的,明天上午十点继续开会。"

汉斯博士很想听听桑顿夫人要说些什么,但达内尔已经不由分说地拉起他,朝会议室那扇皮质大门走去,其他与会成员也默默地一个个离开了会场。

为了暂缓发布基金会的通告,达内尔拨通了新闻中心的电话。

"我的天,我参加了十次董事会,这是我第一次发表我的看法。我反对!反对!我就是要反对!"帕奇说道。

达内尔正要转身离开,桑顿叫住了他。

"回来,难道你要我一个人对付这个疯女人吗?"

"明天,麻省理工、加州理工、卡内基梅隆学院一定都会乐疯的。"帕奇说道。

"我知道我的新娘子想要干什么了。"桑顿好像明白了。

"我进董事会的时候,你答应过如果可能,我将得到一笔艺术项目的资助,现在看来,你开的可全是空头支票。"

"你说对了!艺术算个什么东西?到了下世纪,艺术就更不是东西了。剧作家已经抛弃了舞台,小说将变成文物,到那时,他们只能把他们的垃圾作品压缩到拥有一百五十个频道的电视机上。"

"桑顿,快别说了。"帕奇喝道,"还记得那首充满激情的战歌《我的黎明》吗?是它唤起了我们的觉醒,寄托了我们的希望,在它的感召下,无数天才的艺术家在本世纪为我们这个民族留下了一部部璀璨的剧本和小说,他们的成就不亚于美国历史上的任何杰出人物,其中就有理查德·罗杰斯、田纳西·威廉姆斯、约翰·斯坦贝克……上帝啊,难道你能忽视他们的存在吗?"

"这是少数服从多数的选择,帕奇,即使我也要服从这个原则。"桑顿答道。

"他们能有选择?还不都是对钱充满了欲望?"

"我的天,帕奇,有谁会不愿意用沉默去换一个既不用操心、又能挣大钱的网站呢?我想你一定听过这首歌吧——

'噢，我好命苦，
警察打，老妈骂，
我白白受了罪；
听着，哥们儿，
还有你，姐们儿，
我想抽你，
我就是想抽你！'"

"难道你要我资助这样的噪音？"他想了想，接着说道，"或者是那些把肝脏泡在尿瓶里的所谓艺术？现在还有谁愿意去写剧本呀？过去百老汇一年就可以上一部新剧，可最近二十五年来你见过一部新的作品吗？什么耶稣·基督、超级明星……那也叫音乐？

"听着，帕奇，百老汇急需彻底整顿了。我们要打击妓女、皮条客、毒贩子，严禁小商小贩投机，杜绝奇谈怪论，我们要的是一个经过净化、重新包装、具有商业价值的百老汇。一旦那些同性恋被赶出第四十二大街，我们的百老汇将变得像迪斯尼一样纯净。那时候，男人们就可以带着自己的老婆孩子像逛干净的T恤店那样出入百老汇大街了。"

这是达内尔第一次听到他的老板对计算机以外的世界高谈阔论。当这个世界变得越来越浮躁、越来越肤浅的时候，只有桑顿，只有桑顿才是那个站在革命的前沿、把净化社会环境视为自己的事业的人。

"昨天晚上，我在茱莉亚音乐学院听了一位乐坛新秀的演唱。"

帕奇用欣赏的口吻说道："他有一副金色的嗓子，问题是如果没有奖学金，他就无法完成他的学业，因为他还要照顾他残疾的妻子和两个孩子。除非我们能提供帮助，否则我们可能会失去又一位帕瓦罗蒂。"

"我们已经有了一个，干吗还要第二个？"

"桑顿，这个世界上最不贪心的人就是搞音乐、搞写作的，当然还有很多搞艺术的。当他们没人支持就什么也干不成的时候，我们是不是该做点什么？自从有了人类，任何一种文化都应该留下它闪光的亮点。"

"你还不明白吗，夫人？我们年复一年经历着这个世界的蜕变，你又能怎样？到时候，还不知道是我们抛弃那些作家还是那些作家抛弃我们。如果你想留下闪光点，为什么不直接从百老汇的垃圾中捡回《学生王子》[1]？或许你更欣赏的是那部偷情小说《夜话情愫》？遗憾的是，现在的作家为了钱，谁不在拼命地打那一百五十个电视频道的主意？钱实在是个好东西，只是他们永远也不容易得到。亲爱的，就这样吧，还是先学学迪斯尼，然后打扫干净时代广场，免得小公主小王子们在第四十二大街上不小心踩在口香糖上。"

帕奇被噎得目瞪口呆，可又不甘心眼睁睁地看着一场文化衰变就这样愈演愈烈。

达内尔终于发言了。"等等！等等！听听我的看法！"他叫道，"波塔基特刚刚开张了一家有十个放映场的电影院，我去过，十部片子中有八部都是警匪枪战片，这种片子如果不在第一个周末就赚下两千万票房那是必死无疑。后来我总算找到一部我有兴趣的电影，演的是六七个恐怖分子携带塑料武器登上了一架大西洋航空公司的波音七四七客机，飞机的行李舱内装有一个致命的病毒罐。我的天！如果密封罐被那些丧心病狂的恐怖分子发现后打开的话，整个美国的东海岸恐怕就要遭殃了。当美国总统正趴在接待室里打瞌睡的时候，消息传进了他那有些听力障碍的左耳，总统立刻通过他的参谋总长、陆军元帅斯杜内格命令赫赫有名的流氓战斗机中队起飞拦截。按照总统的命令，那架倒霉的客机只要一进入海岸线五十英里就会被击落。客机机舱内，一个乖巧、天真的小女孩坐在第二十二排，正一边给她的芭比娃娃梳头，一边甜甜地说着：'我要去星星上找我的爸爸。'"

帕奇与桑顿屏住呼吸，希望达内尔能言归正传，可他偏偏意犹未尽。"等等，这电影说什么来着？是病毒要毁了整个东海岸？还是野

---

[1]《学生王子》，1924年风靡百老汇的轻歌剧。——译者注

葛藤种子会吃掉南方的所有植物？不管怎么说，我们都知道有个人能力挽狂澜，那就是好莱坞明星西尔维斯特·福特·哈里森。他演过六十部电影，从来没笑过，这一次，他从一架喷气直升机上潜入了那架七四七的厕所。我的老哥老嫂呀，你们知道我离开影院的时候有多失望，所以一到家我就打开电视想找回一点有品位的感受。可我看到了什么呢？那些十四五岁的孩子正围着台上的一堆肥胖的男女，女主持人珍妮问海德兰吉她是否曾经与她的兄弟或父亲乱伦。当那个妞说'是的，夫人，直到我嫁给了我的叔父'，坐在观众席上的孩子们立刻爆出了阵阵尖叫声。"

"好了，够了，达内尔，我们的容忍是有限的，你到底要说什么？"桑顿不耐烦了。

达内尔抹去脸上的汗水，揉了揉湿润的两眼，探过身子说道："桑顿，那些狗屁电影和电视一天之内屙出来的垃圾比整个维多利亚时代所有英国文人的作品还多。看在上帝的份上，帕奇只不过是想尝试着减缓一下这种无知的蔓延。"

"好吧，"桑顿用妥协的口吻说道，"你先听听我的，然后我再听你的。"

他在巴尔道系统的光盘播放器中放入一张碟，按下按键。几秒钟后，音乐响起，扬声器里传出了甜美、和谐、欢快的乐曲，像是纯正的莫扎特。

桑顿又换了张碟，这次显然是贝多芬。帕奇神情专注地分辨着它是贝多芬的哪首交响曲，却怎么也想不起在哪儿听到过这支曲子。难道都是尚未公开发表过的作品？我的上帝，要真是那样，这些作品可就要震惊这个世界了。

"这就是未来的音乐。"桑顿说道，"未来的写作也不过如此，读起来就像你做足了案头准备，顺畅、一气呵成。巴尔道系统的程序设计是只要输入任何作曲家的五十个小时的作品，它就可以模仿这个人的风格进行新的创作。"

"你是说刚才的作品都是计算机编出来的？"达内尔诧异地叫道。

"这就是未来。还想看看伦勃朗从未发表过的油画和米开朗基罗从未展示过的雕塑吗？或者品味一下连海明威都没读过的海明威小说？噢，不过巴尔道系统对于海明威的作品还不太成熟。"

帕奇的目光扫过整个会议室，落在一个中国明代的花瓶上，那是她在一次拍卖中买来的珍品。她把花瓶从托架上抓起来，走到桑顿的面前，用力举过头顶，朝着巴尔道系统的终端显示屏狠狠地砸了下去。

第十四章

二十世纪七十年代末
加利福尼亚，埃尔托罗海军陆战队航空兵基地

在美利坚合众国的历史上，军事奇才层出不穷，有些人利用技术革命改变了战争形态，其中空军将领比利·米切尔就是在第一次世界大战后首次用飞机炸沉了战舰。

海军将领中的传奇人物是号称"核潜艇之父"的海军上将海曼·里科弗，他是一个令他的上司和国会议员们都发怵的鹰派大佬。

海军陆战队少将杰里米·邓肯也是个奇才，却远没有他的军界同行们命好。受经济大萧条的影响，美国的军事力量遭到了极大的削弱。在国会的压力下，陆战队面临被撤编的威胁，国会山前的乐队和驻外使馆的门卫将是陆战队员们最好的归宿。

除非重塑陆战队的形象，才能避免被撤编的命运，这是一批海军陆战队精英，其中包括邓肯将军的共识。

道理很简单，未来的战争是全球化战争，何况从海上突破敌方的防御要塞一直都是个亟待解决的战术难题。

第一次世界大战期间，发生在土耳其半岛加里波利的战役就是一个惨痛的教训。在澳新、英法联军登陆作战前的一个星期，英国海军对土耳其的要塞和阵地进行了数周的狂轰滥炸，但最终联军还是被打散了，战争的灾难性结局导致温斯顿·丘吉尔被调离了海军部。

为了避开公众的视线，海军陆战队在波多黎各东海岸线上的维克斯岛举行了一系列有关未来战争的实兵演练。他们集中海上和空中力量对抢滩阵地实施近距离的炮火覆盖，迫使守敌暂时远离滩头阵地后，陆战队士兵发起进攻，构筑防御工事，打退了敌方的反扑。演习要验证的核心是突破一点后，如何迅速向内陆扩大战果。

演习是成功的，但他们需要一场实战来检验自己的真正实力。

据说邓肯将军一出生，就惊人地用拉丁语喊出了"永远忠诚"。

在太平洋瓜岛上空的空战中，他在一天之内击落了五架日军的零式战机，成为美国空军的第一个王牌飞行员。然而，当他的飞机也被击落，他死里逃生后，他便再也无缘鏖战蓝天。

在朝鲜战争中他是个营长。当他的部队被包围后，他怀着"好狗癞狗，冲出去就是好狗"的信念，在冰天雪地的冬天，带着七零八落的部队从中国边境的长津湖一路撤退到了海边。

"越战"期间，他从一名战地指挥官转任作战参谋，在与狡猾而又顽强的敌人的博弈中，他不断地改进和发展了自己的战术思想。

邓肯将军胸前的一枚国会荣誉勋章、一枚海军十字勋章和三枚紫心勋章不但是他本人的荣誉，也是整个海军陆战队的骄傲。他子孙满堂，在东海岸有一栋古老的大房子和一艘豪华的捕鱼船，所以他一直都在盼望退休，盼望退休后得享天伦之乐。

与他朝夕相处了三十年的妻子在一场火灾中不幸丧生，他悲痛欲绝，是海军陆战队给了他继续生活的希望。

他没等到退休，一项秘密使命让他成为埃尔托罗海军陆战队航空兵基地的策划顾问。在新军事变革的浪潮中，他奉命在洛杉矶郊外的航空兵基地组建一支闪电突击部队。

海军陆战队一直在与贝尔实验室和波音公司合作发展一款称为"甲壳虫"的多功能飞行器，它具有直升机的灵活性，又具有喷气机的动力。它的设计标准是在搭乘至少二十名全副武装的特种兵的基础上，还要具备携带救生、电子和专业人才的能力。

当一位叫桃乐茜的陆军上校闯入邓肯将军的生活后，从不因个人私事惊动上司的邓肯将军终于向上司递出了他早就应该递出的退休报告。

基地中出现了陆战队司令基思将军的身影，他没有邓肯将军的儒雅，却同样彪悍，亦是陆战队的一张王牌。

"好啊，你和桃乐茜上校的交往闹了个满城风雨，已经没有退路了吗？杰里米。"

"如果陆战队还能体谅我这个老头子，那就批准吧。基思，还记得我刚从'越战'回来的时候吗？差不多六个月，我疯得都快神经了。顺便问一句，有谁派你来吗？"

"对，总统。"

"呵呵，来头不小啊。"

"还有国防部、国务院、参谋长联席会议和中情局。"基思将军接着说道，"我可不是派你到埃尔托罗基地来玩'甲壳虫'的。"

"傻瓜都知道我们必须组建一支快速反应部队。'甲壳虫'很适合这支部队，它兼具直升机和喷气机的特点，配备的火力也很强大，即使比它大十倍的飞行器也比不上它，如果能携带核弹就更棒了。"邓肯将军说道。

"没那么简单。"基思将军说，"杰里米，我们面临的将是一场全新的战争、一条令人作呕的看不见的战线，你明白吗？"

"例如？"

"国际恐怖主义，例如巴勒斯坦解放组织，那还只是冰山一角。他们行动诡秘，从不遵守战争规则，如果我们不能未雨绸缪，他们会像蟑螂一样繁衍得到处都是。任何一个极端主义的宗教团体都能在主的名义下，像个英雄似地今天炸毁一架民用客机，明天又以解放者的名义把整个教室的孩子扣为人质。更糟糕的是，华沙条约组织和伊斯兰国家一直都在为他们提供庇护所、训练营地、资金渠道、外交护照和武器来源。由于恐怖活动尚未发生在美国本土，我们很难向公众表明这里不是世外桃源。但威胁是迟早的，有备无患才是我们的应对之道。"

"我明白了。"邓肯打断了他,"总统是要我组建一支秘密的小型快速反应部队,一旦我们发现恐怖主义者的企图,我们就可以立刻向那些预订目标实施报复性打击。"

"这可是你自己说的。"基思将军答道,"你觉得'甲壳虫'适合我们的要求吗?"

邓肯丝毫没有犹豫:"'甲壳虫'将是海军陆战队手中的杀手锏。"

"我们正在考虑采购五百架'甲壳虫'。"基思将军用毋庸置疑的口吻说道。

在戒备森严的机库里,邓肯将军深情地抚摸着他的'甲壳虫',脑海中浮现出他第一次翱翔蓝天时的痴迷。与继续留在军营,同眼前这个宝贝一起去扮演新的角色相比,娶个陆军上校然后退休固然诱人,但显然已经不是他唯一的选择。

"'甲壳虫'的确很有价值,但要更好地执行快速反应任务,它必须更快、更轻,还要配上高速导弹。它的引擎没有问题,把机身换成钛合金,再装上激光制导炸弹就行了。"邓肯说。

"我去想办法弄钱。"基思将军迫不及待地说。

"你急什么?我还没下定决心呢。"

同意还是走人,他没有别的选择,基思胸有成竹地等着他的决定。

"我要自己挑人组建这支部队,"邓肯的脸一沉,"决不能受那个狗屁国会监督委员会的干扰。"

"就这么办。"基思毫不犹豫地答应。

"我会提交给你一份骨干人员的名单。"邓肯在说这话的时候已经在跃跃欲试了。

"这是高度机密的行动,参与者必须是自愿的。"基思说。

"当然,我会把他们统统变成志愿者的。"邓肯笑了。

高级技术军士奎恩·帕特里克·奥康内尔出现在埃尔托罗直升机

指挥中心，在新飞机的交接过程中，他亲自监督了电子设备的安装，通过运转测试掌握了所有飞机的性能，更新了飞行手册，创造了陆战队最好的安全飞行纪录。

在邓肯将军的直升机驾驶员生病期间，奎恩与将军有了更多的接触。他听说这位他心目中的英雄最近一直待在Q机库里，整天摆弄着一架鸡蛋壳一样的新型飞机，并且一有时间就飞往海岸线的另一端。

在那片沙漠中，靠近一个叫巴斯托的地方，有一个相当神秘的海军陆战队训练基地——潘德莱顿营地。

他们在一起的时间越长，对彼此就越发信任。每当邓肯去拉斯维加斯约会陆军上校桃乐茜，都是由奎恩驾驶直升机，邓肯因此越来越了解奎恩。

那是基思将军离开不久的一天，邓肯拨通了司令官的电话："我要借用一个直升机驾驶员，时间大概一个月左右，请把奎恩中士派给我，今后就不要再给他安排其他勤务了。"

"不行，杰里米，我们这儿离不开他。"基地司令一口回绝了他的要求。

"那我更要感谢你了。"

"少跟我来这套！"

"这么说你同意了？"

"我懒得理你，你爱怎么办就怎么办吧。"

"长官！"奎恩的报告声引起了邓肯将军的注意。

"坐下吧，孩子。"

噢，上帝！将军的手伸过来时，锐利的目光像箭似地穿透了奎恩的心。

"我的直升机驾驶员出了毛病，暂时调你过来干一个月左右。那边我打好招呼了，你不会不乐意吧？"

"一个月可以，但左右是多长时间？"

"左右就是左右，哪那么多废话！"

"我和许多人共事过,其中有些人只会吃喝玩乐,将军一定不是那样的人。"奎恩说道。

"那也未必。"

"能给我四五天时间去熟悉一下直升机场的警卫环境吗?"奎恩问道。

"两天。"

"长官,我……"

"我什么?孩子,说!"

"我想在您的直升机上配个副驾驶。"

"实话告诉你,"邓肯的嘴一撇,"我就是你的副驾驶。"

"啊?"

"好像很失望,是吗?"见奎恩没有反应,将军脸一沉说道,"就这么定了!"

"邓肯将军,在海军陆战队,您是与乔·福斯、马里昂·卡尔、老爹博伊顿齐名的'二战'英雄,您成为美国空军第一位王牌飞行员的那天,您也在我们的航空史上留下了光辉的一页。可是将军,'二战'结束已经三十五年了,在全新的技术和系统面前,我们总不能抢着一把大提琴去打牛的屁股吧?"

将军的嘴里冒出一阵愤怒却又无奈的诅咒。

"长官,对面墙上有一张新张贴的海报,麻烦您把最上面的那行大标题读出来好吗?"

邓肯的眼睛眯成了一条缝,盯着海报看了许久、许久,然后若有所思地用手指敲打着桌面。

"有什么感想,长官?"

"我要定你了。"将军斩钉截铁地说道,"我正在组建一支由志愿者参与的特种部队,大概是两个排的编制,你是我心目中的第一个志愿者。"

"志愿做什么?"

"暂时无可奉告。"他讳莫如深地说道,"总之,我们的任务属于最高机密,在你成为志愿者前我什么都不能告诉你。"

"可我还有五个月就要退役了。"想起与将军的交往、在陆战队的光阴,以及正在谈论的这支神秘的小分队,奎恩还真有些纠结。

"那就延长你的服役期。"

"长官,我热爱这支部队,如果说我对这个世界还有价值的话,是陆战队给了我新生,但是,我不是一个职业军人。"

"我倒很希望你是。"邓肯不无惋惜地说道,"你是个聪明的孩子,即使出了军营,你他妈的也会发大财的。"

"可钱对我并没有多大的诱惑。"奎恩说道。

"所以我才希望你能做个职业军人。"

"看来我没有其他选择了,长官。"

"对不起,你说过你是个孤儿?"

"是的,长官。"

"我的老父亲曾经在得克萨斯州经营一家农场,"将军说,"可一到星期天,他就成了一位浸信会教会的牧师。对于我们这些孩子来说,不管他是圣父还是生父,他总是我们的父亲,所以我们一直都在努力做一些能令他感到自豪的事情。他从来没做成过什么大事,甚至没能活着看到我挂上了我的第一颗星。很久以前,我第一次考虑是否要退役的时候,我收到的工作邀请不仅有来自国防工厂的,还有来自航空公司和石油公司的,甚至还有来自冰激凌连锁店的。在三十多个邀请中,有的企业给出的薪水高得我都难以想象。但如果我去了那家冰激凌连锁店,恐怕我的后半辈子就会患上冰激凌恐惧症,更何况我要那么多钱干吗?"

"对不起,长官,我能走了吗?"奎恩迟疑着站起来。

"当然,想走就走吧。"邓肯挥了挥手。

奎恩走到门口,却发现自己无论如何都不能就这样离开这里。

"怎么还不走?"

"长官,我很好奇,能不能透露点消息给我?"奎恩问道。

将军的脸上露出了一丝微笑:"那我就试试。"

"有关特种部队的？"

"这是在总统亲自指挥下的一支部队，是每个志愿者的荣幸，也是陆战队梦寐以求的一个机会。"

"既然这样，我愿意把服役期延长两年。"

"作为一个老兵，我真为你感到高兴。"将军说，"现在，我要先把你袖子上的那些军士条条去掉，然后把你从军士直接提拔为中尉。"

"长官，我要说我不接受那是假的，不过……"

"不过什么？"

"会有很多……很多……"

"怕人嚼舌头？怕破坏军规？怕我有麻烦？"将军打断了他。

"将军圣明。"

"从现在起，你给我记住，你已经是一名海军陆战队的军官。"

邓肯以老兵对小兵的口吻说道："我在遇到同样的选择时，从不把什么狗屁规矩当成教条，所以他们给我起了个绰号叫'大炮'。"

"'大炮'！我喜欢这绰号，长官。"看到邓肯将军充满自信与威严的神态，奎恩对他的军衔和勋章多了几分敬重。

"你就是大炮，'大炮'奎恩。多谢了，我的海军陆战队。"将军说。

奎恩明白将军的期待。

邓肯将军的"寓教于乐"（Recreation And Moral，简称 RAM）休闲俱乐部一成立，就在沙漠中的潘德莱顿训练营占据了一个角落。与这支号称"拉姆突击队"的特种部队相比，大名鼎鼎的海豹突击队也黯然失色。为了减轻"甲壳虫"的飞行负担，它的每个成员就连身高和体重都经过了严格的筛选。作为将军破格提拔的另一匹黑马，雨果·格拉布少校是这支特种部队的军事教官。

切诺基·柯特里尔——一个自称有一半苏族印第安人血统的汽车兵，五年军龄，是邓肯将军把他挖来做了"甲壳虫"的驾驶员。

托德·韦特穆尔——一个总想证明自己是个天才的家伙，在通往哈佛大学的人生路上屡战屡败，却最终在拉姆突击队找到了副驾驶和领航员的位置。

诺文斯基上尉是个神经质的怪人，在整个陆战队，正在使用或计划装备的电子设备，如果未经他的筛选和调试，谁也不敢随便采购和轻易使用。

将军得到了为"甲壳虫"定制的钛合金短机翼，这是一种比常规铝合金机翼长六英尺的机翼，它黑色的翼展和更强、更硬的材质有助于"甲壳虫"飞得更快、更轻，同时承受更大的空中负载。

阿利森涡轮螺旋桨引擎发出了一阵又一阵悦耳的轰鸣声。

大炮奎恩既要负责物资保障和投弹，又要兼任后备技师和替补驾驶员，每天还要跟踪分析世界上二十个潜在打击目标的变化。

拉姆突击队的所有成员都学会了战场自救。

当"甲壳虫"经过改装，挂上十六枚导弹和激光制导炸弹后，它的火力达到了空前可怕的程度。

"甲壳虫"的核心技术是它的喷气口能做出九十度的变向旋转，以便它既能像直升机一样垂直起降，又能在瞬间变成一架标准的喷气式战斗机。它的最高时速为每小时六百英里，挂上副油箱的最大航程超过了两千英里。在满载二十几人的状态下，它的飞行高度可以达到两万英尺。

所有的机载设备，从激光锁定到地形图像匹配雷达，都在严格的设计规范下充分利用了机上的每一寸空间。

除此之外，"甲壳虫"的弹药基数也最大限度地利用了机内的空间和飞行负载。在它强大的火力的掩护下，机上的二十名特种兵可以在飞机着陆时立刻投入战斗，也可以当飞机在着陆点上空悬浮时通过机尾的绳梯出机舱下到地面。

经过近一年的磨合，"甲壳虫"和拉姆突击队的每个成员都达到了最佳的实战状态。

随着恐怖主义的暴力倾向愈演愈烈，美国在欧洲的动产和不动产、商业往来和公民人身安全都受到越来越大的威胁，尽管美国本土尚未遭受恐怖袭击，但谁都知道那只不过是个时间问题。

一位美国大使和一位北约组织的美国将军乘坐一架里尔喷气军机飞越大西洋上空时，一场空中爆炸引发了一场不可避免的直接对抗。

令人难以置信的情报分析勾勒出了事件的来龙去脉。

在法兰克福，一名以色列情报局（摩萨德）的特工盯上了六个形迹可疑的伊朗人。他跟踪到了他们下榻的一家位于外国劳工居住区的饭店后，立刻通过摩萨德将这一情报转告给了美国中央情报局。

空军上尉萨姆德·史密斯是莱茵美空军基地小型飞行器部门的当值军官，在和恐怖分子接触后，为了十万美元，他把一个装有炸药的手提箱偷偷地放进了那架飞机。

里尔喷气机的驾驶员在爆炸的瞬间发出了紧急呼救信号。

全国预警级别不断提升，德国警方在机场和高速公路上分别抓住了那六个企图逃离法兰克福的伊朗恐怖分子。

史密斯上尉的德国妻子海尔格发现了那十万美元，怀着对丈夫的鄙视，她把钱交给了警方。

六名伊朗嫌犯和史密斯上尉对罪行供认不讳。

美国总统压下了案件的调查报告，针对媒体的疑问，新闻发布会的答复是：一架美国飞机在飞行途中失踪，有关方面正在进行事故调查。

恐怖分子的口供和罪证给了总统实施报复的借口。

第十五章

"我是杰里米·邓肯。"

"请稍等,长官,这是总统的电话。"

"是邓肯将军吗?"

"是,总统先生。"

"五小时前,我们的一架里尔军机在大西洋上空爆炸,遇难者中有奥古斯特大使和北约的马普雷德将军。根据犯罪分子的口供,我们取得了令人难以置信的突破,所有的证据都确凿无误地指向了来自伊朗的恐怖分子。"

"明白,总统先生。"

"老实讲,对于那些躲藏在暗处的伊朗恐怖组织,我们正发愁抓不住他们的把柄,这次空难给了我们一个绝好的机会。你们的突击队都对哪些伊朗目标实施过仿真打击?"

"总统先生,有四到五个。"

"你什么时候能赶到华盛顿来呢?"

"随时,但在启程前能否允许我先安排一下作战部署?"

"授权。起飞后立刻与情报分析室保持联系,大家都在等你。"

几小时后,白宫情报室

在白宫地下的情报分析室,画面一点不像好莱坞大片中的星球大战。巨大的会议桌旁围着一群智囊人物,其中有参谋长联席会议的高官、中情局局长、国防部部长、国务卿、总统安全顾问,以及一些不可或缺的助理或文秘。

深夜，邓肯将军和他的助手"大炮"奎恩赶到了情报分析室，他们不仅是拉姆突击队的指挥官和参谋长，而且代表这支特种部队在紧急状态下的飞行驾驶能力。

当总统示意邓肯将军坐到自己的座位上时，会场里泛起一片惊愕，人们随即又不得不对这位海军陆战队老兵表示出应有的敬意。大约一年前，参谋长联席会议主席曾力挽邓肯不要退休，但他无论如何没想到他的部下今天居然会坐到统帅的位子上。

身为一名老兵，邓肯将军立刻领悟了总统的良苦用心。为了阻止恐怖活动在欧洲大陆的蔓延，总统显然已经下定决心要给伊朗一个教训。

"各位都听说了，我们刚刚收到一个千载难逢的情报，"邓肯开门见山地说道，"一位德国夫人举报了她的上尉丈夫——一个美国内奸，在法兰克福的以色列人指认了那些被捕的恐怖分子。我想我们可以趁那架里尔军机失踪后，伊朗政府还没摸清我们的反应时，给他们一个迎头痛击。"

"但未经检验的闪电突袭会不会过于鲁莽？"

"邓肯，'甲壳虫'的实战能力究竟有多大的把握？"

"何况把你的'甲壳虫'和拉姆突击队送到东海岸还要花费很多宝贵的时间。"

"总统先生、各位，我已经依照授权从长滩征用了一架 C-5 喷气运输机，折迭后的'甲壳虫'和二十名拉姆突击队员正在机上待命，随时可以投入行动。"

铅笔尖在纸上划出的刷刷声消失了，老板们身后的助手们发出了嗡嗡的议论声。

"你是说你的突击队和'甲壳虫'已经随你一起飞过来了？"

"是的，总统先生。"

在一片诧异的干咳声后，所有的面孔都变得凝重了。

"我们的'大炮'奎恩针对伊朗境内的四个目标制订了一套打击

方案,其中一是德黑兰的市政电网,二是座水坝,三是个大型油库,但这些目标显然都不适合作为当前的打击对象。"

"你说你们选了四个目标?"

"我正要向各位报告,尽管我们放弃的每个计划都耗费了我们大量的投入和情报来源,也可能会影响闪电行动的突然性。"

应"大炮"奎恩的要求,分析室的墙面上放下了一幅投影屏幕,一张张地图、照片、战术组合、统计数据等打在了屏幕上。

"这是一次夜间行动,我们计划在十五到二十个小时内发起攻击。明天一早,当华盛顿从睡梦中醒来,我们的突击队已经在飞往伊朗的途中。到华盛顿时间午时,国防部将向公众通报一架美国里尔军机的失踪消息,失踪空域出现了雷电,我方船只正在失踪海域进行搜索。到时候,我敢打赌,那些得意的伊朗人一定正蹲在茅房里连裤子都懒得提起来。"

"你的打击目标在哪儿,邓肯将军?"总统问道。

奎恩点出一张伊朗地图。"诸位,是这个国家的腹地,位于卡维尔沙漠和波斯湾之间一片荒芜的山区。"邓肯指着图上的一点答道。

"奎恩?"

奎恩点出了一张放大的地图。

"这里是谢尔山区,海拔大约一万二千英尺,以这座两百多年的厄尔巴坎城堡为军事重镇,有效地控制了周边人烟稀少的地域。历史上,他们向当地农民和牧民征税,向过往的大篷车队收取过路费,追杀走私者,在城堡里设有一个牢房,专门监禁那些违反安息日教规的叛逆者。自从现任精神领袖阿亚图拉掌权后,城堡里有两百多驻军,由一名少校指挥,负责关押那些等待阿亚图拉决定命运的前伊朗国王沙阿王朝的高官。"

"现在那地方关着谁呢?"

邓肯朝中情局局长查理·贝休恩点了下头。

"邓肯将军从加利福尼亚一起飞就和我们保持着联系,我们已经把掌握的情报提供给他,目前那里关押着班达尔·巴拉卡特。"

班达尔·巴拉卡特！中情局长话音未落，与会者都不禁为之一震。

"耶稣基督！"

"班达尔！"

"查理？"总统示意中情局长讲下去。

"抓住班达尔就等于抓住了中东。作为沙阿手下的情报头子，在意识到政权的转移后，他摇身一变成了双料特工。他手里掌握的西方情报网对阿亚图拉的新政权很有价值，反过来讲，他也很有可能成为我们埋藏在伊朗新政府中的一只鼹鼠。但如果新政权砍掉他的脑袋，他们就失去了西方情报的来源，所以他们把他转移到了厄尔巴坎城堡，关在一栋羁押要犯的塔里。"

中情局局长言简意赅的汇报赢得了与会者一片嗡嗡的赞许声。

"请接着讲下去，查理。"总统说道。

"为了保命，班达尔只好翻出一千零一夜的把戏，每天一个情报去赌新政权的耐心。"

"那我们为什么要关心这个混蛋？"参谋长联席会议的克利菲尔德海军上将质疑道。

"问得好，"贝休恩答道，"班达尔在伊朗曾经是恐怖活动的主要策划者，直到宗教领袖们发现他的大部分经费都是来自沙特才放弃了他。根据我们掌握的情报，班达尔能为我们提供那些恐怖分子的名单、藏身地、派别、训练营、账户，以及未来的恐怖袭击计划……"

"难道你要把那个家伙从城堡中弄出来？"空军司令霍伊特打断了中情局局长的介绍，转向邓肯问道。

"是的。"邓肯答道。

"你确信他能与我们合作？"

"当然，谁会和钱有仇啊！"

大家都笑了。

"或许有些滑稽，他在西方的情报机构中还有朋友，包括我们中情局。"贝休恩说。

"怎么讲？"

"他在美国的钱比在伊朗还多,甚至拥有纽约第五大道上的一幢豪华大楼。出于对阿亚图拉们的恐惧,他很担心把财富留在伊朗或汇往欧洲,换句话说,我们认为他把宝押在了我们身上,因为他把我们看成是最后的赢家。除此之外,他是个阿拉伯人,而伊朗人对阿拉伯人是有戒心的。"

"大家对这次行动有异议吗?"总统问道。

"我保留。"参谋长联席会议主席贝利克将军说,"保留还是有必要的。"

"你确信能把他抢出来吗?"总统转问邓肯。

"成功总是孕育在机会之中,就算他被打死,对我们也没坏处,何况有可能把他搞到手,那我们就中大奖了。"

"谈点具体的吧。"

"奎恩。"

鼠标的咔嗒声又响了起来。

"这张放大了的地图是北约在土耳其和亚美尼亚边境上的土耳其提卡军事基地,我们先把'甲壳虫'用 C-5 运输机运抵这个基地,卸下后展开机翼和螺旋桨叶,装上特制的导弹和激光炸弹,加满油,然后出发。"

"等等,邓肯,你们该怎样躲过伊朗人的雷达呢?"空军司令霍伊特问道。

"分两步走,一是借用以色列人在 1967 年中东战争中攻打埃及人的办法,先向地中海方向飞,避开埃及的正面雷达防线,从他们的后方实施打击。我们不妨也走走后门,先沿着里海的海岸线飞,再从土库曼斯坦越过边境进入伊朗。"

"二呢?"

"我们这次使用的是款样机,整个机身采用复合材料取代了传统的铝合金机身,所以雷达反射面非常小。"

接下来一小时,探讨的焦点集中在诸如以下等问题上:一、未经过实战的新式导弹和激光炸弹是否可靠?二、"甲壳虫"该如何解决空中加油问题？三、要不要派出一支航母编队在波斯湾或阿曼湾实施佯攻以提供空中掩护？四、突击队员经过十五个小时的飞行后还有没有战斗力？

"邓肯，我很欣赏你的方案，但你是不是对以色列人先斩后奏式的做法过于迷恋？他们是不得以而为之，我们却容不得半点差错。"参谋长联席会议主席贝利克将军开口了。

"可那确实有效。以往的经验证明，瞻前顾后和该死的美式顾虑是突击行动的大患，所以我只要一架飞机、二十个亡命的突击队员，就能做到生死与共，同进同退。"邓肯激动地说道。

"'甲壳虫'可没长腿，你们在敌方雷达的眼皮底下穿过茫茫山区，那要耗费很多燃油啊。"

"奎恩。"

"明白，长官。""大炮"奎恩一边回答，一边用鼠标点出几幅画面说道，"最坏的情况是，我们飞抵厄尔巴坎城堡，完成突袭后撤离到几百英里外的空域。我们已经通知驻扎迪戈加西亚基地的空中加油机在北纬三十一度四十分和东经五十八度二十分接应我们，四小时后，我们将迎着晨曦飞往阿拉伯海，然后降落在我们的一艘集装箱船上。"

"你们练过几次'甲壳虫'的空中加油？"海军上将克利菲尔德明知故问。

邓肯脸一扭，恼羞成怒地嘟囔道："两次。"

交换、比较、反复，这就是美国军方行动的离合器。任何失误都意味着是场灾难，放弃又将成为谨小慎微和对伤亡恐惧的代价，助长恐怖分子的嚣张气焰。

海军陆战队司令基思将军打破了沉默："巴勒斯坦解放组织、伊朗以及其他亡命组织会把恐怖活动当成家常便饭，他们将到处散布美国没有能力阻止他们，所以我们一定要完成这次任务。在德黑兰的朝拜钟声响起，穆斯林们尚未开始祈祷的时候，我们就已经得手并顺利返航了。"

"杰里米，你一定不希望你带进去的是一支疲惫不堪的部队吧？"霍伊特将军说。

"是否疲惫不堪，那要看怎么说。"邓肯答道，"至少我没见过哪支部队在抵达战场和投入战斗后仍然保持着旺盛的体力和精力，但战争的胜败取决于坚持。"

沉默。面对可能的伤亡和失败，总统和参谋长联席会议主席都感受到了莫大的压力。

"多少年来，美国人民在一次又一次的战争中表现出了睿智和勇气，当这一时刻又一次即将来临，他们再次做好了准备。"美利坚合众国的最高统帅最终做出了决定。

炸机事件过去十四小时又二十二分钟的时候，一架巨型的C–5喷气运输机搭载着拉姆突击队和沉睡的"甲壳虫"朝着土耳其提卡空军基地飞去。

第十六章

根据突袭行动的不同角色和分工,机上的每个突击队员都领到了一份作战地图。

在解释了此次任务性质和班达尔这个人的重要性,以及详细地部署了作战计划后,邓肯将军命令所有人都毁掉手中的地图,多少个日夜的特种训练如今终于要在实战中经受检验。

每个陆战队员在承担自身的职责外,还要具备伤亡急救和随时补缺的能力。一旦战斗打响,任何直呼其名或军衔的行为都是愚蠢的,邓肯将军在下属亲昵的称呼中理所当然地成了一名"老兵"。

"大炮"奎恩的职责最多,既要负责投弹和战场救护,又要在驾驶员、导航员、技师伤亡的时候做好替补。

突击队长是雨果少校,两个小组的组长分别是罗伯和马什,诺文斯基负责电子设备,而驾驶员切诺基和副驾驶托德则通过他们的头盔通讯系统保持着与"老兵"和奎恩的沟通。

在收到源源不断的情报和气象信息后,二十名海军陆战队特种兵再一次核查了他们的武器弹药,做好了随时发起进攻的准备。

为了促成一场对恐怖分子的闪电打击,邓肯将军给总统施加了很大的压力,对于自己的鲁莽,他并不后悔。难道非要再花一星期去做什么模拟推演吗?我要用事实说话!

恐怖袭击发生后大约十六个小时三十分钟,C–5运输机飞临坠机空域,平静的海面掩盖了里尔军机的残片。

飞机调整航向后选择了国际水域的上空,以避开空管航线上不必要的麻烦。

机舱内，特种兵们在雨果少校的指挥下做起了临战前的健身运动，受这个调整情绪的怪物的影响，一套指关节运动居然能累得人连手都懒得再动。

食物加啤酒，人手三份！这是防止心动过速和神经紧张的良药。

他们又一次按照程序演绎了一遍即将上演的战斗。

两部电影（一部战争片和一部色情片）还没放完，所有的人都蜷缩在各自的帆布床上，迎着晨曦坠入了梦乡，震耳欲聋的鼾声几乎淹没了引擎的轰鸣声。

北约在土耳其境内的提卡空军基地

拉姆突击队比预定时间提前到达了基地，飞机刚一降落，就滑进一座隐秘的机库。

特种兵们从床上爬起来，有伸懒腰的，有打哈欠的，有抓痒痒的，有放响屁的，在把周身的骨节绷得劈啪作响后，他们迅速从舱内卸下所有装备，然后将各人的行装和武器靠墙码成了一排。

当"甲壳虫"从C-5运输机的货舱坡道滑出时，机库里一片宁静。它看起来是如此的渺小和脆弱，像是一个正从万吨巨轮的腹中慢慢产出的婴儿。

折叠的机翼和旋翼缓缓张开、复位、固定，"甲壳虫"从运输模式转换到飞行模式。

切诺基钻进驾驶舱，按下引擎开关，打开旋翼，将螺旋桨叶与机身夹角调整为前倾七十五度，以确保旋翼在产生升力的同时又产生推力。

旋翼的下旋转斜板决定了"甲壳虫"的直升机起降模式和导弹发射模式，而上旋转斜板则保证"甲壳虫"在水平飞行时具有良好的消音性，以免引起敌方的注意。

洗澡！

早餐是牛肉加通心粉加橙汁加高热量巧克力的美味大餐。

诺文斯基上尉和他的副手——高级技师罗斯福军士走进机舱，在驾驶员的座椅背后安装了一台微型终端，启动系统后打开了面板显示器。

"空间维护分析中心？"

"画面清晰。"

"空间维护分析中心设置锁定。"

"战区相关空间和地形匹配？"

"很好。"

"意外告警？"罗斯福重新确认了一遍数字地图追踪系统。

他们在基地的美军导航主任的配合下，先设置好了飞行程序，然后启动了多功能的地形匹配雷达。通过数据库里的地形设置与地面脉冲信号的匹配，"甲壳虫"的超低空飞行能力可以控制在几百英尺的高度。

当一切准备就绪后，导航主任指点着起伏的航线、山峰、地面雷达、观测站点等提醒他们要格外注意风险。

在调整无线电频率的收发信号时，扩音器中传出了苏联人和伊朗人的呼叫声。

"菲拉？"

"在！"安瓦尔·菲拉下士戴上耳麦，通过指挥系统进入了内部通讯网络。

"当你看到红灯闪烁，就表示有机场塔台或是巡航战机盯上了我们，如果他们说的是波斯语，我会给你信号，你就按照仿真训练时的口吻与他们交涉，明白吗？"奎恩说道。

"明白。"

"沃尔科维奇，如果是俄语，就交给你负责。"

"是！明白。"

运弹车送来了导弹，那些被称为"邓肯"的导弹看起来精巧、平滑，却足以摧毁任何重型防御工事，对付厄尔巴坎城堡中砖混结构的建筑似乎有些可惜。

第二组胖胖的炸弹是杀人武器集束炸弹，一旦爆炸，成千上万锋利的金属碎片和弹珠将对散兵造成致命的伤害。

与螺旋桨叶形成七十五度角的机舱是飞行器在悬浮状态下实施打击时安全和稳定的保障，机翼下有限的空间也合理地配置了激光制导系统。

投弹程序掌握在"大炮"奎恩手里，容不得有半点失误和偏差。为了确保一举摧毁敌方目标，他们很可能要做超近距离的攻击。敌方的地面火力将对他们构成多大的威胁？新型的机载炸弹威力如何？在疯狂、恐怖的规避飞行中，这些炸弹会不会失落？

"甲壳虫"的后舱固定了一张手术台，血浆、手术器械和药品等都被卡在机舱的顶部，只要拉动升降绳就能随时取到需要的物品。主啊，千万不要出现重大伤亡！维特医生在检查了他的器械后，把手术台收进了后舱的舱顶。

为了确保飞行安全，邓肯将军和他的驾驶员把"甲壳虫"上上下下又查了一遍。在一个半小时的时间里，一辆驶进机库的油罐车正在给飞机加油。将军在几个月前就意识到，如果"甲壳虫"在携带满负荷油箱起飞时受到攻击，那无疑是场灾难。他一直都在考虑怎样才能与贝尔和波音的工程师们找到这个软肋的解决方案。

"小子们，'甲壳虫'一切就绪，准备出发！"

特种兵们跑向各自的作战装备和武器，等待将军下达命令。

"现在，我命令你们清干净各自的大小便，然后都给我把乘晕宁服下。"

厕所里传出痛苦的呻吟和嘘嘘的口哨声……

"你们必须服下乘晕宁，这是海军陆战队的命令。我们的飞行航线气流很复杂，你们会在颠簸中把苦胆都吐出来。当然，能忍住还是要忍住，实在忍不住就吐在呕吐袋里。"

当所有人都尽可能地清空了肠胃，在舷梯旁待命后，邓肯将军依次与每一名陆战队队员握手，送他们登上飞机，然后跟在切诺基和托德的身后走进了机舱。

将军径直走到驾驶员的座位旁，在诺文斯基和奎恩之间的那台微型终端控制器前坐下。通过终端控制器，他对飞行速度、燃料消耗、地形、通讯，以及与即将发起的攻击有关的系统运行都一目了然。

"对讲系统都正常吗？"

"正常，奎恩。"

"正常，切诺基。"

"正常，托德。"

"正常，雨果。"

"罗伯，正常。"

"马什，正常。"

"诺文斯基，正常。"

"突击队全部就位，长官。"

机库在吱吱嘎嘎的呻吟声中敞开了大门，"甲壳虫"以旋翼前倾七十五度的起飞模式（较之直升机的垂直起飞模式，更节省燃油），在牵引车的拖曳下缓缓地滑向昏暗的跑道。

"老兵，我是切诺基，滑行起飞准备完毕。"

"我是老兵，我看我们现在负载过大，靠滑行起飞恐怕会出问题，所以我命令，全速，呈九十度垂直起飞模式，直接把这个狗家伙送上天吧。"

"是。"

切诺基按下启动开关，隆隆的引擎声瞬间变成了持续的轰鸣。

"加力！"切诺基给出了指令。

托德将左手位置的长柄拉杆拉向怀里，"甲壳虫"在阵阵轰鸣声中拔地而起。

"高度一千、一千一……"托德不停地报告着高度读数。

"旋翼前倾。"

切诺基两手稳稳地把住操纵杆，两脚学着舞蹈大师弗雷德·阿斯泰尔的舞步伸向了方向舵。

"旋翼前倾四十五度。"

"弟兄们，我可要飞了……"

诺文斯基坐在驾驶员身后，透过红外夜视仪，目不转睛地观察着控制面板上的变化。

显示屏前，邓肯和奎恩又一次调出了厄尔巴坎城堡的平面图。

根据平面图的描述，城堡内的主建筑群位于三百英尺高度差的一片低洼地，毗邻配备有电台和电话通讯的城防中心。城防中心的四周是军营、食堂和军官宿舍，中心的后墙外是给养和军火仓库。

中心对面有个小型牢房和一个惩戒所，除此之外还有个马棚，马棚里饲养的骡子是前往厄尔巴坎城堡最后那几英里山路必备的交通工具。

奎恩将刚收到的一份电文译好后交给了"老兵"：无迹象显示清真寺内住有当地驻军高官。

"这块奶酪可更粘手了，奎恩？""老兵"嘟哝着看了奎恩一眼。

"是，我读过了。"

"我们还用省点导弹对付那座清真寺吗？"邓肯问道。

"我看不用。根据这份情报，我们完全可以大胆地从正面打进去而不必担心腹背受敌。这个宝贝飞起来几乎没有噪音，谁也不会发现我们，所以我建议从正面飞进去，悬在他们头上，然后像打保龄球一样把我们的导弹和炸弹顺着球道扔过去。只要摧毁了他们的兵营和军火库，我们就可以让飞机直接悬停在囚禁班达尔的那座高塔上。"

"我得考虑一下。""老兵"在沉思后很快做出了决定。

"切诺基，我是老兵。"

"有。"

"现在我命令，放弃攻打清真寺，直接从正门飞进去。"

"明白。"

"诺文斯基，我是老兵。"

"有。"诺文斯基在将军身边答道。

"这些仪器能分辨外面的噪音吗？"

"当然，哪怕有人以低于八十分贝的频率在和耶稣交谈或者在哼催眠曲都会引起它的注意。"诺文斯基答道。

真是难以置信,"老兵"摇了摇头。既然"甲壳虫"以涡轮螺旋桨模式飞行时的噪音比直升机还要低八倍,我们是否非要等伊朗人放松戒备的时候才发动攻击呢?从突入城堡到奎恩打出他的导弹,只要几分钟就够了,我同意奎恩的方案。

"老兵"转过头,笑着朝身后的队员们摆了摆手。他们正一个挨一个地挤坐在硬板座椅上,作战背包、钢盔和武器都塞在通道上。突然,"老兵"的心提了起来:舱内没有加压!一旦"甲壳虫"为了节省燃料而不得不做高空飞行的话,缺氧将会考验他们的意志。

为了躲避大不里士的雷达网,"甲壳虫"沿预定航线,七拐八拐地朝伊朗的最北端飞去。航线上,连绵起伏的山峰给飞行增加了巨大的风险,但"甲壳虫"像只翱翔的鹰,悄无声息地飞向目标。

大不里士丝毫没有察觉"甲壳虫"的出现!

或许是伊朗防线上的雷达覆盖范围有限,或许是"甲壳虫"的复合材料起到了隐身作用,总之,为了节省燃料,在老兵的命令下,"甲壳虫"拉起高度,越过一座座山峰朝目标飞去。

他们按照设定航线飞临到伊朗—亚美尼亚—阿塞拜疆的边界。

"沃尔科维奇,菲拉,我是老兵。"

"有。"

"有。"

"在监听所有频率吗?"

"这是菲拉,大不里士塔台通讯正常,他们显然还没有发现我们。"

"沃尔科维奇?"

"巴库的苏联人毫无反应。"

"诺文斯基?"

"在!"

"有谁的雷达对我们的行踪表示怀疑了吗?"

"暂时没有。"

"老兵呼叫切诺基和托德,看来一切正常,现在我命令,航向阿贝尔以南,里海,全速。"

为避免引起内陆雷达网的好奇,"甲壳虫"在接近里海上空前降低了高度,根据地形跟踪雷达的导航,沿海岸线穿过了层峦起伏的山区。

机舱内,除了几个还在嚼着巧克力糖的队员外,其余的人都坠入了梦乡。

当飞机抵达伊朗—土库曼斯坦边境上空时,飞行员按照老兵的命令紧贴伊土边境北侧飞过一片湿地,以尽量远离德黑兰的空中防线,从伊朗的后门钻进去。

迎面扑来的冷热空气形成了一股强大的气流,"甲壳虫"像是惊涛骇浪中的一叶小舟剧烈地颠簸起来。在一片河谷上方,当它的尾翼差一点就要触到河滩时,切诺基不得不将自动驾驶模式切换为手动控制。

沉重的负载和可怕的气旋制约了"甲壳虫"的飞行高度。

"诺文斯基,我是切诺基,地面情况怎么样?"

"我们掉进了一片峡谷,横向风太强,恐怕不能指望仪表数据了。"

"托德,继续监视多功能雷达导航,我现在启用目视导航。"切诺基说道。

"是!"

切诺基刚一戴上夜视仪就惊出了一身冷汗:"妈的,我得爬高一千尺,躲开那道山梁。"

滚滚气流越过犬牙交错的山梁,像是排山倒海的巨浪打在小小的"甲壳虫"身上。

"我的天!"从显示屏上,诺文斯基发现他们几乎是擦着山峰越过山梁的。又是一条干涸的峡谷和翻腾的气流,切诺基和托德紧张得浑身是汗,就连裤裆里都变得湿漉漉的。

恶劣的飞行环境没有影响"老兵"的注意力,他的目光一直盯在眼前的那块显示屏上。

真该多带个驾驶员出来。妈的！二十个全副武装的士兵已经填满了机舱，哪有空再多塞个人？算了吧，想什么都没用了，他抹去额上的汗珠。见鬼，我怎么没服乘晕宁？这要吐出来可真不是时候！

"奎恩，我是老兵。"

"有。"

"我们已经放弃攻打清真寺，现在研究一下你的正面突击方案吧。"

"甲壳虫"钻进一条狭长肮脏的河谷，在一片诅咒和怒骂声中，奎恩不由得回头看了一眼被气流折磨得东倒西歪、狼狈不堪的弟兄们。

"恭喜，伙计们，我们又躲过了一劫。"扩音器里传出切诺基的声音。

这个狗娘养的显然耗费了太多能量，在奎恩的提示下，托德将旋翼的角度做了些微调。

"奎恩呼叫前舱，我们已经越过了德黑兰的雷达防线。"

"老兵呼叫切诺基。"

"有。"

"我们已经避开了敌方的主要雷达防线和巡航空域，但前一段航程燃料消耗过大，如果没有加油机的支持，恐怕情况不妙。现在我命令，关闭地形跟踪雷达，上升到两万英尺，去气流相对平稳的高空跑完下一段航程。"

"但愿能遇上顺风气流。"切诺基祈祷道。

"全体注意，我们现在要爬升到高空去，所以准备好你们的氧气面罩，一旦需要，都把你们的那张丑脸给我捂好了。""老兵"用调侃的口吻下达了命令。

一点也不好笑。此时此刻，后舱中的特种兵们一个个看起来就像是挂在屠夫冷库中的冻肉。

"甲壳虫"像是撒欢儿的鹰，朝高空飞去。

"卫星情报显示，有几架商用飞机正在进出德黑兰。"奎恩报告

"时间?"

"我们比计划晚了十六分钟。"

"太棒了!"引擎的轰鸣声中传出了切诺基的歌声。他遇上了顺风,"甲壳虫"的时速达到了五百节(六百英里)的亚音速。

……"老兵"松了口气,头一歪,和其他人一样打起了呼噜。

"诺文斯基,我是老兵。"仅仅三十秒后,对讲系统中又响起"老兵"的声音。

"有。"

"一万二千英尺高度的风势怎样?"

"风向一百四十,风速二十三节,肯定会一直把我们送到目标上空。"

"老兵"打开舱内的扩音器:"我是老兵,我们遇上了强风强气流。由于我们用磷弹取代了凝固汽油弹,我想听听各位的意见,是否同意在导弹攻击后就立刻机降敌方庭院。按照以往的训练,我们在实施磷弹攻击后必须绕过那片火墙,迂回到上风再找机会空降。我现在有些担心,一是火势不减怎么办?二是风向突变怎么办?我们可能会引火焚身。当然,如果不出意外,它或许能为我们扫清一切障碍。"

"我是雨果,我不喜欢玩火,那东西可不听话。"

"我是诺文斯基,我有个主意,干脆在城堡下风十英里外找个地方把它们埋起来,这样我们也少了七百磅的负担。"

"我是奎恩,不能都扔了,总要留几枚,以便有加油机会时给它一个提示。"

"托德?"

"在。"

"放弃使用燃烧弹,过早点燃城堡也会给伊朗人提供利用火光组织反扑的机会,还是把这些宝贝留在回家的路上用吧。"

"是,明白。"

"老兵"摘下夜视仪,目光落在眼前的那几块显示屏上。燃烧弹成了个烫手的山芋,眼下还真不知该如何处理它们。"'甲壳虫'确实不赖，只要过了今天这一关，日后一定会在海军陆战队的行动中扮演重要角色。"他在心里对自己说道，"到目前为止，一切都很顺利，看来我们的方案做得还算缜密。"

"全体注意，我是老兵，现在我命令，改变迂回着陆方式。抵达城堡上空后立刻实施饱和攻击，然后直接机降敌方庭院。马什，罗伯。"他从对讲系统中呼叫着两个突击组的组长。

"有。"

"有。"

"我是老兵，二十分钟倒计时开始。切诺基，准备减速，配合我们对目标的攻击。"

时间在倒计时中一分一秒地过去了，十二分钟……十一分钟……

"全体注意，检查武器弹药，严禁携带任何额外装备，离机前不要摘下氧气面罩。"

七分钟……

前舱机组和指挥人员佩戴上夜视仪，地面上的一切在红外扫描仪中像胶片一样清晰地滑过他们的眼前。

"老兵"突发奇想："妈的！机降后干脆用高音喇叭通知那些伊朗人，我们是自己人，是奉命来押解班达尔前往德黑兰的特种部队。"

但随即又摇了摇头："算了吧，如果被他们识破，岂不是自投罗网？还是把他们先干掉才安全。不管怎么说，这主意真妙，以后一定要找机会试一下，老家伙，这次就别冒风险了。"

三分钟……

圣母啊！屏幕上出现一个模糊的光点，越来越大，越来越清晰，越来越耀眼，托德不由得屏住了呼吸。

"这寺庙挺拔得真像我裤裆里的那个东西，托德，调整旋翼角十度。"切诺基发出了指令。

"四十五……五十……六十……七十五……"

"地面情况正常，老兵。"诺文斯基报告道。

切诺基娴熟地驾驭着他的宝贝，引擎和螺旋桨的噪音变得越来越微弱。

"我们已经转换为直升机模式。"托德说道。

"老兵呼叫奎恩。"

伴随屏幕上跳动的读数，奎恩用激光光束锁定了庭院深处的一个个目标。找到了！这个是通讯塔，远一点的那个是指挥大楼。

"我已经锁定目标，再给我点时间以便区分他们的军官宿舍和士兵营房，十秒钟准备。"奎恩说道。

"耶稣啊，""老兵"自言自语道，"他们居然还都在一个个抱头大睡呢。"

"切诺基，我是奎恩，再爬高几百英尺，我希望看得更清楚些。"

"旋翼八十五度，直升机模式。"切诺基答道。

"甲壳虫"刚越过城堡的城墙，奎恩就拨开了导弹发射保险。如果不出意外，"老兵"的导弹将在激光光束的引导下飞向目标。

"上帝宽恕我。"他按下了发射键。在沉睡的目标遭到第一波导弹攻击的同时，他又将瞄准具套上了第二个目标。

一道道闪电过后，雷鸣般的爆炸在他们面前掀起了一团团浓烟和排山倒海的气浪。

冲击波卷起了一阵比一阵凶猛的气流。

"奎恩，我是切诺基，暂停你的第二波导弹攻击，我要把飞机拉高一些，免得我们像拉屎的狗一样总在发抖。"

"明白。"

狂风卷起倒塌的建筑碎片，雨点般地打向正在爬升的"甲壳虫"。

"奎恩呼叫，已经锁定军火库。"

"切诺基明白，再给我一分钟。"

"诺文斯基，我是老兵，城堡里有什么动静吗？"

"诺文斯基回答老兵，伊朗人正抱头鼠窜，连武器都扔了。"

"切诺基呼叫奎恩，现在把你的导弹都打出去吧。"

"奎恩明白，第二组发射完毕……第三组……第四组完毕。"

在地动山摇的爆炸声中,厄尔巴坎城堡四分五裂,军火库变成了一个深深的大坑。

人群从睡梦中惊醒,鬼哭狼嚎地冲向庭院深处,许多人穿着睡衣吓得瘫在了地上,乱哄哄的,简直像是一群热锅上的蚂蚁。

"诺文斯基、奎恩、托德……下面还剩多少伊朗人?"

"五十多个吧。"

"废墟里还有人在往外爬,应该有七十多个。"奎恩说道。

"最多五十。"

"老兵"眉头一动,紧绷的脸终于松弛下来:"老兵呼叫奎恩,打出你所有的集束炸弹。"

锋利的金属碎片和劈哩啪啦的弹珠雨点般地洒向下面的屠宰场。

"老兵呼叫切诺基,目标清真塔,准备着陆。注意!离那些伊朗人尽量远点儿。"

终于可以透透气了,突击队员们乐得都忘了危险。"甲壳虫"刚一平稳地落地,螺旋桨卷起的尘埃尚未散去,开启的舱门就放出了舷梯。

"出发!"

二十名陆战队员冲出机舱,散开后,马什率领他的小组扑向塔楼。与此同时,雨果的小组在"甲壳虫"前筑起了一道防线。尽管没有抵抗,但他们谁也不敢掉以轻心。

突然,他们面前出现了敌人!那是从废墟中爬出来的幸存者,他们一个个跪在地上,高举白旗,乞求饶命。

"雨果呼叫老兵。"

"我是老兵。"

"我这里出现了四五十个求饶的伊朗人。"

"老兵"心里一惊,如果留下活口,万一他们采用自杀式攻击……

"甲壳虫"不幸挨上一两发枪炮就可能出现意外,不安驱使"老兵"几乎要下令干掉那些伊朗人。

"老兵呼叫雨果,叫你的人朝他们头顶上方开枪,把他们赶回院落深处，一旦发现他们有任何敌意举动，格杀勿论。"

在鸣枪示警声中，"甲壳虫"一点点扩大了它的安全防线。

行动顺利得超乎想象，好像是拍电影，又像是在演习。突然，残垣断壁中闪现出一个伊朗枪手，当雨果命令单兵火箭手透过夜视仪将那家伙套进瞄准具，准备开火的时候，他似乎感受到了威胁，转眼间又缩了回去。

突袭进入了关键时刻。

"老兵呼叫罗伯，进展如何？"

"我是罗伯，不便通话。"

"老兵"的心又揪了起来，班达尔到底在哪儿？是死是活？

低矮的空间似乎只有侏儒才爬得过去，罗伯和他的小组憋了一肚子的窝囊气，蹑手蹑脚地摸上旋转楼梯。

罗伯在黑暗中触摸着上一级台阶，却摸了个空，他拍拍地面，弓起腰靠墙蹲下，在打开手电筒的同时持枪做好了射击准备。突然，他感到了危险，一支枪距他的脑袋只有几英寸远。在手电筒被踢掉前的瞬间，他在昏暗的光线下看到了那个胖男人的脸。班达尔！

那人用波斯语咕噜了两句。

"班达尔，你要敢开枪，你就死定了。"罗伯本能地脱口喊道。

"以色列人？"那胖子犹豫了一下。

"不，火星人。"罗伯周旋着想把这家伙制服。

对话通过网络传到飞机上，"老兵"和奎恩立刻惊出了冷汗。罗伯身后的突击队员与他不过咫尺之遥，却什么也看不见，只能听见班达尔越来越急促的喘息声。

"看押你的卫兵呢？"罗伯问道。

"你们轰炸的时候我把他们都干掉了。"

"我可以打开手电筒和你谈谈吗？"

一缕灯光从罗伯身后射出，照在班达尔脸上。机不可失，罗伯用前臂撞向班达尔的膝盖，就在他倒地的瞬间，枪声响了。

"我的天，不！"邓肯从耳机中听到了枪声。

"我们制服他了！将在七八分钟内返回。"

自从接到命令前往华盛顿的那一刻起，将军就绷紧了神经，此时他终于可以松口气了。没有兴奋，没有得意，也没有胜利的喜悦，但他却由衷地感谢上帝。当诺文斯基、奎恩和托德以他们独特的方式拍"老兵"的肩膀时，他惬意地耸了耸肩，欣慰地接受了他们的敬意。

作为海军陆战队的一名资深老兵，他为自己的军旅生涯感到自豪。

四十年来，多少次对抗、调动、进攻、征战，现在总算要画上一个完美的句号了。尽管这支临时组建的特种部队在它的成长过程中也有曲折和非议，但它在自己的领导下终于站住了脚，体现出了它的价值。

"奎恩呼叫诺文斯基，监视器上有什么变化吗？"

"我是诺文斯基，马什的小组在十点钟方向控制住了西面三分之一的院落；雨果率领他的小组正在撤回；我们和伊朗人之间至少有六十码的距离。等等，等等！马什小组后面二十码远的平台上好像有个东西！"

"什么？"

"奎恩呼叫老兵！我看到它了，是颗没有引爆的炸弹！"

"我是雨果，我也看到了，非常清楚，是颗炸弹。"

"老兵呼叫雨果，可以看清炸弹上的标识吗？"

"黑蓝标识，是集束炸弹！"

"老兵呼叫雨果，不要靠近它，更不要去碰它！放弃你们的单兵火箭和装备，按计划轻装返回。马什。"

"我是马什。"

"你负责掩护，一定要盯住那些伊朗人。我再说一遍，绝不能在那颗炸弹附近开火。"

"马什明白。"

雨果小组的部分队员在放下单兵火箭和装备后，沿"甲壳虫"舷梯绕过从舱顶落下的手术台和药品器械陆续返回了舱内。

罗伯和他的五名队员从清真塔中拖出那个胖子，把他塞进机舱，马什立刻指挥他的小组朝"甲壳虫"缓缓撤去。

"老兵呼叫雨果，我们抓住了那个胖子，继续撤回你的人，不要急，防止敌人的反扑。"

枪声！外面响起了激烈的枪声！是被打懵的伊朗人清醒了？还是他们的援兵到了？

"老兵呼叫雨果，用你的陶式导弹给我狠狠地揍那些家伙，但千万别引爆地上的那颗臭弹。"陶式导弹划出了一条条漂亮的曲线，院子对面立刻血肉横飞。

就在雨果和马什坚守在舱外，一边抗击伊朗人的反扑，一边指挥他们的小组陆续登上舷梯的时候，班达尔已经被五花大绑地推进了前舱。

老兵环顾四周后一把抓住奎恩："如果我出现意外，我命令由你来接替我的指挥。"

"你在胡说什么？"奎恩一惊。

"是否听命？"老兵厉声问道。

"是，遵命！"

"老兵呼叫切诺基和托德。"

"切诺基在。"

"托德在。"

"准备起飞。"

"切诺基明白。"

"托德明白。"

就在那一刻，不幸发生了。没有剧烈的爆炸，没有震耳的轰鸣，一道刺眼的白光闪过，马什倒在了机舱外面。"甲壳虫"左侧的机舱玻璃上爆出了一个大洞，破碎的玻璃、锋利的金属碎片和弹珠在气浪中雨点般地泼进了机舱。切诺基瞬间被削掉了半个脑袋，老兵和诺文斯基被炸烂了脸，托德还活着，但左半身已经浸泡在血泊之中。

爆炸发生时，奎恩正跪在舱内把班达尔紧紧地捆起来。他侥幸地躲过了死神的召唤，却被强大的气浪掀翻在地。鲜血从他前额的伤口中喷出，模糊了他的视线，他下意识地感到自己无论如何也不能倒下。

"救护兵，我负伤了，能帮帮我吗？"他有气无力地喊道。

战斗仍很激烈，在陆战队的火力掩护下，雨果跑向马什，扛起他朝"甲壳虫"跑来，马什被炸断的一条腿耷拉在他的身后。

"三条裹尸袋！老兵、诺文斯基、切诺基都阵亡了。"舱里响起维特医生的叫喊。

罗伯和他的小组把尸体从驾驶舱抬出放在过道上，然后装进了裹尸袋。

"托德？奎恩？"维特医生叫道。

"我还好，就是视线有点问题，你呢？"奎恩气喘吁吁地转向托德问道。

托德呻吟着指了指自己的一侧。维特撕开他的衬衫，用止血纱布压住他的伤口："别做出那副熊样吓我，托德，我现在给你止血，很快就会好的。现在怎么样？"

"好多了，我顶得住。"托德沙哑着嗓子答道。

"医生，我可有些不妙！"奎恩终于忍不住了。

"托德，自己压住止血纱布。奎恩，我马上叫救护兵路易斯过来。"

"好的。"

维特医生返回手术台，在通知救护兵路易斯去帮助奎恩后，查看起了马什的伤势。他用止血带将马什的伤口扎紧，开始思考他的手术方案。

路易斯扶起奎恩，在他的身边跪下。"挺住，哥们儿。"他擦去奎恩脸上的血迹，用一卷长长的绷带把奎恩的头缠了起来。机舱内溅满了三名阵亡将士的鲜血，地面湿滑得几乎令人无法站立。

"好了，兄弟，告诉我你到底伤哪儿了？"

"不知道，反正我的头和后脑勺都疼得厉害。"

"还能坚持吗？"

"问题不大,奶奶的。"

"你看起来是有些惨不忍睹,"路易斯说道,"脖子上的伤口很深,一直划到了前额……弹片还留了个弹孔。不过放心,你会更有魅力的。奎恩,为了止住流血,我必须给你重新包扎一下……别动,哥们儿。"

"我的妈呀,路易斯,能不能温柔点儿?"

当路易斯用最快的速度给奎恩包扎好伤口后,已经紧张得要晕过去了。

"伤亡情况怎么样?"奎恩问道。

"切诺基、诺文斯基、老兵阵亡,托德伤得不轻,马什更糟,我们得打开托德的肚子确认他的伤势。"

疼痛影响了奎恩的思维,他要喘口气,赶快镇定下来。别慌,小子,千万别慌!当他强忍疼痛睁开两眼时,舱内的景象还是让他直想呕吐。

托德是唯一还能驾驶飞机的人,但却伤得很重,奎恩只好叫来了维特医生和雨果少校。

维特匆匆查看了奎恩的伤势后说道:"看来你还挺得住,路易斯,给他屁股上扎一针盘尼西林,然后备好血浆,我得先回去把马什的腿锯掉。"

"不,"奎恩脸一沉,"托德是唯一能带我们飞回去的人,必须先救他。雨果少校?"

"在。"

"老兵指定我接替他的指挥,你有异议吗?"

"我听到了,老兵是这样说的。"托德呻吟着证实。

"我能有什么异议?听你的就听你的吧。"少校也很干脆。

"现在,我们有两个重伤员,马什和托德,但只有托德能帮我们离开这里,所以我们必须保证他能清醒,不能再出意外。"奎恩说道。

"那马什怎么办?"医生问道。

"让路易斯去照看他,直到你腾出功夫。"

"可我动不了,怎么飞?"托德咧了咧嘴。

"别忘了，我在这飞机上也飞过几个小时，你说我操作。"奎恩说道。

"你还能看得见吗，奎恩？"

"死马当活马医吧，托德，只要你能挺住就行，但我需要罗斯福来帮我一把。"

高级技术军士罗斯福从后舱挤进了前舱。

"诺文斯基死了。"奎恩说道。

"妈的。"

"坐到老兵的位置上，运行一下我们的作战系统。"

就在奎恩擦去眼中的血迹时，罗斯福给了他一个噩耗："整个系统已经瘫痪，显示屏被炸飞了，恐怕连无线电通讯都有问题。"

"奎恩呼叫雨果。"

"雨果在。"

"给我准备几份地图和一副罗盘，另外我需要把罗斯福留在这里。"

说完，他把目光转向被炸坏的驾驶舱。"托德，没有窗户我们还能飞吗？"

"不能。"

"默瑟，我是奎恩，带上工具到我这儿来。"

他不顾头部伤口渗出的鲜血，小心翼翼地从浸满血污的地毯上移到了驾驶舱。

谢天谢地！钛合金结构的窗框一点没坏，他盯着正在测量破损窗洞的默瑟沉思起来。

"我想我的椅背是钛合金做的，去把它拆下来，或许能堵住破损的窗洞。"奎恩说道。

"可我们没办法把它固定在窗框上。"

"有卡子吗？"奎恩问道。

"有，大概有四五个。"

"先把椅背用装尸袋和垃圾袋包起来，再用卡子卡住，然后用绳子和电线把它固定在窗框上，怎么样？除非谁还有更好的主意？"

死尸的血腥气和活人的汗臭味弥漫在狭小的驾驶舱里。

"罗斯福，帮帮忙，把我扶到切诺基的驾驶位上去。"奎恩发出了命令。

"是。"

雨果从奎恩头上解下被鲜血浸透了的绷带，然后为他重新包扎好了伤口。

"雨果，你和罗斯福就留在前舱，后舱交给罗伯吧。罗斯福负责报读仪表数据，你帮我确认我的手不要拉错了操纵杆。托德，伙计，你还好吗？"

"马马虎虎吧……"托德吃力地答道。

"按照训练大纲的要求，如果我出现操控失误，你要马上提醒我，明白吗？"

他要给托德打打气，不料一掌拍到了托德的伤处，疼得托德差点晕了过去。"我们必须让这个宝贝飞起来，否则我们只好战斗到最后一刻了，因为我们无论如何都不能做伊朗人的俘虏。"奎恩一边暗自思忖着，一边抬手敲了敲刚固定好的窗户。

"默瑟，去拿两根机枪枪管来，把它们交叉绑好，再卡在窗框上。"

"明白。"

庭院中传来一浪高过一浪的叫骂声，虽然还没有谁敢于靠近"甲壳虫"，但那些幸存的伊朗人显然正在从瓦砾中翻寻武器，伺机反扑。

外面再次响起了枪声，子弹在"甲壳虫"周边掀起了阵阵尘埃。

"罗伯，我们还需要十分钟才能搞定，你先带几个人出去，集中所有的火箭筒给我狠狠地揍他们一顿。"

雨果在托德的指点下，迅速掌握了起飞操作要领，然后拉起奎恩的手，在操作面板和操纵杆上摸索着解释起了它们的位置。

与此同时，维特医生在后舱用止血绷带扎紧了马什的伤腿，交给急救兵路易斯后，踏着满地的血迹挤进了前舱。他一边解开托德身上的绷带,一边叫道:"我需要个大点儿的电筒!"

"好的。"默瑟答道。

"噢,我的妈呀!"前舱响起了托德凄厉的惨叫声。

"消炎粉!好家伙!"维特用手指和手术钳插进托德的伤口,从里面夹出一块弹片。"挺住,伙计,我得给伤口消消毒……你可千万要挺住。谁拿着电筒呢?举稳一点儿。"

"对,把光聚在这儿,叫急救兵烧个针头给我,再带点白兰地过来,把这个夹子放在他嘴里让他咬紧。"

机舱外,在碎石瓦砾横飞的鏖战中,特种兵们用火箭筒打乱了伊朗人的进攻部署。

"我们的火箭弹快打光了!"

"没关系,飞机右侧的地下还埋有刚才放弃的那些弹药,都挖出来用吧。"

"好了,奎恩。"默瑟朝那扇七扭八歪的机舱窗户点了点头。

"踹两脚,看结不结实。"奎恩命令道。

还真不错。

"托德。"

"该死的,又怎么了?"

"如果机舱密封不好,我们最佳的飞行高度是多少?"

"一万英尺以下……"

"热针头来了!"

震耳欲聋的枪声和爆炸声迫使每个人都不得不戴上各自的耳机。

"我已经从你肚子上的伤口里挖出了一块弹片,托德,现在喝下这个,然后咬紧夹子。"

滚烫的针头贴上了托德的伤口,托德弓起腰大叫起来,但立刻被一双粗壮的臂膀按住,直到他沾满汗水和血水的脸上露出一丝静静的苦笑。

"嘿,好样的,不愧是海军陆战队的精英。"维特夸道。

"罗斯福,可以用备用系统启动中央显示器吗?"奎恩问道。

"那颗集束炸弹毁了所有的面板和液晶显示屏，奎恩。"罗斯福答道。

"无线电设备呢？"奎恩又问道。

"好像也没指望了。"

"我的上帝，怎么办？"奎恩感到一阵剧烈的头痛，他不得不咬了咬自己的舌头，然后抿紧了嘴唇。看在耶稣的份上，奎恩，你一定要挺住。

"罗斯福。"

"有。"

"帮个忙，罗斯福，把流到我眼边的血擦干净，然后叫看押班达尔的人把塞在他嘴里的布拿掉，带他过来。能读出飞机的燃料信息吗？"

"读不出来了。"

奎恩在计算了消耗的导弹弹药和燃料后，对起飞重量和续航能力迅速做出了判断。

"从现在起，你们必须不折不扣地执行我的命令。"对讲机中传出了奎恩的声音。

看来他们飞是能飞起来，但究竟能飞多远，只好听天由命了……

为了节省燃油，他要在狭小的庭院中以七十五度旋翼方式滑行出去。太疯狂了，他不能想象一旦途中燃油耗尽，难道就真的只能将直升机软着陆在伊朗境内的某个地点吗？

妈的，绝对不能有那种后果！我要以涡轮螺旋桨模式飞得高高的，但愿能遇上加油机，否则就是坠毁我们也不能做他们的俘虏。

班达尔那张满是汗水的胖脸出现在奎恩面前。"瞧你吓得那个熊样，班达尔。"

"你们当我是朋友还是敌人？"班达尔问道。

"这我可回答不了，但你现在捏在我们手里，打算帮我们一把吗？"

"我尽力吧。"

"我的数据显示系统都完蛋了。"

"你试一下高度仪表盘。"托德呻吟着说。

雨果打开了仪表盘："我看到显示了。"

"班达尔，我现在有两块罗盘和一张地图，高度仪表还算正常，看来我们只能靠星星辨别方向了。我要你绘出一张飞行图，目的地是北纬三十一度四十分和东经五十八度二十分，我们将在那个空域与加油机汇合。"

"我一定尽力，但即使我们能飞到那儿，又怎么与他们联络呢？"

"磷燃烧弹。现在坐下，开始绘图吧。"

"全体注意，都登机了吗？"

"罗伯报告，全体到齐，舷梯就位。"

手术台上，正在经受截肢手术的马什不时发出令人心酸的尖叫。

奎恩调整了一下旋翼角度，像当年在棒球队击球时那样，缓缓地将脚踏上了方向舵。他拉动操纵杆，感觉有些沉重，但似乎不应该再出意外。

"班达尔。"

"长官。"

"我们要飞多高才能避开眼前的那些山峰？"

"大概九千米。"

一万四千英尺！那是缺氧的极限。机上携带的氧气异常宝贵，但该用也得用啊。

"全体注意！我是奎恩，我们还有机会回家，求上帝保佑吧。我们携带的氧气不多了，能不用尽量不用，除非万不得已。"

零乱的枪声又响起来，奎恩再一次就飞行程序请教了奄奄一息的托德，然后重新启动了引擎，以确认旋翼的正常运转。

在巨大的引擎轰鸣声中，奎恩松开起飞制动，却无论怎样也无法自如地操作副驾驶位上的推力控制器。

"罗斯福！过来帮帮我，把托德身边的操纵杆推上去，小心别碰到他的伤口。"

"放心，明白。"

"甲壳虫"呼啸着飞了起来。

"噢，上帝呀，我的腿没了！"舱里又响起了马什的哭喊声。

"奎恩，旋翼四十五度……对……别紧张，你可以从引擎噪音中判断你是否操作正确。"托德呻吟着说道。

"雨果，把我的手放到旋翼或引擎操纵杆上。"

"好的。"

"我是托德，我很好，我还能飞。"托德似乎忘了他肚子上血淋淋的伤口。

维特顺手在一张纸条上画了两笔："他太亢奋，需要吗啡才能镇定。"

怎么办？趁罗斯福给自己更换止血绷带的功夫，奎恩迅速对形势做出了判断：如果用上吗啡，托德可能会因此而昏睡；但如果不用，他就必须承受难以想象的疼痛。我很抱歉，托德，我们需要你保持清醒。

他拇指朝下，对医生做了个"不"的手势。

厄尔巴坎城堡变得越来越小，神圣的庭院中涌出了越来越多的幸存者，枪声漫无目标地回荡在它的上空。

第十七章

美军驻法兰克福莱茵基地总医院

这是个难得的好天，阳光明媚，奎恩在走廊的玻璃拱顶下挪动着轮椅，沉浸在温暖的感受中。他此时心情不错，因为他很快就要拆掉包扎在眼上的绷带，重见光明了。

绷带太厚，好几次额头发痒，他想挠挠都办不到。据医生透露，他用隐形缝合术在自己的脑袋上缝了四百多针才将所有的皮下伤口都处理好。该死的，你还真是命大！

与逃过集束炸弹的死亡威胁相比，这点伤和伤后后遗症又算得了什么呢？何况自己的右眼完好无损，偏头痛将随着时间的流逝而渐愈，那道从后脑到太阳穴的七寸长的伤疤，也一定能再长出头发。

卢埃林·康富特是优秀的外科医生，他专程从伦敦赶来主持了奎恩的手术。他经验丰富，手术室里一直洋溢着他哼唱的《波希米亚人》和《托斯卡》的咏叹调。奎恩在他的感染下，时不时也会开上几句玩笑。

但将军的死，还有诺文斯基、切诺基、马什的死却像噩梦一样刺激着他的神经。在绷带的包裹下，他无法忘却那不堪回首的瞬间、那些熟悉的面孔和破碎的躯体，直到他的视线在鲜血的遮挡下变得模糊不清……

噩梦！一场噩梦！如果不是上帝的安排，他绝不可能仅凭两块罗盘和一张地图，就在班达尔和托德的指点下，在雨果和罗斯福手把手的帮助下，沿着正确的航线，越过崇山峻岭、荒野大漠，将一群在祈祷中残存的陆战大兵带出险境，遇上加油机。

"嗨，大炮，康富特医生准备今天给你拆掉绷带了。"每当他在痛苦中挣扎时，护士总会像天使一样出现，用轻轻的抚慰抹去他心灵的创伤。

"我早盼着能摘掉眼罩了。"

"包住你的眼睛是为你好，免得你无意中触碰了伤口。"

护士像个修女一样叹了口气，拍拍他的面颊，推动了轮椅。

"去哪儿？这会儿还不该修理我吧？我正享受温暖呢。"奎恩说道。

"有人看你来了，我给你找了个安静的地方。"

门开了，奎恩本能地感到一阵心跳，自言自语地说道："戈尔？"

"天啊，你怎么知道是我？"

"是你的气息，那种只有喜爱运动的人才特有的气息。"

"嘿，这可是名牌香水，我是受你的影响才用上它的。可惜你看不见我，我算是白打扮了。"

多年不见，她还是那样大大咧咧、风风火火的，但也一定在想，我是否仍然惦记她。"我说，你怎么知道我在法兰克福？"奎恩问道，"你可真有本事，难道你拥有了一家广播电视、四十六份报刊、七份杂志？还是一套卫星同步传输网络？"

戈尔的双唇贴上了他的面颊，他不禁感到一阵心动过速。

"还不错，我裤裆里的东西还有感觉。"奎恩说道，"我们的'无冕女皇'究竟盯上谁啦？"

"你这家伙，我不过是沃伦·克罗德的'世界在我们脚下'公司里一个拿薪水的雇员，充其量是一个不大不小的部门主管。"

"听说你们已经把广播电视节目推广到了那些还没开化的角落。"

"是啊，如今美国大交响乐团的系列演出越来越受人欢迎，橄榄球大赛和夜场女子搏击栏目的收视率加起来也没它的影响大。在庸俗的情景喜剧和脱口秀垃圾泛滥的今天，居然有那么多人渴望文明的复苏，我能不兴奋吗？想不想知道我是怎么操作的？我用文化包装那些令人生厌的广告,我让莎士比亚去卖爆米花。"

"你们可真行,听说迪斯尼也开始出三级片了。还是说说眼前吧,你是怎么找到我的?"

"我一直在关注着你,奎恩,从来没有失去过你。"

"那你是怎么知道我最近的行踪的?"

"海军陆战队的拉姆突击队袭击并炸毁了伊朗境内一片盐碱荒漠附近的波斯城堡,严格地说是抹去,在劫持了班达尔·巴拉卡特后全身而退。"

"这么说消息公布了?"

"暂时还没有。"戈尔答道,"不过是些谣传,更多的是猜测。班达尔的银行给我露了些底,我就盯上了。"

"那就是还没公开……"

"总统叫我去,要我们不要盯着这件事不放。"戈尔说道,"但他清楚他瞒不了多久,所以白宫准备召开一个新闻发布会,在推出班达尔的同时表明政府的反恐立场。"

"你就这么甘心放弃你的'爆料'了?"

"是啊,我是干媒体的,确实不甘心,但为了国家利益做点牺牲也是应该的。"

"啊哈,那你的同事们可饶不了你,光是对公众隐瞒知情权一条就可以让你名誉扫地。"

"只好等事后再解释吧,届时我们将开动所有的宣传机器阐述媒体的道德底线和职业操守,直到下一个事件的发生。哥们儿,反正这次我们是无法为民主效力了。"

"公众要到什么时候才能了解厄尔巴坎城堡行动的内幕呢?"

"后天。"

"拉姆突击队会怎样?"

"可能被解散,编入一支更大的打击力量,也可能保留编制,或许在议会调查后就能决定。不管怎样,奎恩,你是好样的,是个响当当的美国英雄。"

"所有参加这次行动的人都是英雄。"

"哇,你可真会说话,简直太高尚了。"戈尔的语气令奎恩有些不快。

"戈尔,你在娘胎里就对这个世界怀有偏见,你永远都无法理解我。"

"我理解,理解,不就是哥们儿义气嘛。"她说道。

"好吧,"奎恩无奈地换了个话题,"你现在已经成了克罗德的顶梁柱,纵横世界,手眼通天,能同时转播二十项体育赛事,其中包括勇敢者户外运动的直播。但我更想知道,你为什么连续八个月把我给你的信都原封不动地退了回来?为什么在我去纽约看你的时候你却躲了出去?"

"该死的,你应该知道为什么!"

"那我就告诉你我的感受,告诉你什么才叫心碎,告诉你即使我头上挨了颗炸弹都比不上你对我的伤害。"

"哦,宝贝……"她轻轻地抚摸起他的脸,但当奎恩想抓住她时,她却躲开了。

"好吧,你已经展示了你的睿智,为了向总统表明你的责任感,你放弃了本年度的头号新闻,还有其他事吗?"奎恩问道。

"你这个王八蛋!"戈尔忍不住骂了起来。

"对,这才是真正的戈尔。"

"你就是个混蛋,你知道吗?如果我读了你的任何一封来信,如果我在纽约见到你,我恐怕一辈子都要在圣·帕特里克节那天为教会的晚餐烤曲奇饼了,可现在,我实现了我去纽约的梦想。"

"你就那么迷恋纽约的生活?"

"我不知道幸福到底指什么。但我爱钱,爱权势,为我能在第五大道上拥有公寓而自豪。我有豪华汽车,有司机,什么都有,可我就是不知道什么是幸福。不知道,真的不知道。"

"那你知道什么?"

"我知道躺在我床上的已经不是你了,每天还要付些小账。"

他们之间的情感宛如多年的一坛陈酒,甘醇芳香得醉人,却又常常醉得让他们纠缠不清。

"你是非克罗德不嫁吗?"奎恩问道。

"我对十字架发誓,他想都别想,更别想随意就把我甩掉。"她回答得很干脆。

"做一辈子沃伦·克罗德的情妇?"

"算是吧,实话告诉你,哥们儿,他离了我还真不行。"

"为什么?就因为你掌握了这位大亨的老底,一旦你揭开他的面纱,他立马就变成一个微不足道的倒霉蛋?虽然他在搞垮他的竞争对手,迫使那家企业倒闭之前,是有些利令智昏,但当政府为防止垄断而出手后,他也损失很惨,伤得不轻。"

"他不是个傻瓜,但也不是个有现代意识的管理者。"戈尔坦言道,"他充其量不过是个今天的罗马执政官或者蒙古部落的可汗,一个自从媒体产业诞生那天起就混迹其中的权贵。"

"你们俩在一起一定很热闹。"

"是的,一点不错。"

"而且那家伙是捏在你手里的。"

"早晚的事。"

"好吧,什么时候方便就过来坐坐。"

教堂的钟声响了,他们像是竞技场上的角斗士,默默地观察着对方,没有再说话。

"一道无法逾越的屏障,宝贝。"他讷讷地开了口。

"说得不错。"她轻轻附和道,"奎恩,这次来看你,我还有件事,就是想谈谈你的父亲。"

奎恩咬了咬牙,显得很纠结。

"五年不和他们联系,不觉得太过分吗?"

戈尔居然是为丹·奥康内尔做说客来了,他不禁有些好奇。

"他们一直在惦记你,你写给丽塔和马尔的每封信他们都读过。为了一切能重新开始,他们的眼泪都流干了。你参军后,我很孤独,丹来到纽约，恳求我原谅他。是他造成了我的流产，但我没你固执，我原谅了他，我真的原谅了他。"

"别说了，我不想听。"奎恩打断了她。

"你对我已经没有影响了，所以你想听也得听，不想听也得听。丹反对我们在一起，是因为他很清楚你我不可能成为夫妻。他和你母亲把我当成他们的孩子，坚持要照顾我，在我原谅他后，我接受了他们的好意。我去看过不少心理医生，没一个称职的，只有你父亲让我明白了戈尔就是戈尔，走自己的路，管别人说什么？他是用父爱在弥补对你的伤害，如果这世界真有救赎的话，他们已经为自己的过错做出了忏悔。"

奎恩茫然地挪动着轮椅，摸索着，试图离开这里。

"放弃怨恨，奎恩！上帝已经惩罚了他们！不要再玩那套爱尔兰式的沉默把戏，尤金·奥尼尔的做秀也该收场了！"

奎恩很难一下子接受这滔滔不绝的规劝，但不管他如何感到不公，感到压抑，他还是在戈尔的搀扶下坐回了轮椅。

"奎恩，丹患上了中风，他需要你，伙计。"她轻声说道。

"我的上帝！"泪水湿透了他眼前的绷带，在戈尔的劝慰下，他总算停止了抽泣。

"很严重吗？"

"不好说，肯定会有后遗症，但不至于偏瘫。他现在说话走路都有困难，可真正的痛苦就像我们之间一样，是在心里。"

"我妈妈呢？"

"她也常常去教会忏悔，毕竟你是她唯一的儿子。"

他们静静地坐在那儿，没有再说话，直到夜幕降临。"我该走了，可以通知你父母等你的电话吗？"戈尔问道。

"好吧。"

"奎恩和戈尔绚丽的人生也可以翻过一页了吧？"她又问道。

"宝贝……"他哀求道，"再来一次好吗？"

"别摆出那副可怜相要挟我。"她大叫起来。

"求求你了……宝贝……"

戈尔撩起裙子，一屁股坐到他的腿上，火辣的目光落在他的脸上。

他掀开她的上衣，娇小的乳房依然充满了诱惑。一个吻，又一个吻，"宝贝……我来了。"他喊道。

他用发泄获得了满足，一切都成了往事，他与戈尔的恩怨也画上了句号。

曾有无数人深爱过他，他也可以再次向他们表达自己的爱，可这真的就是结局吗？为什么生身父母的幽灵始终困扰着他？难道血浓于水的人性真的无法改变？为了增进与养父母的情感，为了证明自己无愧于他们的爱，他要一辈子把对生身父母的纠结作为一个谜，尘封在自己的内心深处。

护士走进来，把他推回病房，他请护士帮他给马尔去一封信。

护士很乐意和奎恩待在一起，在她的陪伴下，信写完了，没有任何涉及突击行动的话题，他必须在总统召开新闻发布会前保持沉默。

丽塔还好吗？她的来信真不少，而且每年都要寄来一张张新照片。

她多大了？二十二？二十三？每次收到她的照片，他都会放在自己的钱夹里，直到被新照片取代。她是个好姑娘，每封信都充满激情，意味深长。

在几位年轻医生和实习生的簇拥下，卢埃林·康富特医生终于出现了。他朝护士点点头，示意她把奎恩头上的绷带除掉，然后又哼起了一支没人能懂的咏叹调。

房间里很暗，护士用冲洗剂小心地清洗了奎恩的眼睛。他眯起眼，看到了康富特医生身后的一张张笑脸。

"好极了。"一位医生说道。

"不错，非常不错，太好了。"康富特医生显然也很兴奋。

自从住进医院，奎恩就成了护士的偶像，但此刻她意识到，从他重见光明的那一刻起，她的单相思特权该收场了。

"医生，总算见到你的尊容了。"奎恩说道，"你好，护士。"

医生在仔细地对他做了检查后露出满意的笑容。

"我喜欢那些热爱自己作品的人，我能看看吗？"奎恩忍不住了。

一条细微的疤痕表明弹片划过的痕迹，也留下弹片穿透的印证。

"这是勇士的荣誉。"奎恩心有余悸地说道。

"我们会基本修复你的疤痕，但你要注意眼睛，在适应光线前不要开大灯。你很快会好的，这辈子我做过无数经典手术，最满意的要属你这一例。就说你头骨和头皮翻开时的样子，想想都不可思议。"

"谢谢，医生。"

"难得上帝能如此给面子，看来他是想日后再委你以重任呀。"

医生们走了，奎恩抓起护士的手吻了吻，对她天使般的爱心表示了由衷的感谢。护士显然很动情，但仅此而已吗？

"等我能走动了我们一起出去吃饭，好吗？"

"有那个必要吗？"她红着脸问道。

"我认为非常有必要。"奎恩的语气很坚决。他能发现每个女人身上的魅力，这就是奎恩。

电话铃声打破了尴尬。"你的电话，大炮。"护士说完转身离开了病房。

"这里是大炮奎恩。"他说道。

"你好，儿子。"话筒里传出丹沙哑的声音。

"你好，爸爸。"

"你怎么跑到德国的医院去了？我还以为你是在彭德尔顿呢。"

"我在训练中出了点小事故，一点跌打损伤。戈尔刚走，谢谢你在纽约对她的关照。"

"她是个好姑娘。"

为了避免引起父亲的自责，奎恩打断了他："爸爸，我们重新开始，不要再谈过去了。我想回家，想尽快回家。"

"儿子，你原谅我了吗？"

"当然，你是我爸爸。"

"海军陆战队大炮？"丹说道，"还差得远啊，能做个比你老爸还大的官吗？"

奎恩笑了，笑得伤疤处好疼。"妈妈在吗？"

"在，在，我叫她接电话。奎恩，我爱你。"

"我也爱你，爸爸……我爱你们大家。"

第十八章

自从与戈尔拍拖以来,奎恩可没少拈花惹草,但没一个能让他忘掉戈尔。在这个宁静的夜晚,他突然感到一种解脱,原来生活中也可以没有戈尔。

与父母通话后,他睡了个好觉,他相信他的父母一定也睡了个好觉。

敲门声引起了他的注意。

"请进。"他在躺椅上答道。

海军陆战队司令基思走进了他的病房。

奎恩刚要站起来,司令摆了摆手,把自己的帽子和马鞭挂在了门后的衣帽钩上,然后拖过一把椅子,将手搭在椅背上坐到了他的对面。

"这边的军方对你还好吧?"

"没得说,长官。"

"康富特医生用你的脑袋还真露了一手。"

"我也很庆幸它基本上还是我的脑袋。"

"我先给你透个风,过几天你就成为头号新闻人物了,有什么想法?我们随便聊聊。你将获得一枚重磅奖章,即使由国会颁发都不过分,但考虑到和平时期和政治因素,我们只能给你颁发一枚海军十字勋章。"

奎恩摇摇头:"对不起,长官,我最近常常以泪洗面,怕是把这辈子的眼泪都哭干了,我不能接受这枚勋章。"

"为什么?"司令问道,"你把我搞糊涂了。"

"是呀，你要是明白就不会问了。"

"大炮啊，整个拉姆突击队的成员都希望你能作为他们的代表，去接受并佩戴上那枚勋章，总统还将给所有突击队员以特别的口头嘉奖，你们这次行动为海军陆战队的历史又书写了光辉的一页。"

奎恩没有说话。

"你会有大好前程的，小伙子。在他们大张旗鼓地渲染这件事之前，我想先对你表达我个人的感谢。你不介意我抽支烟吧？"

"当然不，长官。说到前程，我认为我能做个陆战队员就已经到头了。虽然我经历了厄尔巴坎行动，但不怕你笑话，将军，我见不了血腥和暴力的场面，所以我恐怕不能再参与这类行动了。一想起驾驶舱中滴答的脑浆，还有那颗挂在舷窗上、一路盯着我飞回来的眼珠，我就不寒而栗。说心里话，长官，我亲手干掉了上百个睡梦之中的伊朗人，可我一点也不觉得荣耀。将军，我更多的是对邓肯将军的死和其他人的牺牲感到无比的惋惜和悲伤，对不起，长官，非常对不起。"

基思司令吞云吐雾地走到窗前，一屁股坐上宽大的窗台，对糟糕的中欧天气发了几句牢骚后说道："你提出了一个很尖锐的问题，一个我们都遇到过的问题。"

"不一样，你，还有邓肯将军，你们都敢于去面对这样的问题，所以你们才是将军。"

"是吗？"

"我知道邓肯将军在越战期间也差点疯掉，但他毕竟熬过来了，可我不行。我要重新选择一个能体现我价值的未来，不过无论我在哪儿、干什么，陆战队的经历、军人的精神一定会伴我一生。"

在这个绰号"大炮"的"倔驴"面前，基思司令不知道是该用哄、还是骗，或是强迫的方式才能把他留下。司令很想大哭一场，就像舍不得老婆的奶子一样舍不得失去这个小子。算了，走就走吧，等他失意的时候他一定会再找回来。

"你要是真不想干了，那将是我们海军陆战队的一个巨大损失。"司令无奈地说道，"但眼下我们必须同舟共济。"

"遵命，长官。"

"有关组建拉姆突击队和研制'甲壳虫'的行动一直都是高度的机密，这次突袭的成功证明了我们有能力在几小时内对世界任何一个角落实施报复性打击，也证明了'甲壳虫'异乎寻常的作战性能。大炮啊，你要知道，这次行动是一场真正的军事行动，而不是中情局主演的把戏，但军事行动就意味着它必须是在国会监督下的行动。"

"我明白，邓肯将军给我讲过这个道理，而且讲得很透彻。"

"他是怎么讲的？"

"他说，在民主国家，虽然军事是为政治服务的，但军队也绝不能向议会或其他权力部门低头，因为照他的看法，民主不过是各派政治势力的利益组合，是鱼龙混杂。"

"听说过北卡罗来纳州参议员索尔·莱特纳吗？"

"是的，一个强权人物，国会情报监督委员会的头，对军队素无好感，好像总是在找我们的麻烦。"

"就是他，这个当了二十多年参议员的家伙正带着一个帮手赶往法兰克福，因为他很恼火这次行动事先没向他通报。我们的立场，也是总统的立场是这次行动不仅是一场军事行动，更是一场关乎成败的对安全保密工作的检验。众所周知，参议员办公室的保密措施太糟糕了。"

"但是，长官，"奎恩打断了他，"总统不需要征求我的意见，他说打我们就打，他说不打我们就不打。"

基思司令笑了："所以我才来和你通气。参议员肯定要从两个方面向我们发难，一是军事行动会产生大量伤亡，事实已经证明了这点；二是我们五名阵亡者的尸检报告表明他们都是死于美国制造的集束炸弹，这可是对国际公约的大逆不道。"

"那我们能怎么办，长官？先坐下和伊朗人推敲交战规则吗？"

"参议员莱特纳以极具蛊惑性的语言，把我们的阵亡将士说成是死在了我们自己的屠刀下。电视屏幕滚动播放着逝者亲人痛苦的画面，文字媒体大肆渲染我们非法使用集束炸弹，照这样搞下去，整个海军陆战队将会因我们的浴血奋战而饱受非议。"

"他们为什么要这样做？"

"当然是为了那些又要打仗又不要伤亡的美国选民们的选票。如果"我们的将士是死在了我们自己的屠刀下"这样的大幅标题出现在各大报刊的头版头条，美国军队的历史就真的要被那个似是而非的结论玷污得无可挽回了，而我们还不得不硬着头皮向世界表明我们要继续对恐怖主义者宣战。"

"可事实是我们的人确实是被我们自己的集束炸弹炸死的，长官。"

"现在不是讲诚信和哥们儿义气的时候，小子。你的偶像邓肯将军，包括我自己，必要的时候对国会做做手脚也是迫不得已的。"

奎恩发懵了，霎时间从头到脚凉了半截。妈的！军队也玩这套。

他拿起水瓶，却把水倒在了杯子外面。

"长官，您是要我撒谎？"

"见鬼，当然不是，只是在事实的基础上做点加工。我们都是军人、坦荡的军人，但我们的人民却希望我们像圣人一样高尚和纯粹。为了完成训练，为了反恐，你们吃了那么多苦，现在却只有靠你们自己来为自己辩解，因为你们面对的媒体比你们的敌人还要嗜血成性。我从杰里米那里了解过你，我知道你有能力处理好这件事。"

司令用说教和军队的荣誉把一项重任压在了奎恩肩上，他意识到事态的严重性，他必须冷静下来，不能出错。

他很想自己走进那间会议室，但护士不让，坚持用轮椅把他推了进去。他有伤，而且因为曾经失血过多，还很虚弱。他并未康复，也没有从厄尔巴坎行动的噩梦中清醒，透支给他的精神和体力造成了极大的伤害，以至于间歇性头痛一直在折磨着他的神经。

司令官和参议员索尔·莱特纳走进来，在会议桌旁坐下后，对面的国会调查委员会律师朝他们探起身，点了点头。

质询尚未开始，奎恩已经从一个叫文森特·扎克的人那里感受到了一丝敌意。他的名片很小，却很华丽，就像他本人一样。这个所谓的"特别顾问"穿着一身剪裁合体的西装，一脸全世界的矮小男人都乐于用以显示男子汉气概的大胡子。但与他握手之时，奎恩立刻感到这位顾问从未从事过繁重的体力劳动。

在不厌其烦地表达了荣幸后，参议员莱特纳话题一转，开门见山地说道："这是个短暂的访谈，但我们必须在明天的总统新闻发布会召开之前澄清我们的看法是否一致。我认为今天的访谈可以不拘一格，不过你要明白，大炮，国会的听证会是家常便饭，你将面对誓言对同样的问题做出回答。"

耶稣啊，奎恩乐了，这家伙真像那个流行喜剧《骗子麦吉与茉莉》还是《弗雷德·艾伦》中的角色克莱格霍恩，那个自称"参议员中的参议员"的家伙就总是一本正经得令人发笑。谁不明白在权力分治的美国，听证会是确保立法者地位的象征呢？

莱特纳坐下后，点燃一支精致的雪茄，朝正把手中的文件翻得哗哗作响的扎克点了点头。扎克清清嗓子，漫不经心地提出了问题。眼前的绅士一脸诚恳、温文尔雅，奎恩却丝毫不敢放松。

在扎克的提问下，奎恩把与邓肯将军的相识、友情，以及如何加入突击队，如何理解自己在行动中的角色——做了说明。

按照奎恩的解释，突击队是由多个小组组成的，其中包括战斗小组、机务和指挥小组，还有飞机本身。奎恩的工作是协调小组间的配合，落实训练大纲，负责潜在打击目标的保障执行。为此，他要参加所有部门的会议，对配属给突击队和"甲壳虫"的每一件武器设备进行筛选和调试。

"这就是说，你不仅是将军的副手，更是将军的心腹。"扎克说道。

"你愿意这么说就这么说吧，但将军确实要求我们身兼多职、轻装简从，每个人都要掌握两三种，甚至三四种技能，每个人都必须熟练运用我们所携带的各式武器。"奎恩答道。

"恕我直言，这种关系放在一位将军和一位陆战队的炮手之间，落差是不是大了点儿？为什么不给将军再配一位上校呢？"

"对不起，能回答你的问题的人不可能来了。"奎恩答道，"但事实证明将军的安排非常适合我们这支突击队。"

基思司令的脸上露出了一丝微笑。

"邓肯将军说，那叫'亲热'。"

"对，那叫'亲热'！"基思司令忍不住大叫起来。

"亲热意味着大家都憨傻憨傻的，问题就简单了。"奎恩解释道。

基思司令笑得嘴角都翘起来了。

"我知道下一个问题对你来说有些难，但你认为邓肯将军是不是个天马行空、独往独来的人，所以很喜欢独断专行？"扎克问道。

"我可以立刻告诉你我的看法，他是我遇到的最棒的海军陆战队指挥官。"奎恩答道。

"于是大家都盲目地追随他，或者说他是不是依仗自己的高官军阶就把你们像机器人一样任意摆弄？"从他狡诈的目光中，奎恩意识到这个家伙泼出了他的第一盆脏水。

奎恩大笑起来："按照将军的提议，突击队里流行的是现场责任人拍板制。我们的团队网络非常紧密，我们的行动完美得像是唱诗班的演出。盲目？见鬼，我们是一支训练有素、目标明确的队伍，是美国军队中的精英，我们不需要我们的指挥系统中再多出一个上校。"

长长的雪茄烟灰挂在参议员僵硬的嘴角上，扎克不得不将话题迅速转向行动中的野蛮与杀戮。

"地面情况一目了然，在那个狭窄的围墙院落里，我们的第一波攻击不仅要最大限度地消灭敌人，而且要给他们造成恐惧。我们不是嗜血的怪物，先生，我们只不过不想让我们的人和我们的'甲壳虫'撞上一颗倒霉的炮弹。"奎恩说道。

"所以很多伊朗人都跑到院子里向你们投降了？"扎克立刻提出了他的问题。

"是的，但你能告诉我当时我们该怎么处置那么多俘虏吗？"

"于是你们就杀掉了他们！"

"并非如此，先生。我们接到的命令是向他们的头顶上方开枪，把他们驱离我们的飞机，再迫使他们趴在地上。"

耶稣啊，原来将军当时的决定就是怕日后在国会受到非议。

别看参议员莱特纳装模作样得像个圣诞老人，那张驴脸和那对疣猪眼看上去却实在不太顺眼。

扎克话题一转，又对行动的准备情况和发起时间提出了质疑。按照他的看法，驱使一支尚未经过充分训练的部队去执行一项特殊的使命，这件事本身就是草率和不负责任的。

"我们这支部队的宗旨，就是在全面系统的训练中体现出超前的意识，这种意识在一次又一次的演练中得到了落实。每次训练，邓肯将军和我们的飞行员总要花费两个小时检查我们的飞机，训练中的每个细节都系统地执行了实战大纲的要求。事实上，'甲壳虫'强大的性能已经在这次危险的任务中有了结论。"

奎恩像一名剑客一样潇洒地化解了对手的一次次进攻。

"休息一会儿好吗？"参议员打断了他们。交锋已进入白热化阶段，他想小歇片刻，然后领教奎恩怎么在下面的问题上再兜圈子。

"趁我感觉还好，我们最好继续。"奎恩说道。

以目前的状况，即使他尚未康复，他也有把握将对手熬死。

"听说你和邓肯将军的私交不错。"

"纯粹是工作关系，虽然不讲究礼节，但也绝没有超越条例规范。"

"你常去他的住处吗？"

"他的大脑、手提箱和汽车后备箱就是他的办公室，一天二十四小时无论在哪儿他都在办公，所以只要他招呼我，我立刻就到。"

"你们在一起共进过晚餐？"

"他和爱犬也一起用餐。"

"在饭桌上？"

"难道这也与厄尔巴坎行动有关吗？"

"我这就言归正传。"扎克像是嗅到了血腥味儿，开始兴奋起来。

"你们一起去看电影,时不时还打上一场高尔夫球,对吧?"

"我能说两句吗?"基思司令打断了他们,"在邓肯将军眼里,奎恩·奥康内尔是他见过的最好的兵,一个很有潜力成为高级军事指挥官的优秀人才。正因为如此,他才虽肩负重任,仍然与奎恩成了朋友。我想提醒的是,在这样的部队,军官和士官之间的差别本来就很难区分。"

"如果我的理解正确的话,以你们两人如此亲密的关系,一旦你能救他,你一定会救他,所以你也会为保护他的名誉而不遗余力。"

扎克终于言归正传了。

卑鄙!奎恩认清了这些家伙的嘴脸,但他既不能答"是"也不能答"否",只能眼睁睁地看着参议员莱特纳得意地朝那只疯狗点点头,好像在示意他发起新一轮进攻。

"你应该不会为邓肯将军说谎吧?"扎克接着说道,"不会因为对他的敬重或你们之间的私交而掩盖什么吧?"

奎恩的两手紧紧地抓住轮椅的扶手,几乎要站起来。坐下!他强忍住内心的激动,一定给我坐稳了,奎恩!

"比如说,用政府的直升机去拉斯维加斯赴约?"

"这太无聊了,不要理他,小伙子。"基思司令高声抗议道。

"我说,先生们,"莱特纳嘟嘟囔囔地插了进来,"质询顾问并没有超出他的质询范围,我们有理由认为邓肯在缺乏监督的情况下,滥用了他的权力,很可能越过红线而侵占——"

"侵占什么?"奎恩厉声说道,"'纳税人'的钱?这就是你们来的目的?我不知道你们为了这一目的还有什么下作的勾当,但我知道我绝不能出卖自己的战友。"

他落入了他们的圈套。

"我还有几个问题,"扎克兴奋极了,"那些集束炸弹是你帮邓肯做出来的吗?"

"是我们与国内最优秀的炸弹专家和军事装备专家一起制作的,为了减轻飞机负载,我们对机载人员的重量、炸弹的重量,以及钛合金机翼的重量都做了精确的计算。"

"可这种炸弹并不安全。"扎克指责道。

"我们做过上百次成功的试验，最大限度地保证了它的使用安全。"

"可它还是不安全，正是因为一颗炸弹在错误的时间爆炸，才造成五名海军陆战队军人的阵亡。大炮，他们是被美国的集束炸弹炸死的，是吗？"

"是的。"

"你也是因为同一颗炸弹而受伤的。"

"是的。"

"死在我们自己的屠刀下。"特别顾问加重了语气。

挺住，哥们儿，不能慌。他逼视着那家伙的老鼠眼，耸了耸肩说道："这是个狗屁不通的表达、自相矛盾的说法，天下哪有你们说的那种安全炸弹？谁又会死在自己人的屠刀下？"

"我们只是用它做个比喻，意思是指那些不幸死于自己人手里的阵亡者。"

"炸弹的失误是我的责任，"奎恩说道，"我来承担后果。"

雪茄烟灰从参议员颤抖的嘴角上掉落下来。

"为什么？"扎克一脸不解地问道。

"从设计、组装到使用，它就像是我的孩子。我们抵达土耳其提卡空军基地后，是我亲自把它挂上了发射架。尽管前往厄尔巴坎城堡的飞行航线异常险恶，迫使我们选择了不同的飞行高度，但即使飞机在颠簸中几乎要散架的情况下，我们也没有失落一颗炸弹。想想吧，如果有一颗炸弹因此而爆炸的话，那整个行动就泡汤了。扎克先生，这就是我们的团队、我们的装备、我们的奉献，而这一切都有个前提，就是信任，海军陆战队正是在这份信任的基础上组建起来的一支部队。"

奎恩冰冷的眼神落在对手脸上，看得扎克从心底泛出一丝寒意。

"还要我继续吗？"

扎克不知所措地点了点头。

"从提卡空军基地到厄尔巴坎城堡的飞行途中，或许是因为飞机剧烈的颠簸，或许是因为温差变化太大，或许是因为在山区超低空飞行时碰到了飘浮物，总之，四号炸弹固定架还是出了问题，但我在机内的屏幕和仪表上并没有得到提示。"

参议员和律师听得目瞪口呆，插不上话。

"在我们到达攻击指定位置时，我有不到一分钟的时间打开发射架，其中一颗炸弹显然出了差错，落在院子中间距离我们不远的地方。炸弹太小，我们没能用红外仪追踪它的去向，直到行动结束前才发现了它。就在我们设法远离那颗炸弹的时候，它爆炸了。接下来的半小时，不，是四十分钟的时间里，鲜血浸泡着我们的脚面，到处是飞溅的脑浆和内脏。伤者中一个截肢，一个肠子被打得流了一地……为了保证飞机起飞，我们简单地封堵了机舱舷窗，在班达尔的帮助下，特别是因为副驾驶托德临终前的奉献，我们终于在预定空域找到了加油机，补充了燃料。从离开城堡算起，在五个半小时的时间里，托德用他生命的最后一刻指点着我飞完了两千英里的航程。当我终于把飞机降落在我们的集装箱船上，熄灭引擎后，托德的心脏也停止了跳动。"

在扎克眼里，只要这个疯狂的故事再多讲几遍，奎恩就一定会露出破绽，因为他已经掌握了指控奎恩过失杀人的证据。

"所以炸弹的意外由我负责。"奎恩说道。

不就是要鸡蛋里挑骨头嘛，来吧！

参议员很少有过内疚，眼前的这个年轻人却让他感到无地自容。正当他犹豫不决的时候，扎克已经顾不上他国会代表的形象，拍着桌子叫道："你这个大炮！你一定还有更多的故事没有告诉我们！"

"是的。"奎恩从牙缝里挤出了愤怒的诅咒，"我还要告诉你的是，你像个吃人的魔鬼、一个毫无人性的嗜血变态！现在给我滚！我不想再看见你。"

"扎克先生，"参议员看不下去了，"我们的大炮刚经历了一场非同寻常的生死考验，我认为他的反应可以理解，你最好先回避片刻。"

他揉扁了空空的雪茄烟盒，很想对奎恩说点什么，却又不知该从何说起。奎恩朝等在门口的护士点了点头，护士把他推出了会议室。

基思司令嘲弄的眼神落在参议员身上。

"依我看，听证会就算了，告诉大炮，再不会有人来打搅他了。"参议员说道。

中卷

第十九章

1980 年
乱世城

  幽幽河谷，巍巍群山，故乡的山水美，美在它的宁静与祥和。

  丹老了，老得不能骑马，也不能开车，奎恩小心地抱起他，放在副驾驶座上，往日恩怨在父子情深的那个瞬间化作过眼烟云。整整一天，他们谁也没向对方说声"对不起"，却在一起下棋、看电影，一起开车去米勒体育场，为他们最喜爱的棒球队呐喊助威。

  "这才是我要的生活、我要的生活。"奎恩在心中一遍遍对自己说道。

  丹的身体越来越差，差得已无法履行州参议员的角色。根据州长的提议，奎恩接过了父亲的任期，尽管它意味着这个州参议员的席位，从倾向共和党的丹转向了倾向民主党的奎恩。

  在反思了布鲁克林的警察思维后，丹的变化很大，如今，他愿意以理解和包容的心态面对这个世界。

  "越战"期间，他对学生反战，对不伦不类的音乐，对道德的沦落感到困惑，但今天，他却很快就理解了什么是人权运动的核心。

  他很庆幸，庆幸自己有一个博学多才的儿子——一个毕业于人类历史和行为学专业的才子，一个优秀的退伍军人。

  当丈夫与儿子冰释前嫌，当与戈尔就堕胎的不幸达成谅解后，舒本对教会也有了更清醒的认识。她的家庭的不幸源自教会，源自那些统治世界的男人往往很难胜任他们被寄予的厚望。

作为一名虔诚的天主教徒，舒本以她科罗拉多州妇女代表的身份，成为全国宗教委员会的重要成员。在和丹朝觐了意大利和法国的著名的天主教堂后，他们又去游览了阿拉斯加冰川，拜访了佛教寺院和希腊海岛上的圣庙。

自从奎恩接过农场的经营，他几乎每天都要和马丁内斯一家打交道。佩德罗夫妇的四个孩子中有三个已大学毕业，他们留在了大城市，拥有各自的职业。

剩下的一个儿子胡安顺理成章地继承了家业。

由于马丁内斯一家拥有百分之二十五的农场股权，佩德罗向胡安的交班丝毫没有影响他们与奥康内尔一家的友情与合作。

两家人你来我往，相互尊重，好得都成了对方餐桌上的常客。当马丁内斯式的田园牧歌取代了布鲁克林的都市焦虑症后，丹对生活与世界的看法也少了许多偏激，多了几分宽容。

在老一辈人看来，奎恩和胡安能选择留在农场正合了他们的心愿，特别是胡安，他是个天生的牛仔，更是个地道的山区农夫。

但那个从小就和奎恩一起嬉戏打闹、欢歌畅舞，一起纵马狂奔、追女孩子，一起在青春期萌动的驱使下偷尝过烈酒的小伙伴卡洛斯却一直都没露面。

卡洛斯以优异的成绩毕业于法学院后，立刻应聘进了休斯顿一家知名的律师事务所。他擅长移民法，家里人不知道他在干什么，但看起来干得不错。他的足迹遍布美国南方和加勒比地区，出道不久就令人刮目相看。

自从奎恩离家出走，五年来他们只见过一面，那是在圣地亚哥的偶遇，当时奎恩刚刚加入海军陆战队。

卡洛斯像个幽灵一样来去无踪，可就是不肯回乱世城。佩德罗夫妇每年都去休斯敦看他，却总也搞不明白他为什么一直单身？为什么路过丹佛的时候也从不给家人打一声招呼？

这事蹊跷，奎恩百思不得其解。"就算我加入海军陆战队事先没和他商量，就算他不喜欢做个农夫，可他毕竟很喜欢故乡的山水，是什么能迫使他远离这片故土呢？"在奎恩的心目中，卡洛斯应该永远都是一个与自己并肩同行的挚友。

奎恩总算收到卡洛斯的来信了，五年了，他的朋友终于要衣锦还乡。但当卡洛斯出现在奎恩面前时，他们居然陌生得形同路人。

他一身笔挺的意大利西装，光是腕上的名表就至少要值几千美元，举手投足一副富家子弟的派头。

奎恩的心凉了，他无法想象眼前的阔少就是儿时与自己一起骑马，一起在月色下鬼哭狼嚎，一起玩官兵捉强盗游戏的那个伙伴，他感到非常的尴尬和失落。

童年的往事已经过去，在简单的寒暄过后，他们都意识到自己的人生发生了变化，他们生活在了不同的世界。

这家伙深藏不露，神秘得像个高贵的王子，可为什么依然单身？

难道真的如他所说，他喜欢的姑娘可爱的不少，能过日子的却没有？

回家的感觉真好，可有件事却很不对头。在与卡洛斯的交谈中，他从没听他提起过儿时俱乐部中的第三个成员，那个小鬼头丽塔·马尔多纳德。她从韦尔斯利学院毕业后，留在东部选修了基础写作做她的研究生课题，顺便在那些没完没了的培训讲座做个兼职教员。

为什么她会突然中断了给自己的来信？为什么自己返乡后她也不回来看看？是啊，在海军陆战队服役期间，人生最美好的童年就成了过去，虽然生活在继续，他却无暇顾及卡洛斯和丽塔之间的秘密。

他为与父母的重逢感到充实，却又为失去儿时的伙伴而感到唏嘘。

雷纳尔多·马尔多纳德的出现暂时填补了奎恩的空虚，他们在一起畅谈，从军中奇闻到路边怪事，一聊就聊到半夜。

雷纳尔多虽然没有再娶，身边却总是美女如云。尤其在墨西哥，在库埃纳瓦卡他的画室里，成群的佳丽排着队要做他的模特。奎恩有些好奇，马尔是用什么办法化解那些怒火中烧的丈夫们的醋意？

每次去串门，奎恩总喜欢在马尔家的壁炉前停下脚步，细细地品味炉架上方一排排丽塔的照片。那是一个小姑娘的成长历程，他越看越对照片和照片上的人产生兴趣。

"耶稣啊!"一天晚上,他对着照片发出了感叹。

"她当然不会只是个梳着小辫、永远长不大的小姑娘。"马尔揣摩着奎恩的思路说道。

"她真漂亮,简直是美若天仙。"

"那还用说,只要稍加打扮,她就是全世界最美的姑娘。"马尔得意地笑了。

"她的信也写得美,联想丰富,没有废话。从她的描述中,我可以想象你的一个模特鼻尖耸动时的怪样,想象周六夜晚矿山小镇的景象,想象西部那个最胖的警长,想象她穿行在花丛中的神态。当她还是个孩子时,她撩起裙子涉水越过小溪时的样子总会浮现在我眼前。"

仅就个人私生活而言,马尔绝不是个检点的男人,但在抚育女儿的方方面面,他无疑是个称职的父亲。女儿的每一步成长、每一段经历,都饱含了他的父爱和骄傲。

丽塔是个乖巧的女孩,很招人喜欢,常常静静地待在自己的诗的世界。在感恩父亲含辛茹苦的养育的同时,她对父亲怪癖的生活方式也多了许多理解。

从定居乱世城开始,女儿对奎恩的痴情就成了马尔的心病,但他作为父亲却几乎帮不上什么忙。奎恩与戈尔分手后,他寄望于已经发育成熟的女儿能引起奎恩的注意。他们的年龄不是差距,倒是这些年来他各自的人生之路似乎把他们送往了不同的星球。

在马尔眼里,女儿是个大姑娘了。如今,奎恩返回了家乡,丹和舒本正在佛罗伦萨朝圣。下一步你有什么打算呢?奎恩,你知道在你躲到军营中的那几年,有多少人为你伤透了心吗?

"丽塔还好吗?"奎恩问道,"我走的时候她好像才十六七岁。"

"她再不会有十六七岁了,奎恩。当你和戈尔纠缠不清的时候,她就已经像个大姑娘一样伤心了。"

"别那么说,马尔,我可从没对她动过非分之想。"

"我明白,明白。就算我是一个大大咧咧的艺术家,也不会失去对女儿的呵护，何况丽塔是我的骄傲。有几次她非要做我的模特，我都不知道该如何下笔。她实在太美了，美得我都无法用雕塑或绘画表现她的形象。"

"你怎么突然想起说这些？"奎恩问道。

"她越是不在，我就越是想她。"

"我也很想她，像惦记一个小妹妹那样惦记她。"奎恩说。

"麻烦就出在这儿，"马尔突然提高了嗓音，"丽塔最伤心的就是你从没把她当成一个女人。"

奎恩很想为自己辩解，但马尔好像话里有话，而且一针见血。

"想不想看看她是怎么把奎恩·奥康内尔供起来的？"马尔拉起他的手，走进丽塔的房间。墙上挂满了奎恩的照片，有打棒球的，有骑马的，有当兵的，衣架上还挂了一件他的旧橄榄球球衣，桌子上放了一本厚厚的剪贴收藏手册。

"怎么会这样，马尔？"

"你无法让她放弃她的那点渴望，如今你回来了，她也一定会回来，回来也能搞她的创作，何况我很乐意看到她人生中的大事能有个结果。从她放在抽屉里的诗集和文学短篇，你能感到她是值得你我都爱她的。小姑娘们为了赢得父亲的赞许，会在芭蕾培训班上把自己扭成一个麻花，而大姑娘们为了追求自己的心上人，往往会爆出感人的诗篇。"

"为我，为奎恩·帕特里克·奥康内尔？"

"因为我爱你，朋友，"马尔说道，"所以这些年来我一直把她的这个秘密藏在我心里，可那简直太痛苦了，我想现在该由你出面给它做个了断了。"

"如果……如果我不能像她爱我那样爱她呢？"奎恩的心底泛起一丝凉意。

"那你就是个傻瓜，不过这是你的事，你最好告诉她真相。"

眼前的一张张照片把奎恩的思绪带回到过去：一个恬静的小姑娘，有着又黑又大的眼睛和柔丝一样的乌发，即使被他胳肢得瘙痒难耐也很少开怀大笑。她才十几岁，就在比基尼泳装的勾勒下露出了她的美、她的丰满、她的成熟。

"当我知道她在抽屉里藏有诗集时，"马尔说道，"我做了一件傻事，在未经她允许的情况下偷看了她的诗集。"他拉开抽屉，翻出一页纸递给了奎恩，"这是她十六岁时的大作。"

>那是我们的第一个夜晚，
>你却不知道我在你的身边。
>夜幕中我依偎着你的背影，
>跟随你一路走到河边。
>如果你回头看上一眼，
>你会发现那个可怜的少女，
>为了她单薄的身体，
>你将本能地给她温暖。
>你曾两次停下脚步，
>就像交响乐章的演奏，
>飒飒的落叶踩在我的脚下，
>无序的韵律回荡在密林深处。
>白杨树那边是你的领地，
>茂密的树荫掩盖了我的足迹，
>晃动的是你有力的臂膀，还是粗壮的枝干？
>浮现的是你健康的肌肤，还是明亮的双眼？
>这一夜，第一次，
>我久久地聆听你的脚步，
>直到你房间的灯光，
>将你的身影映在我脚下的这片土地上。
>树干，树皮，
>树汁，树叶，
>枯萎的落叶失去了活力，

新的生命就孕育在你的身边。
不管你是否意识到了，
但我们毕竟曾共度良宵，
不管你的一半是否仍隐藏在那灯光的背后，
你的另一半已经属于我。
小草的喧闹打破了夜幕的安宁，
那是在迎接晨露的降临。

"我的上帝，这是她写的诗？"奎恩喃喃地说道，"你早就读过，对吗，马尔？"

"她常给我朗读她的诗，可我从不敢妄加评论，因为就算她没有多少诗人的天分，我也不能给她泼凉水。老实讲，奎恩，我看了太多她的作品，她成不了诗人，但也只能等到她绝望的那天我才好出面。就说我，一个所谓的艺术家，从一个墨西哥的无名鼠辈混到今天，如果不是用该死的现代艺术去骗骗那些评论家和鉴赏家，我根本出不了名，因为就连他们自己也搞不懂什么才叫现代艺术，对作家来讲同样如此。"

"马尔，千万别看轻自己，你是优秀的。"

"他才是优秀的。"马尔手指一幅梵高的速描真迹说道。

深夜，奎恩从行囊中翻出丽塔的来信，有一百多封，每一封都意味深长，不但有爱，更有对他深深的思念。虽然字里行间看不出男欢女爱的挑逗，但那一张张照片已经表白了一切。

当化解了与父母的恩怨后，奎恩的内心就只剩下戈尔，就像一团渐渐淡忘却又难解的乱麻。在纠结与渴望的煎熬中，他感受到丽塔这些年所承受的痛苦。钟情陆战队大兵的姑娘很多，但像她这样……

他敞开了心扉，却依然困惑，因为他无法确信自己是否会爱上丽塔，除非能当面说个清楚。

在前往纽约作家大会的路上，他一想起丽塔，就会从心底发出感叹。久别重逢的时刻即将到来，他难免会有些不安。

夏季的乔治湖畔绿树成荫，为了那些所谓正统文协作家们的"追梦"，小说大师克里斯托弗正在湖畔举办一届为期十周的讲座。

说到克里斯托弗，不能不提他最近的那部"名著"，在以恰当的方式和适当的时机推出他的新作后，他总算摆脱平庸，成了一代传奇人物。

其实他有什么了不起？不就是在两次世界大战之间流亡巴黎，自称和海明威在帕姆泊罗讷打过野牛，才一次次受到公众的注意，成为那批知名的作家之一？至于他是否以一个年轻记者的身份采访过老爹海明威，特别是在老爹去世后成了老爹最亲密的朋友和旗手，恐怕只有鬼才知道，而他在古巴与老爹掰手腕的那段描述纯属虚构。

克里斯托弗至少算是纽约"红色思潮"的一面大旗，但那个叫辛克莱尔·刘易斯的无名鼠辈又是个什么东西？

如果说克里斯托弗在美国文学史上也有过大手笔，那无疑是指他在《时尚》杂志上发表了一篇题为《美国轿车之星——克莱斯勒流线版》的文章。

当一位百老汇剧作家鬼迷心窍，将自己的一出讽刺肥皂剧取名为《美国轿车之星》后，该剧连续上演了八百场，克里斯托弗也因此而名利双收，终生受益。

如今，在乔治湖畔，这位曾经把一杯冰镇鸡尾酒泼到著名作家斯科特·菲茨杰拉德[1]脸上的文坛偶像，正顶着一头蓬乱的白发，与一批"天才"的学子一起，为光大美国文学的影响而做着不朽的探索。

"我尽了力，所以才有了点名气，正如赛珍珠（一个在中国长大，曾获诺贝尔文学奖的女作家）在这楼上临终前对我的寄托——'永葆你的激情，克里斯托弗。'愿上帝与她同在。"他色迷迷的眼神落在身边那些晚辈的身上。

我的天，这都是些什么样的学生！不男不女，有些甚至成熟得过了头。谁会在这个夏季成为他床上的伴侣呢？

---

[1] 斯科特·菲茨杰拉德，1896—1940年，美国小说家。——译者注

"激情不再，激情不再啊。"他从心底发出了感叹。

才两个星期不到，丽塔就发现自己花钱买了一场骗局，最多是为自己的创作留下了一个不错的素材。在这里，除了大家围坐在一起，对各自的作品吹毛求疵外，没人能教你怎样写作，而所谓的评论和研讨又扼杀了多少个未来的莎士比亚。每当他的学生们叽叽喳喳、争论不休的时候，坐在一旁的克里斯托弗就在流口水、打瞌睡。

正当丽塔收拾行装，准备离开那个"杰克·伦敦"的小屋时，奎恩的身影出现在了门外。

虽然怕撞上丽塔正在……他还是犹豫着拍了拍铜制门环。

门开了，防盗门那边露出她惊异的目光。

"我专程过来看看你。"他说道。

防盗门发出了吱吱嘎嘎的惊喜声，奎恩小心翼翼地走了进去。她太美了，美得奎恩都有些不知所措。丽塔兴奋地抓起他的手，拼命地吻了起来，然后顺手插上了门闩。

当他捧起她的脸时，她从心底里感到了震颤。

"我再不会伤害你……但我不知道……不知道我会不会梦想成真……因为……因为我不知道我们是不是在梦里……丽塔……"

她炙热的目光落在他的脸上，她拉起他的手，一颗一颗地解开了自己的衬衣纽扣。

"我爱你，丽塔。"

"我知道，我早就知道。"

她没穿胸衣。

"我的上帝，你简直太美了，我可真是个大傻瓜。"

"是的，你的确是个大傻瓜。"她说道。

"我怕……"

"别怕，奎恩，你不会再离开我了。"她轻轻地捂住了他的嘴。

"不离开，再也不会离开了。"

"我们不会只是情侣吧？"

"我要你，要定你了。"

"要我坏还是要我好?"

"都要。"他说。

她转过身,走向一张硕大的扶椅。"来吧,来看一个脱衣舞女的表演。"她褪去长裤,然后脱掉内裤,娴熟得像是为了这个瞬间排练过了上百遍。

她跨上椅子的扶手,摆出一副挑逗的姿态,把内裤递给了奎恩。

奎恩抓过内裤,贴在脸上,恨不得把它吃了。

晚钟敲响了一场别开生面的饕餮盛宴。

第二十章

二十世纪八十年代初

肖恩神父走了,他把一生献给了教会,却带着遗憾离开了人世。

在诱使戈尔堕胎和隐瞒奎恩身世这两件事上,他到死都没原谅自己。

在肖恩神父的葬礼上,舒本利用她在教会的渠道私下里调查过那个神秘的加里克教士,但葬礼一结束,那个家伙就消失了,而且消失得无影无踪。

几个月后,丹的再次中风彻底毁了他的健康。

在来自科罗拉多州各地三百多位来宾的祝福下,奎恩和丽塔举办了婚礼,他们在丹的病床边交换了对婚姻与爱的誓言。婚礼刚过,丹就拉着妻子和儿子的手,欣慰地走完了他的人生。

一场令人难忘的婚礼和葬礼永远留在了乱世城的记忆中。

父亲走了,奎恩既伤心不已,又感慨万分。他们之间有过太多误解和伤害,如果不是那段海军陆战队的共同经历,他们很难在荣誉与爱的共识上冰释前嫌。尽管丹有很多弱点、很多不足,但他的忠诚、他的正直、他的知错必改却给奎恩留下了难忘的印象。

三个月后,舒本在一次晚饭后打破了沉闷:"生活总要继续,我有个提议,奎恩,带上丽塔,出去转几个月,享受一下生活。农场先交给我,我会替你打点好一切。"

奎恩和丽塔去了威尼斯，他们在黎明前登上一条小船，迎着晨露和朝阳，沿峰回路转的水道泛舟在碧波荡漾的大运河上。

长久的等待在蜜月中有了答案，浪花在小船下拍出爱的呼唤，弯弯的小桥上传来高跟鞋的畅想曲，迷人的河道托起这座古老的城市。

圣马可广场上"咕咕"嬉戏的鸽群，更是给他们的蜜月送上了爱的祝福。

格里提皇家饭店的一角，豪华的总统套房里响起萨克斯管的演奏声、意大利的爵士乐、圣雷莫节的狂欢曲、帕瓦罗蒂的男高音……

自从踏上威尼斯那天起，他们的爱就像火山喷发，无论是在小船上还是酒店里，是在黑夜还是白天，他们在爱的大海中畅游，常常忘了外面的世界。

一周后，当奎恩意识到在威尼斯，在他与丽塔的世界里，他不再为戈尔而魂牵梦绕的时候，不禁为新生感到兴奋。他没有忘记戈尔，但他对丽塔的爱，已经将甜蜜的往事化作回忆。

然而，丽塔在不经意间的若有所思和冷热多变，却又令他百思不得其解。

他们沉浸在威尼斯的爱河中，乐不思蜀，到他们都开始想家的时候，时间已经一晃过去了六个星期。

他们刚一回到农场，丽塔就迎来了挑战。农场的繁忙和牛羊的喧闹、卡车的轰鸣和琐碎的家务，哪一样都搅得她无法静下心来专注于她的写作。

在求得奎恩的谅解后，她在半英里外的马尔多纳德别墅为自己布置了一间工作室，以及一间配有壁炉的很大的卧室。

她在卧室里摆放了一组小衣柜，因为如果自己工作到太晚，如果奎恩想从繁忙的农场管理中得到解脱，如果他们能彻底放纵自己，他们可不能没有一个爱的巢穴。

工作条件再好，也不一定能写出好的作品。她在摆脱了外界的干扰，将打字机视为知己后，封闭在了自己的世界里。

生活一如既往，好像什么都没发生。

马尔照旧每天陶醉在他的艺术里，迷人的酮体是他雕塑和绘画的创作源泉。耶稣啊，为什么有钱的女人个个都要马尔把她们的三围夸大得充满肉欲感？尤其是那些青春不在的老女人，她们已经不仅仅是冥顽不化，简直是根本无视她早已失去的魅力。

从出生那天起，丽塔就看够了父亲的创作，她怎么也不理解，为什么父亲对他的创作对象总有灵感，哪怕他面对的是一块腊肉。

为了给女儿留出思考的空间，马尔去了他在墨西哥库埃纳瓦卡的工作室。

奎恩对丽塔的工作室既爱又怕，他不想看到她在那里面心碎，只好常常以参议员的身份往返于丹佛，要不就飞往各地出席民主党大会，即使回到农场，也是一天到晚忙个不停。尽管他很想丽塔，希望她能陪在身边，但既然她有自己的追求，还是少打扰她为好。

温暖的壁炉冒出淡淡的青烟，她写了改，改了写，却始终无法将蜜月的感受化作抒情的诗篇。

工作室真好，又安静，又没人打扰，多亏我有个善解人意和通情达理的老公。只是……上帝啊，作家的人生就只能与地狱为伴吗？

她越来越孤独，越来越寂寞，越来越感到自己掉进了自己设的圈套，难道蜜月真的就这样结束了？

奎恩搭晚班飞机从旧金山返回了乱世城，丽塔得知这一消息后，便一再告诫自己不能去丹佛机场接他，以免在他们的挽留下无法从农场回到自己的工作室，她不喜欢奎恩总在夜里飞回乱世城。

每当她闭上眼，一想起他，就会萌生一股爱的冲动。这一夜，她在威尼斯蜜月的回味中又一次辗转难耐，久久不能入睡。门外传来吉普车的马达声，她知道那是奎恩，立刻像吃了一块高热量的巧克力，在一阵欣喜的呻吟过后，两手情不自禁地滑向自己的酮体。

她很少碰烈酒，但今天不同，她给自己配了杯带劲的玛格丽塔鸡尾酒，当她用舌尖舔着杯口的盐粒时，突然感到一阵莫名的惶恐，额头上渗出了细细的汗珠。

酒杯很快就空了。

对奎恩来讲，丽塔的吻好像少了往日的甜，却多了几分咸。

"还不是因为你来我才喝了点酒。"她解释说，"会开得怎样？"

在聊过些旅行见闻后，他往壁炉前一坐，在咖啡桌上吃了晚饭，然后在立体音响的环绕下，惬意地往靠垫上一躺，沉浸在迷人的萨克斯管的乐曲声中。

丽塔今天很美，她的目光让奎恩感受到了诱惑。她的印花皮裤、她的小蛮腰、她把衬衣扎在胸前的那付媚态，还有她发亮的唇膏和她在清理咖啡桌时的一举一动，都给了奎恩一份暗示，他不能就这样轻易放过她。

"奎恩，"她婀娜地飘向写字台，"我写了点东西，感觉有些啰嗦，你一定要帮我看看。"

他刚本能地想拒绝，却又鬼使神差地改了口，今晚的温馨实在有些诱人。

"那你是吓着我了。"他说道。

"别担心，我不会受刺激，也不怕被否定，更不在乎别人把我当成一个蹩脚的作家，这么多年来，我已经习惯了马尔的把戏。"

"丽塔，这可不是烤肉饼，烤焦了下回可以再烤嫩点。写作是你的生活，可以说是你的生命，怎么能找个不懂的外行说三道四呢？"

"你可别像马尔那样给我兜圈子。"她的口气显得有些刺耳。

"那是因为他爱你，才不想伤害你。依我看，他是难得糊涂，我就更不能再装什么'圣人'了。"

"你们总是有理，但我知道你们都在耍滑头，不管你还是马尔，恐怕早就饱览了自中世纪以来的所有文学名著。"

"那也不意味着我就是一个专家呀。"

"谁又是专家？克里斯托弗？我在他那儿领教过了，为了成为下届作家大会上的偶像，每个人都披着合法的外衣，干着剽窃和尔虞我诈的勾当。奎恩，知道今天的出版市场是什么样吗？通常你的作品还没寄出，就已经被判了死刑。'你的故事写得不错，但却不是我们所需要的。'然后在编辑的签名上只签'编辑',连那家伙姓什么叫什么都无从查起。"

"丽塔,没人强迫你写作。"

"谢谢你的提醒,我从九岁就开始写作,现在都二十五岁了,是该歇歇了。马尔把我的作品拿给他的那些文学教授们,你知道他们都怎么说吗?'很有前途,但缺乏历练。'"

"你不是已经有了自己的答案吗?想想吧,在科罗拉多大学,甚至在整个科罗拉多州的大学,五十年来又有哪位教授出过像样的作品呢?"奎恩试图用事实说服丽塔。

"可我需要一个坦率的答案、一个没有文坛的虚伪和迂腐的答案。如果连我的丈夫都不能给我这个答案,我还能指望谁呢?"

话说到这份上,奎恩已经没有退路了。

"好吧,好吧,我试试,就这些吗?但愿我不是在做傻事。"

他很清楚他是做了件傻事。

丽塔的早期诗歌读来琅琅上口,既有青春的活力,又不乏智慧的比喻,但随着时间的逝去,她的作品越来越像是老太婆的裹脚布,又臭又长,废话连篇、杂乱无章,失去了原有的魅力。

她犯下许多低级错误,一句话就能交待清楚的情节变成了莫名其妙的段落,而那些需要表述的章节却突然没有了下文。她就像个刚入行的新手,常常在文章起始就罗列出大量的故事细节,好像生怕读者跟不上她的思路。

创作的前提是激情和动力,可她只有兴趣。

某些作者为了成名可以不惜一切,但能悟出成功之道的作家却寥寥无几。丽塔或许有一定的天赋,却无论如何都不可能把她的潜质转化为动力,因为她不可能甘愿一生与打字机为伍。

她有美貌,有一个爱她的老爸,有一帆风顺的人生和舒适的环境,她很难有创作的激情。她是上帝的宠儿,能用瑰丽的词藻表达她的感受已经相当不错了。

夜深了,奎恩累得不得不放下丽塔的"威尼斯畅想曲",他看不下去了，再看就连看的是什么都记不住了。

丽塔在床上缩成一团，睡得很香，一头秀发散乱在枕边。看来她是喝多了，满身酒气，睡梦中的神态流露出一丝对自己的否定。

耶稣啊，她到底想要我干什么？

她好像醒了，睡眼惺忪，奎恩却从中看到了惶恐。

"嗨。"他轻轻地拍了拍她的头。

"我去冲个淋浴。"她说道。

"都快五点了，"奎恩打断了她，"我昨天回来得很晚，已经累得要死了，快往里靠靠，我要睡觉。"

奎恩挤上床，背靠丽塔，舒服地躺进她的怀里。她知道他没睡，而他也能感到她炙热的目光。

"告诉我你的感受，奎恩。"她不再沉默。

"我今天比昨天更爱你，现在比刚才更爱你，难道你感觉不到吗？"

"我数到三，你给我小心点！"奎恩被她猛地一推，失去了依靠，只好用手撑住头，打开了台灯。丽塔正摇摇晃晃地站在床边，衣冠不整，但显然酒已经醒了，因为她看起来很激动。

"相当不错，但我必须先睡会儿，然后再慢慢和你谈我的感受。"

"你撒谎！"

"好吧，有些写得还好，"他闭上了眼，"但大部分都不怎么样。"

十几年来，她终于听到了那句她一直不愿意听到的真话，她像变了个人，一下子苍老了许多。

"这又不是什么世界末日。"奎恩说道。

上帝啊，她怎么会如此失态？就像一个愤怒的吉普赛人，全然没了往日的媚态。

"我这一生只想做好两件事，一是写作，二是做个好女人，可现在一样都没做到！"她声嘶力竭地喊了起来。

"亲爱的，过来，让我抱抱你。"

"不，别再碰我。"

"丽塔，冷静点。"

"我想做你的好女人，奎恩，但我没做到，你明白吗？"

"你用不着自责，我们之间又没有承诺。当你成为一个女人时，我却不在你的身边，我知道你的第一个男人不是我，可那又怎样？"

"我想成为一个作家、一个好作家，我想弥补我的不完美，可我一样都没做到。"她忍不住哭了。

泪水玷污了她的容颜，她抽泣着说道："我那样做只是为了气你，为了引起你的注意，我……"

"你到底怎么了？"

"我……我和卡洛斯……"

奎恩感到一阵眩晕，头上的旧伤在隐隐作痛，他不由得跳下床，跟跟跄跄地朝门外走去。丽塔跟在后面，哭得越来越伤心，但他还是转过身推开了她。

防盗门发出"砰"的一声巨响。

吉普车的马达声变得越来越远，越来越远。

第二十一章

二十世纪八十年代初
丹佛

又是隐私！又是谎言！这个该死的世界好像到处都是阴谋。

戈尔伤害过他，但没骗过他，可就算丽塔不是个完美的人，那又怎样呢？自己在埃尔托罗空军基地服役时，不也泡过"妞"，伤过她们的心吗？既然原本就没有承诺，自己有什么理由去苛求丽塔呢？

但卡洛斯不同，他一定早就在打丽塔的主意，并趁机钻了自己的空子。可丽塔为什么不在婚礼前做出忏悔？为什么非要把它变成又一个该死的秘密和谎言呢？

丽塔离家出走了，马尔从墨西哥赶回来，他看上去和奎恩一样对这事感到震惊和伤心。

"很抱歉回来晚了，路上我去了几个地方找她。"马尔说道。

"找到了吗？"

"前天她去休斯顿找卡洛斯去了。"

马尔话音未落，就发现他的女婿脸色大变。

"她情绪很坏，不想见我。奎恩，我还真不知道他们的事。如果一个女人要撒谎的话，她通常会撒得天衣无缝，除非她良心发现。"

"所以我认为她是爱我的。"奎恩说道。

"那还用说，她当然爱你，但你千万别找我撒气，我哭得口干舌燥，连眼泪都哭干了。"

"什么狗屁逻辑？非要她成为一个作家才能弥补她那个莫须有的过失？"

"要找替罪羊的话就找我吧，我怎么会一点都没察觉呢？"马尔说道。

"她为什么不告诉我？为什么偏偏是卡洛斯？"奎恩歇斯底里地叫道。

"从心理学的角度讲，她是在扭曲的思维中迷失了自我，当她无法得到奎恩的时候，她就把卡洛斯当成了她的奎恩。"

"够了！别再提那个该死的名字，太恶心了，我恨不得杀了他。"

马尔磕了磕手中的烟斗，顺手递给奎恩一瓶威士忌。

"丽塔从小到大都生活在她母亲的画像和大理石的雕塑中，所以她把母亲看成是一个完美的化身。她总是在模仿她的母亲，但越是模仿越是感到自卑。当她的母亲去世后，她一直想取代她母亲在我心中的位置，可我却无力用我的画笔和刻刀复制她的形象，或许这给了她更大的刺激。"

看着奎恩为自己倒了杯酒，马尔吐了口烟后继续说道："然后是成群结队的模特挤上了门。为了我死去的妻子，我都干了些什么？可怜的丽塔在我们的旅途中常常一个人待在房里，而我却在隔壁和那些有钱的寡妇或者出轨的太太们鬼混，我甚至没意识到她已经长大，越来越把自己封闭在那个诗的梦幻世界里。一想起这些我就心痛，所以我才选择了定居在乱世城，希望能在这里找回她的自信。"

奎恩给自己倒了杯双份的威士忌，闭上眼陷入了沉思。自从离开这里走上军旅生涯，他的人生发生了质的巨变。回想他在乱世城意气风发、逐渐成名之时，丽塔还是个二年级的小姑娘；而当她像朵含苞欲放的花朵时，自己却在大学里和戈尔打得火热；等到她考上韦尔斯利大学的时候，自己已经走入了军营。

直到他成为那个半封闭的拉姆突击队中的一员，丽塔的形象才变得越来越清晰，越来越亲切。他本以为那是缘于他对故乡山水的思念，是因为他和她都是科罗拉多人，而她的来信和照片不过是一个小妹妹与一个大哥哥之间的正常交往。

从与马尔的交谈中，他进一步了解了丽塔。她是个贤慧的女人，为了把自己当作一根丝线编织进奎恩的人生，她等奎恩等了那么久，才和他步入了婚姻的殿堂。

"她是我女儿，我必须再去一下休斯敦，看看还能做些什么。"马尔说。

奎恩理解地点了点头。

"介意我去见见卡洛斯，谈谈她是否还回来的问题吗？"

"不。"奎恩答道，"但要是我见到卡洛斯，我非把他的脑袋敲碎不可。"

舒本中断了旅程，急匆匆地赶回了乱世城，虽然她知道此刻奎恩最好独自静静地思考一下，但还是希望在需要的时候能给儿子一点帮助。

农场业务繁忙，胡安早就盼着老板能尽快返回工作岗位了。这天，他刚走进办公室，就被坐在老板桌的另一边、正在清理档箱的奎恩吓了一跳，因为老板看上去气色很不好。

"这些是要你签发的支票。"胡安说道，"银谷河边新建的篱笆不错，希望你去看看，以便决定是否再多订点货。"他瞥了眼手边的报价单，"我不喜欢山区饲养场的报价，但可以先送十到二十头牲畜去那边试试，看看每头牲畜的饲养成本是多少。"

奎恩捋了捋胡子，拿起报价，发现胡安盯着自己的眼神很怪，便自嘲道："我想我看起来一定像是刚跑了十英里的土路。"

"至少五十英里，而且是在暴雨过后。"胡安说。

奎恩无奈地笑笑，看着胡安卷好一支烟，又叼着烟扎紧了烟叶荷包的包口，脑海中浮现出当年突击队战友们卷烟时的样子。

"还有事吗？"奎恩问道。

"当然。"胡安口气一变，"你不在，我和舒本都尽了力，可不能总是这样。"

"我在流血，兄弟。"奎恩也口气一变说道，"到处是骗局，到处是谎言，当然我们的企业除外。胡安，你是诚实的，连我都为了军人的荣誉撒过谎。"

"那不算撒谎。"

"你是他兄弟，说说你的看法。"

"我早就注意到了，但我不能跟踪我的兄弟，何况那不是我份内的事。是你把丽塔的胃口吊得太久，所以只要有机会，什么都可能发生。至于现在，耶稣啊，我怎么知道该怎么办？他是我兄弟，我必须站在他那边，我们全家已经做好了离开这个农场的准备。"

奎恩看起来就像个泄了气的皮球。

"卡洛斯不可能拒绝丽塔，就是现在也不可能，即使那意味着是一种背叛。"胡安接着说道，"虽然你比他年轻，但你一直都是他心目中的英雄。"

"算了吧，他干什么都比我强，他自信，有勇气，爱运动，能讨女人欢心，会弹吉他……"

"可他非常崇拜你为了理想而具有的那份无声的忍耐和执着，你不会容忍那些傲慢的白人或摩门教徒欺压我们墨西哥人的孩子。当卡洛斯把你老爸的车偷着开出去后，是你在遇到警察的时候为他出头，又是你在你老爸赶来时说服了你老爸，把卡洛斯领了回来。"

"我也觉得滑稽，"奎恩不解地说道，"这么多年来，丹在我心中一直都很像那部喜剧电视中的偏执、武断的阿奇·邦克尔。"

"丹是保守，但他有原则。是他给了我们美好的生活，让我们归属了脚下的这片土地。"胡安说道，"你还想知道什么，朋友？"

"卡洛斯为什么没能拒绝丽塔？"

"那怎么可能？又有谁能拒绝丽塔？其实也没几个人知道这事。"

"我才不在乎有谁知道，整个山谷早晚会把这里的秘密一个一个都挖出来。"奎恩提高了嗓门，"你要去哪儿？胡安，去干什么？"一想起胡安要离开农场，他不由得感到一阵伤心。

"我老爸老妈虽然年事已高,但没什么大毛病,而且很知足。至于我,马丁内斯家的积蓄已经足够再开一家小型农场了。"

"你真的这么想吗?"

胡安不停地磕着他的马靴,似乎有些纠结。

"你认为我该怎么办,奎恩?"

"我认为你该留下。"奎恩从椅子中站起来,给了他一个真诚的拥抱。

"那我就把这儿当家了。"胡安说道。

"你是对的,胡安,你没有出卖你的兄弟。"

丹佛算不上是个历史悠久和充满活力的城市,但却是一个友好和温馨的城市,城里到处种满了榆树。奥康内尔家的公寓就坐落在切斯曼公园旁边,窗外是宜人的景色和层峦起伏的落基山脉。

这里是科罗拉多州的州府和一座洋溢着浓郁的欧洲风情的城市,也是风格各异的女权主义者的天堂。

自从在农场度过那个甜蜜的夜晚后,奎恩便与丹佛公关公司的首席执行官海伦娜·巴克斯特打得火热。海伦娜两次离异,至今没有儿女。

她精明能干,为人随和,是个值得结交的朋友。六个月来,海伦娜给了奎恩安慰,但始终无法抹去他内心的伤痛。她也很大度,大度得让奎恩在重新振作之后,把她当成了自己的知心朋友。

马尔开始还与奎恩保持着正常的沟通和联系,但六个月中,除了只见过一次丽塔外,他也失去了丽塔的踪迹。奎恩把失落封闭在自己的内心,频频地光顾马尔在丹佛的公寓,但马尔似乎也越来越远离他,二人甚至话不投机,几乎成了互不相识的路人。

马尔老了,随着眼角鱼尾纹的增多,他的艺术生涯也跌入了人生的低谷。

该发生的事早晚要发生,不该发生的事永远都不会发生。一天早上,奎恩和海伦娜正在一边吃早餐,一边翻看报纸,一边为不大不小的生意打着电话，大堂里的通话机响了起来。

"早上好，奥康内尔先生，你有客人，我请他上来了。"

他一直都在等待这一刻，不由得精神一振。门铃响个不停，他打开门，卡洛斯站在面前。不等他邀请，卡洛斯就走进屋，从枪套中拔出手枪，默默地放在了玄关的物品台上。

"我的上帝！"海伦娜发出了尖叫。

"千万别误会，别误会。"卡洛斯嗫嚅着说道，"奎恩，枪是上了膛的，或者你用它杀了我，或者听我解释。"

奎恩拿起枪，打开弹匣，取出子弹放进自己的口袋，然后放下枪转向海伦娜。

"我们没事。"他说。

海伦娜的目光游走在两个男人身上，直到卡洛斯向她点了点头。

"我最好还是待在这儿。"她说。

"我们不会有事的，十五分钟后我会给你的办公室打电话。"

"那……那我在你的书房里等你。"海伦娜说。

她亲了亲奎恩的面颊，狠狠地盯了卡洛斯一眼，然后在离开房间时把房门留了一条缝。

"好主妇。"卡洛斯夸道，"我可以脱掉外衣吗？"

"当然，坐下吧。"

卡洛斯的目光透过眼前那扇可移动的大窗，茫然地落向窗外。

"我好像不会说话了，但我会尽量把事情解释清楚。"他喃喃地说道。

奎恩点了点头。

"首先，丽塔没事，没事，而且还不错，不错。"他要了杯水，呷了一口后接着说道，"我必须要让你知道我是多么地恨我自己……"

"少来这套。"

"好吧，好吧，那我就直截了当点儿。她刚到休斯顿来找我的时候，情绪很坏，可以说是歇斯底里、语无伦次。是的，她来之前给我打了电话，我让她先到休斯顿来。我把我的未婚妻打发走了，奎恩，我不想骗你，因为我比你都更恨我自己。我……嗯，我很高兴丽塔能来找我，高兴得都忘了廉耻和道德……"

"哪那么多屁话！我知道你是个什么货色！"奎恩厉声说道。

"她的情况很糟，开始几天都离不开镇静剂，还要人日夜陪伴，而我却经常要出差。"

"我听说你在到处洗钱。"

"没办法，我挣的就是那份钱。我为丽塔请了休斯顿最好的专业护理日夜看护她。我不想骗你，奎恩，我这么做是为我自己，为了她我什么都愿意做。"

"去你妈的，给我滚！卡洛斯，否则我们中间真的要死一个了。"

"我不走，我必须把话说完。"卡洛斯说。

"让他把话说完。"海伦娜不知道什么时候悄悄地走到奎恩身边，把手搭在了他的肩上。

"不！"

"你看他哪还像个活人？奎恩，我看你也差不多了，让他说下去。"

奎恩一屁股坐进扶椅，两眼茫然地盯在地毯上。

"丽塔终于从噩梦中清醒过来，开始我很兴奋，可后来发现她虽然清醒了，却不想活了。不管白天还是黑夜，她唯一的愿望就是去死。她并不爱我，奎恩，可我爱她，我很想把她留下，但我不能看她因此去寻短见。"

"带上你们的钱，去找一座神秘的海岛，不管它是叫海上马丁内斯还是大钱卡洛斯，或是可卡因大钱卡洛斯海上马丁内斯什么的。"

屋里响起两个男人粗重的喘息声，海伦娜意识到她和奎恩的日子到头了。感谢上帝，她对自己说道，她还没像那姑娘一样把魂丢了。

"我们很清楚不能这样下去，"卡洛斯沙哑着嗓子说，"她已经完全清醒了，又变得很有主意。前几天她给马尔打电话，要他来休斯顿。"

为了缓和自己的情绪，奎恩拉开阳台大门走了出去。眼前的一切对他来讲犹如一石激起千层浪，他不知道该如何应对。"丽塔知道你来这儿吗？"海伦娜问。

"知道。"

海伦娜一惊，往后的夜晚真要独守空闺了。

"真他妈该死，干脆让狂风巨浪把我撕碎算了，她不知道这会要我的命吗？"奎恩歇斯底里地叫了起来。

"她是大病了一场，但已经完全康复了，康复得令我都刮目相看。"卡洛斯说。

"世上不是只有我一个男人被人耍过，要我忍气吞声？要我原谅？要我权当什么都没发生？"

"你要怎样随你，反正丽塔和我不可能再继续下去。你如果真死心了就和她分手，马尔很快会来找你。"卡洛斯说道。

"你行吗？"海伦娜问。

奎恩再也控制不住情绪，呜呜地哭了起来："我想和她生儿育女，我想和她白头偕老，这些都是我的心里话。或许我能原谅她，也能原谅我自己，但我不知道。"

卡洛斯来之前就做好了准备，他知道会是这个结果，但作为一个墨西哥人，如果背叛了他的朋友，他将为此而一生承受痛苦。

"你有可能原谅我吗？"

"我们是男人，卡洛斯，我们之间的问题与男人和女人之间的问题不一样。你要是犯了叛国、谋杀或强奸罪，我肯定不会原谅你，而现在你的罪……其实那原本不是罪，如果你当时说不，那一切就都不会发生。换了我，我一定说不。两个肝胆相照的男人是不会背叛对方的，否则比死还可怕。"

卡洛斯茫然地滑进了另一把扶椅，他需要依靠，需要理解。这么多年来，他见过太多世面，见过各种各样的政客、边境警察、商人、有头有脸的人物，但没有一个人值得他信任，也没有一个人信任过他。

……那可不是姑娘小伙之间的游戏，而是信任不信任和出卖不出卖的问题。

上帝没有把他变成奎恩，在丽塔的选择上他做出让步，是因为他根本就无法得到她。他可以再回到自己的生活，喷气式飞机、海外风流，以及玫瑰花下的肮脏交易，直到他在那些见不得人的勾当中不慎做出糟糕的选择而被绳之以法，或者死于非命。

在海伦娜绝望又渴望的注视下，奎恩躲进了书房，他需要一个人静静地待会儿，以便理清自己的思路。

卡洛斯很快又变回了卡洛斯。该说的都说了，他最后看了奎恩一眼，希望他能给自己一个机会，然后朝海伦娜笑了笑，拿起外衣缓缓地走了出去。

"别忘了你的手枪。"奎恩说。

第二十二章

1999年新年之夜
纽约

距午夜钟声敲响还有四个小时，狂欢的人流已经汇成了人海，一条名为"百事年代"的花船与"纳斯达克交易所号"会合后，沿哈德森河朝人声鼎沸的乔治·华盛顿大桥开去。

两条船灯火通明，与曼哈顿岛上的万家灯火交织在一起，形成了一片光的海洋。

伴随新旧岁月的交替，处在不同时区的钟声敲响了新年伊始的祝福，将我们这个星球的寄托送往太空。

作为一条超级豪华游轮，"纳斯达克交易所号"在被T3产业园包租后，成了大人物们追逐亮相的舞台。在那份沉甸甸的贵客名单上，不但有名人政要、工业巨头、银行大亨、媒体精英等年度风云人物，也少不了黑人领袖和影视明星的捧场。在那个特殊的夜晚，暂时搁置"戒酒训"争议的右翼浸信会教徒、耐克和阿迪达斯公司的暴发户，以及黑社会大佬和在T3产业园效力的来自俄罗斯的犹太精英们也都是名单上的嘉宾。

桑顿裹紧身上的大衣，走出驾驶舱。空荡的甲板上，达内尔独自站在船舷边，面对曼哈顿岛的夜景陷入了沉思，就连汽笛的鸣叫声都没有干扰他的思路。

"人生不过如此。"寒冷的夜色中，桑顿口中呵出的一团团冷气打断了达内尔的思路,"达内尔,我知道我很自恋,但我更知道如果没有你,我也走不到今天。"

"我老爸——愿上帝赐他安息——曾经说过:'达内尔,照顾好那个白人小子,他可是个人物。'我的桑顿大人,所以我和你站在了一起,至今都没有后悔过。"

"有件事我要告诉你,你绝对想不到它有多重要。"达内尔说。

"还记得吗?桑顿,十年前,当你把参议员加尔波夫斯基辩得哑口无言后,你成了互联网的领军人物。如今,这条豪华游轮上的贵客们拥有全国大部分共和党势力的宣传机器,其中许多浸信会教徒可以左右南方七个州的选民,而杰斐逊先生,也就是在下,则是黑人社团的标杆人物。你已经为2004年的选举打下了坚实的基础,你该去竞选美国总统了。"

桑顿惊得半天没缓过神来。

"帕奇知道这事吗?"

"我刚和她谈过,她很有兴趣。"

"你拥有无数粉丝,知名度与麦当娜、萨达姆·侯赛因不相上下,还有那么多权贵都欠你的情。"达内尔接着说道。

"正是由于你本人深刻理解并参与了美国历史上那些最成功的公关盛事,你应该继续走下去,因为只有媒体才是提名的关键。"

"如今的媒体记者和有线电视太多,再加上大大小小的网络、传播小道消息的平台和炮制无聊新闻的枪手,以至于公众得到的信息越来越成了下三滥的垃圾。"达内尔说。

"二十五年来,达内尔,这些家伙不是早就被你搞定了吗?他们一直都对我刮目相看,那是因为我在床上比尼克松还要清白,美国人民绝不会在我身上挖出什么丑闻。何况只要经济好了,公众哪会在乎谁和他们的领袖睡觉?再说,斯达尔·钱伯在克林顿第二个任期时的那些绯闻爆料还不够媒体津津乐道一阵子的吗?"

"千万别天真,大选一开始,他们马上就像打了鸡血一样精神。号外!桑顿又刷新了一项吉尼斯世界纪录,他才两岁就知道手淫,而且公然否认并涉嫌伪证，真是臭名昭著、罪恶累累……等等，等等。"

"为了今晚这个聚会我们又烧了多少钱？"桑顿问道。

"光是购买礼品我们就把整个波塔基特的商店扫荡一空，加上这条能容纳三千多亲朋好友的游轮的租金，差不多有两千万美元吧。"

"达内尔，两千万美元提前布局的开销买来的是四年的总统任期，这买卖值了。"

"我也有同感。"

河水的翻腾转移了他们的视线，曼哈顿岛上的高楼大厦在眩目的灯光和阵阵欢笑声中晃过眼前。夜幕下，只有桑顿和达内尔站在船舷边，静静地思考着明天。

强烈的探照灯光在喧嚣声中落向了"纳斯达克交易所号"，达内尔拼命捂住耳朵，低下了头。听啊！你怎么不听了？这个疯狂的世界正在呼唤着"桑顿总统""汤姆大叔"。

第二十三章

1999 年 12 月 31 日傍晚
乱世城

　　摆动的雨刷器后，露出参议院少数党领袖奎恩的面孔，他刚把雪地履带车停稳，儿子邓肯就跳进齐腰深的积雪。

　　在妹妹雷伊的帮助下，邓肯顺着手电筒的灯光来到一座原木搭建的小桥桥头。他先除掉积雪，四处查看一番，又试了试小桥的承重，然后带着一身冷气钻回车内。

　　"爸爸，我看这桥够结实。"

　　"不行，车重，我想还是先卸下一些物品，用雪橇运过去为好。"奎恩固执地答道。

　　在孩子们眼里，爸爸就是个老保守，每当遇到诸如此类的问题，他总是这样。

　　"别嫌累，我看最多运三趟就能过去。"

　　他们像四个老练的搬运工那样装好雪橇，两个在前，两个在后，把雪橇拖过了桥，卸下后又返回雪地车，就这样又运了两趟，直到把雪地车腾空为止。

　　丽塔和孩子们站在桥头，看着奎恩跳上雪地车，发动了引擎。

　　"要慢，千万别滑下去！"他不断地提醒着自己，然后轻踩油门。这个钢铁怪物轰隆隆地爬过了小桥，小桥根本就没有什么反应。

　　干得漂亮！

他们松了口气,把卸下的物品装上车,一路轰鸣地又爬了半英里山路,才抵达了丹盖在半山腰的那个小屋。

这小屋简陋是简陋,但每当天气晴朗的时候,他们就能通过覆盖在起居室和两间阁楼上的那块有机玻璃做的圆形屋顶,一览外面的世界。

一条德国牧羊犬早就恭候在小屋的门外,看来这个夜晚它要执行的任务还真不轻。

圣诞节前,全家一直在策划要去丹的小屋迎接新世纪的降临,但越是到过节,参议员奎恩越得携太太丽塔忙于各地的应酬。奶奶舒本刚做了髋关节手术,不得不在丹佛度过这个圣诞节,谁也没想到竟能美梦成真。

壁炉的火焰融化了屋顶的积雪,繁星在夜色中滑过他们眼前。

当为孩子们调了些淡香槟后,奎恩又给丽塔和自己调了些味道浓点的。在这个海拔一万两千五百英尺的地方,酒精摄入量不可过高。

孩子们忙着收拾阁楼去了,奎恩将目光转向丽塔。他喜欢在悠扬的乐曲声中欣赏她的忙碌,欣赏她松弛的乳房和下垂的屁股,欣赏她像个在井边打水的墨西哥女人的样子。

二十年来,她喜欢这样忙碌,他也喜欢看着她忙碌。自从结束了那段与卡洛斯的往事后,他们彼此有了更深的了解。

在奎恩眼里,每当丽塔在厨房忙于晚餐时,她的神情和那一头秀发就是这世上一幅迷人的画。

日复一日,年复一年,幸福和睦的生活似乎冲淡了他对生身父母之谜的那份纠结。

随着时间的逝去,在爱与汗水的浇灌下,他们的小日子越过越美,他们的梦想变成了现实。

香气扑鼻的高山扁豆加烤肉刺激了牧羊犬的胃口,它耸起鼻子,拱拱主人手中的酒杯,又跳跃着躲到一边。奎恩扑上去抱住它,与爱犬扭成一团,直到烤牛排的诱人香味勾起了他们的食欲。

"过瘾！真是太好吃了！"

饕餮大餐被一扫而空，但新世纪仍要几个小时后才能降临。

"邓肯，我知道你又想干什么……"妈妈盯着儿子说。

"我已经把温泉水温晾到一百零四度了（摄氏四十度）。"儿子回答道。

这鬼天气，冷得只有狗才喜欢，何况她要在零度（摄氏零下十八度）的气温下冲刺二十英尺才能泡进温泉。

一阵大惊小怪的尖叫声后，身穿比基尼的丽塔和雷伊冲进了温泉。

"哇塞，我可真酷！"

"我才酷呢！我是天下第一的超人！"

"耶稣啊！冻死我了。"

儿子不停地把球扔出去，牧羊犬又不停地叼回来，奎恩则将一个个纸杯倒满了葡萄酒。在这个合家欢聚的时刻，他们没有理由不感到由衷的庆幸。

"现在，我们要看看谁是男子汉？谁是胆小鬼？谁是英雄？谁又是狗熊？"话音未落，奎恩跳出温泉，在雪地上打了个滚，又在满身冰霜的牧羊犬的注视下扑进了温泉。孩子们兴奋了，也不管妈妈愿意不愿意，硬是把她拖出了温泉。在一片鬼哭狼嚎的尖叫声中，妹妹把雪团拍在了哥哥的身上，而丽塔趁女儿没注意，也把一捧雪贴在了女儿背上，喧嚣声引来了山谷中狼群的嚎叫。

感谢上帝，他们的德国牧羊犬竖起了耳朵。

邓肯准备去科罗拉多矿业学院学两年的基础地质专业，毕业后再去科罗拉多州立大学拿一个兽医学文凭。

但不知从何时起，他的心中生出了一个结。每当他进出客厅时，他总要面对两位他不得不敬畏的守护神。祖父的照片摆在圆桌的对面，那是他荣获银质奖章和紫星勋章时的瞬间。

壁炉的上方挂着父亲的照片，那是他身穿海军陆战队军服的戎装照，就连自己和父亲的名字，都取自对两位伟大的陆战队军人的怀念。

奎恩感到了儿子的纠结，他明白儿子是在犹豫，犹豫是先去上学还是先去海军陆战队服役？

"走自己的路，孩子，这世上一半的悲剧都是源于父母出于自私而强加给孩子。"

母爱给了女儿自信，但小公主从没想过要和妈妈比美。不管何时，只要女儿对自己有半点否定，丽塔就会带上她，找个轻松的地方乐呵几天。

家，本应是个充满爱与理解的空间。

他们像所有的家庭一样，也有伤心，有叛逆，有烦恼，但家庭的凝聚永远是不变的主题。

邓肯和雷伊还没堕入情网，也正因为如此，他们一家四口才能在丹的小屋享受天伦之乐。

"家和万事兴"，奎恩为事业呕心沥血、东奔西忙之余，又在丹佛开了一个新的办事处。在成为科罗拉多州参议院少数党领袖后，他对许多问题的看法和立场越来越引人注目，落基山脉升起了一颗自由主义思潮的新星。

丽塔跟着婆婆学会了农场的经营管理，她和胡安一起把农场打理得井井有条、充满生机。

琐碎的家务从未分散她对丈夫的关注，在她眼里，丹佛的那个办事处就像个小小的沙龙，那里有社会和政治思潮的滚动，有与共和党人的激辩，有青年人的迷茫和大言不惭，也有对手之间的和解与答案，一句话，那里已经容不下她那个有高度社会责任感的丈夫。

在媒体的渲染下，奎恩已不仅仅是科罗拉多本地的公众人物。他不受贿，不说谎，知错必改，他的做人原则为他走出丹佛奠定了坚实的基础。

他有出色的演说天赋，在以山区人和军人特有的幽默吸引了公众的视线后，他在参议员的位子上做得有声有色、游刃有余。

丽塔知道，如果不是因为自己和孩子，丈夫完全可以做得更好，如今，她要为丈夫的未来祈祷，这个家不能再拖奎恩的后腿了。

丰盛的晚餐过后，全家人围坐在壁炉前开始交流。

儿子的梦想是在农场新建一所大型的兽医医院，一所具备疾病防治和科学饲养水平的现代化的兽医医院。

温馨的合家欢聚缺少了外公马尔和祖母舒本的身影，在遗憾的同时，丽塔也体会到了两位老人的用心。在新世纪降临的前夜，他们刻意要给这个四口之家留下一段难忘的记忆。

马尔在哪儿呢？一定又是在墨西哥、巴黎，或者马尼拉的什么地方揽着个三四十岁的女人闲逛。

"除了你们两个孩子的降生，今天是我一生中又一个大喜的日子。"奎恩显然有些动情。

"那你此时最怀念的人是谁呢，奎恩？"丽塔明知故问。

"是丹，我们花了半辈子才搞懂没有爱就没有恨，人生最可怕的莫过于固执和误会，我们沉溺在自己的世界里，愚顿到甚至不能去听别人对爱的理解和渴望。"

"不，爸爸，如果这世上只有一个做父亲的开了窍，那就是你。"女儿有她自己的评价。

"那我一定把爱进行到底。"奎恩乐了。

"你不会只是说说吧？"丽塔问道。

"当然不是，它在我心里，我恨不能对这个世界吐出我的心声。"

"听听！你们都听听！爸爸他又要准备演讲了。"儿子打断了他。

奎恩猛地站起来，一阵疾风扫过，卷起了壁炉中摇曳的炉火。

"爸爸有重要的事情宣布，他需要大家的帮助。"多年的相处让丽塔也意识到丈夫有话要说。

屋里立刻安静下来，奎恩沉思片刻后说道："我的上帝，看来什么都瞒不过你们。我不想把自己说成是个为了家庭而甘愿牺牲一切的人，但在我的心里，你们三人的幸福和快乐确实高于一切。如今，孩子们都大了，应该有能力在公开场合承受公众的非议了。最近，我受到来自党内的压力，他们已经决定推举我参加2002年的州长竞选。"

"嘿，伙计，太棒了！"儿子忍不住喊了出来。

"真酷！"女儿也附和道。

"那我们给州长放松一下吧。"丽塔说着，伸手抓住奎恩的脚踝，儿子扑上去抱住爸爸，女儿则不失时机地将他们推倒在壁炉的旁边。

"嘿，你们知道我怕痒，住手，快住手！把那条该死的狗从我脸上拉开！小心我送它去喂熊！"

牧羊犬知道该怎样才不会被送去喂熊，它把更多的吻留在了主人的嘴上、鼻子上、眼睛上。

"吃点心，吃点心吧！"奎恩气喘吁吁地叫道，"都准备了些什么甜点呢？"

"很多，有苹果派、南瓜派、巧克力蛋糕、胡萝卜蛋糕、哈根达斯冰激凌……"

夜深了，他们依然手拉手，无拘无束地发泄和表达着各自的祝福，直到炉火渐渐熄灭，才意犹未尽地爬回各自的阁楼。当儿子和女儿钻进睡袋，坠入梦乡时，爸爸妈妈也在小屋另一侧的双人睡袋中躲进了他们的二人世界。

月光下的爱既缠绵浪漫，又充满激情，他们相拥而卧，在群星的注视下，携手走过了世纪之交的那一刻。

"睡不着吗？"奎恩问道。

"是的，我好像失眠了。"她叹了口气。

"有心事？因为卡洛斯？"她的不安和蠕动引起奎恩的注意。

时间过得真快，一眨眼，她和奎恩结婚快二十年了。十年前，卡洛斯从加勒比海上空的一架喷气专机中失踪，后来人们在海边发现了他的尸体。法医报告表明他的后脑上挨了一枪，全身呈粉碎性骨折，显然是在被枪杀后从飞机扔进了大海。

奎恩将他的尸体带回家，安葬在了乱世城的公墓中。

"当我在休斯敦失去理智和极度失落的时候，我隐隐感到能给我以希望的关键是那篇威尼斯游记，但我与卡洛斯之间的关系，不管它是否发生在我们婚前，却无时无刻不在困扰着我的内心。我有了教训，今后绝不会再对你有任何秘密，否则上帝会惩罚我的。"她显得有些激动。

"过去的事还提它干吗。"奎恩安慰道。

"那天，奇迹发生了，我拿起那篇一百五十页的威尼斯游记，想起我对你的评价火冒三丈时的样子，我怎么当时就没意识到正是我自己在强迫你远离我呢？"

他把她紧紧地抱在怀里，像是在品一杯甘醇的美酒，很陶醉。

"后来呢？"他问道。

"我壮起胆子一页页读下去，突然，我对写作的困惑烟消云散了，至少是对我自己写的东西有了更深的感悟，我又有了创作的冲动。当我清醒地认识到我的问题时，我也就理解了你的评价。无论一个作家有多少所谓的天分，没有勤奋和吃苦精神的话他将一事无成，所以如果我不努力，不加倍地努力，我不可能成功。"

"那你是怎么做的呢？"奎恩问道。

"我重新梳理了一遍那篇一百五十页的游记，或许有一天我还会拿给你看，或许不会，但绝不是因为在意你的评价。我知道，要想把它梳理好，没有点超常的韧性和付出还真不行，但我做到了，虽然代价大了点。"

奎恩的吻落在了她的脖子和肩上，在他的抚摸下，她情不自禁地哼了起来。

"我终于明白了，"她说，"难道我真的要舍弃一切去做一名作家吗？那不过是个借口。一个真正的作家不但要在恐惧中成为该死的打字机的奴隶，而且要带着伤痕累累的灵魂成为一个与世隔绝的人，但我做不到，因为我心中的追求是奎恩，是奎恩和我们的孩子。与成为一个作家相比，我更爱你，更爱我们的孩子，所以我义无反顾地抛弃了一个作家的梦想。谢谢你，是你在二十年前把我拉了回来。"

"真希望我能像你爱我那样爱你。"

"你当然是。"

"喔耶!"他惊喜地哼了一声。

"难道不是吗?喔耶!"

奎恩伸出双臂,紧紧地抱住她,疯狂的吻落在了她的肩上。

"你在挑逗我,奎恩。"

"我想是的。"

"那我可要反抗啦。"

"好啊。"

第二十四章

2002年母亲节
马里兰州的阿拉莫酒店

美国步枪协会的唯一追求，是在宪法第二修正案的保护下，依据美国公民无论老少，皆享有无条件购买和拥有任何数量、任何种类武器的条款，披着合法的外衣大肆兜售它的军火装备。

长期以来，枪支所有者被美国步枪协会描绘成了政府阴谋的受害者，他们持有武器的目的纯粹是为了防御。

层出不穷的爆炸、飞车杀人、校园枪击、教堂纵火给整个国家蒙上了阴影，周末的丛林成为年轻人上演暴力凶杀的舞台。

到了比尔·克林顿时代，终于有一位美国总统站了出来，向暴力和邪恶发出了挑战。曾经奉行顺我者昌、逆我者亡，在华盛顿人人谈之色变的那个美国步枪协会院外游说集团总算受到了遏制。

1996年，克林顿连任，美国步枪协会在噩梦中不得不采取守势，并在窥测风向的同时一步步走下了神坛。

与十年前相比，报刊杂志和电视评论一时间将枪械泛滥视为洪水猛兽，越来越多的美国人开始赞成枪械管制。

克林顿，一个来自南方的毛头小子，当在他的职权范围内颁布了一系列枪械管制的行政命令后，成为第一个支持枪械管制的美国总统。

然而，国会对枪械管制的立法始终没有表态。长期以来，美国步枪协会的"胡萝卜加大棒"政策对国会影响极大，议员们要么接受协会的竞选捐款，要么落选。由于枪械管制触及所有政党在传统枪械泛滥的州的利益，各个政党难免不对立法表示谨慎。

华盛顿的无所作为不代表各州政府和立法机构都在沉默，在管制呼声最高的一些州和城市，有些地区已经对管制形成了立法。

到了2000年，协会受到重创，成千上万名会员脱离了协会。在位于弗吉尼亚州迈克莱恩市的全美步枪协会总部，一个拥有一套价值八百万美元但又陈旧不堪的计算机系统的庞然大物如果不能浴血重生，只好等死。

为了挽救这个组织的命运，协会的幕后黑手成立了一个十一人的特别委员会，其中有九名绅士和两名女士。他们给自己起了个掩人耳目的称号——"康拜因"，即使协会内部的人员也搞不清他们的真实身份，但他们却代表着军火厂商、政坛说客和金融大佬。

不管是枪支走私、军火交易，还是无数违法的境内贸易，军火商们都对他们的所作所为讳莫如深。在步枪协会今非昔比之时，康拜因更要披上一件绿色的外衣，以掩盖他们私下的肮脏交易。

协会将总部迁往阿拉莫，一个位于马里兰州西部蓝山山脉脚下的不起眼的小酒店。经过重组，康拜因精简了协会功能，除了继续举办枪械讲座、处理日常邮件和倡导射击运动外，还出版了一份名叫《军火》的杂志。若非必要，他们很少在公开场合抛头露面，以免招惹是非。

资深的协会领袖金·波特对协会的处境了如指掌，如果没有康拜因的金钱支持，他们连一天也撑不下去。

曾经以威胁和恐吓横行国会的金失去了昔日的风采，他发誓要报仇，要夺回他失去的一切。

二十年来，金一直生活在"石器时代"，以至于他的思维方式被紧紧禁锢在了五十英尺高、二十英尺厚的水泥地基下，始终都顽固不化。

金是个其貌不扬的家伙，除了他的秃顶和那上面偶尔竖起的几根毛发、扁平的面孔和紧绷的皮肤、左颧骨比右颧骨要高一点外,他矮小的身材在常人眼中也是个意外。

他的服装相当古怪,那是出自老派裁缝之手的西装,上面配有西部风格的花边、背缝和清晰的衣线,牛仔式的高跟皮靴垫高了他的身材。每当出席参众两院的听证会时,他看起来就像个南部联邦的将军,正在策划指挥他的骑兵发起一场冲锋。

金出生于贫困山区,在九个子女中排行老五,又是最小的男孩。

他从小就心狠手辣,谁要是把他惹急了,他敢把那个人点了天灯。正因为如此,他成了孩子王。对饥饿和痛苦的回忆扭曲了他的心态,他常常在愤世嫉俗的诅咒中发泄不满。

他霸道、不近人情,是宪法第二修正案的忠诚卫士。

他近来有些心烦,是那个叫康拜因的神秘核心让他心烦,除了一个连他都看不上的女人外,他连那个核心里的人叫什么都不知道。

莫德·特雷诺女士是个律师,一个唯一能把金与康拜因联系起来的关键人物。她人到中年,身材矮胖,是个贪得无厌的婊子,言谈举止粗俗得就连酒鬼水手都望尘莫及。每当她用拇指和中指打出响亮的榧子,又口吐烟圈,熏得他睁不开眼的时候,他总会联想起那些有同性恋倾向的"同志"。

窗外响起跑车的轰鸣声,莫德那辆惹眼的红色法拉利停在了楼下。

金板起面孔,以一副普鲁士陆军元帅的姿态恭候在电梯旁。她走出电梯,顺手在他的脸上捏了一把,金不得不强压怒火从牙缝里挤出一丝微笑。

"这一路跑得痛快,快把好酒拿出来,难道要留到国庆节才喝吗?"

真是个酒鬼!金思忖着滑进了自己的座椅。

"我们遇到麻烦了。"她开门见山地说道。

"是吗?"

"今年的中期选举,民调显示我们基本上已经干掉了名单上的所有对手,唯独那个角逐科罗拉多州州长的牛仔却脱颖而出。"

"奥唐纳德?"

"奥康内尔!奎恩·帕特里克·奥他妈的康内尔!金,我们不能在我们的地盘上留下任何隐患,否则,他会把周边的州都带坏的。"

"他老爸丹尼尔·奥康内尔去世得太早,可惜呀,他可是个真正的枪手。"金晃了晃脑袋,目光落在眼前的信息简报上。根据美国步枪协会网站的综合报道,他们通过科罗拉多本地三百个电台的脱口秀栏目和六十万份邮件,以及小报记者每隔两三个星期散布的独家新闻,对这个牛仔做了大量的人身攻击。

"瞧瞧这些。"金不无得意地说道。

……一个死刑犯与妓女的儿子。
……一个潜在的酒精中毒的婴儿。
……一个丧失了求知欲的废人。
……海军十字勋章背后的故事和胆小鬼的真相。
……涉嫌吸毒。
……虐待妻子。
……岳父雷纳尔多·马尔多纳德是一个红色的左翼文人和色情艺术的大师。
……马尔多纳德涉嫌与女儿乱伦。
……奥康内尔曾经与绵羊鸡奸。
……奎恩的墨西哥裔妻子是个相当活跃的毒枭。
……对婚姻不忠。
……掩盖交通肇事并逃逸。
……欲将州立公园贱卖给日本公司。
……擅闯女厕所被抓。
……从不做礼拜。
……每逢月圆之时在农场举办撒旦之夜。
……在私处绘有象征邪恶符号的666图腾。

……将农场作为移民中转站,以每名非法移民八百美元的价格向其他农场转卖墨西哥移民。

……经常出入放高利贷的犹太人的公司。

……儿子邓肯是校园中的激进分子,涉嫌同性恋。

……女儿雷伊患有严重的智力障碍。

"知道我们得到了什么吗,金?"莫德摘掉眼镜,揉揉双眼。

"嗯,他拒绝在公开场合对这些疑问做出响应。"

"嘿,动动脑子,我问的是我们到目前为止究竟得到了什么?"

"得到了什么?"

"一堆狗屎!一堆花掉了我们六十万美元的狗屎!而你的愚蠢却把公众推向了他。"

"我从来就没失手过,所以我对你的评价不敢苟同。"金争辩道。

"你怎么还不明白?你是碰上了个软硬不吃的对手。"

"我想你最好有点耐心,我们的抹黑和洗脑历来都屡试不爽,所以我们早晚会抓住他的把柄,叫他尝尝苦头。"金针锋相对地说道。

"苦头?如果美国步枪协会和康拜因不得不在这个该死的民主派手下熬上四年,那才叫苦头呢!"

"当初你是赞成我们在科罗拉多州的选战策略的。"金叫道。

"是的,可这策略屁用没有。"她咕哝了一声,"马上终止针对奥康内尔的一切活动,包括宣传、海报、脱口秀栏目和媒体造势等,而且要低调,一定要低调。"

金气得不停地敲打着他的办公桌,口中发出了不满的抱怨。

"而现在,"莫德接着说道,"康拜因希望你能为奥康内尔策划一场选后'庆典'。我们打算把2003年的年会地点由达拉斯改为丹佛,而且要轰轰烈烈、遵纪守法。届时,我们的嘉宾名单上不光有说唱明星,更不能少了那些依靠松鼠枪[1]而发财致富的年轻人。我们将动用

---

[1] 松鼠枪,一种散弹猎枪。——译者注

交通工具，把我们在犹他、怀俄明、俄克拉荷马，以及其他州的骨干都拉到丹佛，告诉他们，一旦这该死的枪械管制法案出台，他们的生活方式将受到多大的影响。这是个机会，金，你可不能再失手了！"

"全美枪械大会丹佛年会！交给我了，你放心吧！"

莫德打开她纯金镶嵌的鳄鱼皮包，把文件收好后转身对金说道："我们2003年的战场就在丹佛，你要精心准备，但一定要守法，筹备细节必须先报我批准。"

在不动声色地又干掉一杯黑麦威士忌后，她念念有词，似乎仍意犹未尽。这时，电话铃响了，是她的电话。金不屑地看了她一眼，一定是她的同性恋婊子，也许是个要向她展示男人魅力的靓仔。

"是我孙女。"莫德挂上电话后说道，"明天我们要去山里骑马，而且要骑个痛快，想想都诱人，但你千万别盼着我沿那些山路就这样骑回华盛顿去。"

"不敢，莫德小姐，还有事吗？"

"当然，看看这些杂志都登了些什么！"她走到金的办公桌旁，把几份《军火》杂志扔到他的面前。"尽管有媒体非议，但0.357口径的西格手枪、0.38口径的考尔特自动手枪和AR-15半自动步枪，以及斯普林菲尔德手枪、HK、USP、0.45AS手枪和塞维步枪依然受到市场的追捧。……怎样才能私藏武器又不违法……为了捍卫我们的民主……枪越多，犯罪越少。还有这儿，我们的金·波特先生在第一百二十期刊物上灿烂的笑脸和他对那些死党的说教：'无辜又善良的美国公民正面临一场灾难，因为他们的政府剥夺了他们在宪法第二修正案的保护下，自他们的祖先踏上这片土地以来，一直被赋予的私人合法拥有武装的权力。'等等，等等！"

在金的眼里，世界就像个面团，只要他愿意，他随时可以把它拉长或者拍扁。

"这儿还有更妙的，"莫德说，"上帝只会造人，唯枪使人平等，因为只有枪才是自由的产物。"

"你到底想说什么？难道就因为我们的杂志没有刊登全裸女人？"

金叫道。

又是一杯黑麦威士忌。"见鬼，要裸体女人干什么？那些疯子喜欢拨弄的是枪机，又不是女人的乳头，所以枪才是他们的命根，是他们强壮和力量的象征，他们离不开的是塞维、考尔特、拉格尔、巴雷塔、希格、温切斯特……"

"斯普林菲尔德！"金的眼前一亮，兴奋地打断了她。

"勃朗宁！"莫德似乎也找到了快感。

"鲁格尔！"他叫了起来。

"史密斯—韦森！"她说道。

"雷明顿·韦伯！"他又叫道。

"格洛克，对，还有格洛克！"她又说道。

"马可夫和瓦尔特！"他兴奋地喊出了两种手枪的牌号。

"H & K！"

"帕拉贝姆毛瑟枪！"

"安斯舒茨！"她有些醉了。

"马格南姆！所有型号的马格南姆！"金声嘶力竭地喊道。

"我认输，认输，你赢了。"莫德举起了双手。

金虽然累得有些气短，但仍对自己能占上风颇感得意。

"你总该弄几个叫仙蒂、黛比或特拉塞斯的美女放在封面上吧。"

"还蒂西呢！"他嘟囔道，"我可不想把《军火》杂志变成一本色情刊物。"

"色情？"她说，"想什么呢？没人会把军火当成色情工具，它们充其量不过是男人加长了的那个东西，然后砰的一下达到高潮。对那些蜷缩在酒吧角落里的小人物，特别是那些总是与强权作对的被压迫的人来讲，枪是平等的保证，是权力的象征！"

"她可真像个三流教堂里信口雌黄的牧师，想把我当傻子耍，门都没有！"金对自己说道。

"康拜因给《军火》杂志新聘了几个编辑，或许会再举办个时尚的选美大会。总之，为了扩大杂志的销量，我们得把它摆在货架上最显眼的位置，起码要销出五万册。届时，我们要用福特汽车、海底光缆和美国电报电话公司替换掉那些老掉牙的烟草广告，再找一些专业的撰稿人重新书写我们的故事。"

看来她是喝多了。金目送她东倒西歪地进了电梯，走向停车场，法拉利跑车的轰鸣声震得树上的枝叶瑟瑟发抖。当那辆红色的跑车沿阿拉莫笔直的街道开上高速公路后，金掏出跟随他多年的哮喘舒缓剂，朝嘴里猛喷了几口。这个疯女人！最好是出个车祸，被发现时已经血肉模糊地躺在高速路边的阴沟里。或许我应该给交通警去个电话，就说高速路上有个醉酒驾驶的酒鬼。

当自由主义思潮的泛滥正在毒害这个国家，"传统的规劝"已经无法阻止它们染指校园讲堂和教师队伍的时候，警方开始对他的到访以及枪械团体的注册和射击运动的核准变得谨慎，他对当地和州政府官员的影响力也变得越来越弱。

国家正在改变颜色，他对此感到非常恼火，无休止的内耗又削弱了他惯用的恐吓手段的威力。

最让他感到屈辱的莫过于一个不堪入目的百年老店居然成了全美步枪协会的归宿。阿拉莫！一座由他命名的酒店，早晚会令世人再次闻之丧胆。

他的目光落向窗外的那片不毛之地，脑海中又浮现出他的宏伟规划：总有一天，阿拉莫会变成一座主题公园，一座继承了全美步枪协会核心价值观的主题公园。

为了恢复历史的本来面目，金·波特将亲自指挥圣·胡安山大战的第一场冲锋。进攻！一定要进攻！

到时候，孩子们将搭乘火车或游轮进入模拟战场，登上贝劳·伍德号航母，体验诺曼底登陆和硫磺岛战役，再插上一面属于自己的旗帜，然后去约克镇和葛底斯堡重温美国独立战争胜利的喜悦。

除此之外，在主题公园的名人馆，孩子们付一美元就可以全副武装地用激光武器与狂人比尔·希科克、怀亚特·厄普、帕特·加内特、比利小子，以及霍利迪博士过招。

之后……之后他们将在一座色彩柔和的建筑里去会会那些美国历史上的江洋大盗，其中有约翰·迪林杰、邦尼、克莱德和帅哥佛洛德，还有黑手党徒卡彭等，以及那个藏在得克萨斯州的铁塔上把路人当成靶子的枪手……

既然主题公园展示的是美国精神，那些猎杀野牛的猎手、征服印第安人和西部的各路英雄就一个都不能少，他们当中最有名的是约翰·韦恩、杰西·詹姆斯、戴维·克罗克特！

在主题公园的商店中，孩子们可以买到美国步枪协会的匕首、手雷和手枪，当然都是仿制品，而露天剧场夜夜上演的阿拉莫宣传大片，将把主题公园的精神渗透进每一个孩子的心中。

第二十五章

2002—2003 年
丹佛

奎恩·帕特里克·奥康内尔在科罗拉多州中期选举中当选州长。共和党人席卷了州议会，又在华盛顿国会占据了多数席位，身为民主党人的奎恩无疑成了山火过后的丛林中幸存下来的一株大树。

从星期一到星期二，奎恩意识到枪支管制提案已经很难在议会获得通过，他能做的只有先说服两党，出台一部温和的替代法案，待时机成熟后再抛出他的正式提案，但那至少要一年以后了。

奎恩没有宿敌，他的父亲就是共和党人，又是个玩枪的好手，何况他和父亲都是海军陆战队的英雄。更重要的是，他本人也是个成功的农场主和州参议员，而且是个地地道道的科罗拉多人。

几年来，他在丹佛的办事处一直是个礼尚往来、畅所欲言和与世无争的机构，只要他温和的自由主义倾向对社会无害，共和党人从没把他看作是个威胁。

位于洛根第八街的公寓已经不再适合居住，他们一家搬进了几个街区外切斯曼公园旁边的那套公寓。老房子成了社交沙龙，除公务应酬、聚会和摄影留念外，那里还是女童子军的活动中心。

在最初几个月，为了体察民情，也为了执政期间的立法提案能争取到更多的选民，奎恩四处奔波，几乎成了科罗拉多航空公司的常客。

新世纪的发展是经济的可持续发展，当矿业、房地产业和旅游业的发展越来越污染环境和蚕食土地资源的时候，他必须为保护农田、牧场和水源拿出一套完整的立法提案。

他的执政团队是一支来自各个行业的精英团队，他们有各自的理想和抱负，但在奎恩的领导下却表现出高度的一致和专业。因为在奎恩的执政理念中，只要科罗拉多州经济的任何一个环节出现问题，都可能给整个州的发展造成灾难性的影响。

作为一州之长，他既要出席毕业典礼、市政会议、电视台的半月谈，又要参加工商团体的午餐会、工会组织的联谊活动和五花八门的剪彩仪式，就连州里举办的选美大赛都会邀请他去充当评委。

他从早忙到晚，但再忙，也不会忘了给成功者去电话表示祝贺，给过世者发唁电表示慰问。

丹佛是个小城，却以其严明的法治和浓郁的西部风情闻名全美。

为此，这个通往落基山脉的必经之地和全美最热衷于体育运动的城市，在奥康内尔州长和科雷特市长的主持下，成立了一个"欢迎来到丹佛"的组织委员会。

同样，在州政府的支持下，丹佛市政府将展馆交给一位一流的展会承包商经营，来自蒙古、巴西、法国等国家的展团很快就在丹佛举办了一个又一个盛大的博览会。

与此同时，经过奥康内尔州长的游说，丹佛交响乐团也收到一笔笔捐款，解决了困扰乐团发展的资金瓶颈。

自从组委会买下一个能接待百老汇剧团的小酒店后，奎恩和科雷特市长多次前往纽约，将纽约知名演出团体的演出搬上了丹佛的舞台。

除此之外，关于科罗拉多滑雪胜地阿斯彭的电视系列栏目和阿斯彭夏日音乐节，以及拥有上百万影迷、以西部风情为特色的特鲁莱德电影节都对宣传科罗拉多的人文地貌和促进经济的发展起到了巨大的作用。

当美国本土的滑雪爱好者日益减少，一些雪场面临经营困境后，奎恩从新崛起的中国和俄罗斯找到有实力的财团，在阿斯彭滑雪胜地开发了一批旅游度假村。小上海和小莫斯科的出现，打开了科罗拉多商品出口的大门。

奎恩·帕特里克·奥康内尔州长为和谐与发展做出了贡献。

但在他的心中，美国步枪协会高调在丹佛设立办事处引起的震动，以及即将举办的年度大会却一直在困扰着他。

面对来势汹汹的挑战，他不能再无动于衷，更不能屈服，他已经没有退路。

伴随2003年的来临，一场生死对决徐徐地拉开了大幕。

2003 年
马里兰州的阿拉莫酒店

在紧张和亢奋的状态中，金·波特对即将召开的丹佛年会充满了期待。

他希望奎恩能赢得选举，因为如果奎恩当选州长，他和美国步枪协会就能在丹佛用一场漂亮的对抗证明他们的勇气和实力。

面对美国步枪协会的挑衅，奎恩唯有废寝忘食、运筹帷幄，才能控制住其嚣张气焰。

但市长科雷特却另有打算，他不但不想动用警力，而且在武装组织涌入丹佛市的那段日子里，为了和谐，他居然给自己安排了一个去东京参加研讨会的差事。

由于缺少施政经验、治安力量和法律依据，奎恩已经在与步枪协会的博弈中处于下风。当美国步枪协会的宣传广告表明一种号称"科罗拉多风暴"的新式武器将在年会亮相后，他的无助和无奈几乎到了极限。

"风暴"源自一个澳大利亚人的发明，是一种高速的十二膛线的双管猎枪。它使用机枪弹带式弹夹，射速比"街头清道夫"半自动要快五十倍，每分钟可达上千发，被渲染为"新世纪最强大的火力"。

令人难以置信的是,它的参展居然不受法律的约束。

邓肯拉开一听啤酒,一屁股坐进了沙发。

落日的余晖渐渐散去,夜幕开始笼罩大地,附近灯光球场上传来了棒球爱好者的阵阵喧嚣。

"爸爸,晚上去打棒球吧。"邓肯说道。

"很抱歉,今晚有安排了,明天怎么样?"

"好啊,妈妈和雷伊能来吗?"

"只要我们拿枪顶上她们的脑门,她们会来的。说到枪,我听说你在学校发起了一个小小的恐怖团伙。"

"妈的,谁嘴这么碎?"邓肯忍不住咕哝了一声。

"举报人受到上帝的庇护。"奎恩说道,"据说你们还准备了滑雪面具、橇板,简直就是个标准的突击队,或许这正是美国步枪协会梦寐以求的结果。"

邓肯从沙发上蹦了起来:"爸爸,难道你还没听够那些该死的胡说八道吗?"

"可这事发生在我的地盘上,何况又没人强迫我当这个州长。"

"好吧,既然说开了,我就有一说一。我受够了他们的诽谤,什么你和动物通奸,妹妹吸毒成瘾,妈妈是个同性恋娼妓等,我真的受够了!"

他把冰箱门一甩,"砰"地又打开一听啤酒。

"儿子,在你尚未因热血沸腾的正义成名之前,我先给你描述一下它的后果吧。只要枪声一响,所有媒体就会聚焦在:政府门前的草坪上升起催泪瓦斯的硝烟,国民警卫队向抗议民众发射橡皮子弹,起因是州长儿子邓肯成了胡作非为的蒙面土匪。然后镜头一转,画面中出现了州长的儿子和一片燃烧的废墟,接着出现了一个血流不止的金·波特的手下。镜头再转向华盛顿,愤怒的议员们正在声讨奥康内尔的愚蠢。丹佛为此要损失上亿美元的年会收入,而科罗拉多州从此将背上草菅人命的罪名。儿子,多谢了,这可都是拜你所赐。"

"既然你早知道他们都是些什么东西,干吗还要去竞选什么狗屁州长？"

"儿子，你还真问住我了，这可不是一两句话就能说清楚的。"

争执引起了马尔的注意，他走出自己的房间，顺手拿起那份有关"风暴"的宣传资料："因为他必须做点什么来阻止他们把这样的武器合法化，也许只有他才有胆量站出来向邪恶说不。"

"原来如此，恕我有眼不识泰山了。"邓肯的语气里充满了嘲讽。

"你们究竟在争什么，邓肯？他是你的父亲，这里是你的故乡，有你的家，你犯不上成天耷拉着脸。"马尔说道，"如果你看我们都不顺眼，就回你的克林斯古堡去继续打你的落基山游戏。但你要知道，在美国步枪协会的海报上，只有你父亲成了他们的靶子，谁要是打中他的眉心，谁就得了十环。"

"就像是一场选美大赛，总要有人来做得罪人的事。"奎恩说道。

邓肯脸一红，尴尬地笑了笑："我还是太天真，是吗？"

"有点儿。"外公说。

"我能做些什么吗，爸爸？"

"当然，我需要理解，非常需要。"

第二十六章

"州长办公室。"马莎拿起了电话。
"你好,马莎,我是唐·默克,州长有空吗?"
"默克博士,请稍候。州长,默克博士的电话。"
"我是奎恩。"
"我有急事,必须马上见你。"她说。
"上帝,十分钟后我有个会,会后也安排满了。"
"这事很急,不会占用你太多时间,我这就过来。"她挂上了电话。
"马莎。"
"是,州长。"
"把听证会推迟半小时,取消和博纳议员的晚餐,等默克博士一到,不要接进任何电话。"
这是默克博士上任十个月来第一次如此固执,什么事会这么急?
唐·默克是他当选州长后任命的第一个搭档,想起那场难缠的听证会和她出色的表现,奎恩笑了。
当时,科罗拉多州调查局长的公开招聘,无疑对一个非洲裔的美国黑人充满了诱惑。
她有三个孩子、六个孙子,丈夫曾是个侦探,退休后开办了一家地区性的保险理赔事务所。
在芝加哥警界,唐的法学功底和口才为她赢得了声望,而她的论文、演说、讲座,以及作为证人在法庭上的表现,远比那些所谓的权威更有分量。鉴于她在这个行业中的资历和经历,她成了科罗拉多州调查局长的当然人选。

科罗拉多州调查局是个不到五十人编制的小局，但很精干，主要职责是为那些不具备独立破案能力和缺乏专业人才的小镇提供帮助。

原本默默无闻的调查局，自唐上任以后，在奎恩的放权和资金的支持下，很快就今非昔比。

"进来吧，唐。"他打了声招呼。

"州长。"

她满面春风地走进来，五十多岁的人了，依然很有魅力，一点看不出她曾经做过警察。她朝奎恩做了个暗示，两人走进办公室一侧的密室。密室里有一张沙发、一个咖啡厨台和一张不大的会议桌，奎恩顺手关上了门。

"知道阿尼·斯凯这个人吗？"她问道。

"见过几次，好像是个便衣，专门负责烟酒和军火走私的调查。"

"他一直在为芝加哥分部效力，今天突然飞到这边，说有要事想找你单独谈谈。"

奎恩沉默了片刻问道："你觉得他是个什么样的人，唐？"

"这几年我们常打交道，他在烟酒与军火管理局是个传奇人物，是个好人，对我的工作帮助很大。"

"可我不喜欢这种神神秘秘的接触，"奎恩有些不爽，"他找我到底想干吗？"

"无非是些酒精、烟草或军火什么的。"

"难道与美国步枪协会的年会有关？"奎恩猜测。

"我不好说，州长。跟你工作快一年了，从没见你搞过小动作，这次恐怕要你破例了，我很抱歉。不过……"

"我最讨厌小道消息和无事生非。"奎恩打断了她。

"问题是，美国的哪个公共机构没点儿不可告人的秘密？"唐针锋相对。

"谢谢你的开导，唐。"

"奎恩，阿尼在警界是个了不起的人物，你要是真不见，将来可别后悔。"

"上帝理解我。我们什么时候，在哪里见面？"

"你能搞一辆不引人注意的汽车吗？"

"问题不大。"

唐从手包里拿出一把钥匙，钥匙牌上的地址是：圣达菲路11965号，蓝宝石汽车旅馆106房间。她把钥匙从会议桌对面推给了奎恩。

"圣达菲路？从我上博尔德大学读书后就再没去过那里，这个阿尼·斯凯还真会找地方。时间呢？"

"今晚十点，他在房间等你。"

"不能录音、录像，更不能有圈套。"奎恩提出了他的条件。

"你们最好能先彼此信任对方。"

九点十五分，奎恩开着马尔的切诺基离开了他的公寓。

这么做值得吗？或许值得一试。尽管烟酒与军火管理局是个不大的机构，大概有一千五百人左右，但那里面的人好像个个都神通广大。

它是美国在独立战争后最早设立的政府机构之一。那时还没有个人所得税之类的税收，新政权只能靠对烟酒征税支撑政府财政。后来，武器和军火交易的税收也纳入了它的管辖权限。

像海军陆战队一样，为了避免被重组或解散，烟酒与军火管理局从来没有放弃与命运的抗争。它一次次证明了它的存在价值，为政府征收的税款比政府对它的投入要大上二十倍、三十倍。

圣达菲路是一条从高速路通往市区的货柜车路，路两边曾经是咖啡店和汽车旅馆的世界。经过长途跋涉的卡车司机，只要把车钥匙往旅馆的登记牌上一挂，就能立刻去体验水床和色情服务的接待。

当越来越多非法的墨西哥移民出现后，路两边又多出了许多肮脏的酒吧和小旅店。在农业和旅游业亟需大量劳工和服务生的今天，移民局的突查往往是睁一只眼闭一只眼。

身为州长，奎恩对这个联邦政府都头痛的现象既感慨，又无奈，墨西哥那边的腐败和民众的疾苦更不是他的权力所能解决的问题。

蓝宝石汽车旅馆曾经是个生意相当不错的旅馆,奎恩把车开进停车场,停好后看了看四周环境。这是个单层建筑的旅馆,一百英尺外的角落里有个酒吧,三三两两的人出没在酒吧和旅馆的客房之间。

十点整。

奎恩踩着地上的碎玻璃走到106房间的门口,拿出钥匙,却发现门没有锁。他推开房门,里面漆黑一片。

"你在吗?出来吧,快点出来。"奎恩说。

细微的咔嗒声后,昏暗的台灯灯光打出了一个人影。"你好,州长,不会有人在窃听吧?"

"有也一定是你安排的。"奎恩说。

"默克博士要我绝对相信你,想不到政府里还能有你这样的正人君子。"他冷冷地说。阿尼·斯凯是个中等身材的普通人,但脸上却留下了明显的岁月痕迹。从他不动声色的神态中,奎恩意识到他正在揣摩自己的反应。

他从盥洗室里拿出了一瓶伏特加和两个金属材料的小酒杯。

"你真打算陪美国步枪协会玩玩吗?"他突然提高嗓门,带着一丝挪威口音问道。

"我想你是在明知故问。"奎恩答道。

"听默克博士说,你们最近刚碰了个钉子。"

"那些家伙滑得都像泥鳅。"奎恩说道。

"你们太外行了。有什么收获吗,州长?"

"我知道你是个行家。"

他饱经沧桑的脸上露出了笑容:"说说你们都掌握了些什么吧。"

"是这样,据我们了解,每年全国性的枪械和刀具展会大概有五千场,而且几乎都是匿名举办的。在参展摊位被出租后,美国步枪协会对参展商的非法交易便一问三不知。"奎恩说,"而这一次,美国步枪协会将会展中心划出了一千五百个展位,正在进行规模空前的招租。"

隔壁房间响起了一个大嗓门的高谈阔论，夜色中传来一只垂死鸽子的哀鸣。

"还掌握了些什么？"阿尼又问道。

"展会上通常会出现非法武器的交易，一般是由买方提出需求，然后在移动房车里完成交易。有些非法武器是以古董收藏的名义参展的，为了避免申领许可证的麻烦，他们打着个人收藏的旗号使用现金交易，这样既没有交易记录，也不用登记注册。"

"凶杀和街头火并的记录显示，至少百分之二十到百分之三十的枪支是从这些枪展上流出的。但即使政府对这些展会加强管理，我们最多也只能抓些街头巷尾的小鱼小虾，丝毫触及不到美国步枪协会的痛处。"奎恩如数家珍般地说道。

隔壁房间里的喧嚣声越来越令人心烦。

"见鬼，"阿尼说道，"我们不能总是这样见面，州长先生。迄今为止，你都和谁私下交流过你对美国步枪协会的看法？"

"默克博士，还有检察官道克·布兰查德先生。"

"就他们两个？"

"当然还有我太太和我的岳父。"

"我想提醒你，一旦我们有了针对美国步枪协会的任何行动计划，它必须是绝对保密的。"阿尼说。

"你们局里有什么想法吗？斯凯先生。"

阿尼摇了摇头："这是科罗拉多的秘密，烟酒与军火管理局不是保险箱。你想想，对枪支管制的提案已经第五次在议会遭到否决，在那些拥有枪支的人眼里，我们的任何不慎都会遇到他们的抵抗，何况这是一场大行动。现在，州长先生，能不能透露一下是谁在领导州的国民警卫队和警察部队？"

"莱德·巴特沃斯少将和扬西·霍克警监，我很信任他们。事实上，他们都支持我对美国步枪协会采取行动。"

"有他们的鼎力相助，你一定有机会。"阿尼欣喜地靠近奎恩说道，"能不能再下道命令，抽调七十名国民警卫队队员和三十名骑警搞一个两星期的特别培训？"

"培训和讲座从没断过，何况我们常常要把那些不知死活的登山爱好者从悬崖峭壁上弄下来，还要扑灭森林大火，抓捕贩毒团伙，喷洒杀虫剂什么的。"

"防暴演习呢？"阿尼问。

"在定期搞，可以向他们透露演习的目的吗？"

"绝对不行。"阿尼答道，"还有不清楚的吗？"

"没了。"

"如果你确实要给美国步枪协会一点颜色……"阿尼说道。

"我就是要给美国步枪协会一点颜色！"奎恩答道。

"我们这次行动是要绕过中情局、联邦政府和丹佛市警察局，如果烟酒与军火管理局过问此事，我们一起装傻。装傻会吗？"

"装傻。"奎恩认真地重复了一遍。

"情况都清楚了，"阿尼说，"首先，将有大批军火、成百上千的枪械运进丹佛市；其次，它们在年会期间必然出现在展会上；再次，美国步枪协会的重要人物一定会露面；最后，也是最重要的一点，我们的行动必须迅速，而且不能流血。"

附近的酒吧里发生了骚动，几个男人唯恐引来警察的注意，拖起他们的朋友跑出了酒吧。

"你如果下决心从巴特沃斯少将和霍克警监那里抽调一百人出来接受特别培训的话，我会通过默克博士再和你联系。"阿尼·斯凯在低矮的房间里站了起来。

"我尽力吧，阿尼。"

"你需要帮助，对吗？"

"我很想知道你那张牌到底是什么，可你并没有出牌。"

他知道阿尼不想过早暴露自己，他会为行动提供线索，也许不会。如果行动成功，议会的那些家伙们只有闭嘴，也不会有什么调查和听证，但如果失败，那奎恩·奥康内尔就必须自己承担责任，他的事业和州长生涯就都完了。到时候，他只好回到乱世城去安度余生。

"我玩了三十年的命,终于到了关键时刻。"阿尼私下里对自己说,"这事弄不好就是刀光剑影,还不能让老板知道,妈的!"

他一生都在悬崖上行走,常常不拘小节,更不把上司放在眼里,但这次不一样,万一出了差错,那简直就是把自己逼上了断头台。

"看来你需要上帝的帮助。"奎恩打破了沉默。

"别挖苦我,我知道该怎么做,更不会把我掌握的情况带进坟墓。"阿尼正色道,"虽然我是个警察,州长,但我不介意做点出格的事。"

"我刚当州长的时候,以为我很快就能放手大干一场,但事实并非如此。我说得对吗?"

"是的,现实对你我这样的人是有些残酷。"阿尼说,"这是三十年来我们碰到的最棘手的问题,听说过VEC-44吗?"

"好像是款自动手枪。"奎恩答。

"没错。"阿尼从手提箱中掏出一把枪,拉开枪套,把枪放在了桌上。它看起来非常轻巧,三点五英寸长的枪管,重量不超过三磅。改装后的VEC-44变成了全自动,配有一个三十五发子弹的超大弹匣,同时具备使用九毫米直径达姆弹的杀伤威力。

VEC-44原本是比利时为北约防暴警察开发的一款警用手枪,由于它的精确射程只有四十码,在市民骚乱中使用这种威力巨大的手枪又过于暴力,因此在生产了几千支后,北约放弃了它的订单。

"无论对训练还是打猎,这款枪毫无用处,又因为射速高,枪管容易发烫,军队也不喜欢它,致使它在被改装后,成了黑帮团伙用于街头火并的凶器。"

他说着,又斟满了两个酒杯,一瓶伏特加很快就所剩无几了。

"北约放弃这款装备后,比利时人把它的专利卖给了巴拿马的贩毒中心科隆。那是个针插不进、水泼不进的地方,一个毒品和军火走私的天堂。

"当神通广大的加拿大军火商罗伊·塞奇威克通过他旗下的方舟皇家军火公司最终拿到全套生产许可和图纸后,他把VEC-44变成了一棵摇钱树。如今，它通过各种渠道小批量流入了五花八门的枪展，而且成了众多零售商柜台后的畅销货。

"塞奇威克在多伦多附近的一个农场储备了三千支 VEC-44，他把它们密封后，藏进了一个个巨大的草垛。

"他的小算盘是，即便有一天他和他的公司栽在了加拿大政府手里，他仍然可以凭借他的存货给自己养老送终。

"在扑朔迷离的军火走私界，塞奇威克盯上了威斯康星州最大的一支非法武装——一支由两百人组成的民兵组织，他们的头叫胡波·霍伯尔。

"只要塞奇威克能把他的军火运过美加边境，霍伯尔就有办法把它们藏进自己的'军事领地'。

"塞奇威克的那批军火引起了加拿大政府的关注，所以尽管他对霍伯尔仍心存疑虑，但已经别无选择。他把军火转运到了密歇根州的圣·玛丽，在那儿装上了五大湖区中的一条驳船。

"如今，他的军火库中除了那批自动手枪和三百五十万发子弹、两万个加长弹匣外，还包括一批数目不详的手雷、单兵火箭、机关枪和迫击炮。

"按照塞奇威克的估计，他的军火在黑市上至少值三百万美金，而霍伯尔只要收到那批军火，就能立刻在太平洋沿岸和墨西哥边境把它们消化掉。"

阿尼的情报给了奎恩极大的震撼。

"我等这一天等了一年，据内线透露，那批军火在海关未经任何检查就过关了，显然是受到某个美国高官的关照。"

"那你为什么不没收那批军火呢，阿尼？"

"我要查清幕后官员到底是谁，还有他们的销售渠道、客户名单、联络方式和秘密网站。"

"这案子就像我的孩子，为避免意外，我不能让别人插手，包括华盛顿的烟酒与军火管理局。当那些军火都暂存在保税库的时候，我潜入仓库，打开几个箱子，在确认它们是我追查的军火后，在箱子里放了个GPS定位器。知道什么是GPS定位器吗？"

"卫星地面定位系统，我的飞机上也装了一套。"奎恩答道。

"我们跟踪GPS信号进入了他们位于麦迪逊和拉克罗斯之间的民兵组织的训练基地，现在那批货就藏在那里。我们可以遥控GPS的电源开关，随时找到它的具体位置，在收到信号回馈后再把它关掉。"

"那个叫胡波·霍伯尔的家伙呢？"奎恩问。

"啊，他最近不太走运，是中情局又给我们添了点麻烦。中情局以邮件和网络诈骗、地下钱庄、偷逃税收、非法持有武器等罪名对他进行了指控。他承认所有的指控，却没有吐露关于VEC-44细节的只言片语，我想他是把那些枪当成了他刑满出狱后的宝贝。"

"耶稣啊，简直太离奇了。"

"这算什么，头疼的事还多着呢。"阿尼说道。

"你为什么选择了这一行，阿尼？太危险了。"

"你可能不理解我为什么会一干就是三十年，因为我就是不能眼看着那些混蛋在我的国家里肆意倒卖那些杀人凶器。"

"阿尼，我相信你，更感谢你，现在请回答我最后一个问题，是谁把那些枪运进来的？"

"一个对国会拨款一言九鼎的参议员，一个被左中右势力都接受的爱国者，一个真正的山姆大叔。在他那个州，至少有一半人欠他的情。他以教会的名义对海关保证，那些货都是急需的瑞典农机设备。"

"我的天，你是说参议员理查德·达林？"奎恩倒吸了一口凉气。

"正是他，也有人叫他迪奇·达林。"

全美枪械年会开幕前一星期
科罗拉多州的丹佛和马里兰州的阿拉莫

"下午好，州长办公室，我是马莎。"

一阵干咳声后，一个阴沉的声音说道："我是金·波特，马里兰州的金·波特，请接州长。"

"请稍等。"她转向内部对讲系统,"州长,是金·波特先生。"

奎恩吃了一惊,犹豫片刻后说道:"接过来吧。"

"州长吗?"

"是的,先生。"

"我是金·波特。"

"有什么事吗?"奎恩问道。

"是这样,州长先生,尽管我们之间存在分歧,但我们不是外人,何况美国步枪协会马上要在你们这个美丽的州举办几天活动。作为一个美国人,我希望我们在年会期间能停止敌对,因为参加本届年会的代表和参展商恐怕会突破一万人。"

"我们会以你喜欢的方式迎接你的到来,波特先生。"

"金,叫我金吧,我们是个不拘一格、充满活力的团体。"

"没问题,丹佛做好了所有的欢迎准备。"

"好啊,希望不会出现意外。"

"放心,我们将全力以赴给你们惊喜。"

"州长,听说丹佛市长届时不在国内,不知道你能否给个面子,在我们年会的开幕式上做个致辞好吗?"

"什么时间?在哪儿?"

"十一号上午到晚上六点前是各地代表报到和参展商布展的时间,欢迎仪式定在晚上六点,地点是会展中心。"

奎恩随手做了个记录,将纸条交给了走进办公室的马莎。

"就这么定了,金,期待我们的会面。"

还没等放好电话,奎恩的拳头就在咆哮声中落在了办公桌上。

"他可真聪明,人没到已经先摇起橄榄枝了。"马莎说道。

"狗娘养的!他这是在逼我,居然想把我变成一个拴着链子的……"

"古罗马大街上的希伯来人。"马莎说道。

"没错。"

"别担心,州长,你会大出风头的。默克博士正在等你,说有事找你汇报。"

"快请她进来，不要让任何事打搅我们。"

"是好消息，对吧？"奎恩迎向唐。

"还惦记你在威斯康星定做的那块大奶酪吧？"

"我一直在等呢。"

"就要来了。"唐说道，"一切尽在掌控之中，我可以从我的办公室里就掌握它的一举一动。"

奎恩松了口气，忍不住抓起唐的手吻了吻她的指尖。

"它正沿九十号高速公路向西进入明尼苏达州，一路喇叭声地朝这边驶来。"唐说道。

第二十七章

2003 年 9 月 13—17 日
欢迎到科罗拉多来！
美国步枪协会二十五周年年会

"呜呜！嘀嘀！哈罗！妈的！"

高速路上，来自各地的车辆排成了长龙，朝着同一个方向——科罗拉多州的首府丹佛开去，场面壮观得就像是密苏里州布兰森的夜场演出刚刚散场。

丹佛市内大街小巷的路旁堆满了喝空的酒桶，妓女们正忙着勾引她们的顾客，黑帮团伙划出了各自的地盘，整个落基山脉都充满了节日的气氛。

在一个又一个合家欢的电视节目中，丹佛野马队与重组后的洛杉矶梦工厂袋鼠队在埃尔维体育场的棒球赛成了收视率最高的频道，三千张价值不菲的球票通过抽奖落到了幸运家庭的头上。当漫山遍野的白杨开始穿上金色的秋装，就连麦当劳掘金者队的篮球门票都受到了冷落。

热烈欢迎美国步枪协会的代表！车水马龙的大街闹哄哄的像是市场。

这是秋高气爽的季节，也是收获的季节。

雷伊远远地看见哥哥从停车场走向入口，乖乖，他可真是个牛仔，浑身充满了阳刚之气，好在我们从小受到的都是良好的教育……

"嘿，我在这儿，邓肯！"

她迎上去，亲昵地搂住哥哥说："我搞到票了。"

"爸爸什么时候上台讲话？"邓肯问。

"六点，还有两个小时，我们可以先逛逛。"

三十万平方英尺的展厅里，成堆的步枪、手枪、猎枪、弹匣、匕首、夜视仪、激光器、狙击瞄准镜、保险柜译码器、监听设备、偷盗工具、五颜六色的T恤衫等，沉甸甸地压在一千四百张十英尺长的展台上，看起来就像是个邪恶的世界。

一张加宽的展台上铺满了象征警官、警长、探长、局长身份的假冒徽章，然后是凯夫拉尔防弹背心和千奇百怪的间谍工具。

再过去是一个文身艺术的展台。

接下来是类固醇、易容剂、金属关节、灌铅手套、防身背心、警棍手铐、高压电枪、催泪瓦斯……陆军和海军陆战队军服、军用刺刀、射击耳罩、机枪三脚架、战地靴、猎枪子弹……各种各样的人体靶标和会旗会徽……

琳琅满目的棒球帽上印着特种部队（SWAT）、烟酒与军火管理局（ATF）、联邦调查局（FBI）、警长（SHERIFF）、边境骑警（BORDER PATROL）、宪兵（U.S.MARSHAL）等官方机构和身份的标识……

在信道两侧，展台上的攀爬器材、铁丝网铰钳、狙击步枪专用枪套和五花八门的手枪杂志引起了参观者们的好奇。

更令人匪夷所思的是，在那张挂满军功章和勋章的展台前，如果你想一夜成名，你不但能买到从美国内战到今天的所有勋章，甚至能买到列宁勋章和维多利亚女王的十字勋章。当然，国会颁发的荣誉勋章除外，那可是要特别定做的。

当展厅里人头攒动，不安和疑虑开始蔓延的时候，扩音器里传出了丹佛警方的忠告：严禁寻衅滋事，否则后果自负。

这也能合法，那天下还有什么是不合法的呢？为了所谓的自由，美国人民已经放弃了他们正常的欢乐和生活。兄妹俩再也看不下去了，只好无言地躲进了销售热狗和可乐的快餐店。

"现在几点了？"雷伊问道。

"差二十分钟六点。"

"我们回大厅去吧。"

"我还想逛逛那些书摊。"

"那我先去后排的过道上占几个座位。妈妈会来吗？"

"爸爸不让她来，要她回乱世城去了。"

"我猜她一定会来。"

在六张摆满书、三张摆满宣传小册子的书摊上，最引人注目的一本书叫《特纳日记》。蒂莫西·麦克维，一个臭名昭著的恐怖主义者，就是在阅读了这本书后，一手制造了俄克拉荷马州的联邦大厦爆炸案。

"伙计们注意！为了体现你们的理解和支持，无论你是正式代表，还是来访会员，都请务必先去登记注册，登记台设在×××。"大会的扩音喇叭又发出了噪音。

在另一张展台上，五花八门的小册子内容繁杂，其中，《爆破大全》《自制枪械》《土地雷》《枪榴弹》《瞬间致命的毒气》《女性必读的武器大全》《超越国界》《身份证的制作》《伪装技巧》《游走在法律边缘》《对毒品检验说不》《投毒指南》《如何逃避醉驾指控》《纽约街头骗术》《流窜和潜伏生存术》《男人的致命诱惑》《雷管和引信》《短刀、匕首和绳索的暗杀技巧》《被遗忘的军团——记党卫军的地下战争》《反基督教的犹太长老会阴谋主宰世界的真相》等成了宣扬恐怖主义的经典教材，而经典中的经典还是那部囊括医学研究、药品检验、器官移植及如何获利的小册子——《尸体买卖》。

"邓肯，我在这儿！"

他刚一屁股坐下，会场里就响起了阵阵噪音。

"那些所谓的古董，像卡宾枪和M-1来复枪等，原本都是第二次世界大战中杀伤力很强的步枪，如今却成了他们的猎枪。"他靠近妹妹的耳边说道，"还有'一战'中的03式步枪，直到现在都是世界上精度最高的步枪之一,这帮家伙简直是在篡改和曲解我们的法律。"

"他们哪还有法律意识和人类的良知?"雷伊说,"耶稣啊,我好像到了另一个星球,眼前晃动的除了火星人,就是流血和战争。"

他拍拍她的肩膀:"感谢上帝,至少我们还有像父亲这样的人在。"

"女士们先生们,各位同胞和枪手们!本届伟大的聚会将在十五分钟后在联合航空公司的会堂正式开幕,奥康内尔州长已经同意出面向各位表达他的祝贺,届时,让我们以热烈的掌声对他的出席表示我们最诚挚的敬意。"

邓肯忽然感到自己要晕过去了。

会场里座无虚席,写有"上帝拯救第二修正案"的大旗悬挂在会场上空。霍尔·卡灵顿,一个曾经出演过几部大片的橄榄球球星,已经连续几天都在晚饭后,向他疯狂的基督兄弟们兜售他的自由主义信仰。

当会场里坐满了步枪协会代表,至少有五千、六千、七千人,而更多人正冲破抗议者的阻挠,陆续涌入会场的时候,作为年会发言人的霍尔,再也控制不住情绪,情不自禁地站了起来。

金·波特也坐不住了,他晃了晃两腿,脸一沉,像个牧师似的做好了布道前的准备。

美国步枪协会终于占领了丹佛这个"市场"。

六点整,随着霍尔·卡灵顿的一记锤声,美国步枪协会二十五周年年会拉开了大幕,所有代表的脸上都绽放出了灿烂的笑容。

"各位请就座,我的枪手同胞们,我们将在未来三天里决定我们的命运。众所周知,在座的各位都是追求自由、对我们的女人和孩子们充满爱的真正的美国人。"霍尔停顿了片刻,喘了口气后接着说道,"当我才五岁的时候,就用我老爸送我的一支上好猎枪从电线上打下了一只乌鸦。我枪法很准,每次狩猎后,我们的餐桌上都少不了山鸡和野兔,所以说我这个老家伙还是很有两下子的。"

喝彩声、口哨声、跺脚声、锣鼓声响成了一片。

"当我在那些史诗般的大片中扮演我的角色时,我从来没有忘记过我是一个真正的美国人。我要感谢上帝,我崇尚自由的同胞们,是他让我从出生的那天起,就成为一个体面的公民群体中的一员,而这个群体追求的目标只有一个,那就是自由,这是政府在公正与宪法的基础上不断赋予我们的权利。"

在又一波喝彩、口哨、跺脚、锣鼓的噪声中,人们纷纷举起了双臂,掀起的人浪仿佛重现了当年摩西用神力劈开红海时的壮观景象。

"我知道,各位都是我的知音,都具有一颗包容的心,所以我要向各位介绍一位先生。他在许多方面并不同意我们的观点,却愿意与我们交流,因为他是个有公平心的人,是个美国英雄,是海军陆战队的精英,同时,他又是一个卓越的农场主、一个州长。请全体起立,以热烈的掌声欢迎我们尊敬的对手,伟大的科罗拉多州州长奎恩·帕特里克·奥康内尔先生。"

雷伊和邓肯转过身,见爸爸正拉着妈妈的手平静地出现在会场的入口处。

乐队奏起了海军陆战队进行曲,人们伸出双手对奎恩表示敬意。

他朝孩子们点点头,沉稳地向主席台走去。当他在主席台前受到霍尔·卡灵顿和金·波特的问候时,会场沸腾了。千万要沉住气,这不过是个开始,金默默地注视着正在与主席台成员一一握手的奎恩,在心里对自己说道。

在与参议员理查德·达林长时间的握手和拥抱后,奎恩来到麦克风前,闪光灯和近距离特写将一面刚展开的大旗装进了镜头——科罗拉多州正式接纳了美国步枪协会。

但好戏还没开始就要收场了。

"如果谁把你们这样的人当成朋友,那他一定是生不如死……"

话音未落,全场一片哗然。

第二十八章

布鲁斯老爹是家经营烤牛排的老店，在它的一个包间里，州长一家正在默默地大嚼着老店的烤牛排，谁也顾不上说话。

"那些人究竟怎么了？"雷伊总算打破了沉默。

"这个世界不像你想象的那么简单，很多人从小就因贫困而饱受凌辱，成为命运的弃儿。他们无家可归，只能终日聚在酒吧里借酒浇愁，甚至向社会发泄他们的不满。由于没人真正关心这个群体，以至于他们只能与邪恶为伴。在他们眼里，政府是万恶之源，所以他们做梦都在与政府为敌。尽管他们的推理很荒谬，却真实地反映了他们的追求。他们越是这样，越是受到社会的打压，所以他们认为只有枪才能给他们平等和自由。以他们的观点，在一个强者的世界里，不管是贵族还是平民，谁拥有了枪，谁才拥有了一切，而我们早晚也会因此而失去我们正常的社会生活。"

"真庆幸我们总算远离了那个展会。"丽塔心有余悸地说道。

"是啊，再待下去还不知道会出什么事呢。"

"爸爸，你是不是要做点什么？"儿子问道。

"也许吧。"他眨了眨眼。

"千万小心。"女儿担心地看了看他。

"孩子提醒得对。"丽塔的目光中充满了不安。

奎恩不屑地甩了甩了他的大手。女儿拿起餐巾，擦去他手上的油腻，又在哥哥的指点下帮他擦干净了嘴角。

丽塔拉过丈夫的手，贴在脸上说道："你这个家伙，千万别大意。"

"别担心，妈妈，我看他们是来享乐的。"儿子说。

"可有些人不是。"

雷纳尔多走进来,坐下后一声不响地吃起自己的牛排。他看了电视转播,女婿表现得不错,但这事肯定没完。

"你带丽塔和孩子们回家吧,我还有事要办。"奎恩看了看手表,对岳父说。

"你要去哪儿?"丽塔问道。

"去唐·默克的办公室开会,说不好什么时候结束。"

"亲爱的,千万别逞能。"丽塔祈求的眼神落在他的脸上。

"你们今天都看见了,再不做点什么阻止这帮家伙,国家就完了。"

他们默默地盯着一片狼藉的餐桌,直到他离开包间。

奎恩刚一走进唐的办公室,警察总监霍克就迎了上来。

"州长,我看你今晚可以去路易斯安那州做州长了。"国民警卫队司令巴特沃斯将军说。

"他们到哪儿了,唐?"奎恩问道。

她从计算机上调出明尼苏达州的交通图,嘴角一撇:"怎么没了?一定是到了爱荷华州。"她敲了敲键盘,然后自言自语地说道,"啊,是的,在这儿。"

屏幕上出现了一个一闪一闪的光点。

"对不起,这帮家伙够狡猾,居然绕过了衣阿华州的首府得梅因市,沿八十号高速公路往西驶向了内布拉斯加州。"

"从车速可以判断他们至少有两名以上的司机在轮换驾驶这辆货车。"霍克目不转睛地盯着屏幕说道。

"按照目前的车速,明天一早他们就能抵达内布拉斯加州和科罗拉多州州界。"唐敲击着键盘说道,"届时他们将驶上七十六号公路,算上吃饭和休息时间,四小时后他们将抵达丹佛。"

"我看他们是有意要在傍晚前进入丹佛市,然后趁天黑到达他们的目的地。"霍克说。

"秦博士,有什么发现吗?"唐转向她的网络总管问道。

"我们正在跟踪一百个最活跃的枪械网站,尚未发现他们的最终去向。"哈利·秦浏览着他的记录回答,"但有一点是明确的,那就是展会期间将会出现一批VEC–44的交易。"

"有多少?"巴特沃斯将军问道。

"至少几百支。"秦答道。

"就是说他们将在约好的地点交货,而买主都是大手笔,一旦收到货,就会立刻把这批VEC–44分散转移到他们的房车或酒店里。"

"我同意你的看法。"奎恩点了点头。

"之后,他们很可能会把货运往犹他州的金三角,那里历来都是枪支买卖的大市场。"

"是啊,他们就喜欢这些藏污纳垢的地方。但这一次,我们一定要盯死他们,不能再失手。巴特沃斯,你负责把你的人在埃尔维体育场安排好,随时准备控制会展中心。霍克,你的人负责封锁所有的交通要道,一旦确定他们的交货地点,立刻人赃并获。"

"可他们究竟会在哪儿交货呢?"将军问。

"我判断是山脚下的西·科尔法克斯,那一带是工业区,厂房和货场密集,便于他们接货后直接由州际公路转往犹他州。"

"州长,我知道你是想趁他们交易的时候动手,但在他们刚进入科罗拉多州时就拿下不是更有把握吗?"

"根据判断,他们至少有两名司机,如果还有人押车,当我们拦截他们的时候就可能出现武装抵抗,我不希望发生流血。"

"不可能!"警察总监说,"难道他们敢闯关?何况想跑出我们的地界没那么容易。"

"他们有枪,什么事都可能发生。"将军明白了州长的顾虑。

"有阿尼·斯凯的消息吗?"奎恩问。

"暂时没有,州长。"唐答道,"他把跟踪器设好后就消失了。"

"出于安全考虑,他这么做很对。"奎恩举起两手比划着说,"如果我们想在路上拦截他们,我们在威斯康星、爱荷华、内布拉斯加就可以动手,但高速公路上的追逐肯定会引起混乱。"

将军和警察总监有些紧张,唐也坐不住了,只有哈利·秦似乎并未意识到后果的严重性,屋里响起一阵指尖敲击桌面的嗒嗒声。

"可丹佛的夜晚正是游客成群,商业区车水马龙的时候,何况会展中心附近的体育场里还有四万名棒球球迷,如果那里是他们的交接点,我们将会遇到诺曼底登陆式的挑战。"

"如果你的判断错了,他们将把我们当成他们最大的笑料,那我们可丢尽了脸面,州长。"将军说道。

"是啊,眼看就要抓到他们,却发现货场里不过是些躺椅和床垫,那我们可真要晕菜了。"唐看着奎恩说。

"秦博士,有方舟皇家军火公司罗伊·塞奇威克的消息吗?"

"我们已经在机场边检安置了两名内线。加拿大政府正在收紧塞奇威克脖子上的绳索,将于一周内对他的公司进行审计,他肯定会逃避,但他需要钱,所以一定会来丹佛卖掉他的货。"

"多伦多到丹佛的航班不多,而芝加哥机场又不需要出示护照就能入境,所以他一定会选择从芝加哥入境,或许此时他正在飞往南美的途中了。"

"但愿不是那样。"秦嘟囔起来。

"阿门。"将军说。

奎恩摇摇头,浑身的骨节绷得啪啪作响,他转向唐说:"你们都尽责了,可我现在只想躺会儿,有地方吗?"

"大厅那边的停尸房旁边有个沙发,这边有进展的话我会叫你,今晚我就守在这个计算机旁了。"

"很好,看来你们都知道自己该做什么了,伙计们。"奎恩说。

"你可真沉得住气。"警察总监的语气里充满了敬意。

"谁说不是呢?"将军附和道。

唐把一个枕头垫在奎恩的头下,捋捋他的头发,给他盖上了一条毛毯。

"奎恩,你睡你的,有我盯着呢。该作主的时候我会的,你就放心吧，州长。"

"我不是不放心你，是担心阿尼·斯凯。"

"晚安，你这家伙，我去忙我的了。"

"帮我给丽塔打个电话好吗，唐？她此刻一定正坐卧不安呢。"

"好的，睡你的吧。"

第二十九章

"呸！呸！"奎恩吧嗒着嘴，掀开毛毯坐起来，用手撑住脸又"呸！呸！"地吐了两口。"我可是奎恩·帕特里克·奥康内尔，这是在哪儿？什么味这么怪？糟了，怎么睡到停尸房门口了呢？"

"早上好，州长。"唐走过来打了个招呼。

"我的天，几点了？"

"刚过十点。"

"我一定是累坏了，早上好，唐。"

"你是要我先报喜呢还是先报忧，州长？"

"先报喜吧。"

"那我只好先抱歉了，因为暂时还无喜可报，而我们却失去了罗伊·塞奇威克的踪迹。"

"他可能已经到了丹佛，查查是不是用了化名。"

"或许正在飞往其他什么地方。加拿大政府已经发出了通缉令，但通缉令在欧洲有效，在南美和亚洲却未必管用，例如中国。这家伙很早就和中国人有交易，依我的判断，他拿下 VEC 专利和生产许可证的钱都是来自中国。如果他真的去了中国，那我们算是瞎忙，因为他们一定会收留他的。"

"该死，只好放过他，嗯？"

"至少今天先放过他。"

奎恩打了个哈欠，用力揉了揉两眼说："我得先回家整理一下，一个小时后就赶回来。"

唐举起双手，竖起大拇指，两人会意地彼此看了一眼，那神色好像在说:"我们这是在干吗?都有病吗?"

丽塔和女儿整晚没睡,一见到奎恩,脸上都乐开了花。奎恩在盥洗室里待了很长时间,直到在冰冷的淋浴下实在待不住了才跑出来。

"我在想,"他面对香喷喷的咖啡,一边换上衬衣一边说,"你最好带上孩子们和马尔回农场去住几天。"

"为什么?"

"免得我担心。"

"好吧。邓肯刚来过电话,他正在展会。我把我的手机给他了,如果你想找他,可以直接给他打电话。"

奥康内尔州长刚一离开昨天的会场,会场里就闹翻了天。主席台上的成员争先恐后地涌向讲坛,咬牙切齿地将政府描绘成了反美、反宪法和反基督教的魔鬼。

支持和拥护全美步枪协会的一揽子决议获得了一致通过,而严禁未成年人持有枪械、严禁将孩子单独锁在家里、反对一个家庭至少可以拥有二十把枪、反对为枪支管制设定缓冲期的呼声却被打上了违反《宪法第二修正案》的标签。

金·波特一早醒来,对昨天的大会表决结果仍兴奋不已。美国步枪协会最基本的战略目标,就是让那些提倡枪支管制的州,特别是在西部的这个州闭嘴。只要奎恩·奥康内尔老实了,议会中那些对枪支管制抱有希望的家伙们就不会再轻易提什么立法。

他兴奋得手舞足蹈,口吐白沫,像个牧师一样准备好了他的说教。

"喂,邓肯,我是爸爸。"

"嗨,爸爸。他们刚把你吊起来了,那个叫金·波特的家伙正在大放厥词呢。"

"有什么新鲜的没有?"

"我正和默克博士的四名便衣在一起,据他们透露,可能会有几百支非法武器流入展会，还在找。一旦有结果，他们将立刻签发搜查令，到时候就有好戏看了。"

"邓肯，听话，赶快回家，跟外公和妈妈先去农场避一避……不许讨价还价！"

"好的，爸爸，我听你的。"

奎恩刚一返回调查局，就从唐和哈利·秦的神色上看出了意外。

"十五分钟前我们失去了 GPS 的信号。"唐指了指监视器。

"好像是电池没电了，州长。"秦补充道。

"据我所知，GPS 的寿命至少能有三年。"

"但电池是个例外。"秦答道。

"唐，给我接巴特沃斯将军。"

"我是巴特沃斯。"

"我是奎恩，有那辆货车昨天夜里的沿途录像吗？"

"我正要报告，州长。那辆车刚进入科罗拉多州，一场该死的暴风雨就不期而至，高速路沿途的摄像和定点拍照系统都失灵了。"

"我们也失去了它的踪迹。"奎恩说。

"我的天，该怎么办？取消行动吗？"

"给我两分钟，让我想想。"奎恩思索了片刻后说，"将军，不要把人撤掉，我还是认为他们的交货点是山脚下的西·科尔法克斯。你找一下霍克，通知他继续在体育场布控，我会随时保持与你们的联系。"

"这可不是儿戏，州长，这么大个城市，要找一辆不起眼的货车没那么容易。"秦的脸色越来越难看。

"放弃吧，州长，就当什么都没发生，对你也不会有任何影响。"唐劝道。

"是没影响，可我一想起他们在丹佛的高调出场，一想起这座城市将继续笼罩在三千支杀人凶器的阴影下，我就寝食难安。"

"老板，我们尽力了，何况你总该设身处地为我们想想吧。"唐恳求道。

奎恩气得恨不能把监视器拍碎。

"不能轻易放弃,至少再坚持四五个小时,还有希望。"

"时间越长,行动越容易败露。"秦说道。

"好吧,那就再坚持两三个小时,我需要你们的合作。"

他们会意地点了点头。

"秦博士,立刻帮我在联邦司法界里找一个既服过役、名气又大的人物,把他的部队番号、军阶、是否在陆战队效力过都搞清楚。"

"好的,我知道了,找一个曾经在海军陆战队服过役的大人物。"

奎恩很想给那个刚被中情局收监的胡波·霍伯尔陪审团的首席律师威尼·怀特去个电话,想想又算了。

"为了行动的绝对保密,不到万不得已不能去找那些律师。"他对唐说。

几分钟后,哈利·秦返回了办公室。"我查到了,在司法系统中,曾在海军陆战队服役过的人里最有名的人物是司法部第一副部长乔治·阿普尔顿,1978—1986 年在海军陆战队服役,越战英雄,退役时官居少校。"

"请问是奎恩·奥康内尔州长吗?"电话里传出了乔治兴奋的声音。

"是我,长官。"奎恩答道。

"是大炮奎恩?"

"是的,长官。"

"太意外了!我很忙,但你的事不能不管,有什么需要效力的吗,州长?"

"这是军人和军人之间的交流。"奎恩说道。

"我明白,明白,那我们就先印证一下。"

"好的。你可以给丹佛去电话找我的太太丽塔或者给国会去电话找我的秘书马莎，当然用不着告诉她们你是谁，就说你需要找我了解一下有关从威斯康星送来的奶酪业务。我在科罗拉多州调查局唐博士的办公室里等你的电话，她们会给你我的电话号码。"

"好的，一场真正的军人与军人的对话。"乔治重复道。

"是的。"

"我会很快用'红机子'给你打过来。"

时间一分一秒地过去，奎恩和唐紧张得连大气都不敢喘。终于，电话铃响了，奎恩一把拿起了电话。

"我是奥康内尔州长。"

"我是乔治。"

"怎么这么长时间？"奎恩问道。

"是有点难熬，说正经的吧。"

"美国步枪协会正在丹佛召开年会。"

"我知道，你有麻烦了。"

"我们截获了一个情报，有三千支 VEC-44 和几百万发九毫米口径的子弹将在年会期间交易，可我们突然失去了那辆交货卡车的踪迹。据说有个家伙刚被你们收监，现在只有他才能告诉我们他们的最终交易地点。"

"我明白了……"乔治思索了一下问道，"他有律师吗？"

"他那个鼠窝里怎么会缺律师？但我们不能惊动任何人，只想在科罗拉多州解决这个问题。事实上，获悉这项行动的人不超过六个，我太太算是一个。情况紧急，那批货转瞬即逝，所以我们没时间再和律师打交道，明白吗？"

"明白。"

"我们不能让媒体介入，或者至少等行动结束，当公众通过媒体了解了案情进展的时候，我们已经偃旗息鼓了。"

电话那边鸦雀无声，奎恩感受到了乔治的不安。是啊，原本只是一场科罗拉多州内部的行动，结果却把联邦司法部都卷进来了，确实有些不妥。

毫无疑问，奥康内尔州长把手伸进了中情局和烟酒与军火管理局的势力范围，乔治的本能反应是拒绝，但一想起这是大炮奎恩——一个海军陆战队的战友和美国英雄在求他，他又犹豫了。该死，这家伙想干吗？就为了履行他的职责和公众的利益？何况插手联邦政府的事务不是更容易引起媒体的猜测吗？可这小子偏偏是我的战友。

"需要我做什么吧？"乔治总算开了口。

"我想单独和那个犯人谈谈，而且要绝对保密。"

"见鬼，你给我出了个难题。"乔治叹了口气，"看在上帝的份上，不许把我透露出去。"

"我发誓，至少不会从我这边透露出去，否则让我天打五雷轰。"

"那个人叫什么？关在哪儿？"

"赫尔曼·胡波·霍伯尔，前威斯康星州民兵组织的头，因一系列指控正被拘押在亚特兰大拘留所。由于他承认了指控，刑期从四十年减少到二十年。"

"我知道了。"

"乔治，时间，现在最重要的是时间！"

在欢呼与喝彩声中，霍尔·卡灵顿全票当选美国步枪协会的新一届主席。上午的会议一结束，参议员迪奇·达林就指点着华盛顿的方向得意地喊道："你们再不能捆住我们的手脚了。"

霍尔挽起参议员的手，庆祝这一历史性的时刻，他开心地笑着，笑得连后槽牙都露出来了。

金·波特向大会宣读了下午的会议安排，晚宴将在烧烤的热烈气氛中上演充满浓郁风情的传统舞蹈。

巴特沃斯将军神不知、鬼不觉地向埃尔维体育场陆续派出了他的国民警卫队。

部队一进入现场，就封锁了主席台和观众席之间的走道。

在高度戒备的状态下，他们可以在两分钟内撤回到正在外面待命的卡车上，也可以在四分钟内冲进会展中心。

与此同时，警察总监霍克在外围做好了部署，每十五人一组，一接到信号，就可以立刻封锁各自的警戒区域。

"雷伊，我是爸爸，你们都返回农场了吗？"

"外面有很多保镖，大概二十个人，有这个必要吗？"

"但愿没必要。"

时间过得真慢，两份吃剩的三明治摊在唐的办公桌上。奎恩下意识地叼着空空的可乐吸管，唐呆滞的目光落在那台该死的监视器上，眼中闪现着泪花。

"都四点了，看来我们运气不好。"她实在忍不住了。

"还有半小时，沉住气。"他嘟哝道。

"从中午起你就在这样安慰自己。"

"算了吧，现在争什么都没有意思，州长已经表现出勇气和智慧，可惜这不是游戏，更没人能留住时间。"唐在心里对自己说。

他们在不安与期待中迎来了电话的蜂鸣声，唐朝奎恩点了点头，奎恩一把抓起了电话。

"哈罗。"奎恩说。

唐戴上了监听耳机。

"哈罗，你是哪位？"

"奎恩·奥康内尔州长，海军陆战队大炮奎恩。"

"州长，请问厄尔巴坎城堡行动的指挥官是谁？"

"是杰里米·邓肯准将。"

"他荣膺过国会勋章吗？"

"是的，他是'二战'中的空战英雄，厄尔巴坎城堡行动之后被追授海军十字勋章。"

"他身材魁梧吗？"

"正相反，还不到一米八。"

"请别介意，州长，我是乔治。我们通话后，我想我最好亲自跑一趟，所以就飞到亚特兰大来了。还有谁知道你找过我？"

"我的调查局长唐·默克博士，另一位是我的网络总管哈利·秦博士。"

"这是保密专线吗？确定没有人窃听？"

"当然。"

"我刚把你要的人提出来，下面就看你的了。"

"遵命，长官。"奎恩大喜。

"就这样吧，我让你要的人接听电话。"

"我是胡波·霍伯尔。"话筒里传出了一个不耐烦的声音。

"我是奎恩·奥康内尔，科罗拉多州州长。"

"哈哈，我知道你是谁。"

"那好，我们长话短说。有辆货柜车昨天夜里离开了威斯康星州一个非法武装的营地，车上装有三千支VEC–44和大批弹药，目的地丹佛。"

"我不知道你在胡说什么，州长。"

"它一进丹佛就失踪了，可它跑得了一时跑不了一世，我不会让它逃出我的地盘。塞奇威克给你在丹佛设了个局，自己却跑了，可能是去了中国。你应该清楚，这家伙在各方面都比你强，可还是跑了，因为他知道自己成了众矢之的。"

"是啊，有谁会等死呢？"

"可你们好不容易积累的财富正流向迪奇·达林的腰包。"

很好！话筒里传出了胡波的诅咒声。

"我做好了准备，可以随时拘捕他们。现在告诉我，展会期间他们将在什么地方交易这批枪械？"

"我不知道。"

"你已经认罪，所以刑期从四十年减到二十年，如果你能配合我，我会尽力再为你减十年，或许十二年，那意味着只要你表现好，有六年你就能重获自由。"

"你最好去和我的律师谈这个问题，州长。"

"算了吧，我可不想把我的计划和我的朋友公之于众，何况我没空和律师扯淡。这是你和我之间的交易，胡波，就你和我。"

从四十年刑期到六年就能出狱，这买卖划算，但前提是他确实掌握了VEC–44的准确情报，而且塞奇威克也如他所说已经跑了。

"我怎么知道你是不是值得信任？"胡波问道。

"很遗憾，你只能相信我。"

"我从来没信过谁，将来也不会相信任何人。"

"或许从今天开始你该改变。"

妈的，看来是遇上对手了，胡波感到左臂上的文身"上帝拯救我的祖国"正随着自己的心跳在发颤。他看了看乔治，忽然从心底生出一丝寒意。如果自己拒绝了州长，眼前这个人肯定会让自己的牢狱之灾变得无法预料。

"给我点时间，我要考虑一下。"他有点泄气了。

"可以，你有三十秒，三十秒后给我来电话。"

"等等，州长。七个月前，当我们为处理这批军火而头疼的时候，我们决定利用丹佛年会的机会把它们卖掉，可我入狱至今已经五个月了，我想他们一定会改变交易地点。"

"原来的交易地点在哪儿？"

"佛利霍夫家具市场，好像是位于山脚下的西·科尔法克斯。顺便说一句，能给我换一间单人牢房吗？"

"我试试吧，但我需要那辆货车和押车人员的细节。"

"三个亡命徒，表兄弟，父姓延森，都是五大湖区的走私惯犯，本笔交易的佣金将在交货时结算。"

"货柜车上有广告标识吗？车牌是什么？"

"这我可说不好，州长。他们通常是用偷来的车做走私工具，但我有几次在他们的车厢上见过临时张贴的米尔沃基啤酒广告。"

"很好，现在告诉我展会这边的收货人是谁？"

上帝！我交代了自己，又交代了延森兄弟，他却还没完没了的。

"我要求换个地方。"胡波对着话筒小声说道。

"为什么？"

"我结交了一批民兵组织和帮派团体的人物，又鬼使神差地策划了一些针对黑鬼的行动，结果成了那些黑鬼忌恨和报复的对象。"

"这我做不了主，得先和乔治商量一下。"

"哈罗，州长。"乔治接过了电话。

"胡波就要露底了，但他对牢房中的一些黑人囚犯有顾忌，希望能换个不为人知的地方隔离起来。"

"你还是省省吧，动静大了连上帝都救不了你。"

"我明白了，我遇上了两个都不值得我信赖的人。"胡波接过电话说道。

"少说废话，你那是咎由自取。"奎恩厉声打断了他。

"算了，如果他处在我的位置，也一定会出卖我。"胡波对自己说道。

"展会上有个属于沙德·默萨的摊位，主要展品是钛合金手枪、塑料炸弹，以及各种类型的弹匣和子弹。"

见鬼，怎么每个武器携带者都在和金属探测器过不去？奎恩对自己说。

就在奎恩与胡波通话期间，唐将一个速记纸条递给了助手：查出沙德·默萨的摊位……

立刻通知便衣侦探玛丽……

给不同面额的一万美金并打上标记……

请田纳西州司法系统配合调取沙德·默萨的驾驶执照……

"很好，沙德的展位上有什么特殊标识吗？"奎恩又问道。

"有，展会会旗的背面印有'万能的格劳克'，而展台上的那面小旗上印着'格劳克——职业枪手之家'。"

"谈谈你和沙德之间的交往吧。"

"我和他相识差不多十二年了，他一直对塑料军火情有独钟，原因是他认为塑料军火开创了一个崭新的时代。"

"好吧，如果我找到他的展位，怎样才能取得他的信任？"

"你就说我可能找错了展位，是比利·乔推荐我来搞一批真正的军火。他会说自从黑鬼们得势后他再没见过比利·乔，你最近一次是在什么地方见到乔的？你告诉他是在去年堪萨斯州史密斯堡的枪展上见到的就行了。"

"我明白了，这家伙长什么样？"奎恩问道。

"一个大块头，染了一头金发，当过摔跤运动员，大概六十岁左右，喜欢戴一顶棒球帽。"

"能搞到他的照片吗？"

"应该可以，他在田纳西州有过记录。"

"胡波，你还有话没说。"

"他可能会问你想要哪类军火，你就说是来自瑞士的。一旦你同意了他百分之十的预付款条件，他会把他的车位和宿营地点告诉你，然后要你在凌晨两三点的时候去提货。"

"他不会在收到我的预付款后就开溜吧？"

"不会，那不是枪展规矩，即便是强盗也不能不讲规矩。那个时间应该正好是货到的时间。"

"嗯……"

"总之，他的展位应该每天都在闭馆时才会撤展，所以通常也要到十点半或午夜了。"

"你是说只要盯住他，就一定能找到提货地点？"

"是的，州长。"

"还有个问题，展会上有片特别的停车位，他开的是什么车？"

"一辆淡蓝色的福特皮卡，每隔一年他会卖掉旧的再换一辆同样的新皮卡，不锈钢的车厢，田纳西州的车牌。"

"胡波，再好好想想，除了他，还有谁是展会上的大鱼？"

"盯住他就行，即使有，也是以他为主，或许他会视交易情况挑四五个帮手。"

说完这一切，他突然感到一阵从未有过的轻松。

"让乔治接电话。"奎恩说道。

"我是乔治。"

"乔治,行动很快就开始了,请你再帮个忙,看住这家伙,以便我们需要的时候随时能找到他。"

"这地方不错,我们就待在这儿等你的消息。记住电话号码,一有结果立刻通知我。"

"放心,伙计。"

"祝你好运。"

奎恩放下电话,忽然感到饿了,顺手从唐的办公桌上抓起吃剩的面包咬了一口。哈利·秦展开一幅会展中心的平面图,放大镜在平面图上滑过一个又一个展位。

"在这儿!田纳西州诺克斯维尔市的沙德·默萨,展品为塑料手枪和相关军火,会展中心西大厅侧翼,编号723。"

"唐,立刻调派六名便衣,三人一组去停车场找出沙德的皮卡。鉴于我们跟踪的那辆货车已经失去了踪迹,能否叫你的人在沙德的车上装一个信号发射器?"

"我刚得了个宝贝,不妨试试。"

"就这样,今晚十点半一过,你们调查局的三辆车给我盯死了沙德,只要接到有关他的去向的报告,我就立刻命令霍克行动。等等,等等!"奎恩拍拍额头说道,"再派两名便衣去盯住西·科尔法克斯的佛利霍夫家具市场,我有预感,那些家伙不会轻易改变交易地点。"

"我同意州长的判断。"哈利·秦附和道。

"上帝,我真希望能和霍克一起行动。"

"尊敬的州长大人,坐稳你的位子,就等着瞧好儿吧。"秦笑着说。

唐的计算机上出现了秦打出的一行行记录:

18:00:确认展位723的展旗上印有"万能的格劳克",展台上的小旗上印有"格劳克——职业枪手之家"。

18:22：调查局收到沙德的标准照和有关描述，清晰准确。

18:30：便衣侦探玛丽·波德科通知奎恩，经过比对，展位上的沙德就是我们要找的那个人。

18:35：玛丽做好了接头准备。

她五十岁左右，一点都不像个侦探，清瘦的身材，不修边幅，满头黑发和朴素的服饰让她看起来更像个来自农庄的主妇。她指了指沙德，希望能欣赏一下他的手枪。

沙德从展架上挑出一把枪递给玛丽，她把玩了一番，放下后撇了撇嘴："我可能找错了展位。"

沙德审视的目光中充满了疑虑。

"我在找沙德·默萨先生。"

"我就是。"

"我在黑松郡经营一个农庄。"

"很高兴认识你，大妈。"

"是比利·乔告诉我能在你这儿找到真正的军火。"

"比利·乔。"

"对，比利·乔。"

"很长时间没见过他了，我以为他已经金盆洗手了呢。"

"我是几个月前在堪萨斯州史密斯堡的枪展上见到他的。"

"我缺席了那次枪展，当时我正在蒙大拿州的赫勒拿市忙我的生意。能说说你喜欢什么样的军火吗？"

"来自瑞士的，瑞士造的最棒。"

鱼上钩了！他们开始讨价还价。

"是这样，要搞到顶级的瑞士造非常困难，所以会很贵。"

"我要十把。"说着，玛丽掏出一个大钱包，在沙德贪婪的注视下拿出一叠钞票。

"这可不是个小数。"沙德显得有些犹豫。

"你和政府打过交道吗？"玛丽突然脸色一变，"我和我的邻居们正为公共享地的续约争取我们的权利，可两年来我们到处碰壁，就像是在地狱里和那些恶鬼们打交道。"

"政府是邪恶的根源，你叫什么，大妈？"沙德同情地问道。

"玛丽·德科，为表明我们的态度，我们决定成立一支民兵组织。"

"这主意不错，能把你的电话和农庄联系人的姓名告诉我吗？"

"好的，沙德。"她开心地笑了，然后逐字逐句地念出了一串号码，"这是我丈夫哈利，你打这个电话就能找到他。"

"我可以向你推荐一款最高档的全自动手枪，十把崭新的VEC–44，再配上一万发装在特制弹匣里的子弹，这是我们从上千款手枪中选出的极品。"

"就这么定了。"玛丽毫不迟疑地做出了决定。

18:02：便衣侦探在停车场找到沙德的皮卡后装上了一个跟踪器。

18:31：调查局收到更多有关沙德的照片，记录显示他曾有过一些三脚猫式的抢劫案底，但最近五年好像已经改邪归正。

18:40：便衣侦探玛丽·波德科向唐·默克博士报告，确信她已经盯上了目标。

18:41：通过展台上方的摄像器，侦探海姆斯发现沙德在收到玛丽的定金后朝公共电话亭走去。

唐办公桌上的一部电话的铃声响起，哈利·秦拿起了电话。

"哈罗，我是哈利。"

"哈利，农庄里的一切还好吧？"

"好个屁！请问是哪位？"

"一个朋友，美国步枪协会年会上的一个朋友。"

"是吗？我家的老太婆正好在那儿。"

"太好了，或许我们能成为真正的朋友。"

沙德挂上电话后忍不住笑了，妈的，看来今天我要交好运了。

19:00：一辆不起眼的轿车中，警官哈珀·考宁身穿便衣，正目不转睛地注视着西·科尔法克斯的佛利霍夫家具市场。

19:30：在微软公司的大礼堂，一场盛大的烧烤晚宴向所有步枪协会成员敞开了大门。

20:01：便衣侦探玛丽返回沙德的展台。

"玛丽小姐，我好不容易从西部搞到最后一批 VEC-44，它们可真漂亮，今后谁也不敢再惹你们了，但你带够钱了吗？"

"钱不是问题，沙德先生，不过我想说的是，我用布雷特 0.25 口径的手枪可以从四十码外打中一只蚊子的屁股。"

"我不怀疑你的枪法。"沙德尴尬地一笑，"现在我们谈谈下面怎么办。千万别用笔，记在脑子里就好。明天凌晨两点，你去山脚下罗森街的那片停车场找我。不要带人，一定要自己来。我的车位号是 84，一辆小型皮卡。"

玛丽重复了一遍他的车位编号，顺嘴问道："是辆什么车？我可不想深更半夜地敲错了车门。"

"一辆蓝色的福特皮卡，田纳西州的车牌，要不要来瓶啤酒庆祝一下？"

玛丽不置可否地耸了耸肩。

20:14：默克博士收到玛丽的报告，确认交易细节并最终锁定那辆蓝色的皮卡。

21:00：香气扑鼻的烤牛排和炸鸡把美国步枪协会的晚宴送上了高潮。

21:34：警官哈珀·考宁报告，一辆崭新的奔驰轿车载着一位神秘的人物驶进了西·科尔法克斯的佛利霍夫家具市场。

21:45：经过反复权衡，奎恩把宝押在了西·科尔法克斯的佛利霍夫家具市场。在他的命令下，霍克的部队秘密封锁了家具市场周边一英里范围的交通要道。

来自各地的乡村音乐和西部民歌的歌手，以及体育明星和戏剧大师们纷纷出场亮相，之后，参议员达林的演说将这场美国步枪协会久违了的盛况带入高潮。

在集体舞的跺脚声中，翻滚的裙摆下露出了女人的大腿，狂欢的人流喝干了一间又一间酒吧。

22:00：沙德收拾好展台，离开会展中心，在伦敦德里酒吧干掉了两听啤酒。

22:25：一辆蓝色的皮卡驶离了会展中心的停车场。

22:26：便衣侦探所罗门从停车场捕捉到了追踪信号，在向其他小组发出警告后，驾驶自己的车远远地跟上沙德。

22:36：州调查局的三个跟踪小组离开停车场，向西朝着科罗拉多州的州界开去。

"我的天，州长，你是对的，他们的方向正是西·科尔法克斯的佛利霍夫家具市场。"哈利·秦的语气里充满了惊奇。

"这帮家伙怎么会蠢到这种地步？"奎恩也感到有些不可思议。

"本能。"唐插嘴道，"他们得逞过十次，第十一次他们当然想不到会出意外，这就叫百密一疏，但也许是因为群龙无首，所以才一切照旧。"

"各位注意！"扩音器中传出了科罗拉多旅游协会的提示，"为了各位的安全，我们已经在会展中心大门外安排了出租车队，哪位如果喝多了，最好搭乘那些黄色的出租车返回住地。"

歌声依然甜美，却难掩歌手的惶恐，在酒精的麻醉下，越来越多的人开始变得语无伦次、头重脚轻，惹是生非的场面不时引来警察的干预。

"别像个色狼一样盯着我太太。"

"好吧，那就告诉你太太别再用那样的眼神勾引我。"

警察把他们塞进了各自的出租车。

鬼魅的舞姿取代了甜美的歌喉，无聊和厌倦取代了友善与激情，欢乐的场面失去了爱的光环，人性的丑陋变得如此不堪入目。

"女士们先生们,姑娘们小伙子们,各位枪手同胞们,明天晚上,我们将接着举办盛大的颁奖晚宴……"

"请接州长。"
"我是奎恩。"
"侦探所罗门报告,他刚下高速公路,朝家具市场的方向开去。"
"不要挂电话。"
奎恩看着唐和秦展开的地图说道:"通知你的人,沿石油大道把车停进科技市场,然后徒步向东,在三个街区外的奥克戴尔和班科罗夫特与警官哈珀·考宁会合。记住,除非万不得已,不许开枪。"

23:30:蓝色的福特皮卡停在家具市场的门外,沙德朝敞开的大门内亮了几下大灯,然后把车开进了市场。几分钟后,在他的示意下,四辆前来交易的车辆也开进市场,停在了卸货台旁。

23:40:一辆标有米尔沃基啤酒广告的八轮货柜车呼啸着驶进市场后停靠在卸货台旁。

23:42:警察和国民警卫队在与库珀·考宁的特勤小组会合后,迅速包围了市场,催泪瓦斯、探照灯、扩音器准备就绪。

23:43:当货车后舱门缓缓打开的时候,家具市场老板弗朗茨·佛利霍夫从奔驰车里走了出来。

弗朗茨和沙德的目光落在了眼前的那套订货清单上。

"莫里森。"
"在。"
"手枪十七支,子弹一万七千发。"
"特里诺斯基。"
"在。"
"手枪六十五支,子弹六万五千发。"
"这是我的订单,二百七十支手枪,简直像买酒,实在没办法,找我的人太多。"沙德说道。

"探照灯！"霍克下达了行动命令。

强烈的光柱射向佛利霍夫家具市场，黑夜变成了白昼，眩目得犹如 UFO 发出的热焰，刺得人睁不开眼。

"里面的人听好了！"扩音器里传出霍克的警告，"你们已经被包围了，不要试图逃跑，更不要抵抗，否则格杀勿论。"

"千万别开枪！"有人大叫着跳下了卸货台，是货车司机三兄弟中的老二。他刚朝市场大门的方向跑了几步，就被他弟弟从背后一枪撂倒在地上。

"要不要炸开大门，长官？"

"该死的，这帮家伙都成了瓮中之鳖还敢顽抗。"

混乱中，武器走私犯们纷纷拔出各自的手枪，一场流血冲突似乎随时都可能一触即发。

"放下武器！把手举过头顶，都给我在墙边站好，否则我们要开枪了。这里不是韦科或鲁比·利治，更不是蒙大拿州的弗里曼，你们有三十秒时间选择，谁要敢耍滑头，那他就死定了。现在还有二十秒。"

24:15：玛丽·波德科向唐报告，宴会大厅里已经空无一人，安保和市政正在一片狼藉的大厅里清场。

24:25：巴特沃思指挥他的国民警卫队正驱车从埃尔维体育场赶往附近的会展中心。

国民警卫队抵达会展中心后包围了会场，二十名全副武装的军人和州调查局侦探进入会展中心，替换了会展中心的夜班值班人员。

"我宣布，由于本届会展已经危及公共安全和涉嫌犯罪，依据科罗拉多州宪法第六章第四节 A 款规定，我奉命包围和封锁这座建筑。"巴特沃思的声音回荡在空旷的会展大厅上空。

第三十章

特大新闻!

"我们马上联机 CNN 驻丹佛特派记者。道,听得见吗?"

"我是道·芬蒂尔,从昨天夜里到今天凌晨,科罗拉多国民警卫队和州警察部队在一场闪电行动中,包围了美国步枪协会正在集会的科罗拉多会展中心,查获了一桩特大军火走私案件。"

"有什么值得爆料的吗?"

"鉴于行动的突然性和高度机密,有关细节正有待官方的进一步披露……"

特大新闻!

"……节目暂时中止,将画面切换到丹佛。"

"我是丹佛台的阿妮塔·迈克罗尔,今天一早,美国步枪协会会展被查封的消息震惊了整个丹佛市,奥康内尔州长将于落基山中部时间下午一点整,在历史悠久的布朗宫饭店召开新闻发布会。"

《落基山新闻报》:州长奎恩向军火展说"不"

《丹佛邮报》:一个重要的地下军火库遭受重创

《今日美国》:兄弟两人在交火中死亡,已查明死亡者为货车司机。

《纽约时报》:针对整车进攻性军火,科罗拉多州警察和国民警卫队在一场突袭行动中收缴了几百支枪械,两名司机死于交火。

《纽约邮报》:枪支走私犯的下场

布朗宫饭店里充满了期待,九层楼高的中庭直达玻璃屋顶,一面巨大的美国国旗悬挂在中庭的上方。

下午一点,六十多名记者和十几部摄像机已经在嗡嗡的流言中等待新闻发布会的召开。

当奥康内尔州长走向讲台,会场瞬间变得鸦雀无声,随即爆发出热烈的掌声,几名记者忍不住站起身,直到奎恩走到讲台前,摆弄了一下麦克风,会场才逐渐安静下来。

"首先,我有个不情之请,"奎恩说,"由于我是第一次面对如此规模的新闻发布会,难免有些惶恐,何况你们有半数以上都是些新面孔,所以请在提问时报出你们的姓名和背景,好吗?多谢。"

特大新闻!

"各位眼前的画面是丹佛市中心布朗宫饭店的新闻发布会现场,讲台中央的那位就是奥康内尔州长,他左手边依次坐着科罗拉多国民警卫队司令巴特沃思将军、科罗拉多州警察部队的霍克总监、科罗拉多州调查局局长唐·默克博士——司法界知名的铁娘子。"

奎恩举起手中的一页纸晃了晃说:"我想你们都收到了这个,我也是一小时前才刚刚拿到的,现在提问开始。"

"弗农·克里克,《落基山新闻报》。"

"你好,弗农,我以为你永远都不屑于提问呢。"

"州长,"弗农停顿了一下说道,"简报上说你们是根据匿名举报采取的行动,它是不是意味着联邦政府并未参与此次行动?或者说你们是在没有联邦调查局和烟酒与军火管理局的配合下实施的突袭?"

"对不起,无可奉告,本次行动尚未结束,何况将来我们还要利用这条线索。但我相信,美国步枪协会不会放弃染指丹佛这座城市,它提醒我们一部枪支管制法案的出台是何等必要。如果在座各位于会展期间耳闻目睹了那里的一切,你们就会理解我的不安。在我看来,这场自始至终由科罗拉多州采取的行动完全是因为他们蔑视我们的主权造成的。尽管我和我的同事们都感到势单力薄，我还是决定调动所有的力量去对付他们。我们截获的军火是来自加拿大的VEC–44，比利时专利，通过五大湖区走私进了威斯康星州。多年来，延森兄弟一直在从事这种非法走私的生意。"

"你们肯定是有内线，先生。"弗农不依不饶地追问道。

"多伦多的制造商罗伊·塞奇威克失踪，佛利霍夫因为提供走私场所而被捕，同时被捕的还有参加会展的五名军火交易商。"

"州长，这么说美国步枪协会并没有参与这场走私。"《印第安部落报》记者赤塔·门德斯问道。

"至少有一个，他就是威斯康星州参议员理查德·达林。"

全场一片哗然。

特大新闻！

"奥康内尔州长指名道姓地点出威斯康星州参议员达林长期以来策划了从加拿大的走私。在丹佛国际机场，参议员发誓他是无辜的。现在将画面切换到丹佛国际机场……"

新闻发布会现场，当记者席上恢复平静后，《纽约时报》记者利·桑德斯提出了一个问题："你们是如何利用计算机网络系统从威斯康星一路追踪这批军火到丹佛的呢？"

"是的，我们充分利用计算机技术为整个行动提供了保障，至于追踪这批军火到科罗拉多的细节，恕我无可奉告。但我想说明一点，我们对伤亡的态度非常谨慎，延森兄弟是死于他们的内部火并。"

"那是否能透露一些有关VEC–44的内幕呢？"

奎恩举起一支手枪："就是它，38口径，全自动，三十五发子弹连发，枪管不过几寸，重量只有三磅。这种枪射程很短，连十码外的一头牛都够不到，但却是近距离的杀人凶器，特别适合街头火并和抢劫。"

"本次行动取得了哪些成果，州长？"

"这么说吧，我们没收了三千支VEC–44，其中五百到六百支差点就在昨天夜间的交易中脱手。他们是整个地下网络的一部分，现在已经全部就范。更重要的是，我们启动了有效的搜查和清剿行动，目前，各个行动小组正在会展中心核查所有武器的编号，已经发现了上百支非法枪支。此外，我们还拘捕了十几名各地警方通缉的案犯。"

"你们将如何处理那些收缴的非法武器呢？"

"送进熔炉，熔化后做成污水井盖，顺便说一句，凡是合法销售武器的展商都可以去展会服务总台领回他们的展品。"

"你认为从事非法交易的人从此会放弃他们的非法交易吗？"

"总会有人以身试法，"奎恩说道，"但我要向守法经营的美国步枪协会代表和它的管理层，以及所有参展商表示歉意，他们之中的大多数是值得尊敬和有法治观念的公民。不幸的是，历届枪展总有一些害群之马出现，大概每年都会有几百起这样的案例，结果闹得人心惶惶。事实上，每一届枪展都彻查每个展位几乎是一件不可能的事情。"

"你这个小人！"人群中发出一声尖叫，金·波特挣脱手下的劝阻声嘶力竭地叫道，"这完全是你设下的一个圈套。"

"女士们先生们，这位就是美国步枪协会的首席代表金·波特先生。金，很高兴你能出席本次新闻发布会。"

"别臭美了！这算什么该死的新闻发布会！你是在向我们宣战！"

"你爱怎么说就怎么说吧。"奎恩答道。

连日来，支持奥康内尔州长的呼声越来越高。突袭给渴望和谐的群体撑了腰，他们终于可以在邻里之间发生纠纷时挺起他们的胸膛。

针对不久前被州议会否决的那部枪支管制法案，在奎恩的力促下，一部面向守法公民的枪支拥有法案即将成为全美各州的第一部枪支管制法。

民调显示，无论是在科罗拉多州还是在其他州，78.6%的人支持州长的倡议，21.4%的人反对，州长的这个举动无疑受到了高度关注。

一时间，支持和反对的专家们出现在全美156个电视台的半月谈频道上，就连前司法部长马尔科姆·邓雷都不甘寂寞，成为专家辩论会上的嘉宾。

民权运动将枪支买卖视为对人权的威胁与践踏。

批评奥康内尔越过联邦调查局和烟酒与军火管理局，滥用联邦司法权限的声音也此起彼伏。

新闻和舆论乱成了一锅粥。

正当媒体将贪婪的目光转向国会时，奎恩和他的团队却异常低调。

不管辩论过后互联网上的民调是否出现反复，78.9%的调查对象对查封走私枪械表示了肯定。

这场针对美国社会顽疾的一记重拳，在媒体的推波助澜下，让奎恩·帕特里克·奥康内尔州长一夜之间成了全国瞩目的焦点。

一个月后，一位知名的戏剧明星用刻刀谋杀他太太的新闻引起媒体的注意，美国步枪协会与牛仔奎恩之间的恩怨渐渐地淡出了公众视线。

马尔科姆·邓雷不遗余力地试图挽回公众的关注度，但家庭谋杀案最终还是取代了武器和立法的辩论。

尽管奎恩远离了公众的视线，却留下了余音，而他对以往的政绩似乎也更加低调，更加迷茫，对未来充满了更多思考。

丽塔终于说服奎恩暂时放弃工作，从丹佛返回乡下。为了不被打扰，他们没有选择农庄，而是住进了马尔的别墅。

瓢泼大雨敲打在屋顶的天窗上噼啪作响，或许这是冬季来临前的最后一场雨。丽塔的手温柔地按摩在他酸楚的脖颈上，却似乎并未将他从睡梦中唤醒。

雨过天晴，空气中弥漫着一股清新，门廊前的摇椅上，丽塔和父亲惬意地遥望着远去的白云。

当奎恩身穿睡衣，哈欠连天地出现在他们面前时，他们停止了交谈。他累坏了，一个午觉居然睡了四个小时。

"看起来我的太太和我的岳父正在策划一场阴谋……对吗？不会是要干掉那个无情的州长取而代之吧？"

"有得必有失，孩子。是不是遇到了什么烦心事，奎恩？"

"什么意思？"

"四十年来，我可是第一次见你在家里做祷告。"马尔说。

"那是我和上帝之间的秘密。"奎恩说，"不过请告诉我，大人，你们怎么看我？我做得对吗？请说实话。"

"其实你知道我们怎么看你。"马尔说，"丽塔和我收到许多民主党高层的问候，他们都把你当成个宝贝。千万别得意忘形。"

"我喜欢他们的评价……"奎恩忍不住笑了。

"科罗拉多州有史以来最受爱戴的州长。"丽塔适时地补了一句。

"也许我应该去当个大使，澳大利亚或者新西兰怎么样？一个安静的使馆，没有议会给你找麻烦。"

"好啊，你最好去圣·巴特开设个总领馆，往海滩上一躺，从早到晚都能欣赏到那些大胸女郎。"

"可我对男人的那个东西更感兴趣。"丽塔说道。

"算了吧，奎恩。"马尔停止了说笑。

"先是伊朗的厄尔巴坎行动，现在又与美国步枪协会交恶，当所有的光环都褪去后，公众会认为奎恩这个人是个崇尚暴力的家伙。到时候还有谁会欣赏他？幸福的前提是和谐与昌盛，过分强调道德和平等就像是奴隶为了挣脱枷锁，代价太高。只要我们依旧保持富有，享有自由，我们就能防止瘟疫的蔓延。不管怎么说，我不会为了道德去煽动民众，那都是傻子才干的事。"

"我看你就是个傻子。"丽塔打断了他。

"那你和邓肯还有雷伊都是什么人？难道你们愿意每天清晨一打开家门，就迎来成千上万只害虫吗？"

"我没你伟大，我只关心假如有一天你远离了我们，哪怕生活再苦，我们也还是要活下去，因为是我们自己选择了这样的生活。在你竞选州长前，我就有这种心理准备。"

"不要一谈起家庭就那么沮丧，孩子们会为他们有这样的父亲而骄傲的……"马尔说。

"是我不对，虽然我一直都在追求完美。这次行动前，我想通过立法以收缴85%枪支的目的再次赢得当选，但当行动具备条件时，我不得不靠欺骗和自欺欺人来为自己解脱。我不能说实话，还要利用公众赋予我的权力从事肮脏的交易，许多人因为我几乎受到伤害，我甚至差点毁了一些天才的人生。参加厄尔巴坎行动时我很纯洁，能活着回来算是个奇迹，但策划这次行动却是蓄谋已久的，没有延森兄弟的死结果也还算完美。可我从此将走上这条不归路了吗？难道我每个决定都必须先征得这个州半数以上的人认可吗？他们真的需要一个牛仔做他们的州长吗？"

"要不要你现在都是州长。"马尔做出了答复。

"而且还是个英雄。"丽塔说。

"我爱你们，我知道你们想说什么。放心地去竞选连任吧，奎恩，我们还等着你去竞选总统呢。"说着，他紧握双拳，铿锵有力地喊道，"连比尔和希拉里·克林顿都能勇敢地面对他们的痛苦和遭遇，我又有什么可顾虑的呢？"

下卷

第三十一章

2007 年
白宫

　　自从桑顿提出对白宫进行整顿以来，白宫变了。统一的制服和统一的礼仪，上上下下再也见不到有谁还敢穿奇装异服招摇过市。

　　没有保守的共和党人举荐，实习生别想进入白宫。任何崇尚自由主义思潮的年轻人和大腿、曲线、美发，都是对白宫的最大亵渎。

　　人们相互之间的亲昵举止更是会招致被审查和解雇的厄运。

　　在严格的制度下，不管是议员、顾问、记者，还是公关枪手或院外游说集团，只要一踏进这片神圣的领地，就不能不有所顾忌。

　　当新闻中心不得不从总统办公室隔壁迁往行政办公楼时，它终于引发了媒体的抱怨。在这场媒体与总统的较量中，达内尔悟出了总统的胜算。20 世纪末媒体地位的崩溃，至今都在公众中引为笑谈。

　　作为第一个彻头彻尾的计算机行业出身的总统，桑顿雇用了一批计算机界的精英。不管是琐碎的日常事务或政府班子的任命，还是阿拉斯加的天气或议会的争斗，在这个世界上，没有哪个团队能提供如此高效的信息分析和解读。桑顿沉浸在他自己的世界里，透过眼前的一行行数据，任何民意的改变和金融市场的波动都会引起他的高度关注。

　　而"大内总管"达内尔统领下的公共关系部随时都在调整着总统与公众之间那根敏感的神经。

首届任期的清白、世界格局的变化,给总统提供了把全部精力用于巩固美国的唯一超级大国地位的机会。

如果说桑顿聪明,莫过于他聪明地悟出了人类的贪婪,他治国之道的核心,就是去迎合所有美国人都难以摆脱的人性弱点。

帕奇步入了花甲之年,尽管在长期分居下,她对总统的床榻有了陌生感,自由却让她变得年轻。身为第一夫人,她的风趣、幽默和温文尔雅常常给公众留下深刻的印象。

总统很欣赏夫人的价值,并因此赋予了她在文化交流中更重要的角色。

我怎么睡得这么死?居然一睡不醒?帕奇在哪儿?我这是在哪儿?天一亮,奥康内尔就要发表演讲了……

此时此刻,帕奇到底在哪儿?

"总统先生!"在贴身侍卫埃里克的呼唤下我总算清醒了。我指了指嘴,他端过痰盂,又递过一杯水,然后往我眼里滴了几滴药水。

"总统先生,现在才凌晨四点,落基山中部时间凌晨两点。"

我恢复常态后,立刻问起达内尔的下落,埃里克告诉我他被缠在新闻中心大概有十分钟了。"随时保持与他的联系。"我命令道。

该死的达内尔,你他妈的到底在干吗?交往几十年,这是我第一次想开口骂他。

达内尔,美国历史上第一位黑人亿万富翁,不但坐进了三十多家集团的董事会,成为黑人小区和校园中最受追捧的偶像,而且苏联刚一解体,就亲自从莫斯科为我们的T3产业挖来了二十名杰出的计算机专家。在他的劝说下,我的T3产业园成了员工的天堂、各行各业都在效仿的标杆。凡此种种,达内尔,我知道我他妈的离不开你。

达内尔对得起我,我当然要投桃报李。在我孤独的世界里,我只信任他一个,除了他,我谁都不信。如果没有他,没有他以毕生辅佐我在公众中树立纯洁又生机勃勃的形象,我能有今天吗?

1999年新年前夕,当我告诉他我要竞选2004年美国总统时,是他一马当先，为我谱写了一曲胜利的凯歌。

迎着新世纪的曙光，我们骄傲地走向白宫，却在关注、扶持、控制互联网的共识上产生了极大的困惑。

那个虚拟的世界突然冒出了三百万个自诩有作家灵感的"才子"，也为不负责任的匿名"枪手"提供了一个自由的空间。

芯片的速度越来越快，体积越来越小，一揽子解决方案和倾销成了计算机寡头的追逐目标。当市场变得像个屠宰场时，只有联合和垄断才能确保企业的生存和发展。没人能预测未来是什么样，更没人关心这场电子革命对人类的影响。

为规范二十一世纪的国际互联网准则，在达内尔领导下，一个由专家学者组成的班子拿出了一份名叫《T3产业共识》的纲领性文件。

我亲自撰写了纲领的最后一章，又资助一家知名的出版商把它推向了市场。我敢说，它在书店至少售出百万册的同时，在网上也能有一百万册的销量。我以最便宜的价格把它变成了人手一册的必读刊物，并利用我的影响，把成千上万本小册子塞进了各大学和中小学校的课堂。

就像中世纪《霍伊尔·伯克贵族地位法》的出台一样，《T3产业共识》的出台可谓恰逢其时，是我在金地毯上迈向总统大选的第一步。

我知道，我现在翻出这些二十世纪九十年代末的陈芝麻烂谷子对你们来说非常可笑，但许多时候回顾一下过去，我们才能温故而知新。

好了，啰嗦半天，我就是想说，我——桑顿，是靠自己努力而成名的清白、有良知、有进取心的企业家。

至于武装峡谷的那桩惨案，虽然发生在我的任内，但绝非我的责任，何况我在达内尔和帕奇的劝说下，已经多次向公众表达了我的悲痛和悼念。

我从开始的不知所措、尴尬到学会了同情和表达，但我装得再像，我和公众之间还是没有真诚的沟通，因为我从不曾真正体会过他们的悲伤。在惨案发生后，我依然高高在上，一副强者和忍者的姿态，难道不是所有的领袖人物都是这个样子吗？

作为一个政治人物，如果成天为水灾、台风、枪击、瘟疫、校车事故等伤心落泪，他将失去开阔的视野和领袖的胸怀。

是达内尔和帕奇弥补了我的世俗缺陷，重新树立起我再次角逐总统大选的形象。

民调显示，惨案发生后，我的支持率超过了奥康内尔州长。我希望在最后一场辩论中彻底击倒他，我发誓。我还有帕奇，历史证明我太太在公众眼中具有极大的魅力。

离2008年总统大选投票只有不到两周，我真的准备好了吗？

天有不测风云，那个奥康内尔究竟想通过全国电视网发表什么呢？

达内尔手捧一摞厚厚的文件走进来，瞥了一眼埃里克为我准备的黑色西服。"收起这套行头，"他对埃里克说，"给总统换套绿色的敞领休闲装。"

"达内尔……"

"外面聚集了很多人，需要你去给他们鼓鼓劲。"

我从不在这些鸡毛蒜皮的小事上与人争执。

"有什么最新进展吗？"

"我们刚从纽约得到消息，这个叫本·霍奥维茨的家伙可能会引发奥康内尔阵营内部的变化。他曾经是个探长，有三十年从警经验，退休后在约翰·杰伊法学院教犯罪审判。他父亲是纽约州立大学研究俄罗斯问题的教授，霍奥维茨本人擅长寻找失踪人员。"

"有他的照片吗？"

我拿起放大镜，仔细地观察着照片。

"我不确定，但他们看起来长得很像啊。还有什么？"我问。

"我亲自找教会高层中我们的人谈过，领养档案中根本没有奥康内尔完整的出生记录。两个与领养有关的人——布鲁克林的红衣主教瓦特和加里克教士都已去世，他们代表舒本·奥康内尔夫人的哥哥谋划了这桩认领,却没透露任何底细。舒本的哥哥也已经去世,曾经抚育过奥康内尔并亲自把他送往科罗拉多州的那个修女什么都不知道。"

我越听越兴奋,这是事关人性道德的大事,要是媒体知道了,还不得把他吃了。我说嘛,那个霍奥维茨和奥康内尔肯定有说不清道不白的关系。好啊,我终于可以渡过难关,用不了几天,就能再次领跑本届大选,从而实现连任的奇迹。在我看来,这一戏剧性变化远比当年杜鲁门打败杜威要热闹得多。如果能提前摸清奥康内尔想说些什么,我们现在就可以着手准备反击。

"你在流口水,桑顿。"达内尔提醒我。

"你说对了,如果他父亲是教俄罗斯问题的专家,联邦调查局一定有他的档案。"

达内尔一脸的不屑。"看在上帝的份上,千万别动那个脑筋,否则你是自己往枪口上撞,搞不好偷鸡不成蚀把米。再有几个小时我们就能知道他想干吗了,这会儿他一定正躲在角落里粉饰自己呢。等着吧,会有好消息的。"

第三十二章

2007年

巴拿马港市科隆

从巴拿马城驱车一个多小时,就到了坐落在东西半球中轴线的科隆自由贸易区。这里是南北美之间的中转枢纽,一个冒险家的天堂和罪孽的孳生地。

在这座泥泞、湿滑、乌烟瘴气和盗贼横行的中美洲小镇,每个角落和每堵高墙的背后,都隐藏着犀利的目光和贪婪的嘴脸。

来自得克萨斯州西部的冒险家莱德·皮特森面无表情地坐在一台嗡嗡作响的破风扇下。

对面那个一脸络腮胡、头顶犹太小帽、身穿祈祷披肩、耳朵上挂满耳坠的人叫摩西·罗森塔尔,他从保险柜中取出一个信封,默默地递给了莱德。

一颗经过精雕细琢、重达十七克拉的名贵钻石发出耀眼的光芒。

"这是从哪位南美独裁者夫人手里得到的宝贝?"莱德问道。

摩西讳莫如深地摊开了两手。

"打算要多少钱?"

"你是内行,应该知道它的价值,莱德。"

"我给十万,不能再多了。"

"好吧,你是老主顾了,最低十五万。"

莱德小心地包好钻石,放进上衣口袋,扣紧纽扣,又签下一张经科隆银行的汉斯·佩德罗·奥伯尔格清算所进行结算的欠条。

"这是笔好买卖,一旦转手,至少值五十万,只是有些风险。你可以去纽约四十七街找我的一个朋友,只有他才知道该如何切割这颗钻石。他是位顶级的钻石商,会以加倍的价钱收你的货的。"

"摩西,我买它可不是为了交易,我要结婚了,这是我送给我瑞典新娘的一件小礼物。"

"这礼物太贵重了!做成项链一定很美。"

"你又错了,摩西,不是做成项链,是脱衣舞娘的遮羞布,你懂什么是遮羞布吗?"莱德兴奋地说道。

他站起身,手舞足蹈地比划起来。"从左往右,左面用一串红宝石遮羞,叫一垒,右面用一串绿宝石遮羞,叫三垒,中间就是这颗大钻石。"

"你太有才了。"摩西说。

水开了,茶壶发出刺耳的尖叫声。每当此时,莱德都对摩西喝热茶的习惯感到好奇。除此之外,他很讨厌摩西手臂上的文身,那是集中营给摩西留下的烙印。还是抓紧时间谈生意吧,他品了一口摩西给他冲的咖啡,据说这家伙今晚还要去犹太教堂祈祷。

"你拉过来的还真不是什么好东西,今天一早就有人在找你的驾驶员克利夫·摩根,肯定是想空投。"

"是中央情报局的人吗,摩西?"

"那些枪准备运往古巴的马斯特拉山脉,交给那里的几支反卡斯特罗的武装。你说奇不奇怪,我记得1959年还是1960年美国人就曾在马斯特拉山脉向卡斯特罗空投过军火。"

"这有什么奇怪的,"莱德盯着窗外的瓢泼大雨说,"中央情报局历来都是古巴反叛组织的军火渠道,而我在做这生意的同时,又从这里采购到保加利亚的AK冲锋枪,然后再卖到美国。"

莱德在雨中飞奔了四十秒,湿淋淋地冲进凯莱俱乐部。克利夫·摩根正手捧半瓶酒,怀抱一个舞女坐在一张桌前。耶稣啊,莱德心头一热,难怪男人面对娇小又热情的金发美女就不能自持呢。"

"不打算介绍一下这位可爱的朋友吗?"莱德走过去问道。

"她叫楚楚,和她姐姐康迪是一对天生的尤物,最喜欢和成熟的男人打交道。"

"晚上九点或十点过来,我会替你们结清这边该结的账。"莱德掏出酒店房间的钥匙递给了楚楚。

她拿过钥匙,莱德顺手在她屁股上摸了一把,色迷迷地看着她转身离开了俱乐部。

"多谢。"他对克利夫说。

"小事一桩。"克利夫答道。他知道莱德一直想弄清楚他是不是已经分期付款买下了那架飞机。

"听说中央情报局的人正在找你。"

"是的。他们要我帮他们在马斯特拉山脉空投一批军火,付我五万美金。"

"你接下了?"

"我得先履行我们的合约,什么时候出发?"

"我还有事要办,原准备今晚走,现在又舍不得那个楚楚了……这样吧,你去向空管中心递交一份明天一早飞罗布泊的申请。"

一辆属于汉斯·佩德罗·奥伯尔格清算所的豪华轿车驶进了清算所,莱德在汉斯·佩德罗的陪同下走进一间密室,一间无论是在中美州还是南美州都最隐秘的密室。

又是那个该死的瑞士矮子克劳斯·曼弗里德在经手自己的业务,但愿他不要出什么差错!在梳理了无数大大小小的账户后,克劳斯把所有账户的钱并入了六个银行的六个账户,每个都是未经授权不得进入的账户。

"好了,我给你报一下账吧。"汉斯说,"经过核对你所有的户头,减去应付保加利亚 AK 冲锋枪的四十七万,你现在应收的是两百七十五万美金。"

"没错,另外我还应付摩西·罗森塔尔十五万。"

"确认过你的订单吗?"

"是的,今天早上。它们很快就要装船了,是一条叫卡斯珀斯号的希腊货船。还有其他应付的费用吗?"

克劳斯用计算器算出贿赂、运输和清算费用后说:"将近一百万。"

"我总共有多少存款?"

"八个户头,一共三千万。"

"刚进账的款里留五十万在我的账上,其余的我都要提现。"莱德拍着脑袋说。

"好的,我准备一下,先生。"

准备?就这点钱还要准备?你这个瑞士佬!"好吧,明天早上六点我来取款。"

又一番简短的交谈和握手寒暄后,莱德悻悻地离开了清算所。

一群强盗!骗子!他暗自思忖着,但很快想起了楚楚姐妹。她们此时一定正在等我,还有玛格丽特的遮羞布。这主意不错,他开心地笑了。

第三十三章

历史的变迁在罗布泊郊外留下了一个荒凉的角落——和撒那。

美国内战后,当火车的轨迹逐步征服了西部的沙漠,和撒那就成了垦荒者最后的水源栖息地。

一个世纪后,在石油开采的大潮中,得克萨斯州西部成了赌徒和妓女的天堂。随着越来越多干涸枯竭的油井玷污了这片土地,这里逐渐成了寸草不生的荒漠。

对那些怀揣美国梦的淘金者来说,罗布泊的荒凉和丑陋是对他们最大的嘲弄。

直到不同教派的基督徒在生存的压力下,从这里发出他们对社会的不满,和撒那之角才逐渐引起世人的关注。

这是个诡异的夜晚,莱德·皮特森通过暗语和身份识别后走进酒吧,在后排找了个不起眼的角落坐下。酒吧里新添了许多椅子,看起来像个小小的会场。

莱德朝后一仰,往墙上一靠,目光落在吧台一侧的海报上面,一个黑人被吊在绞架上。吧台的另一侧有张大照片,一个叫韦科的小镇正在熊熊烈火中燃烧[1],一把十字架挂在吧台上方,把吧台装点得像个圣坛。当三K党徒们从白色的三K党袍中露出各自的嘴脸时,会场里泛起一阵窃窃私语声。

几个俄勒冈州的光头党徒正在张贴一幅希特勒的画像。

吧台背景墙的镜子上有几个大字:神在哪里?神就在这里!

---

[1] 1993年2月到4月,美国联邦烟酒与军火管理局为查禁非法武装,在得克萨斯州韦科镇与戴维教派武装人员对峙五十一天,双方死伤近百人,号称"韦科惨案"。——译者注

十几个穿丝绸衬衣的人坐在酒吧前排,他们是信仰白人至上的雅利安基督教会新发展的传教士,每个人衬衣上的黄色十字架和法西斯"卐"字符号显得格外刺眼。

昏暗的灯光折射出这是一伙喜欢黑暗的另类。

狭小的空间坐满了以文身、络腮胡、火红的丝巾包头为特征的得克萨斯州西部民兵组织成员。

"这是个重要的会议,我们雅利安基督教会又增加了新的成员。"一名三K党徒说道。

他刚把握拳的手贴在胸前,所有人就都像他一样站了起来,"白人至上"的呐喊声从黑暗的角落飞向和撒那之角的夜空。

新入会的传教士也发出了共同的誓言:"……为了一个纯粹的美国,我们绝不允许我们的女人与异族通婚,更不能容忍我们的下一代成为异教徒和同性恋,我们发誓,以耶稣·基督的名义和他被遗忘的儿子阿道夫·希特勒的名义发誓。"

"白人至上!白人至上!白人至上!"

"现在,让我们以热烈的掌声欢迎雅利安基督新教教会的精神领袖——艾迪·杰肯斯牧师为我们演讲。"

艾迪牧师——一位身材矮小、高度近视、朴素、邋遢却又精力充沛的精神领袖,在掌声和欢呼声中迎着谦卑的敬意和挥动的手臂走向圣坛。

混乱中,莱德抓过一瓶酒倒进了嘴里。

"今天晚上,各位一定要提高警惕,不能让政府奸细混进我们身边。"牧师一张嘴就引来一片喧哗。

"放心,给他个豹子胆他也不敢。"

"孩子们,我刚从牢里出来。那是个漆黑的夜晚,为了阻止那个狗屁烟酒与军火管理局对我太太和四个孩子的恐怖袭击,我被腐败的政府以煽动暴力罪送进了监狱。在那个臭气熏天的地方,我和黄赌毒的瘾君子、性变态、强奸杀人犯、墨西哥人待了整整六个月。"

嘘声、诅咒声响成一片,捶胸顿足的发泄几乎把会场闹翻了天。

牧师挥了挥手，示意各位安静。

"那些王八蛋把我打晕，在我家留下毒品和军火，又翻箱倒柜地收走了我为抵制暴政、保护奴隶而合法拥有的全部枪支。"

一番牢骚过后，他突然话题一转："在那个危机四伏的狱中，当我遭遇人生的最大挑战时，我见到了耶稣·基督。'艾迪牧师，'他对我说，'我以神的名义找到你，希望你以受害人的身份，去勇敢地揭露政府迫害高贵的白色人种的真相。'"

蛊惑引起了共鸣，但莱德·皮特森越听越感到无聊，忍不住打起了哈欠。牧师喝了口水，会场又安静下来。

"'艾迪，'耶稣接着对我说，'1900年沙皇俄国的反犹排犹事件都是杜撰，是犹太人的阴谋。他们把几百万犹太人送到美国，船一抵达纽约和其他港口，那些犹太人就在犹太富商的资助下，迅速渗透到我们祖国的每座城市和乡镇。'"

"白人至上！胜利万岁！"

"白人至上！胜利万岁！"

"从此，犹太人垄断了媒体，垄断了商业，把好莱坞变成了他们的宣传机器。他们在银行界有像高盛兄弟、雷曼兄弟、萨克斯家族、罗斯柴尔德家族那样的金融骗子，在电视和互联网背后有神秘的犹太黑手。只要他们愿意，随时都能利用手中的金钱控制和毒害我们。他们把黑鬼们扶上台变成他们的帮凶……换句话说，到我们的女人都被他们睡了的时候，我们就彻底完了。"

说着，他举起一部被翻得破旧的《锡安长老会条约》："这小册子揭示了国际犹太组织在如何操纵这个世界，当他们买下美国的学府，控制了挪威和瑞典的评选机构，他们就成了诺贝尔奖的当然得主。"

一张张愤怒的脸上挂满了泪花。

"如今，他们不再做面朝黄土背朝天的农民，不再垂涎这片因滥采而千疮百孔的油田，他们的孩子也不再以采棉和捕鱼捉虾为生。在他们看来，只有我们这样的废物和人渣才是这片土地的奴隶。"

"所以，"牧师脱去被汗水湿透的外衣后接着说道，"在那间阴暗的牢房里,耶稣在洞悉犹太人的全部阴谋后告诉我,阿道夫·希特勒是一个真正的基督徒和爱国者。为了防止犹太人分裂他的祖国,他在军队之外成立了那支精干、骄人的党卫军,同样是为了根除犹太人,根除由魔鬼和夏娃所生的孽种,他发动了对俄国的战争。"

"胜利万岁!"

"遗憾的是,富兰克林·罗斯福却把我们的孩子送上了与犹太人和共产主义者并肩作战的战场。这是犯罪,是对整个星球的背叛。战后,被欧洲大陆唾弃的犹太人为了建立他们的前沿阵地,进而征服世界,编造了一个弥天大谎,一个所谓大屠杀的弥天大谎!时至今日,犹太佬已经混进了美国政府的各个角落,与其说大屠杀是个荒谬的谎言,不如说它为什么不是个事实?"

喝彩声、欢呼声打断了他的叫嚣。

"各位能出席这个重要会议,说明你们识破了他们的阴谋。犹太人和政府的败类一天不去除,你我这样本分的农民,几百年来每个美国家庭心目中的农庄,将像那些在内布拉斯加州、堪萨斯州和南、北达科他州的农庄一样,成为犹太金融骗子和银行的猎物。那时候,我们的生存将掌握在垄断了粮食的跨国集团手里。犹太人控制了媒体,控制了金钱,用不了多久,他们还将控制我们的饮食起居。"

一张张惊恐又绝望的脸上挂满了汗珠。

"这不是危言耸听,我亲眼见过在休斯敦仓库中的北约军车和大炮,亲眼见过落在罗斯维尔、被联邦政府掳获和藏匿起来的外星人。据我们在加拿大的兄弟透露,北约和俄罗斯军队已经在那边压境,正准备以建立世界新秩序的名义有所行动。孩子们,不能再沉默了,如今,只有我们才能阻止他们,只有我们才能拯救美国。"

第三十四章

2007 年劳工节前
普罗维登斯

　　劳工节就要到了，总统却怎么也高兴不起来。算了吧，多亏达内尔当初的坚持，T3 产业园才有了花园一样的环境，下去转转也好，总比成天待在会议室里要感觉轻松。

　　他还要去底特律，向那里的工人和厂方表达他的祝愿，但一定要在演讲后马上离开，免得言多有失。

　　今天天气不错，诺亚礁海域难得风平浪静，总统忙里偷闲地搭乘他的豪华游艇"美国佬一号"出海过了一把垂钓的瘾。

　　夕阳西下，远方传来游艇俱乐部的礼炮声，该去酒吧坐坐了。当他命令收起桅帆时，眼前浮现出了大舅子德怀特·格拉斯里的身影。

　　自从德怀特把宝押给年轻的桑顿，他的家族就迎来了明媚的春天，如今，他已成为共和党内举足轻重的大佬。

　　他是个出色的基金发起人，尤其对政治献金的分寸拿捏得炉火纯青。其实总统并不缺钱，T3 产业已经为他带来了滚滚财源，但为了编织一张更大的网，总统从未放弃要他的 CEO 们做出自己的贡献。

　　政治献金是美国政治的源动力，尽管它饱受非议，却没人能将它拒之门外。

　　酒过三巡，餐桌上响起一片惬意的咂舌声。印有总统专用标识的餐巾抹去一张张油嘴上的污渍，总统的贴身侍卫埃里克不失时机地给每位来宾送上了一条散发着柠檬清香的热毛巾。

"黑带威士忌加冰。"游艇俱乐部的雪白长裤配上靓丽的制服，两鬓斑白的德怀特依然显得很有魅力。但在桑顿眼里，政治献金和出钱越多越能成为核心的魅力，拥有三千年历史的政治献金对这个世界的影响，以及政治献金就是一场豪赌等，才是他最爱的话题，是你把它从前门推出去，它仍能从后门挤进来的话题。桑顿知道，如果他拒绝了财阀们的心意，至少在未来五年他都不得安宁。他们的家底、他们每一分钱的来源，早就通过他的巴尔道系统，进入了他设在波塔基特的那个巨大的计算机数据库。

"该死的劳工节，"桑顿一边品着杯中的酒一边咕哝着，"我老爸就是在劳工节淹死的，所以它从没给我带来过好运。"

"这两天我们的钱柜都涨破了，你还要什么好运？"德怀特打断了他，"有了这些政治献金和良好的经济形势，我们的候选人就有了造势的本钱，你也一定能以压倒性的胜利赢得下届总统的连任。"

埃里克走过来报告，达内尔正搭乘一条快艇朝这边驶来。"很好，我在等你。"桑顿对自己说道。

"德怀特，圣诞节前是募集献金和造势的好机会，所以劳工节一过我们就正式宣布参选。"他转过脸对德怀特说，"虽然过早表明我的态度会惊动对手，但我不怕他们与我争抢资金和选票，因为我不喜欢被别人牵着鼻子走。"

德怀特愣了。这么多年来，为了一个小小的心愿——在司法部或财政部坐上第二或第三把交椅，他一直在小心翼翼地维系着与这个妹夫的关系，可却从来没有摸透过桑顿。

总统很清楚格拉斯里家族的影响，却又不能不表示遗憾。"就算我是总统，也不能想做什么就做什么。例如，我想限制教皇的权力，想根治孟加拉国的水灾，想打击墨西哥和印度尼西亚的腐败，可我做得到吗？"

他走上甲板，直面蔚蓝的大海和他所谓的权力：直升机在头顶盘旋，海岸警卫队的巡逻艇正在编队护航，身边是一流的水手和特工，舱内安装了三秒钟就能拨通莫斯科的卫星电话。当发现不远处有一条满载媒体的快艇时,他立刻命令"美国佬一号"加速,媒体船在海面激流的颠簸中像一叶小舟被远远地抛在了后面。

"你是不是正急着要去约会?"总统问道。

"这不是什么新闻了,没人在乎。"德怀特答道。

"可我在乎。断了和他的来往!"桑顿的语气里透出了不快。

这是私事!每当桑顿用这种口气干涉他的私生活时,德怀特都很想大哭一场。

"我向上帝发誓,我不反对同性恋,共和党里就有很多小白脸,但那是为了党的事业。德怀特,你早晚会感谢我的。就我个人而言,任何情况下我都不允许情感代替理智。凡是踏进总统办公室的人,我一眼就能看出他是不是有了外遇。"

泪水顺着德怀特的面颊流了下来。

"看得出来,你还是舍不得放弃做我的财政主管。"桑顿说道。

妈的!我妹妹早对你在床上的那副"衰相"不满了,德怀特真想站起来挖苦这小子一番。

"好了,就这样,马上让布鲁斯从你纽约的公寓中搬出去。"

"是兰迪、兰迪,我叫他走就是了。"德怀特呜咽着说道。

达内尔的快艇一靠上"美国佬一号",两鬓斑白的达内尔就像当年球场上的扣篮高手一样,矫健地越过船舷,迎着德怀特挤出的笑脸步下了船舱。

总统迫不及待地摊开那份选情民调,达内尔一口干下了杯中的威士忌。

"德怀特怎么了?好像是被吓着了。"

桑顿抬手按下呼叫铃,又指了指自己的酒杯。达内尔意识到,一旦桑顿开始无节制地饮酒,那一定是他不想再说什么了。

"我的天,别用那种眼神看着我。"桑顿叫道,"你们快变成海军军医了。只要一碰酒,他们就像鬼一样蹦出来:总统先生,少喝两杯。知道那些军医会勾起我的什么噩梦吗?街道上跑来跑去的芭比娃娃:

'不要酗酒！不要酗酒！'"

"你和德怀特闹别扭了？"

"我刚给了他一个忠告，要么远离那个叫罗迪还是鲁迪的小白脸，要么辞职。"

"可他不光是你的追随者，还是你的家人。"

"说得对，但充其量不过是吉米·卡特那个叫驴一样的兄弟。"

"那我呢？我不也常搂着金发碧眼的姑娘去白宫赴宴吗？"

"你不一样，你现在是单身。"

"老板，德怀特和布伦达十二年前就可以离婚，是你蛮横地拒绝了他们。如今，他们分居二十多年，有权选择自己的生活。不管是不是小白脸，德怀特第一次从那个年轻人身上找到了爱。"

"太恶心了。"总统气得五官都变了形。

"总统大人，德怀特就是对响尾蛇有嗜好，美国人民也不会感兴趣。"

"我明白，明白你的意思，可看看今天的媒体，难道克林顿的丑闻都过去了吗？"说到这，他话题一转，"你是不是有事找我？"

"一些鸡毛蒜皮的小事，除非出现不可预见的天灾人祸，即使发生火山地震，明年大选你也赢定了。"

"海湾战争后乔治·布什也是这么想的。"桑顿说着，拿起了直通驾驶舱的电话，"船长，离落日消失还有多长时间？"

"大约四十分钟，特工处要求我们必须在天黑前靠岸。"

"达内尔，自从我们的父辈走后，我们很长时间没一起在海上观赏过日落了。"桑顿呆呆地看着大海说道。

"为什么要改变你的劳工节行程？"达内尔问。

"我不喜欢那个安排，而且我就是想耍耍那帮记者。我们从底特律直飞阿尔伯克基的科克兰空军基地，再乘直升机去大峡谷，观摩一个由三个大队、一千二百名雄鹰童子军参与的野营聚会。我们给他们颁发奖状，佩戴徽章，然后一起高唱《在茂盛的栗子树下》，鼓励他们争当新一代的接班人。"

"这和劳工节有什么关系？"

"听我说，建筑师即将是一个多余的行业，巴尔道系统用十五秒就能准确地把两千年来世界上的著名建筑描绘在我们的计算机屏幕上。"

说到这儿，他又若有所思地将目光转向诺亚礁，像奥森·韦尔斯在《公民凯恩》中饰演的那个临终角色一样对往事充满了眷恋。

"所以说建筑师们完了，作家们也完了，我们在几秒钟内就能复制出任何一部世界名著。艺术创作曾经推动过文明的进步，但人类开始意识到，在这个星球上，只有计算机才是最完美和最值得信赖的发明。而我，就是那个公认的驾驭了互联网的天才。"

总统终于在他既神奇又诡异的书房里完成了劳工节的演讲底稿。

在童子军中他能得罪谁呢？谁也不会！那不过是一群留短发、系领带、皮鞋擦得铮亮的半大的孩子。

当埃里克把晚餐送进书房时，帕奇也跟了进来。桑顿眼前一亮，他还从未在书房里见过帕奇这身打扮。

一条轻薄的披纱搭在她的胸前，看起来年轻了许多，但俗不可耐的珠光宝气却让她原本高挑的身材少了几分女人的魅力。

"最近刚发现一批维瓦尔蒂的音乐手稿，我要去范·阿尔登听茱莉亚弦乐四重奏的音乐会。你还好吗，桑顿？"

"下周恐怕会很难过。"

"每次你从诺亚礁回来总是疑神疑鬼的。"

"是这样吗？"

"要不要我留下陪你？"

"不，不用，去听你的音乐会吧。"他迫不及待地说道。

第三十五章

在一望无际的沙漠上空,一架单引擎的塞斯纳小飞机在热气流的捉弄下,忽上忽下地朝走私者的大本营飞去。此时此刻,莫德·特雷诺就是想打退堂鼓,也已经欲罢不能。这些该死的家伙,不是藏在人迹罕至的密林里,就是躲在寸草不生的荒原上。

她闭上眼想休息一会儿,可飞机颠簸得厉害,她只好点了支烟。

她曾经在华盛顿一家很大的律师事务所做劳工律师,嫁给同为劳工律师的莫顿·特雷诺后,她有了一个家。但她不甘平庸,十年前,她又成了康拜因集团的所谓法律顾问。

那是她在进出国会山立法委员们的办公室时引起了康拜因集团的注意,并由此得到一个确保荣华富贵的职位。

康拜因集团是个鱼龙混杂、诡异又常常践踏法律红线的组织,她的决定遭到了丈夫的强烈反对。

在机会与家庭之间,她选择了与丈夫分手。

她很快向康拜因证明了自己的价值,并以收到的报酬在弗吉尼亚州一个偏远的角落买下了一个农场。

自从女儿带着两个孩子也离婚后,她们就成了莫德生活的焦点。

她用良心换来的丰硕回报不仅有那片三百五十英亩的农场,还有豪华的跑车、耀眼的钻戒和糜烂的生活方式。

她身材矮小,其貌不扬,但那位风流倜傥的华盛顿第一提琴手却总会相伴在她的身边。只要她愿意,她随时能去勾引任何一个男人。有钱能使鬼推磨,否则挣那么多钱干吗?尽管她不允许道德感影响她的生活方式,但当一架民用客机因炸弹爆炸而在空中解体后,她第一次有了良心上的不安。

　　冰冻三尺非一日之寒，美国作为当今世界上最大的军火出口国，长期以来一直通过不同的渠道向世界各地走私军火。可那些军火去了哪里？谁能肯定那些毒刺式导弹在阿富汗就一定是用来击落苏联飞机的？如果不是，难道我们还能把它们再买回来？

　　想想军火市场的现状，道德最多也就是块遮羞布。

　　她的思路转向即将开始的会面：最近，一个叫莱德·皮特森的家伙控制了巴拿马科隆的地下军火网络，这引起了康拜因的注意。康拜因不久前刚失去两个重要的合作伙伴，其中一个被从直升机上扔进了大海。流言指向了莱德·皮特森，但谁也拿不出确凿的证据。

　　迎着布满热浪和尘土飞扬的跑道，塞斯纳小飞机总算平安地降落在洛斯·阿拉莫斯山谷中一片茂密的灌木丛旁。

　　飞机在滑行和转了个弯后，停靠在一辆瓦格尼尔重型吉普车前。

　　"莫德·特雷诺女士？"莱德迎上来问道。

　　"是莱德？我可以叫你莱德吗？"

　　"随你便，我自己都快忘了我该叫什么了。"

　　在默默的对视后，她知道自己遇上了一条老狐狸。

　　莱德冷酷的目光让莫德想起了在阿富汗和危地马拉打过交道的那些家伙，但他皮肤上的晒斑和皱纹却折射出他沧桑的油田经历。

　　"要扶你一把吗，女士？"

　　这老东西真有劲，莫德对自己说道，而且那身定做的衬衣和牛仔裤，以及那串镶着银边的绿宝石项链都表明他对穿着非常讲究。虽然他的言谈举止还算得体，但在他看似文雅的外表下，莫德仍对他犀利的目光感到有些不寒而栗。

　　经过无数弯道之后，他们一行驾车沿山路爬上一个大约一千英尺高的山丘，山腰上露出一栋别墅。别墅依山势而建，几乎悬空，山谷中的一切都展现在它的脚下。

　　别墅中有个很大的车库，里面停放着莱德夫妇的两辆奔驰。豪华的别墅惊人地将超现代艺术和西部传统风格融合在了一起，而那些名贵的油画中不但有西部作品，也有印象派和近现代派的画风。

除了五星级的半岛酒店，莫德从没见过如此奢侈的装修：明亮的大理石地面、柔软的印第安地毯、宽敞的冲浪浴缸，以及印有家族姓氏的大浴巾，就连琳琅满目的电器设备都摆放得独具匠心，简直太有品位了。

他们刚在那个能俯瞰山谷的阳台上坐好，彬彬有礼的侍者就为他们送上了饮料。莫德顺手拿起望远镜朝山谷望去，夕阳下的群山像是一幅壁画。一辆小车沿蜿蜒的山路朝别墅驶来，开进了车库。

没过多久，莱德的妻子——一个曾经在拉斯维加斯风靡一时的脱衣舞娘，带着一对女童出现在他们的面前。

莱德显出难以掩饰的父爱，说道："这是我太太格丽塔和我的两个女儿，一个叫琼，随我母亲的名字，另一个叫塔米，取自那个乡村歌手塔米·维尼特的名字。"

两个孩子从爸爸的口袋里翻出各自的礼物，又叽叽喳喳地缠在爸爸身边。莫德想起了自己的外孙们，或许只有孩子，才能拯救我们的灵魂。

孩子们在格丽塔的劝说下，总算在书桌前摊开了她们的家庭作业。这女人依然光彩照人，高高的身材，丰满得像个女神。她话不多，喜欢习惯性地用手指卷动自己的长发。

她显然是个称职的家庭主妇，可当年她又是什么样呢？肯定不是跳大腿舞的舞娘，仅凭她六英尺的身高，就应该是个全身撒满四十磅金粉，在阶梯舞台上袒胸露乳的脱衣舞娘。

两个孩子活泼可爱，也很大方，好像并不在意外人的到访。

眼前的一切几乎改变了她对莱德·皮特森的印象，难道是格丽塔影响了这个好斗的壮汉？当那个瑞典娘们儿在拉斯维加斯找到她的白马王子，而她的白马王子也把她当个宝贝后，她还真懂得回报。

去墨西哥过冬，去拉斯维加斯赌钱，要不就去纽约或者巴黎疯狂购物，小日子过得真是挺美。

莱德的手滑进了太太的裤裆。

"你们谈吧,我去安排把晚饭送到阳台上来。"

"这主意不错,我的瑞典美人,你也过来一起用甜点吧。"他拍拍太太的屁股,"今晚还要好好乐乐呢。"

莫德一惊,老家伙想打我的主意吗?刚见面就拉着我的手不放,上了车还不忘偷窥我的大腿,如果不是这家伙的身份太过特殊,一个六十岁的离婚祖母还真乐得要做出什么傻事呐。

"这白兰地味道不错。"莫德思索着说道。

"还用说,一分钱一分货,它可是酒中的极品。"

莱德从小在海边靠捕虾为生,长大后去泰勒油田赌到了他的第一桶金。经过二十世纪五十年代和六十年代的经济起飞和衰退,他躲过三次几乎破产的厄运,侥幸从无数投机者中脱颖而出。

在六十年代初,当他感到油田开采的风险越来越大,他果断地卖掉了他的所有设备和油井。

一个老谋深算的投机者还能把他的筹码往哪儿赌呢?他去了墨西哥和委内瑞拉,但那些国家的水太深,政府官员太黑,想在他们的鼻子底下靠石油发财简直比登天还难。

他开始从墨西哥向美国走私移民,当闭着眼睛都能摸清格兰德河流域的每一条小路后,他又开始涉足毒品走私。

到了克林顿时代,《北美自由贸易协议》彻底颠覆了边境贸易的格局,美国向墨西哥的大量出口取代了曾经从墨西哥进口的蔬菜、水果和廉价商品。

改装后的十八轮重型卡车源源不断地将美国制造的军火从边境警察的眼皮底下偷运进了墨西哥。

一旦这些军火进入墨西哥,它们便在走私集团的网络中,通过各种渠道流入中美洲市场。

在阳台上用餐别有一番风味,但太阳刚一落山,气温就骤然下降,他们只好躲进莱德的办公室。小小的办公室里摆了一张绘图桌,墙上挂着许多采油工人和油井喷油的大照片。看得出来,他很怀旧,年轻时也是个相当不错的靓仔。

"还不把你的酒中极品再拿出来？"

他们边喝边聊，当格丽塔领着两个孩子进来时，她魔鬼般的身材和媚态又一次引起莫德的好奇。这么迷人的姑娘居然还挡不住这老家伙的花心！

在暧昧的暗示和晚安声中，格丽塔把孩子们带出了办公室。

"好了，莫德小姐，什么风把你吹到新墨西哥来了？这些年我一直想和康拜因拉关系，可从来没能如愿。"

"不说往事了，我找你就是因为我们有了共同点。"

"什么共同点？"

"自从桑顿·汤姆特里入主白宫，美国的烟酒和军火管理局已经形同虚设。"

"没错，这家伙推崇的就是自由贸易。"

"我们在科隆的几个代理蒸发后，我们一直在关注你的举动。"

"这我知道，还是言归正传吧，莫德小姐。"

"随着走私渠道的改变，非法交易都集中到了南部和北部。北部的温哥华是东方人的天下，而我们的十八轮卡车一旦进入美国本土，就只能沿加利福尼亚的九十九号公路北上，可你却在墨西哥和墨美边境设了一道卡，这太不够意思了。"

"难道康拜因只有成为一支新北约大军的军火商才会满意吗？"

"干我们这行的谁不想呢？"

"说得不错，小姐，如果不谈我们的合作，我倒更喜欢把中国的军火卖到科隆，再把美国的军火卖到菲律宾。"

"可我们要谈的是从北部温哥华到南部阿根廷的全面合作。"

乖乖，这康拜因不谈则已，一谈惊人呀！

"包括货源？"

"当然，但条件是现金结算，利润五五分成，货源包括高射炮、重机枪、炸药、水处理、急救包、战地靴，等等，等等。"

莱德默默地打起了小算盘，只要有利可图，刀山火海他也敢闯。

"为什么选中了我？"

"你在墨西哥呼风唤雨，人脉不错，又有丰富的经验和良好的信誉，正好符合康拜因加快开发南半球军火市场的条件。眼下，古巴的三支反政府游击队、亚马逊流域的武装团伙，以及各路军火贩子都集中在加勒比海沿岸的一些热点地区。"

"你们能为我做些什么？"

"无条件提供美国军火。"

"只负责供货？边境走私完全归我？"

"是的，而且是君子协定，没有合约、信函、律师、互联网，只有诚信。"

"纯粹是黑幕交易？"莱德沉思片刻后问道。

"是的，不过有个先决条件，那就是既然这交易不能见光，你就必须有一个绝对隐秘的场所把它们储存起来。"

如果不干，康拜因完全能绕开自己，无非是再多花点钱，何况我已经买通了边境官员，不管干还是不干，他们都会贪婪地照做不误。

干旱、饥荒、地震、政变，无论发生什么，有枪才能有钱。

一份详细的行动方案打动了莱德，他伸出手，似乎摸到了那正在流入自己腰包的滚滚财源。

"只要我认可了你的仓储条件，我们就成交。"她说。

"明天我会带你去，今晚想一起睡吗？"

"我从不在第一次约会就上别人的床。"

第三十六章

莱德搂过太太,一番热吻后拍拍太太的屁股,转身跳进他的"女王号"机舱。格丽塔与莫德贴面告别的瞬间,知道那老东西要有新欢了。

在莫德心里,老家伙很像康拜因集团中那些难缠的角色,虽然她连睡觉都没敢闭上双眼,可联合毕竟奠定了他们在拉美军火市场的地位。想到这儿,她又巴不得那家伙昨晚就能拜倒在她的石榴裙下。

莱德娴熟地驾驶飞机冲上了蓝天。

早餐后,莱德才简要介绍了一下他们要去的地方。那是犹他州南部一个叫白狼的牧场,有一支全美屈指可数的号称"自由战士"的职业民兵武装,在哈德森矿业和牧业公司的招牌下,雇佣了大批当地的牧民和矿工。

牧场主兼白狼旅的头儿叫奥斯瓦尔德·哈德森,又称"无情的哈德森",是个退役的陆军军官。他从不在乎他的矿山和牧场是否入不敷出,因为他总能从莱德的毒品走私、非法移民和网络诈骗中获得充足的资金来源,而负罪在逃的武装分子都把那里当成一个安全的窝点。

飞机掠过一道道峡谷、一座座山峰,荒原中偶尔露出几株灌木,奇形怪状的岩石有些挺拔得像是男人的那个宝贝,有些像是熟睡的印第安少女,静静地躺在茫茫戈壁上。

飞机在科尔特斯一个既不受法律保护也不受法律干预的无名机场降落,他们走出了机舱。

莫德一眼就从人群中认出了那个"无情的哈德森"。他身材清瘦，两撇八字胡分外显眼，虽然是穿便装，腰上却露出两把象牙柄的银质手枪。

他们一上车，哈德森就打开他面前的战地指挥仪，熟练地敲点着屏幕，拨出一组号码，随手拿起了对讲机。

"陆虎一号呼叫陆虎二号。"

"陆虎二号明白，头儿。"一辆满载武装分子的陆虎跟了上来。

"一号基地，我是头儿。"

"这里是一号基地，头儿。"话筒里传出牧场的回答。

"我们正从机场返回基地，沿途有情况吗？"

"没有，一切正常。"

吉普车扬起一路烟尘，将路边的野草和灌木远远地抛在身后。

经过一段漫长的旅途穿过纳瓦霍县后，一道哨卡挡住了去路。三个横挎冲锋枪的大汉走过来，当发现他们的头儿就在车上时，立刻本能地打了一个立正。

"马上通知一号基地我回来了。"

"遵命，长官。"

他们在陆虎吉普的挡泥板两侧分别插上一面缀有四颗星的小旗，挥挥手，目送车队穿过了哨卡。

车队又跑了十英里，一片绿洲中露出一栋衣阿华式的维多利亚农庄，三个二十岁左右的赤着双脚的墨西哥姑娘迎了过来。

"把车上的行李搬下来。"哈德森吩咐着，在每个姑娘的脸上掐了一把，然后拉过莱德小声问道，"什么都给这个女人看吗？"

"对，都看。"

"能透露一下是为什么吗？"

"不能，你只管把我的房间安排在她的隔壁就好。"

与丰盛的墨西哥大餐相比，女佣们的大腿和屁股倒是更对莱德的胃口。哈德森走进餐厅，肥大的军装和金色的绶带、勋章一眼望去，就像是挂在衣架上的一套道具。

当"砰砰"的开酒瓶的声音都压不住哈德森对往事的喋喋不休时,莱德只好打断了他:"还是抓紧时间请莫德小姐视察一下基地吧。"

又是莫德小姐!这娘儿们是从哪儿来的?哈德森悻悻地拨弄着遥控面板喊道:"头儿呼叫陆虎二号,准备出发,我的车有问题吗?"

"没问题,头儿。"

"安排四个警卫在二号车上跟紧我们。"

在莱德心中,白狼牧场有它得天独厚的地理位置。它的三面与纳瓦霍印第安部落保留地为邻,收入微薄的部落警察在金钱和美食的诱惑下,早就成了白狼牧场的线人。如果政府要清剿白狼牧场,肯定会惊动保留地,即便是动用直升机,也必须先向保留地发出警告。

剩下的一面通向一个被称为"武装峡谷"的山涧,峡谷长约五英里,两侧是两千英尺高的峭壁。峡谷中段有一片称为"血沟"的开阔地,开阔地后两英里就是白狼牧场的后翼。

在开阔地两侧的制高点上,一个马蹄形的火力网封锁了通向牧场的最后这段峡谷。

除六门一百五十毫米的重炮和四门其他用途的火炮外,火力网中又配备了对付武装直升机的零点五毫米的重机枪和三十七毫米的高射炮。

从血沟到牧场的峡谷中设置了一道道铁丝网和路障,武装分子们还拥有夜视仪和自制的燃烧弹。

莱德很清楚,就这点实力他根本玩不过政府,但在一个对伤亡数字敏感的国家里,一两百个职业军人的生死会引起公众的骚动,政府很难有承担风险的勇气。

在火力网一英里外有个矿井,从印第安保留地到矿井之间露出了一条精心铺设的小铁路。

以铜矿和铁矿为主的采矿活动为走私提供了掩护,一列矿车在昏暗的光线下缓缓地驶进峡谷,沿一条隐秘的岔道驶向一个矿洞。

他们爬上矿车,在狭窄的巷道中前行了大约两百码,眼前豁然出现一个巨大的山洞——一个能容下泰坦尼克号的岩洞套岩洞的山洞，洞里堆满了为战争准备的军火、装备和军需物资。

哈德森在众目睽睽之下亮出了他的看家之宝——十几枚从阿富汗叛军手里回购的导弹。当年在阿富汗上空被击落的苏联飞机中，有一半是被这种毒刺式导弹击落的。

在牧场地窖的地下室里，巨大的军用地图上标满了"死亡之角"周边地区随时可能会爆发的武装冲突。

一台老旧的计算机上留下了爱国者们的通信记录，其中有雅利安基督教会和丛林中的武装民兵组织，有详细的军火交易和枪械展览会，有鼓吹枪械立法和宣扬仇恨的理论根据。

在莫德看来，哈德森豢养的人不会超过二十个，但他真敢吹，居然号称任何一个周末都能在他的牧场集结起上千名所谓的爱国者。且不论他的话的真假，光天化日之下像这样的阴暗角落又有多少呢？

哈德森打发走了部下，得意地往他的大办公桌后一坐。桌上摆满了五颜六色的电话，他身后的巨幅海报上的人正是那个制造了俄克拉荷马联邦大厦爆炸案的凶犯蒂莫西·麦克维。

一个墨西哥姑娘送来了甜点和咖啡，她打开一个暗藏的酒柜，带着挑逗的神态经过莱德身边，莱德顺手在她的屁股上掐了一把。

莫德走南闯北，阅历无数，今天的所见所闻却实在令她有些难以置信。

"这是我一手创立的王国，"哈德森在感到了她的疑虑后说道，"所以每个人都会心甘情愿地随我去下地狱，因为他们是同陆战一师、海军陆战队和海豹突击队一样的爱国者。此外，我还统领着'死亡之角'周边地区的十几支民兵武装，如果能与全国上百支民兵武装联合作战，别说是拿下几个影城，就是攻打金门大桥、林肯隧道、国会山、新奥尔良圆顶体育中心都不成问题。"

他吹得口吐白沫，在给自己又添了杯白兰地后用手擦了擦嘴角。

"那你到底想打哪儿呢？"莫德调侃地问道。

"胡佛大坝。"他居然毫不犹豫就给出了答案。

"怎么打？"

他干咳两声，神秘地说道："我正在研制一款遥控鱼雷，一旦接到指令，就把它射向密德湖，然后在大坝底部引爆。"

话题又转向越南战争，按照哈德森的说法，他本应在越战中晋升为上校。"我的营奉命围剿粉岭山下的一个村庄，正当我们要攻占粉岭的时候，你猜怎么着，我的膝盖突然出了问题。那是在密歇根州打橄榄球时留下的毛病，一些体育评论员当时就惋惜美国又少了一位全美橄榄球明星。可这一次，我那倒霉的膝盖又让我丢掉了一枚该死的国会勋章。我的弟兄们快崩溃了，他们个个都对我忠心耿耿。"

整个下午，莫德都待在自己的房间里，就在她犹豫不决的时候，莱德从通向隔壁的那扇房门后走进来，拉过一把摇椅坐到了她的身边。

"别把他当成个疯子，"莱德说道，"他是做给手下人看的，何况这里还窝藏了那么多逃犯。"

"还是你了解我，我确实看不透这个家伙。"她说道。

"可你有更好的选择吗？如果没有，就只能和这个貌似疯子的家伙打交道。不过莫德小姐，你完全可以不再见他，因为我才是他的主人。记不清是你还是我曾经说过，只要你我之间相互信任就够了。"

呵呵，信任？她感到好笑。从踏进这个行业的那天起，她就再没信任过任何人。她的对手根本就不值得她信任，那不过是些"人渣"和"混混"，除了拥有一辆破旧的皮卡，终日在路边的酒吧里厮混，对他们身外的世界又了解多少呢？

可就是他们，却成了这个国家无法摆脱的噩梦，追根溯源，责任全在政府。

"我能不能不再来这个鬼地方？"感谢上帝，有莱德在，我总还有个依靠。

"莫德，开弓没有回头箭，除非你真的后悔了。又不是要我们亲自去杀人，何况我们不干马上就会有别人去干。从人类使用木棍和石头相互残杀开始，到发明了弓和箭至今，战争就一直陪伴着人类，而这一切，都是因为人性的贪婪。"

"好一副杰斐逊主义[1]嘴脸，你照镜子的时候会不会朝自己啐上两口？"

"会啊，可就一次，那是我在巴拿马和一个犹太佬做珠宝生意，发现他手臂上有个文身烙印的时候，权当是为了哄他们开心吧。"

莱德刚一离开，莫德就在她小小的房间走廊上踱来踱去，又陷入了沉思。平心而论，这地方不错，莱德也很能干，只是那个疯疯癫癫的哈德森让她有些担心。

更何况她还没确定谁才是这里真正的头。

每当良心受到冲击，她总能为自己开脱，但这一次她犹豫了。

看来良心容易让人变得脆弱，变得儿女情长，还是莱德说得好，我们都不是圣人，人类需要什么，我们就提供什么，哪怕是一顿嗜血的盛宴。

一定是午餐时酒喝多了，她感到恶心。呕吐声惊动了莱德，他冲进房间，趴在马桶上的莫德小姐实在谈不上性感。

"头低下，对准马桶，小心别吐到外面，好受点儿吗，亲爱的？"

"嗯嗯……"

"见鬼。"莱德返回自己的房间，叼上烟斗，隔壁传来了淋浴的哗哗声。这娘们儿还算识趣，否则谁受得了她那身怪味！

当莫德出现在他身边时，身上散发出一股扑鼻的香气，看来他的格丽塔也该换个牌子的香水了。

他色迷迷地想起了他的宝贝。

院子里传来了"呜呜"的狼嚎声，头儿和他的部下正按惯例履行每天的降旗仪式。白狼旗徐徐地落下旗杆，头儿强打精神，在可卡因的刺激下，东倒西歪地朝天举起了枪。

"呜呜"声激起爱国者们的共鸣，"突突"的枪声响成了一片。

---

[1] 托马斯·杰斐逊，1743—1826 年，美国政治家，美国第三任总统，《独立宣言》的主要起草人。——译者注

喧闹引起了远方一只真正的孤狼的不满。

晚饭时间到了,但莫德和莱德都没有胃口。在莱德的房间里,他们谈论起那个依然沉浸在毒品麻醉中的疯子哈德森。

"我今天真开眼了,他就像个恶魔,可我也不是圣人。"

"什么恶魔不恶魔的,还色魔呢。"

"谁是色魔,你吗?"

"是不是我先玩玩看。"在大麻的作用下,恶魔变成了色魔。他把她扔到床上,踢掉了自己的靴子。

"说心里话,莱德,你这人不错。"

"也就是披了张鳄鱼皮。"

"还等什么?牛仔,来吧。"

"嗯……呃……喔……哦……"他哼得挺诱人。

"呜……啊……嗷……耶……"她叫得也不错。

第三十七章

2007年9月1日，星期六，劳工节
死亡之角

清晨，雄鹰童子军的营地刚迎来第一缕曙光，起床号就激起一片抱怨。四百名童子军衣冠不整，许多人连鞋也没穿就朝着峡谷中的蒙特苏马河跑去。

"太阳都晒屁股了，还不快点！"在领队们的呵斥下，四百个孩子纷纷解开裤子，山涧的岩缝中溅起了一片片尿花。

这是一队在荒原上走了三天的童子军，计划两天后抵达峡谷中一个叫"墨西哥草帽"的制高点。

另有两队童子军正从不同的方向朝"墨西哥草帽"集结，等他们会师后，这支占全国雄鹰童子军四分之一的一千二百人大军将举办一场盛大的狂欢，届时不光有划船、漂流、技巧和耐力比赛，还有歌咏和篝火晚会。

总统也会准时飞抵现场，并在周一的开幕式上致辞演讲。

汉克·斯凯是个老领队，在童子军中威望很高，此刻，他正在大家的注视下，盯着眼前的地图沉思。他身材消瘦，一举一动却充满了坚韧和活力，就连他身上那股刺鼻的熏肉味都散发着诱惑。

他抬手看了看表，清晨五点整。

"昨天，我们没能完成原定的计划，那些半路抛锚的卡车打乱了我们的行程，如果照原方案继续沿这条峡谷走下去，明天我们肯定到

不了墨西哥草帽。"

"但如果改走武装峡谷,我想我们至少能少走九英里半的路。"

他细长的患有关节炎的手指划过了地图。

"那条峡谷会通向哪儿呢?"

"哈德森矿业和牧业公司,一片荒芜的牧场。"

"听说那儿有个民兵训练基地,而且从不欢迎外人靠近。"

"是啊,我用手机联系过他们,可没人接我的电话。"

"韦伯,"他朝科罗拉多州童子军领队点了点头,"我曾多次从空中飞过那条峡谷,有一次还顺着峡谷往里飞了三英里,直到一个叫血沟的水潭上空。除了风化的山石可能松动外,应该不会有其他危险。"

"可如果跑到牧场又被拒绝通过怎么办,汉克?"

"那只好先返回血沟,再顺着羊肠小路翻过峡谷,峡谷那边就是纳瓦霍部落保留区,我们还是能少走许多路。"

"要是有人受伤呢?"

"好办,我们在法明顿不是留了架直升机嘛。"韦伯插嘴道。

人群背后响起了鼠标和键盘的敲击声,布拉德·布拉德利正试图在他的个人计算机上找到更多有关白狼牧场的信息。

"见鬼,谁那么大胆?"汉克发火了,"要那么多卡车是干什么的?不是只为了装背包、炊具、计算机、地面卫星接收器的。我们是大名鼎鼎的雄鹰童子军,万一谁出了意外,没有直升机怎么行?"

他说得没错,五年来他一直都对,今后也不会有错。

他们卷起帐篷,打好背包,把厨具和辎重装上了车。为了顺利地穿过那条五英里长的峡谷,每个队员只能携带两壶水,为此,谁都希望到了血沟附近能找到饮用水源。

全体集合!在一张张稚嫩的面孔前,走来走去的汉克通过便携式喇叭发出了他的动员令:"与其他两队比,我们这个队代表性最强,几乎代表了美国各州的优秀成员,所以,我们必须第一个到达指定地点,不能做孬种!"

"都听清了吗?不能做孬种!"

"不做孬种！不做孬种！"

"要争第一！要争第一！"

队伍在切斯特·斯凯——汉克的孙子，一个西部的优秀的童子军成员——和汉克的率领下，越过小溪，朝着武装峡谷走去。

每当作为开路先锋走在队伍的最前面，切斯特都难免有些得意，但他知道，这恐怕是爷爷人生中的最后一次强行军，想争第一可要拿出点勇气。他很清楚什么叫勇气，小时候，他曾经因为生病而差点瘫痪，就是靠着超人的勇气和毅力才有了今天。

一条狭窄的山谷出现在眼前，谷口警告牌上书写着几个清晰的大字："死路！""危险！""严禁进入！"面对陡峭的山崖和横七竖八的铁丝网，不安和疑虑取代了欢歌笑语。

"这就是我们要穿越的峡谷吗？"布拉德困惑地问道。

"我们是美国公民，这里也不是私家重地。"为了迎接人生的最后一次挑战，也为了在童子军的史册上留下一段光辉的记录，哪怕前面的路再险，他们也要勇往直前，争创第一，这就是汉克的答复。

他们刚走进峡谷，就被一块巨大的岩石挡住了去路。切斯特爬上去，站稳后把手伸向爷爷，在把爷爷拉上去的那一刻，他们会意地相视一笑。爷爷老了，但老骥伏枥，志在千里，孙子虽小，却已是长江后浪推前浪，一代更比一代强。

他们义无反顾地朝着峡谷的纵深处走去。

红机子的铃声吵得他心烦，哈德森赤条条地爬起来，抓起电话，拔掉电话线，顺手把它扔出了窗外。

姑娘们又跑了，这星期他已经两次被丢下不管，看来得找个男仆来照顾自己，就说今天，他连穿衣服都感觉无力。

他摸起象牙柄手枪，往腰上一挂，感觉好了许多。见鬼！怎么没穿裤子？手枪"砰"地掉到了地上。

在急促的敲门声中，他把两条腿穿进了一条裤筒，刚一站起来，就脸朝下摔了个嘴啃泥。

"你这狗娘养的王八蛋！"军士弗洛伊德成了他的发泄对象。

"对不起，长官，七号哨位报告，峡谷入口处沙尘飞扬，可能有情况。"

"怎么才上报？"

"我打过电话，可你没接。"

"通知所有人员，红色警报，全体进入马蹄形防线。"

"我已经通知了，长官。"

"妈的，谁给你的权力？"

在走廊的另一端，莫德已经返回自己的房间，可莱德依然沉浸在幸福的回味中。上帝呀，那老娘儿们真有一套，什么时候我的格丽塔也能学会她的叫床和粗野呢？格丽塔的端庄和腼腆就像是拉斯维加斯的酒店里的那些雕塑。

楼道里乱成一团，莫德沐浴后穿好衣服，满脸疑惑地走进莱德的房间。

"出事了。"哈德森风风火火地闯了进来。

"耶稣啊，让我先把裤子穿上好吗？"

"峡谷里尘土飞扬，肯定有问题。"

"嘿，哪个峡谷里不是尘土飞扬？"

"难道是群野牛？"莫德猜测道。

"肯定不是，现在也不是多风的季节。"

"头儿，会不会有谁从墨西哥赶来一群牛想藏在这儿？"军士弗洛伊德要起了小聪明。

"不会，没人能赶着一群偷来的牛从亚里桑那州到犹他州而不被人发现。军士，去把头儿的车备好，我们随后就到。"莱德说道。

他们沿陡峭的山路在山头前五十码的地方刚一下车，哈德森就一边大叫着，一边朝正在集结待命的十几名武装分子跑去。

莱德举起望远镜，那双从未错失过任何油井的鹰眼很快就发现了目标。"对，他们在那儿，正在血沟旁休息。"

"谁？有多少人？"哈德森问道。

"我说,你最好去会会他们,不管是放他们过去还是让他们原路返回,都先把你那身皮换掉,免得他们起疑。"莱德小声说道。

"狗娘养的,还轮不上你来教训我。"

莱德伸出手,一把提起了哈德森:"难道你想在光天化日之下指挥你的人马在这条沟里闹出人命吗?如果真有谁想袭击你,五分钟就能让你全军覆没。少说废话,还不快下去。"

"嘿!你!"哈德森用手一指。

"我是预备役军士巴克·琼斯,长官。"

"马上下去把那些人给我轰走!"

"不,长官,我可不想去找麻烦……"他颤抖的话音未落,一颗0.45口径的手枪子弹就封住了他的嘴。哈德森的目光扫过其他爱国者,山头上出现了一阵骚动。

莱德拉过莫德,附在她耳旁小声说道:"看来这家伙疯了,我们得赶快离开这个鬼地方。我去想办法夺支枪,等我一开火,你就跑下去发动那辆陆虎,我下车时注意到那家伙没把车钥匙拔下来。"

峡谷中又扬起一片沙尘,哈德森正面对失控的局面发呆。莱德抓住机会从身边一个爱国者手中夺过一支冲锋枪,拉开枪栓,子弹居然卡在了枪膛里。

"王八蛋!你想干吗?"哈德森尖叫起来。

莱德把枪一扔,摇头叹道:"我经手走私了二十万支这种款式的枪,可偏偏让我赶上了一支卡壳的。"

"杀了这两个王八蛋!"

在哈德森的命令下,爱国者们举起了枪。枪声过后,莱德和莫德被打成了筛子。

童子军们正在峡谷中段的血沟旁做水源测试,经过加碘和化学处理,水质达到了饮用标准,却难掩水中的一股怪味。

所幸陡峭的山崖遮挡了强烈的阳光,所以尽管天气很热,探险者们还是从冰冷的岩石上感受到阵阵清凉。

他们越过一块块岩石，爬过一道道绝壁，在耗尽精力和汗水后，总算走完了第一段三英里长的峡谷。

但孩子们累坏了，就连切斯特也开始一瘸一拐，可当他再次与爷爷相视一笑时，目光中流露出的依然是不灰心、不放弃。

爷爷老了，如果真要去绕道血沟外的那些羊肠小道，他无疑会有更大的麻烦。此时此刻，一想起自己当初的那个决定，汉克也感到一阵后悔。

侦察小分队在跑出半英里之后带回来一个好消息，最后那段两英里的峡谷看起来相当平坦和安静。

是继续前进，跑完剩下的两英里峡谷直达牧场？还是改走羊肠小道去爬两千英尺高的山路？或者干脆原路返回，搭乘他们的卡车前往聚会地点？童子军领队中出现了争议。

返回固然安全，但已经跑了那么远，不能前功尽弃。

改走羊肠小道去爬两千英尺高的山路？谁都明白那对汉克来说就是一道难以逾越的障碍。

"现在集合，继续前进，目标是哈德森牧场的后翼。告诉孩子们，尽可能排成两路纵队，我们很快就会走出峡谷了。"

哈德森仿佛又回到了战场上，就像当年的乔治·巴顿将军那样，正指挥他的千军万马构筑起一道不可逾越的防线。

"瞧，他们上来了。"他喃喃地自语着，向他的机枪火炮阵地发出了准备战斗的警告。

"耶稣啊，看样子有一个师。"弗洛伊德倒吸了一口凉气。

"不留活口。"哈德森从牙缝里挤出了几个字。

长长的行军队伍像蚂蚁似地从血沟爬向了白狼牧场。

"报告，他们好像并没有携带武器。"弗洛伊德说道。

"他们一定是把自动手枪都藏在他们的背包里了。"

"怎么还穿着短裤？咦，他们穿的是童子军的制服。"

"那都是伪装。"哈德森不耐烦地打断了他，"我看他们像是海军陆战队，至少像是陆战一师。"

他居高临下，眼露凶光，死死地盯着眼前的两路纵队钻进了他的口袋——一段狭窄陡峭的山路。

"昨天晚上我们还有五十个人，怎么现在只剩十几个了？都他妈的去哪儿了？"

"都吓跑了。"

哈德森痛苦地哼了一声，一捂脸跪倒在地。两名爱国者跑过来扶起他，大敌压境，他们正在等待他的命令。

"开火！"

狭窄的山路上扬起一片烟尘，入侵者在枪声中纷纷倒下。

阴谋的犹太佬，为了荣誉和上帝，这就是无情的哈德森给你们的教训。都瞄准了打！开火！开火！开火！

四挺重机枪喷出的火舌和呼啸的迫击炮、加农炮弹瞬间把峡谷变成了地狱。

战争！他妈的战争！谁说我得不到那枚该死的国会勋章？

震耳欲聋的枪炮声后，峡谷里硝烟弥漫、飞沙走石，到处落满了斗大的碎石和塌陷的山岩。

"哈哈！这帮傻瓜！除了鬼哭狼嚎就只会抱头鼠窜！"

一块巨大的山石滚下了山崖，蹦蹦跳跳地被撞得粉碎，像道瀑布一样泻进了峡谷。

可怜的孩子们还没从枪林弹雨的噩梦中清醒，又被峡谷两侧雪崩似的山体滑坡惊呆了。

二十英尺，三十英尺，滚落的山石越堆越厚，峡谷里渐渐失去了生命的迹象。

上万吨倒塌的山石形成了强烈的冲击波，它沿洞穴和地裂释放能量，撞上了那座巨大的、隐藏着八百吨炸药的岩洞……

矿山在火光和爆炸声中飞上了天，碎裂的岩石雨点般落了下来。

那幢衣阿华式的维多利亚农庄眨眼间变得面目全非。

马蹄形防线上传出了爱国者们的哀鸣。

弹药库中的炮弹、导弹和成批的军火在雷鸣般的连环爆炸中化为灰烬。

大地恢复了平静，静得能听见死神的问候。

第三十八章

2007 年 9 月 1 日，星期六，劳工节
南威茅斯海军航空兵基地

为避免引起空中交通管制，总统座机"空军一号"没有选择波士顿和普罗维登斯机场降落，而是停在了南威茅斯的海军航空兵基地。

登机后，桑顿走进办公室，摊开劳工节讲稿，他必须确保给童子军的演讲不出差错。

随行人员在狭小的机舱里显得比在白宫还忙，但达内尔不敢大意，按常规又检查了一遍他们的工作和行程安排。在窗外约两千英尺的下方，一架满载新闻记者的专机拉出一道白烟。

总统的贴身保镖洛克刚一拉开总统办公室的第一道舱门，达内尔就冲了进来。

"洛克，没我的同意，不许任何人进来，我和总统有事要谈。"

达内尔用毋庸置疑的口吻说道。

多年来，洛克已经习惯了不该说的不说，不该问的不问，他机械地点了点头。

"总统先生。"每当有第三人在场，达内尔对桑顿总是一副毕恭毕敬的神态。

"一切还好吗？"桑顿问道。

"情况不妙。"

"你看起来很吓人，出了什么事？昨晚和人打架了？"

"我们刚接到一个可怕的报告，一队经过大峡谷的童子军遭遇了山体滑坡。"

"我的天，什么时候？"

"大约四十分钟前。根据纳瓦霍部落警察的描述，就像是发生了一场核爆。直升机在出事地点遇到了巨大的蘑菇云，无法靠近。"

"天哪！"洛克情不自禁地叫了起来。

"有多少人遇难？"

"暂时还不清楚，正在核实。我已经要休在'死亡之角'展开紧急救援，目前外界对此仍一无所知，但那架专机上的新闻记者好像嗅出了什么。"

"他们的嗅觉总是比狗还灵！"

"休知道怎么对付他们，等我们掌握了伤亡细节，你就能在第一时间向公众公布这一消息。"

幸亏这是个意外，媒体也还蒙在鼓里，否则难免又是一场轩然大波。为了打消党内那些野心勃勃的浸信会教徒对2008年总统大选的窥伺，桑顿正准备发布他要竞选连任的决定。

就在桑顿陷入沉思时，休大汗淋漓地闯了进来。

"根据中情局卫星侦察显示，倒塌的山体长达两英里，成百万吨岩石将峡谷夷为了平地。"

"峡谷里有多少孩子？"桑顿和达内尔不约而同地问道。

"还不能确定，总统先生，但他们总共有一千五到一千六百人，分成三支队伍，准备在一个叫墨西哥草帽的地方会合。"

"该死！一千六除以四，每支队伍有四百人，但这也不意味着就没人能生还。不管怎么说，对于这场意外，我要表达我由衷的震惊。"

我的天，他怎么摆出一副迫不及待要赶往"死亡之角"的架势？难道他将在那个地方发布他要竞选连任的决定？达内尔愕然了。

就在达内尔仍深陷噩耗的打击不能自拔时，总统已经和休将"总统一号"变成了白宫。源源不断的决定和命令飞向了武装部队，飞向了与事态有关的各个部门。

越来越多的报告表明事态正在恶化……

"我的上帝,总统先生,互联网上晒出了犹他州霍文卫普国家纪念碑附近那段峡谷的照片,主要信息来自国家地理网站。"

"总统先生,看来你要对那架专机上的新闻媒体有所交代了。"

达内尔嘶哑着嗓音说道。

"总统先生,负责后勤保障的卡车司机报告,他们那队童子军在变更了行程路线后于清晨进入了武装峡谷。"

"有多少人?"

"还不清楚。"

"总统先生,据童子军总部确认,进入武装峡谷的孩子们和他们的领队来自全美三十七个州,一共四百人。"

"先生,与媒体专机的电话接通了。"

"各位,我是桑顿·汤姆特里,在犹他州霍文卫普国家纪念碑附近的峡谷里,一场突如其来的山崩,将步行前往墨西哥草帽的一队童子军困在了灾害发生地。我和我的空军一号正飞往阿尔伯克基,按计划,我原准备在那儿发表我的劳工节演讲。现在,我要求我的祖国和人民携起手来,为那些不幸的孩子们送上我们的祷告。"

由白宫办公厅主任托尼·里佐利和达内尔·杰斐逊、休·门登霍尔,以及总统政治顾问雅各布·特恩奎斯组成的一个特别小组直接向总统负责。

——遇难者名单……
——法律专家界定政府责任……
——政治顾问雅各布做出灾难对政治影响的评估……是在危机当前仍表明自己的连任决定呢?还是该等事件过后再表态?

"在尚未掌握更多的细节前,我们只能向各位透露这些。"

"血压高了,还算正常。"总统的私人医生华尔在检查了总统的血压脉搏后说道。

"副总统在哪儿?"

休快步走进拥挤的机舱,附在桑顿耳边嘀咕了两句。

"特别小组留下,其余的人先回避,没我的同意谁也不要进来。"

舱门刚一关上,休的表情就变得异常难看。

"我和纳瓦霍部落的警察总监通了电话,他派出六架直升机,降落在峡谷中一个叫血沟的地方,一个十人小组在那儿撞上了一堆五十英尺高的塌落的山石。

"他们爬上一个制高点,观察后没有发现任何生命迹象。据居住在那个地区的几百个居民描述,上午七点半左右,峡谷中传出了激烈的枪炮声。"

"你是说那是一场人为的爆炸?"达内尔问道。

"根据纳瓦霍部落的警察报告,该地区属于一个叫白狼的牧场,也是'死亡之角'民兵组织的总部。"

总统的私人医生又一次测量了总统的血压后,取出注射器,吩咐总统尽快脱掉裤子。

"跟随我们的摄制组是哪家电视台?"

"哥伦比亚广播公司。"

"通知他们做好准备,十分钟后我要讲话。"

"最新消息,总统先生,纳瓦霍警方的报告得到证实,峡谷中可能已无人生还。"

"女士们先生们,这里是盐湖城 KTM 电视台,我是拉里·默顿,在直升机一号上向各位播报。武装峡谷上空烟尘弥漫,虽然峡谷中塌方和滑坡不断,已经没有生命迹象,但救援队和医疗队仍在试图进入峡谷。让我们飞低一些看看,我的天,下面像是发生了一场核爆,所有的建筑和矿山都变成了废墟。

"现在播报中断,画面切换到正飞往新墨西哥州阿尔伯克基的空军一号上,总统要发表讲话。"

"亲爱的同胞们,我们的国家刚经历了一场灾难,一队来自三十多个州的约四百名雄鹰童子军队员和他们的领队，在徒步穿越一条峡谷，前往鲍威尔湖参加一个童子军大会的途中，不幸遇上了山体崩塌。到目前为止，我们未发现任何幸存者。这个悲剧让我感到意外，我们有充分的理由相信它不是天灾，而是源于一个叫哈德森矿业和牧业公司发动的一场攻击。由于整个牧场也在这场灾难中毁于一旦，我们一时还无法获知灾难的详情。当我们的国家和人民正处在悲愤中时，我们更要化悲愤为力量，做出正确的判断。

"我已经下令，启动了有史以来最大规模的彻查，以便在几周内向公众交出一份初步的调查结果。

"美国是一个民主传统悠久的国家，没有挑战、流血和牺牲，就没有它的强大和昌盛。

"我们的敌人将利用这个不幸来证明美国的衰落，但我们不是他们，我们在哪儿摔倒了，就一定能在哪儿再爬起来。

"作为你们的总统，我恳请你们，向那些遇难的孩子们的家属张开你们的双臂，把你们的祈祷、关爱和力量带给他们。

"如果你们对这场悲剧的起因表示困惑，我想说的是，或许它源于多少代人的纠葛，而那些纠葛将促使我们反思我们的历史。

"不管怎样，这场悲剧发生在我的任内，我必须对此承担责任。

"主啊，请在黑暗中赐予我们光明，那些勇敢的孩子将用他们的生命照亮我们的前程。"

"我是美国有线电视台丹佛记者站的亨利埃塔·乔斯林，政府为遇难者家属开通了以下免费咨询电话，飞往阿尔伯克基和圣达菲的航班正在为遇难者家属提供免费机票，往返丹佛和盐湖城的班车明早就能运行，'死亡之角'的酒店和汽车旅馆已经做好了接待准备。"

总统总算让自己和达内尔都喘了口气，但达内尔步履蹒跚，突然老了许多。我们能以上帝的名义干些什么呢？

毫无疑问，在桑顿看来，该悲伤的也悲伤了，现在重要的是如何才能从困境中摆脱出来。

媒体肯定会指手画脚,这是难免的,而民主党人又要用中指向共和党人致敬了。

桑顿对枪械法案的辩论向来低调,但他对私人持有枪械的态度和民兵组织的纵容却是有目共睹。自从他担任总统后,他与达内尔在枪械管制的立场上常常出现分歧。

"你不能制止移民走私,不能制止毒品走私,凭什么就认为我们能制止枪械走私?"每当发生争执,桑顿很会以退为进。

"可你总不能在这个张牙舞爪的魔鬼面前说:'算了吧,有什么办法呢?伙计,由它去吧。'这可不是一个文明国度的态度,是魔鬼就应该铲除。"

"好啊,达内尔,那就做个正人君子,眼看着中国和他妈的法国抢走我们的军火生意?"

"我们不是中国,更不是法国,我们是美利坚合众国!"

"说得不错,但即使我想这么做,我也摆不平国会……所以还是正视现实吧,何况它已经是我们的底线。"

达内尔常常为此感到气愤,他知道桑顿早晚会有麻烦,他们的分歧甚至威胁到了他们的友谊和合作。但每当达内尔想离开桑顿的时候,又在桑顿的诱惑下留了下来。他是个天才、一个了不起的人物,而自己什么都不是,离开桑顿意味着自己将变得默默无闻。

桑顿要利用这场令人发指的暴行引起世人的关注,自己该怎样才能帮他渡过难关呢?

"我们需要一个计划、一个周密的计划。"桑顿说道。

见达内尔没吭声,桑顿疑惑地看了看他:"难道你……"

"我不知道!"达内尔答道。

"越是如履薄冰就越是要小心。"

"你又在打什么主意?"达内尔问道。

"我们需要一个计划、一个计划。"

休走进来,虽然只穿了件衬衣,却依然汗流浃背。桑顿不禁皱了皱眉,他怎么总像个套在枷锁上的黑奴?

"总统先生,这是初步的民调统计资料。"他扬了扬手中的报告。

"这么快,是谁炮制的?"达内尔问道。

"沃伦·克罗德,爆炸发生十分钟后他们就在车站、保龄球馆和购物中心做了民调统计,然后将结果传给了他的华盛顿总部……"

"又是那个婊子,戈尔·利特尔-克罗德。"总统骂道。

"……统计结果不坏,先生。"休说,"你看,事态的严重性:97%认为非常严重,2%回答不知道。是否该归罪于枪支管制和民兵组织法的缺失:62%不知道,33%同意,7%不同意。总统该不该承担责任:应该和不应该都是30%。国会该不该承担责任:应该50%,不应该37%,不知道的……还有对四十岁以上白人男性态度的调查统计……"

"好了,休,把报告放下吧。"达内尔打断了他。

"桑顿,我认为我们可以做两件事:一是向国会表明态度,在承认我们没有对枪械管制和民兵组织的引导给以足够重视的同时,把责任推给国会,包括那些阻挠枪械立法的民主党人。我相信我们只要一表态,就能立刻在国会引起轩然大波。那些议员都不傻,谁都知道自己该扮演什么角色……"

"你这是在动摇我们自己的权力基础,达内尔,别忘了我们这个多数脆弱得很。"

"我们正好做第二件事,还记得千禧年上花掉的那两千万美元吗?虽然那不是赤裸裸地表示为了竞选,但还是转了个圈把你送进了白宫。这次我们照样办,因为只有你才能名正言顺地安抚这个国家。你只要在接下来的时间里去各地参加二三十场遇难者家属的聚会,自然会成为大小媒体的焦点,我们就能从民调结果做出判断。当然,作为总统,你必须充分展示你的爱心和亲和力。"

"可悲天悯人并不是我的长项。"

"放心,你很快就能学会,一旦学会了,眨眨眼就能带着哭腔变得泪流满面。"

"别无选择,听起来是个不错的计划。既然重任在肩,我就必须尽快把责任推给国会,至于同情心,我已经感动过白宫一次,总不会做得比尼克松还差吧?"桑顿对自己说道。

达内尔就是达内尔,刚才还把自己当成个君子,几乎又要和桑顿闹翻,转眼就为了桑顿的连任,不遗余力地去争取摇摆不定的民调了。

毕竟他还是总统,除了编故事、讲故事,他们谁也没再去关注雄鹰童子军的命运。

第三十九章

2008 年 2 月
衣阿华州沃特卢市地方选举

"嘿，靓仔，不给本姑娘来杯酒吗？"

还是那么潇洒和充满诱惑，奎恩笑了，没等他从吧台边转过身，她的手就拍在了他的肩上。眼前的戈尔·利特尔－克罗德容光焕发，一身名师定做的上衣，飘柔的半透明紫色裙装，配上珍珠项链和黄金手镯，看上去相当性感。五六十岁的人了，依然散发着青春的活力。

奎恩的目光滑过她的酥胸，又落向她的发型。发型变了，爆炸式染成了斑马纹。他张开双臂，她小鸟依人般的扑进了他的怀抱。

"耶稣啊，你看上去真邋遢。"她说。

"可你还是那么光彩照人。"他答。

戈尔摸了摸他的面颊，又捋了捋他的头发。他们之间还会发生什么吗？不会。除了一些政治、媒体和公共场合的偶遇外，他们再没有过私下来往。

作为一个天生的记者、沃伦·克罗德新闻集团的首席代表、货真价实的媒体女皇，戈尔·利特尔－克罗德已经成了美国国内大名鼎鼎的女强人。

"喝点什么，夫人？"酒吧服务生问道。

"伏特加加冰加柠檬。"

几名新闻记者走进了酒吧，奎恩朝一个角落指了指，那名服务生突然激动地把送上的酒都洒了一半："嘿，你是奥康内尔州长。"

奎恩把手放在唇上示意他安静：千万别大惊小怪，年轻人。

"先生，您在这不用付钱。"

戈尔伸出小拇指，沾了点酒，放进嘴吸吮起来。

"算了吧，戈尔。"奎恩尴尬地说道。

"还记得我们在一家餐厅的厨房与吧台过道上的那次浪漫吗？那餐厅叫什么来着？"

"这地方太招人，总有记者进进出出。"她停顿了片刻，"你怎么知道我会来呢？"

"或许是一厢情愿吧，可我对沃特卢市的初选……"

"我知道，知道，哥们儿。"

"奎恩，别泄气。"他自嘲道，"加油，奎恩，加油……我这个滥竽充数的候选人是不是很糟糕？连我自己都觉得受罪！"

"见到我高兴吗？还是伤心？起坏心？"

"都有，但更多的是伤心。"他拉过她的手，神情有些黯然。

"它确实令人震惊，这个劳工节你就没躲开过记者会吧？人人都那么恐慌和悲伤，就像被吸进了宇宙黑洞。太可怕了，完全是核爆后的惨状。"

"科罗拉多州失去了三十个孩子，人们在酒会或国歌声中会突然泣不成声。'州长，我儿子什么都没留下吗？哪怕是一根手指？'面对父母们祈求的眼神，我无言以对。还记得丹的那个小屋吗？我没精打采地坐在角落里，忘了时间，像个傻子一样整天以酒浇愁，几乎创造了新的吉尼斯醉酒记录。我告诉丽塔，除非我能做一个真正的州长，否则我再不会离开那间小屋……我敢说，我这情况在全国并不罕见。"

一个人跟着酒吧服务生走了过来，戈尔拍拍奎恩的手，示意他振作起来。

"我不能不告诉老板。"服务生抱歉地说。

"我太荣幸了。"老板显得很兴奋。

"我也很荣幸。"奎恩热情地握了握他的手。

"州长,你必须带我们走出惨案的阴影。"老板说。

这话奎恩听多了,却只能苦笑着点点头。

"州长,这里马上就会挤满记者,如果允许我为你和这位女士准备一顿特别的晚餐,我将非常荣幸,并会亲自送到你饭店的房间里。"

奎恩看了看戈尔,她点了点头。

"那就多谢了。"

"还有一件事,州长,"他指着墙上的照片说道,"这是我父亲生前的专用包间,所以除了他和乔·迪马乔[1]的一张合影外,没有别人的照片,现在我想求一张您的。"

奎恩记下老板的地址,答应一定给他寄一张亲笔题名的照片。

"从旁门走吧,那儿有条小巷直通您的酒店,我马上派人把你们的酒送去。"

"非常感谢,兄弟。"

米拉德·费尔默酒店顶层套房里宽大的临窗座椅、精致的石膏雕像、古老的红木家具、敲上去声音清脆的金属暖气管道,配上窗外飘落的雪花,给人的感觉相当不错。

奎恩刚换上休闲服和羊绒拖鞋,戈尔就脱去外衣飘到了他的身边。她压在他的身上,在甜蜜的热吻中,情不自禁地拉起他的手,放在了自己的大腿之间。

"就到这儿吧。"他总算顶住了诱惑。

"嘿,哥们儿,悬崖勒马呀,就我们也能爆出绯闻吗?"

"我本以为克林顿丑闻之后,美国能吸取教训,但伙计,印报纸总要把报纸卖出去才能赚钱。作为美国鼎盛期出生的一代,我们没有炫耀的资本,却又追求社会的变革。我们崇尚自由开放、政治民主、种族平等,但除了金钱,我们对英雄和理想却又嗤之以鼻。就说我儿子吧,上四年级的时候就能大谈特谈同性恋,而他从电视上学到的脏

---

[1] 乔·迪马乔,纽约扬基棒球队球星,曾经是玛丽莲·梦露的丈夫。——译者注

话连海军陆战队的那些粗人都难以启齿。所以,我认为我们应该对我们的追求有所反思。说心里话,戈尔,你在我心里留下了一段美好的回忆,但丽塔才是现实,一个真正的现实。"

他娓娓道来,言简意赅。戈尔明白,他们之间再也不会有儿女情长了。

"现在说说你吧,戈尔,过得还好吗?"他问道。

"是想知道沃伦·克罗德夫人还是戈尔·利特尔－克罗德女士过得好不好?我其实一直在躲着你,因为像今天这样早晚会毁了我们。想想多年前,当你父母来纽约安慰我时,根本打消不了我对你的一往情深,可现在不同了。沃伦是个天才,但在很多方面又幼稚得一塌糊涂,包括夫妻生活。"

"听说他轰走了几任太太。"

"不错,但想甩掉宝贝戈尔可没那么容易。"

她从送来的马提尼、伏特加和葡萄酒中选了那支诱人的意大利基安蒂红葡萄酒,品酒的神态就像舞台上伤感的歌女。"在这个群魔乱舞的世界,沃伦离不开一个向导,而我就是最好的人选。我尽了力,也得到了回报,什么克罗德夫人、股票期权、媒体女强人等,你都想象不出我现在多么富有。奎恩,事实上克罗德的财富远远超过了第三世界的许多国家……当然财富并非说明他就不欠钱,那些给他贷款的银行每天都在帮他解决债务问题,一旦他失去了支付能力,那些银行都得完蛋,甚至会影响国民经济。"

"这就是实力,不是吗?"

"所以我很在乎沃伦,欣赏他的冷酷,对他年轻时的家教和品行不端也毫不介意。他喜欢偷窥,还和我一起品尝过毒品,但他是个聪明人,知道该如何与我相处。后来,当我们没必要再遮遮掩掩后,我们结婚了,并且携手挣了上亿美元。如今,只要我欲火中烧,还是会我行我素,或许是想找到一个新的奎恩。"

晚餐很诱人,美味佳肴似乎在提醒他们,除了土豆烧牛肉,在沃特卢市还有一段更值得留恋的记忆。

奎恩拿起酒瓶,"砰"地打开了那瓶意大利基安蒂红葡萄酒。

"干吗非要在这个风雪之夜跑到沃特卢来呢?"她在餐桌旁边忙边问道。

"也没什么,我觉得憋得慌,想发泄一下。当然,许多人都希望我来,所以我就来了。来这儿转转,然后我就可以回去对他们说:'伙计们,我去过沃特卢,但我不想玩了,因为我根本当不上总统。'"

"你怎么就那么不争气?"戈尔脸一沉说道。

"别急,夫人,我只是不想陪绑,更不想把我的家人再搭进去。我不过刚当了个州长,美国步枪协会就给我泼脏水,甚至造谣说我和绵羊性交。真相有时像是颗小小的鹅卵石,在激流中顷刻之间就变得无影无踪,而那些胡说八道却能送我去死。不当总统就不能活吗?要不总统就是块谁也不想碰的臭肉。"

"窗外飘的是雪花,你却把它当成一场酸雨。"戈尔说,"你应该学会在潮流中顺势而为,因为你已经敲响了命运的钟声,不管它如何影响你的生活,人民在期待你的枪械法案,你怎么能临阵脱逃呢?你的国家在流血,你没有退路,何况你在天国的亲生父母正看着你,难道你不希望他们能自豪地说出'我的儿子在竞选总统'吗?"

"所以我才会出现在这儿?"奎恩不由得一阵感慨。

"是的。"

"我一直以为我是个有主见的人。"

"可你常常在自欺欺人。"

戈尔说着,风度翩翩地迎着敲门声拉开了房门。

"是马尔多纳德教授吧?"

"你是戈尔?"

马尔轻轻地吻了一下戈尔,往卧室、卫生间和步入式衣柜中探了探头,然后转身问道:"什么风把你给吹来了?"

"彼此彼此,你不是也来了嘛。"她说道。

"这小牛肉做得可真香。"他转向餐桌,一副越老越馋的样子。

"外面情况怎么样?"奎恩问道。

"大势所趋，好几个民主党州长都找过我，对你的参选表示关切，你身后很快就会出现强大的党内力量。"

"不能大意，那个计算机狂不好对付。他明智地与国会保持着距离，特别是在降半旗的举国哀悼日，他像个蹩脚的演员拥抱遇难者家属和挤出几滴谦卑的泪花时，舆论和公众几乎忘了他对死亡之角惨案应负的责任。当然，总统夫人的表现也给他加分不少。"

"据说是达内尔·杰斐逊一手导演了那一幕，他和桑顿简直就像是孪生兄弟。"马尔插话道，"不管那是不是表演，总统毕竟渡过了他的难关。"

戈尔露出一丝不易察觉的微笑。"你和他们打过交道？"奎恩问道。

"算是吧，几年前在马莎葡萄园的一个酒会上，我和达内尔不期而遇。他当时正在节食，只吃鸡鸭。"

"我看桑顿的表演太过拙劣，一点水平都没有。"马尔说着，一口干下了杯中的白兰地。

"越是没水平才越有观众，你看现在的电视剧，连英语都不说了，可你能把整星期的节目当垃圾扔了吗？不行！它意味着成百上千亿的的商业利益。就算是处理垃圾，我们现在一年的处理量也比中国人十年填埋的还多。"戈尔气愤地说。

"还有那些孩子，满嘴脏话，不以为耻，反以为荣。"奎恩不紧不慢地唠叨着。

马尔看了看杯盘狼藉的餐桌，拍拍肚皮，借着伏特加的酒劲开始了他人文学家的演讲。

"历史就是周而复始的循环，与一万年前相比，人类的野蛮和暴力变了吗？没有！当然，文明的演变会影响人类的道德感，例如在美国，反对英格兰的独立战争是一场道德革命，废除奴隶制也是一场道德革命，向希特勒开战和利用核能则是更深远的道德革命。"

"你是指华盛顿、林肯和罗斯福吗？"奎恩笑了。

"或许还有奎恩·奥康内尔和一场阻止'武装峡谷'惨案重演的伟

大的道德革命，美国步枪协会不会轻易退出历史舞台，只有你才能收拾他们，你怎么能在关键时刻打退堂鼓呢？"

"国家正期待一部严厉的枪械法案，人民正渴望一位强势的总统。"戈尔补充道。

"我知道你们想说什么。"奎恩说道。

"等等，我没说完呢。"戈尔打断了他，"现在离大选只有九个月，可你在全国和各州县还没有竞选机构，没有资金，没有联名举荐。尽管你是炙手可热的枪械法案的推手，但你顶得住污言秽语和人身攻击吗？当得了老大吗？如果你能，我想和你一起玩玩。"

"太感人了，宝贝，但美国人民可不像你想的那么有觉悟。心急吃不了热豆腐。"

"此话有理。"马尔咕哝着附和道。

"可我昨天已向克罗德电讯集团递交了辞呈。"

奎恩和马尔愣了。

"怎么回事？你可是个有家室的女人。"马尔说道。

"呵呵，我猜沃伦一定很欣赏你的决定。"奎恩乐了，"他不甘寂寞的夫人又要出彩了。"

"沃伦自己也不甘寂寞，何况他知道我早晚会回归。"

"只要不节外生枝，你们两个还真是绝配。凭戈尔与政界人物的交往、在传媒界的影响和募集资金的能力，由她负责具体事务再好不过。"马尔忍不住说道。

"给我五天我就能在全国搭起一个竞选班子，七天给你送上一份竞选计划。"戈尔说。

"选民不会马上接受我，所以一个牛仔最好先从科罗拉多州做起。过去，每当他们听说奎恩·奥康内尔的时候，他们眼前就会出现一位斗士，从厄尔巴坎到美国步枪协会……而现在，我要为'武装峡谷'的惨案讨一个公道。"奎恩终于做出了决定。

"不同的是，公众这一次或许会从政治意愿上接受一场道德革命。"戈尔说。

"我这就给丽塔去电话,听听她的意见。"

"不用,奎恩,我来之前找她谈过,知道她怎么说吗?——'感谢上帝,你和他在一起,至少他能有勇气去搏上一场。'"

电话响了,马尔拿起电话,是参议员艾本迪克和哈蒙。"嘘!"

他捂住话筒说道:"几个大人物到了,想和你谈谈。"

"谁?"戈尔问道。

"艾本迪克和哈蒙。"

"太有意思了。"戈尔说。

"我去接他们上来。"马尔说着走了出去。他很想多说两句,谁知道一旦在激情和渴望的诱惑下,他们那如胶似漆的往事会不会重演?不管丽塔是否大度,上帝总不能让奎恩这样忠厚老实的子民在通往耶路撒冷的路上再承受欲望的折磨呀。

米拉德·费尔默酒店的舞厅中人头攒动,奎恩·帕特里克·奥康内尔州长迎着电视台和媒体记者大大小小的镜头走上讲台。

"嗨,"他刚一开口,大厅里立刻静了下来,"我是科罗拉多州州长奎恩·奥康内尔,各位如果听说过我,一定是因为我对枪械管制的热衷引起了各位的注意。美国当前亟需处理的问题很多,一旦我的候选人资格获得通过,我将尽快向公众阐明我的观点。"

戈尔靠在马尔的肩头,情不自禁地落下了激动的眼泪。

"我们今天来到这儿,是因为无数人心中的美国梦受到了那个'武装峡谷'惨案的冲击。它本应避免,但如果我们违背人民的意愿不去寻求变革,它将会再次重演。

"你们面前的我,既不是一个追求完美的圣贤,也不是一个逃避责任的罪人。我渴望有安宁的生活,渴望重新找回在这两届总统近十年任期中失去了的那份权利和尊严。"

他停顿片刻,在人们的注视下,从讲台上拿起一本小册子。

"第……章,第……款,"他开口念道,"一支可控的民兵武装,是一个自由国家必要的安全保障,人民拥有和携带武器的权利不容侵犯。"

会场上泛起了惊讶的窃窃私语。

"《民权法第二修正案》的背景,是当时新生的美国在遭受邻邦敌视的同时,又没有一支正规军去抵御英、法、加拿大和西班牙的威胁,与印第安部落和效忠英女王侨民的作战也亟需各殖民地和新成立的州组建自己的民兵武装。但此时此刻我想说的是,这些民兵武装已经成了越来越大的麻烦。

"事实上,《第二修正案》的出台与公民拥有枪支的权利毫不相干,它强调的是应该如何对民兵武装进行有效的管理。"

他突然感到很渴,又怕激动得端不住杯子。管他呢!他抓起杯子一饮而尽,看来自己还沉得住气。

"因此,民兵武装过时了,如果美国形象被歪曲或误解,罪魁祸首就是《第二修正案》。内战后,许多州的民兵武装改编为国民警卫队,在宪法的约束下,国民警卫队的武器装备是不能脱离政府监管的。

"但那些别有用心的人多年来一直把《第二修正案》当作他们拥有武装的法律依据。

"该死的!由于联邦政府的不作为,许多州和城镇乡村,包括科罗拉多,只好在枪械管制问题上自行立法。然而,枪械院外游说集团势力强大,他们每七秒就能既从流水线上得到一支国产枪,又从国外获取一支进口枪。

"说一千,道一万,"奎恩提高了嗓门,"《第二修正案》已经妨碍了各州和各城镇的司法公正,枪支持有者的权利不能再受宪法保护,实际上宪法从来没有承认过他们的权利。为了避免误会和正本清源,《第二修正案》必须废除!"

第四十章

2008年2月
华盛顿

美国人民在悲痛与茫然中步入了新的一年，如果泪水能化作繁星，宇宙至少要膨胀一倍。时代广场上的彩球消失了，几乎一半的橄榄球赛或改期或取消，只有那个牵扯巨额金钱交易的超级杯赛才敢于铤而走险。证券市场大跌引起了公众的不满，电视台上演了一幕又一幕专家学者的辩论和访谈。

武装峡谷的惨案揭开了美国历史新的一页，没人知道谁才是罪魁祸首。桑顿在与国会保持距离的同时，把自己装扮成了一个富于同情心的总统。

超级杯赛季一过，桑顿越发窃窃自喜，没人怀疑他是一个有领导能力的慈父。

但惨案的初步调查却毫无新意。

武装峡谷和白狼牧场在爆炸中毁于一旦，犯罪嫌疑人无一幸免。

在追捕案发前逃离白狼牧场的漏网者时，联邦调查局越是对哈德森的疯狂有所了解，越是感到匪夷所思，而那些侥幸不在现场的爱国者最终都在白人至上雅利安基督教会的庇护下逃之夭夭。

武装峡谷惨案的罪魁祸首成了一个不解之谜。

在举国哀悼的日子里，桑顿总统的政治生涯受到前所未有的挑战。一个由社会各界组成的调查委员会在2008年2月底将调查报告呈交给总统办公室，这时，他再也不能保持沉默。

"亲爱的美国同胞们，经与死亡之角遇难者家属沟通后，我在这里向你们报告，根据委员会的初步调查……请原谅这份报告可能会再次触及你们内心的伤痛。

"由于目前峡谷过于狭窄，不便作业，报告建议先炸开峡谷两侧的山体，拓宽后再开进大型机械。据估算，土方施工量相当于胡佛大坝的几倍，时间需要几年。

"钻探结果表明，遇难者在山体崩塌时受到冲击被埋在十到二十英尺厚的岩石下，之后又有四十到九十英尺厚的岩石从山上滚落下来。

"钻探结果还表明，遇难者的遗体已经无法辨认，甚至法医或DNA专家都无法对挤压在一起的遗体做出甄别。

"如果我们启动挖掘善后，无论结果怎样，我们都将在未来几年承受更大的心理压力。为了国家能尽快走出悲剧的阴影，我已向共和与民主两党领导人提议用封闭峡谷和建纪念碑的方式去缅怀逝者。"

"好消息，总统先生，四分之三的美国家庭和百分之六十二发行量过十万的刊物都对提案表示肯定，只有百分之八的受访者持异议；而有线新闻、《时代周刊》、哥伦比亚广播公司、《纽约时报》《今日美国》的民调显示，百分之七十二的受访者认为我们应该放眼未来。如果统计结果不出意外，说明我们已经渡过了难关。"

桑顿顿时感到一阵轻松，焦虑和不安总算有了舒缓。

"总统先生，还有个锦上添花的好消息，衣阿华州共和党候选人投票结果显示，百分之七十三的选民希望您连任。"

"民主党候选人是谁？"总统问道。

"是那个科罗拉多州的牛仔……"

"奎恩·帕特里克·奥康内尔？"

"是他，总统先生。"

一个并非完美的政治人物的亮相能获得人民的信任吗？何况那时

候他们的眼中只有桑顿,一个以冷静而著称的帝国总统。

但奎恩偏要横空出世。

他不是"救世主",却在国家最需要的时候登上了历史舞台,并以崭新的面貌将无数媒体的镜头吸引到了新罕布什尔州[1]。

丹佛市铁路沿线有座巨大的仓库,废弃后做过迪斯科舞厅,因经营不善倒闭,如今成了奎恩的竞选总部。随着大批志愿者的涌入,戈尔去银行开了个账号。

他没有钱,就连办公设备和桌椅都来自芝加哥和盐湖城的募捐。

在竞选策略上,奎恩与他的团队核心成员马尔、戈尔和丽塔常常发生争执,争执的焦点是走自己的路还是照搬以往的经验。

为了募集资金,候选人通常要用一半的时间去和有钱人打交道,而且要谨慎,不能践踏法律对募捐设定的红线。没有稳定的财源,候选人根本无法应对残酷的选战,在前往新罕布什尔州的那个夜晚,奎恩做出了一个大胆的决定。

"我不会接受政治行动委员会[2]的任何资助,更不会接受政治献金。政治献金是块烫手的山药,和贿选没什么区别。我既然想争取多数人的支持,就应该去老百姓中化缘。我知道这事很难,但如果你们相信我,就给我这个机会。"

谁听到这样的疯话都会认为奎恩的脑袋进水了。

然而,奎恩刚一抵达新罕布什尔州,来自民间的捐款就像涓涓细流一样通过万事达、维萨、发现、美国运通、第纳尔俱乐部等流入了奎恩竞选总部的账户。

哥们儿,花上一毛钱读读这份简报,我是人民推举的候选人。

奎恩拿起那份每天都出的简报,大标题下的几个栏目清楚地列出

---

[1] 新罕布什尔州,历史上美国总统大选第一个举行拉票的州。——译者注

[2] 政治行动委员会是一个专门从事募集竞选资金,然后向同一立场的候选人提供资金帮助的组织。由于联邦法律对个人、企业和工会向候选人提供竞选资金的限制有很多,政治行动委员会就成了提供大笔资金和影响选情的重要因素。——译者注

了过去二十四小时的募捐收入、费用支出和银行余额。如此独树一帜的开示给美国的国会政治泼了一盆刺骨的冰水。

曼彻斯特街头突然冒出许多来自缅因州和佛蒙特州的选民,他们迫不及待地要见见那个传奇的人物。大街小巷中的人流一扫冬季的寒冷和沉闷,新英格兰人表现出罕见的公众热情。

"奎恩现象"引起了政治评论家们的兴趣,与美国历史上历届总统大选的候选人相比,他睿智、阳光、坚持原则,是一个谦虚平和的草根人物的代表。

奎恩和丽塔以惊险的高台滑雪跳进了公众的视线。

瞧啊,那就是奥康内尔夫妇!

他真的那么完美?克林顿时代的丑闻都忘了吗?如果伤势依旧,难道美国人民对政客政治仍然抱有希望吗?

有怨气总要释放,何况谁不想赌一赌未来,否则还怎么生活?

奎恩敏感、坦率,对就是对,错就是错,他对公众的理解和观点常常引起市政会上的共鸣。

初选结果出乎意料,奎恩的党内得票比其他五人的总和还多,只要再战胜佛蒙特州的州长,他将获得民主党全国大会的资格审查。

草根式募捐勉强维持了奎恩的竞选开销,衣阿华州地方选举后不到一个月,奎恩确立了他的竞选资格。新罕布什尔州的胜利缓解了他的财政困局,但他不敢松劲儿,他和他的团队盯上了几天后的"忏悔星期二"[1]。

在美国大西洋和太平洋沿岸的十二个州和美属萨摩亚群岛,"忏悔星期二"是个重要的日子,如果奎恩能在那天获得党内大佬们的提名和选民的认可,他就有了更大的希望。

佐治亚、南卡罗来纳和马里兰等南部的几个势均力敌的州也需要他的关注,经过权衡,他把亮相选在了亚特兰大的艾默里大学。

---

[1] 忏悔星期二,源于路易斯安那州新奥尔良市的年度狂欢节。——译者注

亚特兰大是个市民素质、企业文化和政治氛围一流的移民城市，它以优美的环境和生机勃勃的城市面貌成为美国南部的中心。

自从奎恩以年轻的议员身份踏入政坛，他羞涩的演讲就展示了独特的魅力。成为一州之长后，他在讲坛上更是充满自信、收放自如。

在举国关注下，他抵达亚特兰大，民众的期待给了他更大的演讲冲动。

他一登场，就引起轰动，而他抑扬顿挫、扣人心弦的讲话尚未结束，已经深深地打动了听众。

他没有提《第二修正案》，因为他不想被当成一条死缠烂打的恶狗，却将一场政治演讲变成了对未来社会的向往。

"……作为一个拥有成熟的法律体系、价值观和行为准则的国家，我们本应继承传统，不断创新，但自由主义的思潮却影响了我们的道德。在它的毒害下，孩子们不满十二岁就满嘴脏话，吸食毒品，性行为出轨，甚至不惜犯罪。难道这就是我们对传统的叛逆？还是我们在别有用心的奸商的蛊惑下，正一步步对丑恶的现象变得麻木不仁？"

他从竞选团队那一张张凝重的面孔上感受到了力量。

"十年前，美国人民在无奈中聆听了一位美国总统对他性丑闻的供述。我们曾发誓决不允许那种情景再度重演。但事与愿违，它从来没有消失过，而对情色的龌龊报道，又将多少优秀的政治人物拒于为公众服务的大门之外。

"世界在为我们祈祷，期待我们摆脱困境，难道我们不该扪心自问我们还要在谎言中生活多久？"

讲得好！在热烈的会场气氛中，奎恩拿起话筒走出了讲台。

"为什么今天的人际关系变得如此脆弱？是计算机，是成百上千亿的计算机字节淹没了我们……我们还认识彼此吗？我们去银行、逛商店、投票、炒股、买菜、订票、度假，甚至读书看报都离不开计算机，它确实是个奇迹，但却是个没心没肺没感情的怪物。

"人类要拯救自己，要找回从前的自我和重建文明，不是靠电脑，而是靠源于西奈半岛[1]的文字和语言。"

这哪是在演讲？更像是在布道！当公众依然沉浸在武装峡谷惨案的痛苦中，需要精神上的寄托时，奎恩感受到了他们的渴望。

他以非凡的智慧从道德的高度阐明了他的政治信仰，他太有才了。

那是个难忘的忏悔星期二。

经过在马里兰州以微弱的优势涉险，在佐治亚州以同样微弱的劣势惜败，在南卡罗来纳州拿到百分之四十的选票后，奎恩赢得了民主党的初选提名。不管西部和南部追根溯源是否来自同一个文明，在那片文化的荒漠，一个谁也没听说过的人物走进了公众的视线。

在戈尔·利特尔-克罗德的地盘纽约，豪华的酒店大堂里群星荟萃，来自金融界、娱乐业、房地产的大佬和律师、高管、银行家、体育明星迎来了土包子奎恩和他的竞选团队。

"我的天，他看起来还真的与众不同！"

"不错，她也并非我们想象的那么邋遢。"

奎恩像个成功的商人走到他们中间。

"如果要巩固我们在世界上的经济地位，就必须检讨我们的做人标准。各位，政治献金是脏钱，脏钱意味着贪婪，贪婪将毁了我们的一切。"

没人喜欢他的坦率，但个个都掏空了钱袋。或许这小子不代表自己，但在把票投给桑顿之前洗刷一下各自的良心也没什么不好。

这是哥伦比亚大学的一个晚间聚会，会场上挤满了来自纽约州立大学、圣约翰大学、福德姆大学、犹太人院校和城市学院的学生。

"种族主义是社会的毒瘤，早在一个半世纪前，内战就取消了奴隶制。到了二十世纪，人民当家作主，享有自由，这个星球上才有了

---

[1] 西奈半岛，《圣经·旧约》中记载上帝授摩西十诫之地。——译者注

一百八十五个独立的国家。在这个崭新的世纪，我们将彻底摆脱人类最古老的顽疾，铲除偏见，化解恩怨。"

在上百个镜头前，奎恩与沃伦·克罗德夫妇的握手成了几千次快门的焦点。

丽塔也因此引起了公众的关注。

麦迪逊广场花园人声鼎沸，几乎再现了当年林德伯格夫妇[1]在华尔街现身引起的轰动。当竞选基金会的成员不得不谢绝了三千多人的募捐后，奎恩带着一百五十万美元和百分之五十八的民主党选票离开了纽约。

"奥康内尔州长，我是路透社记者查尔斯·帕卡德，您对《新闻周刊》有关您的竞选委员会主席戈尔·利特尔－克罗德的报道做何评论？"

"没有戈尔，我的竞选无从谈起，也不会如此顺利。"

"州长，据说你和克罗德夫人之间曾经有过一段浪漫史？"

"是的，三十年前，在科罗拉多大学，我们曾经相恋过。她还是个出色的棒球教练，我在她的指导下，击球成功率几乎提高了百分之四十。"

"她是个重量级人物，却热衷于你的参选，有什么原因吗？"

"当然，是武装峡谷的惨案刺激了她。和成千上万美国人一样，她坚信我们必须废除《宪法第二修正案》。"

"我是《华盛顿时报》记者路易丝·马克姆，这些年你和克罗德夫人有过交往吗？"

"有过，但不是你想象的那样，我们的交往纯粹是为了公务。"

"州长，我是微软全国广播公司记者钱斯·斯宾塞，克罗德夫人究竟是辞职还是在休长假？"

---

[1] 安妮·斯潘塞·莫罗：美国飞行员和作家，和她丈夫查尔斯·林德伯格共同飞行多次，作品有1935年的《向北去往东方》和1938年的《听这风口》。——译者注

"女士们先生们，积点德吧，看在上帝的份上，可别把我往歪道上带。难道1998年的克林顿丑闻造成的伤害还不够？非要一个伟人十全十美你们才肯放过他吗？"

"可你怎么解释公众的知情权？"

"如果可能，我很乐意各位去我家坐坐，但只限于客厅这样的公共场所。至于其他地方，那是我的隐私，只属于我和我太太，还有我的家人，当然还有上帝。"

南部和东部的选情变得白热化，八个州里有六个是在南部，其中佛罗里达和得克萨斯两个大州对奎恩的威胁最大，后来的参议员、当时的佛罗里达州州长查德·洪堡发誓要在他的地盘上打败奎恩。

奎恩的家人越来越频繁地出现在记者会和电视访谈中，丽塔逐渐引起公众的注意。尽管她就是她，但她的音容笑貌总会让人想起当年的杰奎琳·肯尼迪。

儿子邓肯长得膀大腰圆、一表人才，在把农场的日常事务交给胡安·马丁内斯后，就一头扎进了他的兽医和动物实验室。

男大当婚，女大当嫁。一个来自格林纳达温泉学兽医的亚裔美国姑娘莉萨·王为了研究鸡蛋的保存而来到乱世城。那天，邓肯走进她的养鸡场，一切就顺理成章地发生了，他们可真是天生的一对。

如今，邓肯也加入选战，为父亲筛选信件、接听电话、迎来送往三教九流的访客，他就像父亲身边的一头雄狮。

莉萨在农场陪伴祖母舒本。祖母身患癌症，不能没人照顾。

雷伊——博尔德大气研究所的一名计算机专家，在请了长假后，在父亲的竞选总部搭建了一个计算机中心，负责处理从广告宣传到旅行安排的一切事务。

她只参加了一场为时四天的拉票演讲就差点崩溃了。

……起飞、降落、一个又一个欢迎仪式、大喊大叫的特工拼命推搡着身边的记者和眼前的镜头，"能和冈伯特夫人留个影吗？""非常荣幸！"……汉堡包、三明治、经济舱、速8旅店、电视访谈、广播对话、民意调查、舞厅学校，"下面请奥康内尔州长讲话。"……

养老院、有大眼泡的有钱人、穿超短裙的追星妹、棒球赛的开场球、没完没了的新闻发布会、小城镇中的游行集会……爱尔兰人、犹太人、意大利人、墨西哥人、渔民、农夫、黑人市长、白人市长、其他有色人种市长……星期天也不得安宁，"丽塔，亲爱的，去教堂的时候替我做一下祈祷，今天太忙，每二十分钟就有一个会。"……互联网、专线网、充满智能的书刊，"去打印一下这篇文章，一个小时内能不能给我送来？"……"你什么意思？我头脑发热？我们正要去得梅因市，怎么会头脑发热呢？""没钱了，头儿。"报刊栏目上醒目的标题："又是个狂欢的节日！"……橙汁，大量的橙汁……"能允许我先去趟厕所吗？"……"抱歉，州长，恐怕你要坚持到访谈结束了。"

在佛罗里达州州长查德·洪堡的煽动下，南方掀起了一股诋毁奎恩的浪潮。他们没有公开指责奎恩的天主教背景，但风言风语却在右翼的基督教教会中广为流传。他们不承认奎恩是个真正的基督徒，从他的眼神中，你根本无法判断他究竟是谁，或许他充其量只是个山里人。"我们不能忘记我们曾经选出过多少神态坦然却满嘴谎言的总统。"

作为一个土生土长的南方人，查德一夜之间获得了来自佛罗里达州、路易斯安那州、密西西比州、俄克拉荷马州、田纳西州，以及强大的得克萨斯州政治联盟的支持。奎恩是个陌生人、一个不成熟的政治人物，查德利用公众的疑虑，绕过枪支管控的政治议题，把奎恩描绘成一个要改变南部传统的外人。

2008年3月10日，星期一
密西西比州杰克逊市

"一次得手不代表次次得手，你的做法在杰克逊市未必管用。"

戈尔用质疑的口吻说道。

"但我在亚特兰大确实引起了轰动。"

"不错,但过去是过去,现在是现在,选民不会总沉迷于你的道德说教,何况我们要去的是一个阿帕契人的城市[1]。"

"嗯……"

"丽塔、马尔,看在耶稣的份上,快帮我劝劝他。"

马尔研究着民调报告说:"我们在南部各州都不乐观,只在俄克拉荷马州稍稍领先,原因是它与科罗拉多结成了姊妹州。"

奎恩陷入了沉思,似乎没听见他们在说什么。

"只有赌徒才会一而再再而三地大谈特谈什么人口控制那类世界末日的话题,但这不是赌博,你会把事情搞砸的。"马尔说。

"可现在除了赌一把,还有更好的选择吗?"

"稳扎稳打,趁我们尚未一败涂地,先从这里撤兵,去中西部的大州大干一场。我们仅剩下一周可以准备,后面还有加利福尼亚州。"戈尔说。

"爸爸,根据丹佛的报告,我们本周收到了三十万捐款。"邓肯拿着最新的公报走了进来。

"好哇,那我们更不用着急离开这里了。"

他就是这样,一旦固执起来让人心烦,却又毫无办法。

"该死!"戈尔气得大叫起来。

"你从小到大就固执,怪不得你在科罗拉多州的议会办公室都变成调解委员会了。"马尔无奈地摇了摇头。

"那是因为无论民主党还是共和党,只要谈到科罗拉多,我们就是一家人。或许我们对这片土地和这里的人忽略太久,但除了《第二修正案》外,我还有许多可以和桑顿一争高低的资本。我们只有抓住他的弱点才能有的放矢,所以各位,我爱你们,但现在我想去睡会儿。"

---

[1] 阿帕契族:居住在美国西南部和墨西哥北部的一支美国土著民族。在十九世纪后半期,各个阿帕契族部落强烈抵制对他们领土的入侵。现在的阿帕契族人居住于亚利桑纳州、新墨西哥州和俄克拉荷马州。——译者注

"有请我们的下届美国总统奎恩·帕特里克·奥康内尔讲话。"

"……自从参选,有件事很困扰我,一个来自远方的陌生人,在一个与他毫不相干的地方究竟能干吗?恐怕你们还会说:'他不就是个以山区和草原著称的那个小州的州长,他对南部的历史、传统和政治又了解多少?如果一个科罗拉多州的小子真的入主了白宫,我们今后该如何生活呢?'恕我直言,我痛恨南方历史上的与世隔绝,更痛恨查德·洪堡们要维护这种隔绝。

"有好心人告诉我,不要在密西西比危言耸听,不要提什么道德和信仰,因为密西西比人接受不了,他们只想过他们的安稳日子。

"但我相信,任何一位选民,美国选民,不管他来自南方、北方,还是东方、西方,都不应该被蒙在鼓里。我对很多事情很担心,这些事情不能再被搁置下去。

"愚民政治意味着我们这个星球将再无宁日。"

戈尔闭上眼,紧张得听得见自己的心脏在怦怦乱跳;邓肯拉起妈妈的手,却发现两人的手心里都是汗;马尔像是挨了一刀,急得不知道该如何才能让奎恩闭嘴。

"……一言以蔽之,我们对这个星球的掠夺已经超过了它所能承受的极限。

"显而易见的是,我们的生存质量正在恶化:肆意扩张的购物中心毁掉了新西兰的原始森林;象群为了生存闯入印度人的村落;砍柴人不走上几英里山路根本找不到原本生长在他们田边地头的灌木;水坝阻挡了鱼群的去路,成群的死鱼被绞进水轮机组的叶片;发绿的水面下,成百万计的贝类生物因极度缺氧而死;地球上最古老的生物和捕食者鲨鱼也濒临绝迹;贯穿佛罗里达州的那条十六车道的柏油马路侵占了多少肥沃的牧场;深耕细作又把多少粮田变成了荒漠。

"我相信,密西西比人民知道这一切都意味着什么,当每天都有五万人死于饥饿和营养不良,一年就是一千六百万人,其中每六秒就死一个孩子的时候,我知道你们会做何反应。

"不管我们在农业科技上有多少了不起的进展,这个星球却无法养育它四十亿的人口。当本世纪人口达到八十亿时,我的天,我们该怎么活下去呢?

"这是个充满挑战性的话题,因为我知道,人口控制理论亵渎了我们的教会,更违背了我们的宗教信仰。人类早期因贫穷才把生儿育女当成最大财富,但今天它却变成了一种奢望。除非我们对此有清醒的认识,并立即行动,否则我们的子孙后代都将为此付出代价!

"你们谁能告诉我,没有人口控制,我们能撑到下个世纪吗?"

"耶稣啊,这家伙又成功了!"

  佛罗里达州:查德 64%,奎恩 35%
  夏威夷:查德 21%,奎恩 79%
  路易斯安那州:查德 53%,奎恩 47%
  密西西比州:查德 50%,奎恩 48%
  俄克拉荷马州:查德 40%,奎恩 55%
  俄勒冈州:查德 33%,奎恩 62%
  田纳西州:查德 45%,奎恩 46%
  得克萨斯州:查德 51%,奎恩 44%

经过斟酌,桑顿将两名白宫高官调入了他的竞选团队,其中一位是体格健壮、精力充沛的选战奇才休·门登霍尔,另一位是分析专家雅各布·特恩奎斯博士。他们是总统身边的红人,在桑顿高兴的时候从来都是有一说一,直言不讳。

武装峡谷惨案发生一周年那天,桑顿乘直升机飞往死亡峡谷,为永久性纪念碑奠基填埋了第一锹土。

身为共和党内毫无争议的候选人,他的露面无疑是为了更多的选票。

与此同时,奎恩·帕特里克·奥康内尔州长也在底特律那个欢腾的大会上获得了民主党的提名。

桑顿一返回华盛顿,立刻找来休·门登霍尔和雅各布·特恩奎斯博士,并会同达内尔一起赶到了戴维斯营。

"哈哈!"总统心情不错。

"哈哈!"休和雅各布笑了。

"哈哈!"当总统的服务员正忙于调整遮阳伞的时候,达内尔也笑着从酒架上给各位调制了一杯血红玛丽。

然后,他一屁股坐进一把舒适的躺椅,陷入了沉思。

他在思考,到了对付民主党的时候了,周末就该拿出一份详细的竞选方案。一阵惬意的咀嚼芹菜秆的响动打断了他的思路。

"现在只剩那个不知天高地厚的牛仔了。"总统说。

"真不敢相信,他居然会在密西西比大谈什么计划生育,简直是个没头苍蝇,我看他早晚要倒霉。"休显得异常兴奋。

"或许我们遇到了一个怪才,"雅各布意味深长地说,"他就像只驾驭风向的鹰,知道自己该怎样才能飞得更远。他正在发展自己的铁杆力量,请注意,迄今为止,在一些重大问题上,他也只是点到为止,并未咄咄逼人,甚至对《第二修正案》的抨击都留下了余地。我看他是想先取得民主党的认可,再向你摊牌。今天,他用置之死地而后生的方式通过了民主党大会的提名,就说他的那套平民式社会募捐,太不可思议了。我看我们是遇到了对手,将近两百万选民为他捐款,这就是他的基本票源。"

"没有办法的办法还确实有效,可我们却不得不吞下武装峡谷惨案的这颗苦果。"休说。

见总统有话要说,休和雅各布都竖起了耳朵,只有达内尔似乎依然像个过客。"我看那个狗娘养的是想先动摇我们在南方的基础,越来越多的浸信会淑女们不但开始服用避孕药,而且开始讨厌男人们衣柜中的长枪短炮。他的插手无非导致两种可能,一是身败名裂,二是成为一支新的力量。我们该怎么对付他呢?"

"奎恩和查德已经成了民主党内的一对冤家,而副总统霍普却是我们的一张王牌。二十年来，他一直是右翼联盟的幕后推手。"雅各布的见解一针见血。

"事不宜迟，等副总统明天一到我们就开始行动。"总统说。

"我们在南方依然有优势，奎恩还差得远呢，我赌霍普能赢。"

休坚定地表明了他的看法。

"有没有抓住那个家伙的什么把柄？"

"他总是回避个人问题，连媒体都受到感染，越来越忌讳，甚至到了敬畏的程度。"休无奈地说。

"这家伙的人品还真是无懈可击。"

"从那个叫戈尔的女人身上也找不到突破口吗？"总统问。

"总统先生，都是些三十年前的陈芝麻烂谷子，他们那时还是学生。再说了，热衷于性丑闻的时代已经过去了。"雅各布说。

"放屁！"总统厉声打断了他，"只要有足够的吸引力，媒体还是会感兴趣，所以必须盯紧这对宝贝。就戈尔那个娘们，如果不是奥康内尔，早就臭名远扬了。"三人一边喝酒一边发出了一阵坏笑。

"只要找到一件足以把他拉下神坛的把柄，我们就可以穷追猛打。一旦他失去了光环，就等着我们任意宰割吧。"

"我们会把他的历史翻个底朝天，你说得对，总统先生，就是个圣人从天下摔下来，他也完了。"雅各布说。

"我们已经建立了他的个人档案，他的下一步行动是……"

"等等，"总统说，"要想制服他，就不能不谈人性的弱点，例如冲动、不负责任、暴力倾向……这都是一个牛仔身上的软肋。"

副总统从华盛顿打来电话，他将乘直升机在一小时内抵达戴维斯营，万事俱备！

"要不要从他的身世上做些文章？没人知道他是哪儿来的，太有看点了。"

"或许从传言中能找到他生身父母的蛛丝马迹，再通过我们的朋友把它曝光。还有他太太，最好能搞到她的艳照。"休说道。

"就这么办，休，但一定小心。现在说说具体安排，电视和宣传要事先准备好,然后分三个阶段用反面宣传、捕风捉影、人身攻击、造谣生事把他搞臭。先去西雅图做个试点,如果不奏效,可以总结经验后大张旗鼓地推广到堪萨斯州和芝加哥州。这是个要命的差事,休,千万不能有把柄落在他们手里。"

"放心吧,总统。"

"没有达内尔的同意,谁也不准擅自行事。"

"遵命,总统。"

"达内尔?"

"嗯?"达内尔显得心不在焉地拿起了酒杯。

"有心事吗?"桑顿问道。

"没有,只是越听越担心。"

"担心什么?"

"担心有很多。你本应与他面对面地较量,可你却选择了逃避。他正在分裂我们的联盟,讲起话来像当年的丘吉尔一样底气十足,因为他知道他的立场代表了本世纪的方向。"

"什么方向?"总统问道。

"是阻止他去碰《第二修正案》?想方设法地回避《第二修正案》?还是看在上帝的份上干脆和他联手?"

"联手?"

"和他联手?"

"怎么能和他联手?"

"这正好说明你有勇气承认'枪杆子的时代'已经过去了,只有亡羊补牢,才能重树你的形象,也才能打败那个家伙!"

总统紧握双拳,闭上了眼。这主意不错,就是太过疯狂。"目前选民的态度有什么变化,休?"

"民主党大会后,你有十四个百分点的优势,就算有正负三个点的浮动,你也至少领先十一个点,理论上用不着担心。"

"雅各布,你认为我们能笑到最后吗?"

"在这场政治博弈中,我认为他回避媒体的做法是犯了个大错,正好把媒体推向了你。"

"各位，我保留我的看法，但对无法避免的竞选辩论总要有所准备。"达内尔不以为然地说。

"是呀，他一心想在辩论中压倒我，我必须设几条底线。如果，但愿不会，我的领先优势滑到百分之十以下，就找他谈。至于辩论，最多两场，而且越乱越好。"

"我想提醒各位，如果他的支持率持续上升，可就是我们要去找他辩论了。"达内尔说。

"不可能。"休大叫起来。

"绝不可能。"雅各布坚定地说。

第四十一章

当奎恩以摧枯拉朽之势横扫民主党全国代表大会之时,得克萨斯州、佛罗里达州、加利福尼亚州的州长和纽约市市长就把他们的焦点转向了争夺副总统的提名。

出人意料的是,奎恩抛开与参议员查德·洪堡在政见上的分歧,不计前嫌,将这位初选中主要的竞争对手视为自己的搭档。参议员查德是个直率的好人,何况他对共和党副总统马修·霍普在南方的势力是个挑战。

悲痛了一年的美国人民迎来了大选,奎恩也做好了冲刺的准备。

身为一州之长,在他的主持下,一份有关环境和土地资源保护的法案对牧场、矿山、滑雪胜地、地产开发、土地所有者权益、未开发土地的保护,以及退耕还林等做出了规范。

科罗拉多大学进入了全美大学排行榜前十位。

旅游业以其服务和管理享誉全国。

在密西西比河西岸各州,科罗拉多州骄人的进出口贸易仅次于加利福尼亚和得克萨斯州。

丹佛市交响乐团成为公认的最优秀的乐团之一,丹佛市也变成一片文化的绿洲。

引人注目的变化还发生在中学和幼儿教育等一系列社会福利的投入上,在奎恩的亲自监督下,两所服务质量恶劣的医疗机构被吊销了执照。

他站在改革的潮头,为废除《宪法第二修正案》发起了冲锋。

2008年10月1日
丹佛

电话铃声吵醒了戈尔，她抓起枕头捂住了耳朵。烦人的铃声响个不停，她只好打开台灯，在自己的额头上猛然拍了两下。

"我是戈尔。"

"达内尔·杰斐逊。"

"你好，达内尔，在忙什么呢？"

"抱歉，戈尔，打搅你了。我刚开完会，我们的通话安全吗？"

"安不安全你最清楚呀。"

"我们可以无话不谈吗？"

"你指什么？"

"电话里不好说，能不能找个地方？没有录音，没有窃听，没有第三方。"

戈尔想了想："我也不知道，但你到底想说什么？"

"总统在逼我呢，要我们尽快拿出一份竞选方案，可我们拿不出来，除非我们之间能安排几场辩论。"

嘿！终于出手了，戈尔不由得提高了警觉。

"有点意外，是吧。"达内尔说，"不过你我对选战中辩论的那点猫腻都心知肚明，驾驭起来也不是生手。辩论结果将影响双方，这你清楚，可谁也躲不过去。"

"你的建议不错。"

"总统给了我授权，希望我尽快敲定此事。"

电话从华盛顿打来的，那边是凌晨两点，这么晚还没休息，看来总统真急了。他们一定做了最新的民调分析，难道奎恩与桑顿并驾齐驱了？他们是在示弱，还是总统要给奎恩设个局？

"既然这样，你有什么具体建议？"她问道。

"芝加哥位于丹佛和华盛顿之间，我们在那儿有个安全的地方。如果你不放心，由你选一家酒店，我负责安排专机接送你们的代表。"

"由你主谈吗？"

"我有权拍板。"

"给我几个小时再答复你，达内尔。如果是我去芝加哥，最快也要明天晚上，应该还会有马尔多纳德教授。"

"州长的岳父？"

"是的。"

"我等你的电话，希望能再见到你。"

戈尔睡不着了，只好伸了伸懒腰哈欠连天地爬起来，打开了电咖啡壶。自从二月份在衣阿华州的党内预选提名之后，她就一直等着有人会突然拍拍她的肩膀对她说："我知道你在想什么。"

她心中的那个秘密像肿瘤一样每天都在折磨她，甚至逼得她失态。她一次次想说服自己，但一点没用，反而变得越发痛苦。一想起这秘密早晚要曝光，她就感到不寒而栗。

能对沃伦透露这个秘密吗？不行！她太了解他的为人了，他一定会以冷酷的口吻要她立刻就公之于众。

"我的上帝。"她喃喃私语着拿起了电话。

"喂——"电话那边传来了浓浓的睡意。

"丽塔，我是戈尔。"

"出什么事了？"

"马尔和奎恩都在吗？"

"在。"

"叫醒他们，我半小时内过来。"

三个人披着衣服在客厅里等候，这么晚了有事一定不是什么好事。

戈尔衣冠不整地走进来，一脸破釜沉舟的神态。"华盛顿时间凌晨两点我接到达内尔的电话，他想和我们坐下来敲定一场辩论。"

"他们肯定出问题了。"丽塔说。

戈尔的目光落向睡意未醒的奎恩夫妇，心中泛起一股醋意。

"这时候把我们叫醒不会是只说这事吧？"马尔问道。

戈尔闭上眼，定了定神，仰起头深深地呼了口气："总统夫人帕奇·汤姆特利两年前就红杏出墙了。"

奎恩和丽塔一脸愕然，马尔却竖起了耳朵："这可是我老头子最爱听的新闻。"

"往下说吧。"奎恩喃喃地说道。

"我和帕奇交往至少十五年了，她在波士顿一些社会团体中挂着主席的头衔，像什么重振交响乐、艺术家反饥饿、艺术家为和平委员会，以及什么拯救美洲骆驼委员会、复活卡鲁索[1]委员会等乱七八糟的团体，由她主持或参与的团体在全国恐怕有上百个。我们在十几个这样的团体中共事，她给我的印象是位很有教养的女士。"

鲜美的橙汁吊起了听众的味口。

"普罗维登斯的剧院场场爆满，几乎成了百老汇的后院，而她作为剧院包厢的常客也引起了一些不大不小的风言风语。"

"打住，你不觉得这些花边新闻很无聊吗？"奎恩说。

"闭嘴，奎恩。"马尔向女婿发出了封口令。

"好吧，各位，把信封给我，现在我宣布，最终的获奖者是……国家交响乐团指挥奥尔多·德沃托。他在去华盛顿前是纽约交响乐团的指挥，我曾经为他的演出搞过策划和筹措经费。他是个有魅力的男人，却以安全为由把妻子和孩子都留在了西班牙。别这样看着我，虽然我们是很好的朋友，可从没乱来过。"

根据戈尔的描述，为了工作方便，克罗德传媒集团给她在水门大街租了套公寓，恰好成了奥尔多的邻居。他们常在一起聊天，作为朋友，他们把自己公寓的钥匙都留给了对方。

"你拿他的钥匙想干吗？"马尔问道。

"我住的公寓就像州际公路，除了公司的人来来往往外，政治人物都会挤破门。奥尔多通常回家很晚，我可以在他那儿躲个清静。各

---

[1] 卡鲁索，意大利已故男高音歌唱家。——译者注

位,去华盛顿出差可不是什么好事。"

每次一碰到出轨外遇之类的话题,丽塔表面上平静,心里总会感到不安。奎恩似乎有些不以为然,但马尔却琢磨起戈尔的每句话。

"联邦通信委员会听证会后,我有了自己的线人,甚至有了自己的网络,差不多三个月都没再去华盛顿。那天,我一到华盛顿就给奥尔多去电话,自动语音系统却说他去了费城。反正我有他公寓的钥匙,我就进去在他的沙发上躺了一会儿,然后走进盥洗室想擦把脸。在梳妆镜旁,我发现一个打开的化妆包。不知各位是否注意过帕奇曾经戴过的一枚日本斗鱼形状的宝石胸针?"

"没错……"马尔脱口答道。

"那枚胸针和她的唇膏、香水、记事本等就在那个化妆包里,而且还有张名片。"

"这可不是些随便什么人就能任意栽赃的东西。"马尔说道。

"特别是那枚胸针,至少值几十万美元。在奥尔多的卧室,我在他的衣柜中发现了几套约会穿的女装,都是她的尺寸。"

"她的保镖呢?"

"她是个独立的女人,常自己开车出去。"

"能不能不再扯这些克林顿式的丑闻?"奎恩终于忍不住了。

"我们清静了八年,公众还会对这种丑闻感兴趣吗?"丽塔说道。

"听着,女儿,总统染指他身边的任何阿猫阿狗都不是新闻,可这是第一夫人!国会要是知道了非闹翻了不可。"马尔说。

"通奸对男人来说只是犯错,可对女人来说就是犯罪。"戈尔叹了口气。

"都有谁知道这事?"马尔问道。

"暂时只有我们,他们显然并未察觉有人窥探了他们的隐情。据我判断,总统对此也还是一无所知。"

奎恩理解丽塔此时的感受,轻轻地把手放在她的肩头,用毋庸置疑的口吻说道:"够了,这件事到此为止,而且我们每个人都要发誓决不能在这件事上做任何文章。"

"您可真有教养,州长。"戈尔大叫起来,"你忘了他们是怎样利用网络、电视、媒体、报刊向你发难的吗?千万别对我说美国人民是有能力判断是非的。"

"奎恩,如果总统发现此事,一定会先捂住,等大选后再捅破,那时别人说什么他也不会在乎。这可是个千载难逢的机会,我们在辩论中点一下就够他受的。"马尔说。

"我说不行就是不行,把这种丑闻和武装峡谷惨案放在一起辩论,风马牛不相及嘛,不行,绝对不行。"

"你可真是个不开窍的家伙,呸!呸!呸!"戈尔气得不知道还能说些什么。

一时间四个人各执一词,互不相让,谁也说服不了谁。

"或许他是不开窍,或许你们直到今天才了解他,或许他成了世界上最后一个干净的政治人物,或许他是因为我才不愿伤害更多的人,或许他是甘愿自毁前程,但他却是个真正的海军陆战队军人。要么接受他,要么散伙。"丽塔叹了口气,给争执画上了句号。

我的天,她的话掷地有声,句句感人肺腑。

"我需要你们的承诺,谁也不许再提这事,否则就请他退出。"奎恩说。

"真是活见鬼了,"马尔咕哝着,"就照你说的,我发誓。"

"好吧,让这事烂在我们肚子里好了。"戈尔无奈地举起了手。

第四十二章

经过权衡，戈尔在最后时刻认定，她和马尔在芝加哥不能没有雷伊。作为一个成功的计算机专业的女强人，雷伊在父亲的丹佛竞选总部负责管理整个电子系统，她把收集到的信息和邮件筛选整理后，按轻重缓急报送给戈尔。

最近一次外出，由于雷伊不在身边，戈尔返回后发现等着她处理的邮件和文档已经堆积如山。

他们连夜打好行装，准备上路。为了不引起媒体的注意，在戈尔的要求下，达内尔派出的专机改降在了科罗拉多的温泉机场。

夜航专机在芝加哥中途港国际机场的私人飞机停机坪一降落，一辆等候多时的豪华轿车就把他们送往共和党的一个秘密集会地点——湖岸路上的施韦策大厦。

大厦中随处可见百年的红木家具和华贵的织锦，客房中摆放的是舒适的四柱大床，盥洗室里有诱人的浴缸、加热毛巾和各种图案的亚麻用品。什么叫"强盗贵族"，来这儿一看就一目了然。依靠祖上的阴德，施韦策家族的后人以富丽堂皇的生活方式成为芝加哥上流社会的常客。

一位名叫阿尔玛的前女中音歌手把他们迎进酒店后送入各自的套房，选举结束前，大厦的主人科特·施韦策很难离开华盛顿。

会谈时间定在上午十点，地点是施韦策先生的书房，达内尔将在黎明前抵达。

戈尔、马尔和雷伊抓紧时间睡了一觉，起床后饱餐了一顿有橙汁和咖啡提神的丹麦式大餐。

十点整。

达内尔从施韦策先生的老板椅中蹦了起来。

"戈尔！"

耶稣啊，这家伙看上去不错。蓬松卷曲的白发，奶油巧克力的肤色，配上一身惬意的休闲装，简直就像个模特。

"嘿，帅哥。"她边打招呼，边用手抚弄着他的头发，又给了他一个拥抱和轻吻，"这位是马尔多纳德教授，这位是雷伊·奥康内尔——州长的女儿。"

"很荣幸认识你，教授。"达内尔对马尔说道，"我还收藏着你的两件雕塑作品呢。"

"是吗？哪两件？"

"俄罗斯淑女。"

"是那两件，对，我记得。"马尔笑了。

"昨天晚上我找施韦策夫人谈过，像给你准备的那样也给我提供一条安全的电话线，你们会谈期间我得处理戈尔的来电。"雷伊对达内尔说。

这间特迪·罗斯福式的书房墙上除了一幅幅野外狩猎的照片，还挂满了野猪头、野牛头、狮子头的标本，一双双瞪圆的兽眼紧盯着屋内的几个猎物。

但愿不虚此行……

"我们都知道，选情越咬得紧，就越需要一场猫捉老鼠式的辩论。我想既然它无法避免，我们最好都能顺利过关。"达内尔开口道。

"据我们了解，你们已经准备向公众表明是奎恩在拒绝辩论。"戈尔说。

"我们的态度很明确，倒是你们一直在兜圈子。"马尔说。

"我提议就搞一场吧，多了也没用，这是我们对地点和规则的建议。"

"这是我们的建议。"戈尔说。

达内尔的提案排除了去大学校园辩论的可能性，理由是大学里自由主义思潮泛滥，不容易控制。他建议把辩论地点选在圣地亚哥、波特兰、圣安东尼奥、圣保罗、巴尔的摩，或者蒙哥马利。

辩论时间为九十分钟，由辩论双方轮流派出主持人。

每个主题三分钟，防守方有三分钟的申辩，最后十五分钟是公众提问。

雷伊从毗邻的房间走进来，把一叠记录放在了戈尔面前。她拿起笔，一阵勾勾画画后挑出两页。"达内尔，这是竞选基金的收入和支出报告，我们刚刚通过了联邦审计，你不会感到吃惊吧？"

"怎么看我们的提案？"

"简直开玩笑，"马尔以他特有的直率说，"蒙哥马利、圣保罗、波特兰，干吗不去亚马逊河上搞辩论？此外，时间是十月十一日，那不是和世界职业棒球大赛冲突了吗？老实讲，整个提案就没什么有价值的亮点。"

达内尔只好拿起戈尔交给他的提案。雷伊又走进来，递给戈尔一份文档后，将剩下的两页交给了马尔。

达内尔放下手中的提案问道："你们真的要这么做吗？"

"说心里话，你们的提案简直没有任何价值。"

"你们的倒有点意思。"

"我们就想让这场辩论体现出一百五十年前的那个场面。"

"可那是政客和骗子的舞台。"

"我认为机会对任何人都是平等的。"戈尔说。

达内尔的目光又落向了那份提案：三小时的辩论，中间休息二十分钟，地点只有一个——纽约州立图书馆塞莱斯·巴托斯论坛大厅。

这是场公开的辩论，候选人可以自由提问、争论、申辩。每次发言限时五分钟，如果没用完，节约的时间计入后面的议题；如果超时，则从总用时中扣除。

整个辩论由一人主持。

"它会不会变成一场闹剧？像街头吵架？"达内尔提出了疑问。

"当然不会，只有这样才能将真理交给群众。"马尔说。

"哼，谁知道真理在哪？"达内尔懒得再啰嗦，他知道这些人是不会让步了。或许他们相信他们能赢，走着瞧吧！他们确实比我们占尽了天时地利，可我们也可以把水搅浑呀。

雷伊又送来一份急件，戈尔看了看，沉默片刻后站了起来："对不起，我有点事去处理一下，可能需要几分钟，也许更长时间，你们俩先谈，我很快就回来。"

达内尔和马尔大眼瞪小眼地你看着我，我看着你。过了一会儿，达内尔暗自嘀咕起来："这两个家伙在搞什么鬼？"

为了对付共和党人惯用的栽赃诬陷，马尔成立了一个"真相小组"，已经收集了将近一半共和党人的宣传数据，目的就是要奎恩有备无患。毕竟总统的权力和他的宣传机器随时都能把他的对手压扁，何况他手中的金钱足以混淆是非、颠倒黑白。

"我想你还是没明白我们的意思。"马尔说。

"那是因为你们的要求太荒谬，我根本没法向总统解释。"

"你们还不是想把辩论当成走过场，然后再开动你们的宣传机器，把大选办成一场胜利大逃亡？我看我们也别饶圈子了，如果你们非想玩什么下三滥的把戏，我们只有奉陪。"

"我们之间没话好说，还是等戈尔回来吧。"

"坐稳了，你这小子，知不知道两年来总统夫人一直在与一个老白脸勾勾搭搭的？"

达内尔一惊，脑海中浮现出帕奇近来的言谈举止。如果眼前这个老头说的是真的，她一定会格外小心，怎么能让外人知道呢？关于那些与艺术家作家之间的风言风语都是些陈年老账，至少是嫁给桑顿之前的事情，可如果这老家伙没有证据，干吗要这样说呢？

"你说这个是什么意思？"达内尔不动声色地问道。

"我们不希望这次大选变成一场互揭隐私的口水战，我们只想要一场公开、公正、公平的辩论，我们要求你们的宣传注意形象。"

达内尔曾经花很多时间研究过奎恩，但那都是间接的，眼前这老头的肺腑之言使自己真如醍醐灌顶。这才是真正的奎恩，一个以谦逊和美誉征服了公众的政治人物。

"还有谁知道这事？"

"是戈尔发现的，然后告诉了州长、我、我女儿，也就是奎恩的妻子，再无别人。"

"媒体呢？"

"绝对没有。"

"你确信我们会封锁这消息，所以就想换取我们的某种承诺？"

"反正我不会泄露这消息，其他三人更不会。戈尔不会想到我居然把这消息透露给了你，因为奎恩不许我们用它做交易。是我自作主张了，但我也是想给你提个醒。"

"如果我尽我的能力驾驭我们的宣传机器，并且同意你们的辩论条件，你能告诉我那家伙是谁吗？"

"这是承诺？"马尔问道。

"当然，但奎恩将付出更大的代价，他或许会丢失总统宝座。"

"看来你还是不了解他。"

戈尔返回谈判桌，达内尔却又嘀咕起来。这两人是不是串通好了一个演红脸，一个演白脸，故意给马尔留出时间向自己摊牌呢？从戈尔的神情上又看不出她对教授的表演有什么反应。

在剩下的两小时里，"谈判"进行得异常"顺利"，达内尔甚至认为对手的提案简直就是桑顿的提案……两个政治人物，面对面，无话不谈，多好的一幅画面，是该感到庆幸呢还是该感到悲哀呢？

他当然也吹毛求疵地提了些自己的要求，午后谈判一结束，他们就各奔东西，经中途港国际机场返回各自的城市。

协议的生效意味着双方候选人对辩论所体现的公开与公正做出了肯定。

在舱门紧闭的驾驶舱里，领航员身边的雷伊正一刻不停地处理着来自各地的消息。

"还好吗,马尔?"戈尔关切地问道。

"太累。"

"我出去的时候你对他说了?"

"是的,我捅了他一刀。"马尔叹了口气。

"奎恩要有麻烦了。"

"我不会为难他,我可以辞职。"

"或许他没那么崇高,马尔,或许他早知道不是你就是我肯定要用帕奇的隐私来要挟达内尔,他很聪明。"戈尔拍拍老人的手。

雷伊送来了刚整理好的最新消息。

"外公,你还好吗?"雷伊问道。

"还好,宝贝。"

"真没想到是这样。"奎恩看完马尔的辞呈后说。

"不管怎么说,我搞定了一场辩论,你可别让我们瞎忙。"

"看来我只好接受你的辞职。"

"我明白,你只能这么做。"

"马尔,我们是一家人,一家人不说两家话。其实我对你的行为一点不感到奇怪,毕竟我们都是人。或许我不该让你去,但你毕竟是为了公平才违背承诺的。我希望和丽塔还能住在你这里,因为我们是一家人。"

"当然,奎恩。"

第四十三章

2008 年 10 月 15 日
第五大街纽约州立图书馆

今天,当大楼周围布满警察和路障时,这座储存人类历史和思想的宝库再次成为全国瞩目的焦点,男盗女娼的情侣们再也不能躲在那巨大的雄狮雕像下卿卿我我。

一辆又一辆贴有特别通行证的车辆停满了第四十二街、四十街和十五大道。

大楼后,通往美洲大道的方向上,有一座叫布赖恩特的街心公园,一年两场的时装展,总会把那里变成帐篷、模特、品牌服装和熙熙攘攘的人流世界。

公园下有个八层的地下博物馆,从古老的楔形文字到石器时代的箭头,从戈壁荒漠到纽芬兰的冰天雪地,人类在这个星球上最灿烂的文明正静候外星人的光顾。

由柯达胶卷赞助的塞莱斯·巴托斯论坛大厅被装点得焕然一新,闪闪发光的玻璃拱顶下临时摆放了四百张座椅。

蜂拥而至的媒体记者在由富士胶卷赞助的约翰·雅各布·阿斯特大厅里架好了各自的长枪短炮。

久未出山的传媒大佬卡特·卡彭特成为这场辩论的主持人。

这是场公开的辩论,主持人的身份是秩序的保证。

时钟指向晚间九点,人流在焦虑和期待中涌入辩论大厅,靠抽签才能买到的入场券很快就被炒到了五百美元一张。

"女士们先生们，请入座。"卡特威严地拿起了话筒，州长和总统迎着公众的掌声走上了各自的讲台。

看来达内尔是对的，当民调显示总统的领先优势从两位数下滑到百分之九时，他确实需要一场公开的辩论以扭转颓势。

作为一个以冷酷、严谨、有条理而著称的实业巨头，总统如今又多了几分亚伯拉罕·林肯式的悲情。自从武装峡谷惨案后，他常常挂在嘴边的"都是我的责任，因为这一切都发生在我的任内"不知为他赢得了多少同情和理解，又为他披上了多少人性的外衣。

今天晚上，他将第一次直面枪械管制的挑战，他做好了准备。

主持人卡特在对这场自由公开的辩论做了说明后，宣布辩论开始："根据投掷硬币的结果，现在由汤姆特里先生陈述他的观点。"

"在经历了一场前所未有的灾难后，我们将一如既往地迎着扑朔迷离的变局跨入新的世纪。"桑顿开门见山地说道，"武装峡谷的惨案再一次表明，在一场民族悲剧中，任何政治家和公民都不能置身事外……"

"那么谁才是总统的最佳人选呢？一个善于在牲畜屁股上打烙印的牛仔吗？他恐怕更应该参加一场竞技大赛。"

一丝冷笑滑过奎恩的嘴角，他早有心理准备，不管你的插科打诨是为了哗众取宠还是假装满不在乎，谁笑到最后，谁才笑得最好。

"美国人民不能再玩轮盘赌，更不能再把我的对手当成一位西部英雄、一个牛仔片中头顶烈日的警长，他最多也就是个头脑简单、四肢发达、崇尚暴力的粗人。

"尽管在与美国步枪协会的较量中他屡屡得手，但他罔顾人命，违背法律的做法应该受到质疑。

"我们需要一个杀气腾腾的总统吗？我们能把我们的国家交给一个随时准备叩动扳机的人吗？"

他抛出了个棘手的问题，而且只用了两分三十二秒。

"汤姆特里先生，你结余了二十八秒。"

奎恩从他坐的那把高椅上站起来，两手撑住讲台，在卡特的示意下，神情自若地开始了他的陈述。

"在过去一年里，为了医治我们的创伤，桑顿确实做了许多，但更多的却是在挽救他的声望。

"四年前，他入主白宫时，美国民间的枪支数量达到了三亿，几乎每个男人、女人、孩子人手一支。

"臭名昭著的民兵组织像成群的老鼠钻进了我们的山林、峡谷和城市，如今，崇拜阿道夫·希特勒和宣扬种族仇恨的白人雅利安基督教会号称他们已经拥有了二十万信徒。

"而从他出席就职典礼直到今天，桑顿·汤姆特里从未在枪械管制的问题上有过任何表态。

"他，像许多其他共和党民主党人一样，在美国步枪协会的摆布下，宁可装聋作哑。

"在十年越战中阵亡的美国军人是六万，而今天，每年都有三万美国人因枪支泛滥而丧命。

"与死于车祸、老年痴呆、白血病、肝硬化相比，越来越多的美国人死在了枪下。"

桑顿拍响了他讲台上的铃铛。

"确实是耸人听闻的数字，汤姆特里先生有什么要说的吗？"卡特问道。

"是的，谁还不会玩数字游戏啊。"桑顿答道。

"我知道你会。"奎恩说道，"这些数据就是从你的巴尔道系统中下载的，应该没问题吧？"

"都是些未经证实的原始资料，任何人都能拿去做他的论点依据，但私人拥有武器是美国建国以来的传统，为我们开发西部清除了障碍，谁要是对那些所谓的统计资料任意放大，它在不同人眼里就有了不同含义。或许你可以换个角度，那你一定会有新的看法。至于是否采取管制，那需要调查、听证、收集证据，绝不能操之过急，否则就侵犯了美国人民的基本权利。"

"打断一下，先生，说到调查，请问你所承诺的那个划时代的调查报告出来了没有？一年时间外加四千四百万美元的投入为什么至今都毫无结果？"

"法律要的是证据，去年二月，我在收到调查委员会的初步报告后，已向美国人民说明武装峡谷将不得不变成一座巨大的坟场。作为总统，我认为美国人民需要时间去医治他们心头的创伤，如果我们将一份数千页的报告摆在他们面前，只会更加刺激他们，我们的人民将重新坠入噩梦之中。

"从历史和传统上看，这种悲剧的发生率只有三十五亿分之一，无论将来枪械管制的结果如何，它将再也不可能发生。"

"两位在这个问题上都阐述了各自的观点，现在进入下个议题。"

"等等，主持人先生，"奎恩固执地说道，"我就是冲这个问题来的。日复一日，年复一年，我们平均每天有十四个孩子死于枪击，而在每年三万人死于枪下之外，还有超过十万人因枪击受伤，医院急救室都变得血迹斑斑，每起枪击死亡造成的损失达三十九万五千美元。我们可真是世界上最富裕的四十个国家之一，但我们不为此感到羞愧吗？仅我们一个国家发生的枪击死亡案件就占到了全世界的一半。"

桑顿突然感到一阵恐惧，奎恩已经将矛头指向了基督教的权力。

他知道奎恩还有更多炮弹在手，所以他才能在辩论中做到有理、有力、有节，而用不着诋毁对手。其实大道理谁都明白，可换了自己却未必能像奎恩那样侃侃而谈。他看了眼达内尔，那家伙就像尊泥塑。

一个念头闪过脑海，要不要实行战略反扑？什么时候实行好呢？

他开始将辩论引向巴尔道系统和自己的丰功伟绩，引向降低贸易赤字和增加财政盈余，引向新世纪的社会保障基金和全民医疗保险，引向全民就业和世界贸易，引向美利坚合众国的强大不可动摇。

奎恩瞬间失去了他的光环，尽管他在任州长期间，科罗拉多州成为美国经济的一个亮点。

甚至他引经据典的来源和资料统计都成了桑顿嘲弄的话题。

为了彻底打垮奎恩,桑顿把矛头指向了奎恩在密西西比州杰克逊市的那场有关人口控制和地球资源正在衰竭的演讲。

他很想先炮轰人口控制理论,但美国人在这个问题上的暧昧又打消了他的热情。

其实用人口控制理论去敲打奎恩的天主教信仰无疑是个不错的话题,可达内尔的表情似乎在警告他,千万别偷鸡不成蚀把米。

算了,就谈谈他在密西西比演讲的另一个话题吧。

"奥康内尔先生描绘了一幅人类因过度消耗正面临资源枯竭的前景,而在我的任期内,借助计算机技术的发展,我们美国在勘探、绘制各大洲大洋的海底结构和资源蕴藏的工作上走在了世界的前列。

"在与沿海各国签订的条约中,美国负责勘探和开发,而那些缔约国也将获得丰厚的回报。

"我们在海底找到了什么?找到了成千上万条海底隧道。地球内部的丰富宝藏正通过这些隧道源源不断地喷发出来,只要我们集中精力,继续深入开发这些海洋资源,人类未来的需求完全能够保障。悲观和绝望不属于我们,因为我们的计算机技术正在日益成熟,这个星球将一如既往地保持它的活力。"

"你愿意做出响应吗,奥康内尔先生?"卡特清了清嗓子问道。

"好的,先生。我不怀疑持续不断的海底开发和它的回报,但对这个星球的滥采不仅带来回报,还有毁灭。"

桑顿感受到他的犹豫,铃声又响了。

"那你又有什么高见?"

"我在伍兹霍勒的斯克利普研究院和长岛大学海洋学院做过短暂进修,相对我们对太空的认识,我们对脚下几英里深的地下知之甚少。太空开发充满挑战、趣味和浪漫,或许就在本世纪,我们将与外星生物有密切的接触。但是,不管通过什么样的计算公式,我们毕竟无法弥补这个星球日益减少的资源储备,因为上帝没有为我们开通一条宇宙运输通道。至于那些海底隧道,它们确实是上帝花了几千万年为我们留下的杰作。来自地壳内部的热能,通过海底隧道为我们送出了丰富的宝藏，可我们能把它当成取之不尽、用之不竭的来源吗？如果我们试图改变那些海底隧道，那我们就是捅了马蜂窝，我们将面临海底火山和海啸的威胁，甚至引发一场持续百年的厄尔尼诺现象。当海水升温，海平面上升后，全世界的海岸线将被淹没。

"正是由于陆地资源的枯竭，我们才不得不去搞水下开发，难道我们还要把对陆地的掠夺再转向海洋吗？"

奎恩深入剖析了水下开发的后果后说道："过度开发意味着毁灭，而海底开发将比陆地开发的成本大上百倍。"

桑顿受到了震撼，这家伙居然在自己的领域里表现出深厚的功底，看来在计算机方面自己也并无多少胜算。

自从摆平武装峡谷的惨案后，他一直以为自己是个奇才，毕竟公众对总统的表现又一次刮目相看。

原本经过深思熟虑的议题没有难倒奎恩，说老实话，桑顿自己对海洋的了解也是一知半解，他不过是想给对手出点难题罢了。

他看了眼定时器，对方还保留了十分钟，而自己已经超时。

好吧，既然我没亮出撒手锏，辩论就不算结束。但要等等，等到最后五分钟再让你知道我的厉害。正当他胡思乱想的时候，奎恩却一步步把他带进了他最不愿意碰的问答游戏中。

"卡彭特先生，"他不得不转向主持人求救，"我提议我们换个方式辩论。"

"汤姆特里先生，这是场自由公开的辩论，奥康内尔先生有权对任何问题表示兴趣。"

"这老东西真把自己当成这世上最有权势的人了。"他咬了咬牙。

"你对在枪支上安装儿童安全锁有何看法？"奎恩在步步紧逼。

"我看不错。"桑顿答道。

"如果实行枪支档案登记制度，你认为它会得到警方和司法界的一致认可吗？"

"那将很可能产生严重的官僚体制。"

"我们在科罗拉多推广了登记制度，一个四十人的机构还兼任枪支牌照发放的咨询和帮助。你认为是否该限制个人拥有枪支的数量呢？"

"像买汽油和巧克力糖一样，谁爱买多少是他自己的事。"

"你是说一个公民只要愿意，就像我们身边常见的怪像，哪怕他拥有五十条枪也无所谓吗？"

"限制枪支数量是个会不会侵犯公民自由选择的问题，当然，我不反对设置一个上限。"

"我有两套滑雪板、两只网球拍，但我和我的农场总管一共只有三支枪。我想问一句，先生，你知不知道在美国光是合法注册的军火商就有十万家？"

还要不要玩下去？桑顿对自己说道。再玩下去，他这个总统还怎么维护那些收受了美国步枪协会和军火商巨额好处的民主党人和共和党人的利益？妈的，他们将永远不会对枪支管制提案做任何让步。

话题转向了科罗拉多的枪支立法，根据奎恩的描述，法案条款反映的都是基本的公民诉求。

"汤姆特里先生，有一说一，你认为宪法中的《民权法第二修正案》是否到了该废除的时候？"

"我要提请主持人注意，对方的提问方式像是在起诉，不过我可以回答你的质疑，奥康内尔先生。宪法不是政治，就像摩西十诫不是儿戏，所以废除《宪法第二修正案》无疑是痴人说梦。即使是众多民主党人都认为，一旦废除，它将引起《人权法》的多米诺骨牌效应，什么信仰自由、新闻自由、言论自由都将受到威胁。"

"可它为什么引起如此大的争议呢？"奎恩问道，"我们最好重温一下这部法案：'一支可控的民兵武装，是一个自由国家必要的安全保障，人民拥有和携带武器的权利不容侵犯。'你能否告诉我，汤姆特里先生，为什么鼓吹这一法案的人从来不提法案的全文？为什么美国步枪协会年会那面巨大的条幅上只有'人民拥有和携带武器的权利不容侵犯'？为什么你们的宣传要断章取义？难道修正案的出台并非针对枪支，而仅仅是针对民兵组织的吗？"

桑顿看了眼时钟，对方的时间还剩两分钟，很快要中场休息了。

他要反击，亮出撒手锏，在中场休息前给那个家伙一记重拳，以便公众有时间去回味自己的爆料，从而挽回不利的局面。

"奥康内尔先生，知名的朗艾克研究所在它的周刊简报上有篇报道，我想听听你的看法。"

"我还没机会拜读它最近的文章，但我要向各位说明一下，这家研究所是华盛顿的一个智囊，与基督教联盟走得很近，是福维尔和罗伯逊的追随者。"

"文章题目是，"桑顿拿起了简报，"《厄尔巴坎突击行动的真相》。根据这份报告，那场发生在1977年的行动是一个谜。究竟出了什么事？在土耳其的北约军演中，一支有你在内的快速反应部队正在测试一架样机。不幸的是，你们在检测飞机功能时误入伊朗领空。当一架跟随你们的空中加油机为你们的飞机空中加油时，你们的飞机因燃油泄露而起火，导致五名军人被烧死，包括一名少将。由于军方正准备采购几百架同样的飞机，他们隐瞒了真相，杜撰出一个厄尔巴坎突击行动。既然那场行动是个骗局，有关你和其他英雄的传说当然就是个骗局。"

辩论大厅里响起了一片惊讶的质疑声。

"这些年，我听到各种有关厄尔巴坎行动的谣传，当我打算了解真相时，却发现所有的数据都被封存，而且禁止查阅。"他举起手中的那份简报说道，"今天，我终于明白是为什么了。"

耶稣啊，这狗东西真以为混淆视听就能在大选中蒙混过关吗？不能中计！在桑顿愈发得意的表演中，奎恩下意识地摸了摸下巴。

"汤姆特里先生，注意风度，不要喧哗。"卡特委婉地提醒道。

"为了那些英勇牺牲的战友，我对你只有鄙视。"

"可耻呀，我看你是理屈词穷了吧。"桑顿幸灾乐祸起来。

"厄尔巴坎行动的生还者共有十七人，多年来，我们一直保持密切交往，每年都有聚会。"奎恩说，"自从二十五年前我竞选州长，这个问题就一直被人盯住不放，所以我知道它早晚还是会浮出水面。今天,我的十五位战友来到纽约,就在你们中间,而前海军陆战队司令和参谋长联席会议主席正在起草一份共同声明,为的是澄清朗艾克研究所那个不负责任的谎言。厄尔巴坎行动之所以至今未公之于众,原因很简单,我们不能把一次成功的行动细节透露给我们的敌人,我们更不能不顾国家安危泄露我们的飞机技术和它的机电性能。事实上,厄尔巴坎行动的幸存者将在辩论之后,在迈戈洛会议大厅举办一场新闻发布会。"

辩论刚一休会,达内尔就在总统保安的簇拥下,把桑顿护送进隔壁的房间。总统一屁股坐下,像个被打懵的拳手,呆呆地看着地面,任由达内尔以一副经理人的架势护在身边。

"总统先生,根据牡蛎酒吧的最新民调……"

"休,出去!还有你,雅各布,出去!还有你、你、你……都给我出去!"达内尔的脸色非常难看。

"总统先生……"

"出去!"雅各布刚一开口,达内尔就愤怒地大叫起来。

"听达内尔的,都出去吧。"桑顿垂头丧气地说道。

特工主管拉皮斯把所有人都推出去后,屋里只剩下总统、达内尔和他自己。

"我把事情搞砸了。"桑顿抬起头,喃喃地吐了口气。

"一塌糊涂。"

"怎么回事,我哪出问题了?"

"你把辩论当成了战场,你想把对手赶尽杀绝。"达内尔粗声粗气地说道。

"要搞定奎恩还真不容易。"桑顿叹道。

"是啊,他有真相,要你命的真相。如果我们堂堂正正输了,你还能带着尊严出局,可你用一场自欺欺人的游戏毁了自己。什么该死的海底开发和厄尔巴坎行动,朗艾克的那篇狗屁文章是不是你出的主意?"

"是不是已经不重要了。"

"拉皮斯,总统的衣服湿透了,陪他去洗手间换件干净的。"达内尔朝站在门口的特工主管说道。

桑顿用冷水擦了擦脸,清醒了许多,但镜子里的他实在很难看。

当达内尔为总统整理领带的时候,从总统的眼里看到了一股无名火。

"还有五分钟!"走廊上响起了广播喇叭的提醒。

"我们现在就去。"桑顿说道。

"我知道你打什么主意,别做蠢事。"达内尔劝道。

"事关真相!"桑顿好像找回了尊严。

"可那都是丽塔·奥康内尔三十年前的旧账。"

"对,是旧账,她居然能在新婚之夜跑去和一个毒贩子约会。"

"千万别自讨没趣。"达内尔近乎哀求地说道。

"我是总统,谁他妈敢拦着我。"

达内尔一把揪住桑顿的脖领:"帕奇有外遇,两年了,奎恩什么都知道。"

桑顿几次没能挣脱达内尔的纠缠,只好无奈地眨了眨眼。

"男的还是女的?"

"男的。"

"谢天谢地,你认为他是在利用这事要挟我吗?"

"我只想警告你别拿他太太做文章。"

"明白。你早知道了?为什么瞒着我?"

"是在芝加哥时从戈尔·利特尔和马尔多纳德教授那儿知道的。"

"戈尔·利特尔!又是那条母狗!"桑顿骂道。

"你误会了,桑顿。是戈尔发现了帕奇的秘密,但奎恩逼她发了誓,不许泄密。我是听马尔多纳德教授说的,奎恩知道后,立刻炒了他的岳父。"

"这家伙怎么就那么高尚呢?"桑顿不解地叹道。

"还有一分钟!"走廊的广播喇叭又一次响了。

"我该怎么办，达内尔？"

"道歉！把责任推给朗艾克研究所，就说是他们误导了你。"

桑顿点了点头："达内尔，你不会离开我吧？"

"当然不会，桑顿。"

桑顿第一次真情地伸出双臂，紧紧地抱了抱达内尔，转身朝门外走去。

"桑顿。"

"嗯？"

"你想知道谁是帕奇的情人吗？"

"那有什么区别？第一夫人怎么能做这样的事？"

桑顿总算恢复了平静，他要好好权衡一下。这丑闻确实讨厌，哪个狗娘养的还会对她感兴趣？不过也没什么了不起，关键是它对选情究竟有多大影响？如果奎恩迫不得已拿它说事的话，我的人将以牙还牙，公众也将认为民主党人就会不择手段，而我正好能扮演"受伤的林肯"的悲情角色。

就算有达内尔的忠告，就算有达内尔的"不离不弃"，他在返回辩论大厅那短短的一分钟里又有了新的打算，毕竟厄尔巴坎行动的真相有待证实。

时代广场上那面巨大的新闻屏幕引起了越来越多人的关注。

千家万户传出了冲马桶和啤酒、可乐罐的噼啪声，中场休息刚一结束，电视机前就坐满了观众。

全美各地的商业中心和闹市区几乎空无一人。

这片汇聚了世界移民和文明的土地正静静地等待那神圣的一刻。

"桑顿，你还是公认的总统，奎恩不可能毫无顾忌，剩下的一小时将决定你的命运。"达内尔小声对桑顿说道。

桑顿朝主持人点点头，胸有成竹地开始了他的发言。

"卡彭特先生，针对中场休会前的辩论，我想做出说明。"

"可还不该你发言呀，先生。"卡彭特说道。

"我不介意把机会先让给汤姆特里先生。"奎恩显得很大度。

"一个政治人物最大的难堪是什么?是照镜子的时候发现自己的脸上长满了粉刺。我之所以引用朗艾克那份今天刚刊登的简报,就在于厄尔巴坎行动的真相对此次大选来说至关重要,而几十年来,朗艾克致力于挖掘真相的声望也是有目共睹。"

一席话说得奎恩的支持者们满脸惊讶,也说得他自己的支持者们目瞪口呆(只有帕奇除外),因为他们好像见到一个连孩子生日都忘了的患上健忘症的父亲。

"为什么要再次谈论这个问题?因为一旦朗艾克正式发表这篇报告,而它又被证实是错误的,我将因此而无地自容。但是,我的同胞们,厄尔巴坎的真相被封存了三十年,如果不是奥康内尔先生的人有意放风,作者又怎么能写出这篇报道?什么样的媒体有这么大的能量?恐怕要她本人才能给出答案。"

"奥康内尔先生?"

"我知道汤姆特里先生是在含沙射影我竞选班子的主管戈尔·利特尔-克罗德夫人,我同时也知道朗艾克智囊团在追随汤姆特里先生的二十年里,共收到你慷慨的捐助达三百万美元。"

"你看你看,现在说你,你怎么倒说起我来了……"

"汤姆特里先生,朗艾克不顾事实,却热衷于诽谤,我们知道有那么一两个人擅长此道,用不着等大选结束他们就会露馅。"

桑顿已经向对手发出了挑战,而对手并没打出帕奇这张牌。看来奎恩这小子聪明,他知道那样会引火烧身,会被公众当成一条嗜血成性的大白鲨。

但如果他放弃解释,他就是承认他在这个回合中落了下风,桑顿有些飘飘然了。

"用不了几天公众就会知道真相,现在进入下个议题。"卡特·卡彭特先生说。

很好,这正是桑顿想要的结果。悬念、谜团、不了了之,哪一样都对奎恩的英雄形象是个挑战。

辩论转入桑顿最拿手的图表和线段游戏，公众随着峰值和低谷的抛物线走进了外婆家。五彩的图形和弯曲的线条像是烤好的饼干蛋糕，然后被切成一个个百分比的份额。桑顿像个股东大会上的大佬，随心所欲地罗列着五花八门的数字，得出似是而非的结论……直到给他的股东端出一盘三合一的蛋炒饭。

"我怎么一点没看懂你的图表？"奎恩笑了。

"我知道，你当然不懂。"桑顿一阵兴奋，手忙脚乱地把那些做好没做好的图表一股脑挂在了讲台上，他终于找回了自信。

"先生们，辩论很快就要结束，二位最好用三到五分钟时间概括一下各自的观点。汤姆特里先生，请。"卡特·卡彭特说。

"即使有关厄尔巴坎行动的报道是捕风捉影，也是因为它在被尘封了三十年后，被奥康内尔的人用不光彩的手段误导了。如果这样的人也能进白宫，美国人民今后又将面对多少困惑和谜团呢？"

"漂亮！"桑顿很想为自己的表现喝彩，"够他瞧的！来吧，伙计。"

"尽管这样的辩论玷污了这座神圣的殿堂，却明白无误地表明了我们之间的差别。作为一个现代的美国人，我能在一秒钟内将这座图书馆中的所有数据发往世界各个角落。从本世纪开始，我们已经打造了一个崭新的电子世界，但像奎恩·帕特里克·奥康内尔那样的人却宁可在石头上刻字也不接受电子技术的革命。当然，互联网和有线频道难免会衍生贪婪、邪恶和无聊的垃圾。

"话说回来，人类什么时候摆脱过贪婪呢？每当一个新的发明创造问世，总会激起贪婪的欲望。

"对此，我有充分的认识，我更清楚我们两人中谁才能更好地适应这个复杂又充满科技挑战的世界。奎恩·帕特里克·奥康内尔的表现证明他只是个头脑简单的候选人，他将无法应对一个复杂的世界和人类对电子时代的需要。"

"我能说两句吗？"奎恩问道。

"请吧，奥康内尔先生。"卡特·卡彭特点了点头。

"桑顿·汤姆特里讲了半天，无非是些虚拟世界的股票奸商、网络诈骗、儿童色情表演和窥探公民隐私等下三滥的勾当，现实世界对此将有严格的法规加以约束。我想说的是，与那些叮住臭肉的苍蝇相比，桑顿·汤姆特里才是真正的大鳄。他的T3产业集团在全世界的商界、实业、流通以及金融网络拥有七百四十家贪得无厌的企业，在用实力吞并那些小鱼小虾的同时，每天都有数以十亿计的秘密资金流经他的账户。"

这不是夸夸其谈，而是经过奎恩的深思熟虑而打出的重磅炮弹。

"我们的父辈为了这个国家的今天付出了他们的一切，难道他们的奉献在今天的世界就变成了灭绝的恐龙和法老王的墓穴吗？"

他开启了一扇大门，架起一座与公众沟通的桥梁。

"我一生中的大部分时间是生活在一个农场，但我和我的父母曾经去过很多地方。每当我走进这座大楼，或者华盛顿的国会图书馆，我都感到无比兴奋，像是踏进了一座神圣的殿堂。我很早就发现，正是这些书刊，为我打开一扇扇窗口，使我了解了我们的过去，更认识到我们这一代将如何面对人类之间的相处与挑战。我曾经有过孤独，但当我读了《人与鼠》后，我意识到孤独的并非只有我一人，孤独是整个人类的悲哀。

"为此，我花了很多时间拜读了约翰·斯坦贝克的大作，他用他敞开的灵魂照亮了我的心。他像成百上千其他作家那样，用他自己的经历感受和笔下的文字，深刻地描述了人性的弱点，描述了一个男孩的成长，以及为了人类的尊严挺身而出。"

这家伙到底想说什么？桑顿百思不得其解。他明明是在这儿啰里啰唆地扯淡，可为什么听众都鸦雀无声？难道他们还真信他不成？

你该去时代广场看看，出租车静静地排在路边的车位上，两万五千人，不，还多，正一声不响地盯着那面巨大的屏幕，鸦雀无声。

"不久前，无数像这座大楼一样的建筑被夷为平地，只为满足我们对购物中心和摩天大楼的追求。难道前人的遗产只要保存在芯片中，轻点一下鼠标就能从计算机上查到它们的数据，我们就该如此肆无忌惮吗？

"我们为此失去了什么？失去了真实的人际交往，失去了作者与读者之间的互动，失去了对作者实实在在的渴望与厌恶的理解。正是这种相处与互动，才赋予了我们对欢乐与恐惧、对妒忌与关爱、对父母、对兄弟姐妹的切身感受。

"我真心赞美今天的电子时代，但千万不要再碰这座大厦。我相信，人类的自我拯救绝不是来自于IBM的打印报告，而是来自于西奈半岛的石刻文字。我们不能放弃我们在这座建筑中的灿烂文化，把我们的未来寄托在那些冰冷的机器上，因为一旦误入歧途，我们将失去人类的本性。"

第四十四章

　　大选辩论后，选情出现急剧的变化，桑顿似乎成了强弩之末，而奎恩却在政治观点之外，以他日益飙升的个人魅力赢得了一部分极右势力的青睐。奥康内尔的表现简直令人难以置信。

　　在洛杉矶一个墨西哥裔美籍社团的聚会上，奎恩语出惊人："我们无权干涉墨西哥的内政，但既然墨西哥是美国的好邻居，它的腐败就必须受到遏制，沿美墨边境开设的那些压榨墨西哥劳工的工厂必须关闭。"

　　当奎恩越来越多不同寻常的演讲成为公众话题时，很多人终于意识到有人说出了他们敢怒而不敢言的真相。

　　在一个轻松的夜晚，好莱坞剧场上演了一台由当地明星参与的两小时电视直播的爆料晚会。

　　舒本每晚都接到儿子的电话，她怕儿子担心，每次都强打精神说自己还好，但最近两天却连话都不愿多说，所以丽塔一接到儿媳的电话就感到事情不妙。

　　"这几天她常常昏睡，我们也不知道她还能坚持多久。"

　　马尔自从辞职后，和奎恩之间的关系一直很微妙，但深厚的友情和马尔的来电终于打破了翁婿之间的沉默。

　　"奎恩，我每天都去看你妈妈，她情况很糟，如果你能回来，你和丽塔还可以住我这儿，我在市里也为其他人都安排好了住宿。"

　　"你父亲的电话，我得回去一趟。"奎恩对丽塔说道。

　　"是舒本？"

　　"是的。"

"我们给你妈妈换了个安静的房间,在朝南的阳台边上,隔壁是邓肯和莉萨,然后是雷伊。农场房间不少,够住。"

"丽塔和我这就飞回乱世城,大概午夜之后或明天凌晨……马尔……喂……马尔……"

"什么都别说了,奎恩,我不后悔把总统夫人的绯闻捅给了达内尔,如果我不说,桑顿那小子肯定拿我的女儿、你的妻子开刀,只要能封住他的嘴,我什么都敢做,谁让你是我女婿呢。现在告诉我,我该把戈尔安排在哪儿?"

"戈尔,戈尔,她这会儿正在纽约陪她丈夫和处理公事,你那还有房间吗?"

马尔笑了:"有啊,是丽塔小时候存放毛绒玩具的房间,我马上让胡安带几个人把它清理出来,然后装好那些该死的电子设备和电脑,保证你们的通信畅通。"

"谢了,马尔。"

"你这个该死的强头,我怎么就那么喜欢你呢?"

丽塔正端着电话,取消了奎恩在西北航空公司的订票,然后安排新闻助理起草了一份因家事而回避一切应酬的简报。

她踢掉鞋,总算能躺在沙发上伸个懒腰。奎恩往沙发旁的矮凳上一坐,抬起她的双脚轻轻地揉了起来。

"还好吗,亲爱的?"她问道。

"六神无主。你知道,丹、舒本、肖恩神父都是我最亲的亲人,这一下我就像只断了线的风筝。"

"你很快就要实现一个美国梦,因为你找回了人民的信念,没人能再撼动你。"

"真的吗,丽塔,有那么崇高吗?其实我派戈尔和马尔去芝加哥与达内尔谈判的时候就知道,他们其中肯定会有一个用帕奇的绯闻去要挟达内尔。我警告过他们,辞退了马尔,但我对他的做法并不反感。"

"每次你向我袒露你内心的秘密,即使它再丑陋、再肮脏,我也会觉得你是我遇到的最完美的人。你从不在选民中粉饰自己,却总爱直言不讳,甚至不怕触犯他们,所以他们才理解你。你不求宪法的保护,而是勇敢地去捍卫它,无论是你的失误还是你的勇气都获得了他们的认可。"

奎恩在母亲床边设了一个小小的办公室,即使她在独自承受病痛的折磨,也能感受到他的存在。

邓肯和雷伊不断给他带来外界的消息。

"戈尔在哪儿?"奎恩问道。

"总部联系过她的航班,她很快会把电话打到你的手机上。"

他将写好的一些便条交给丽塔,目光从妈妈身上转向儿子,转向怀有身孕的儿媳,再看看女儿,然后是妻子。我的天,丽塔看起来还是那么性感!

话筒里传出很大的噪音,他知道这是从飞机上打来的。

"我是奎恩。"

"我是戈尔,舒本怎么样?"

"还好,她问到你了,戈尔。"

"听着,奎恩,我一落地就先去市里,然后中午过来,给我派辆车,出事了。"

"能透露点内容吗?"

"不行,要找个安全的地方谈谈。"

"我在马尔那边等你,他的画室里绝对安全。"

透过别墅的门廊,丽塔看见一辆摩托车护送一辆轿车爬上了崎岖的山路。

戈尔陪着个陌生人一进来,奎恩和那个人就看着对方愣了。

"你也来吧,马尔,这事与你有关。"戈尔关上了房门。马尔的画室里到处都是素描和小雕塑,其中一幅作品从大选开始就扔在那里了。

"这位是霍奥维茨先生。"戈尔说道。

"你好。"奎恩伸出了手。

"是奥康内尔州长?"那人问道。

"是的。"

"我是你哥哥,我叫本。"

第四十五章

1945 年
第二次世界大战结束时的苏—波边境

二十世纪中叶，苏联发起了对犹太小区的清洗。宗教、教育、剧院、出版受到压制，犹太人成了二等公民。

封锁边境给隔离区带来更大的灾难，到第二次世界大战结束时，苏联境内已经难觅犹太小区的踪迹。

零星的犹太复国主义团体始终没有放弃与外界的交往，但犹太复国主义是红衣主教的大敌，更是叛国罪。为了生存，犹太人在成为犹太复国主义者后基本都加入了密林中的游击队。

尤里·索科洛夫十几岁就逃离了华沙隔离区，在华沙以东的白俄罗斯找到一支犹太人游击队。战争结束时，他二十二岁，是一个指挥着四个连队的传奇人物。

他是一个幸存的犹太复国主义者，对隔离区清洗、惨无人道的集中营劳役和后来的大屠杀一点不陌生。他把寻找犹太幸存者、组织他们冒险穿越欧洲大陆、最后冲破英国人的封锁前往巴勒斯坦，当成了他此生最大的追求。

玛丽娜·盖勒第一次见到传奇人物尤里的时候，还不到二十岁。

她在明斯克的姑妈嫁给一个基督徒，并在皈依基督教后收养了她，因此，她成了战乱中的一个幸运儿。

玛丽娜自己也出身犹太复国主义家庭，战争一结束，她就开始四处打探她的亲生父母和兄弟姐妹。徒劳的寻找打破了她的幻想，她意识到她的家庭和成千上万被屠杀的犹太人一样成了大地上的一粒尘埃。

她加入了一个犹太复国主义小组，日以继夜地帮助那些犹太幸存者逃离苏联和波兰的死亡之谷。

她在波兰边境的比亚莱斯托克成立了一家庇护所，接收三三两两的犹太人，其中很多人都是战争中与德军作战的游击队员。

随着接收的人越来越多，庇护所里出现了孤儿，有些孩子虚弱得根本无法继续他们的苦难之旅。她从庇护所挤出一点空间，成立了一家孤儿院，结果令人意外地给移民转运提供了掩护。当她的孤儿院领到配给的食品药品后，孤儿的数量很快就达到了二十人。

在一场游击队式的婚礼上，尤里和玛丽娜结为夫妻，可新婚的激情还没释放，他们就匆匆返回了各自的岗位。

作为夫妻，他们曾在婚礼上发誓，如果尤里不幸落入苏联人之手，她将立刻起身前往巴勒斯坦，并在那里等候与他团聚。

由于一个反犹主义者的告密，尤里被捕了，并以犹太复国主义的罪名被押往莫斯科。他是个传奇人物，他的落网在苏联人眼里是件大事，他被当作反面教材，以警告犹太人不要和政府作对，更不要与国外的犹太人有任何来往。

尤里受到非人的刑讯逼供，但他拒绝屈服，结果被送往冰天雪地的白海，在一个叫古拉格群岛的劳改营服刑二十五年。从此，他好像人间蒸发了，再没有任何音讯。

当一个做非法移民生意的巴勒斯坦犹太商人沙勒姆·凯茨出现时，比亚莱斯托克的孤儿院也到了关门的时候，因为他要以一个大胆的方案帮助玛丽娜和她的两名助手，以及那二十个孩子离开波兰。

他们藏在一辆封闭的火车车厢中，车厢里坐的都是高级别的德国战俘，当火车抵达捷克边境时，他们被发现了，但他们还是闯进了捷克斯洛伐克。

根据苏联人的要求，那列火车必须返回波兰，英国人也要求难民必须进集中营，但捷克人民的儿子——总统扬·马萨里克拒绝了他们，为难民敞开了自己国家的通道。

在巴勒斯坦犹太人独立的凯歌和阿拉伯世界的炮声中，玛丽娜搭乘难民船抵达了巴勒斯坦。

她是英雄的妻子，她的所作所为也无愧于一个英雄的妻子，本－古瑞安和戈尔达·迈尔森都认为她最好的归宿是去美国，以便唤醒那个国家的犹太人的良知。

玛丽娜一到美国，就跑遍了那片辽阔的土地，将大屠杀真相传达给美国人民，祈求他们的帮助，帮助幸存的犹太人前往以色列。

自从她丈夫消失在北极的冰天雪地中，除了偶尔冒出的传言，再没其他任何消息。

1948年是她穿梭在美国社会底层的一年，在发霉的旅店之外，她所面对的是千篇一律的欢迎集会、人数不多但神情凝重的听众，吃的是大同小异的家庭便餐，搭乘的是颠簸在气流中的小飞机，以至于她开始对自己所做的一切感到绝望和迷茫。无论是旧金山、奥克兰、洛杉矶、凤凰城，在她看来都没什么区别。那时候喷气机尚未诞生，更没有大型机场，作为乘客，她只能一次次任凭那些无畏的飞行员在简陋的跑道上表演他们的玩命特技，未来的喷气式客机还只存在于人们的想象之中。

但不管到哪儿，她总随身携带一幅她丈夫的画像，每次演讲都挂在她的身后。她永不停歇的脚步甚至到过宾夕法尼亚州和俄勒冈州的小镇，只因为那里还有几户生活安逸却又愿意听她唠叨的犹太家庭。

一年过去了，玛丽娜做了四百场演讲，拥有了一支人数不多却行动起来的力量。她很累，可她的人生就是一场与命运的抗争。但她亲爱的尤里的命运呢？恐怕只有上帝才能知道。

以色列驻美国使馆的一个朋友劝她留在了美国，因为她需要休息，而一旦重新振作，她仍将成为美国犹太人社会的一股强大力量。但此时此刻，她只想一个人静静地抚平内心的伤痛。

在重新启用自己的闺名盖勒后，她隐居在纽约城内一个被称作社区的单人公寓中。随着领救济金的日子入不敷出,她凭借自己在俄文和俄国历史上的功底,赢得了纽约大学的一个教学岗位。

她一上任,就引起斯拉夫专业主任戴维·霍奥维茨教授的注意。

有了稳定收入和安居保障,她对纽约这座大都市的感受发生了变化。随着与戴维·霍奥维茨的交往越来越密切,她有了期盼……他的笑容和体贴、他的和蔼可亲和彬彬有礼无不深深地打动了她,很快,他们开始共进午餐。有什么不妥?不就是正常的人际交往嘛。

午餐变成了晚餐,小区周边的小剧场出现了玛丽娜的身影。在交往四个月后,当他们一起观看歌剧《梦想成真》时,玛丽娜发出了由衷的笑声。

戴维是个学者,父母双亡,没有兄弟姐妹,离婚,有一个孩子。

自从离婚后,三岁的儿子本就成了他周末唯一的牵挂。

与火爆的尤里相比,沉稳的戴维给玛丽娜留下了深刻的印象。

"我是怎么了?干吗要把他们两个相比?"她不断地提醒自己。在巡回演讲的时候,她也接触过一些男士,总能在理智的告诫下悬崖勒马,但戴维毕竟和他们不一样。"我有婚约,更有誓言,我发誓要返回以色列。"

可尤里消失了,他当年劳改营中的一个难友坚信他已经死了。

那天,他们独处一隅,戴维轻轻抱起她,她终于放开了心理底线。尤里是个斗士,戴维却是爱神,此时此刻,她更需要爱。

在整个小区,戴维的复式公寓像个小小的王国,这里有歌声、笑声、高谈阔论,无论老师还是学生都是这里的常客。

马里奥·加利克神父在纽约大学教拉丁语和希腊文化,他是个泼皮传教士,却自称是戴维最好的朋友。他每周两次出现在戴维的餐桌旁,虽然没人请他,但既然来了,就都是贵客。

神父成了布鲁克林的红衣主教瓦特的一块心病,主教需要神父争口气,协助自己管好教区,但当这位加利克神父利用神父的身份与一个风骚的女秘书闹得满城风雨后,主教大人不得不把他发配到曼哈顿教区，而那位风骚的秘书也回到了她丈夫身边。

在戴维的爱抚下，玛丽娜变了，变得不再是个为了自由而奋斗的战士。结婚、生子始终是个奢望，因此，每当戴维的儿子本和他们一起度周末时，她就会充满母爱地抱紧了孩子……

一晃多少年过去了？五年！五年来没有尤里的任何消息，去以色列与丈夫团聚的承诺已经变得毫无意义，难道就这样苦等下去吗？

她怀孕了，她和戴维决定把孩子生下来。

亚历山大出生于1950年，新生命的降临带来了无尽的喜悦和欢乐。无论是周末还是郊游，亚历山大同父异母的哥哥本都和他们在一起。在这个充满爱的四口之家，血缘的纽带把他们紧紧连在了一起。

"玛丽娜！"有个男人在叫她。

她转过身，是沙勒姆·凯茨。她笑着迎上去，心中却泛起一丝不安。他拉起她的手，朝华盛顿广场上的一把长椅指了指。

"几年不见，你还在做移民生意吗？"她问道。

"我已经调离摩萨德，现在是以色列驻联合国的外交官，在使团中有一个类似于二等秘书的头衔。"

玛丽娜笑了笑。沙勒姆当过警察，他一看就是个警察，做起事来更像个警察，以色列的秘密警察没一个是好惹的。

"怎么办？"她有点拿不定主意。就当他什么都不知道，告诉他自己现在的生活？他一定会带给我尤里的死讯，在为尤里的死痛哭流涕的同时，我或许也会感到新生的解脱。

"你来找我一定有什么事吧？"她问道。

"有自己的政府就是好，过去做不到的现在都能做到。我告诉你一件事，你一定要保密。"

她点点头。

"我们在耶路撒冷抓了个克格勃的关键人物，他在东正教教堂里假扮成一个牧师，苏联人想把他要回去，我负责这个谈判。我提交了一份被他们关押的犹太复国主义者的名单做交换，尤里·索科洛夫还活着。"

她一惊，本能地伸出手抓住了他："你知道这消息有多久了？"

"我要确认，所以一直没告诉你，我们要用这个克格勃间谍交换回尤里和另外两个我们的人。"

"他现在怎样？"她关切地问道。

"集中营没整死他，也没改变他的信仰，但非人的待遇毁了他的身体。现在的问题是，你应该去以色列迎接他的回归。"

"明天还是这个时间来这儿等我。"她话没说完就转身跑了。

哀伤的音乐，漫长的冬季，冰冷的人际关系，高高的围墙，裹着头巾哭泣的女人，大街上的酒鬼，地铁电梯上挤满了无精打采的男男女女……该死的俄式悲剧。

我的天，戴维，我做了些什么？我爱你，胜过爱任何人。是尤里让我们走到了一起，可现在他又要让我们分离。

尤里！我不是个好女人，我背叛了你。当我有了戴维的孩子，我甚至真的想听到你的死讯。如今，戴维、亚历山大、本都变成了梦。无论怎样，我得按誓言去以色列等尤里。他是个伟大的人，不能再背上丑闻，这里的一切将成为永远的秘密。

不管她和戴维有多痛苦，孩子的归宿才是她的心病，只有找好亚历山大的领养人，她才能放心地重返以色列。但怎么找呢？如果通过犹太人机构插手，自己的身份难免会被关注。

在红衣主教瓦特大人的关照下，加利克神父已经升任主教大人，但他依然还是戴维家的常客。

"我亲爱的，最最亲爱的朋友，这事交给我办吧，我一定能把它搞定。"神父对戴维说道。

玛丽娜把孩子交给了加利克神父，刚满一岁的孩子就这样藏进了天主教会的迷宫。

从那时起，死神好像盯上了与这事有关的所有人，用它神奇的手捂住了一张又一张嘴。

玛丽娜·索科洛夫与尤里重逢后，在加利利海边一个美丽的集体农庄开始了新的生活。

但尤里已经残废,他瞎了只眼,一条腿被截肢,酷刑给他留下严重的偏头痛。在照顾尤里期间,玛丽娜倾注了她的全部关爱,却仍然因为那个巨大的秘密日夜忍受着煎熬。她担心那个秘密会被泄露,她更对亚历山大和戴维怀有无尽的思念。

玛丽娜走了,走得很平静,据说她死于心肌梗死。尤里的心都碎了,他不能没有她。一年后,他也跟她走了。

小小的圣·凯瑟琳修道院里埋藏了许多秘密,其中一个就是为那些"无名"孤儿保密。那些孩子有些是教士的,有些是修女的,有些是教士和修女的,再有就是那些因种种原因离开亲生父母的孩子。

抚养孩子的修女对孩子的身世知道得越少,孩子就越安全,没有姓氏的"小亚历山大"变成了"小帕特里克"。在修道院的两年,"小帕特里克"成了人见人爱的小宝贝。

就在这时,为了给妹妹舒本·奥康内尔和她的丈夫丹领养个乖巧的孩子,肖恩神父找到了加利克主教大人。

戴维·霍奥维茨在失去自己的爱侣和亲生儿子后变得郁郁寡欢、自暴自弃,不久便因感染肺炎而离开人世。

太滑稽了,简直难以置信!奎恩听得头都大了,他不相信这是事实。

但随着本的讲述,他的心理起了变化,他越听越觉得这一切都似曾在梦中一次次见过。是那么回事!确实是那么回事!

"父亲去世时我十三岁,我们相依为命,但谁也不敢提玛丽娜和亚历山大。他悲痛欲绝,在内疚中走完了他的人生。他不知你在哪,和谁在一起,过得好不好,临死前那年他可怜极了。在我行成年礼后,他告诉了我一切,我才知道玛丽娜已经带着他们的秘密在以色列去世了。"

"真是个要命的成年礼。"戈尔忍不住叹道。

"父亲认为我长大了,应该负起一个男人的责任,可我除了知道我同父异母的弟弟叫亚历山大外,就只记得他咿咿呀呀学说话的样子。"

本舔舔嘴唇,喝了口水,科罗拉多干燥的高海拔气候让他感到口渴。他从旅行袋中拿出一个小相册。奎恩不再疑虑,甚至显得兴奋。

"这是我们的父亲。"

奎恩默默地看着照片,感到丽塔的手搭在了自己肩上。

本又深深地呼了口气,翻过一页说道:"这是你妈妈留下的唯一一张照片。"

奎恩从椅子上跳起来,双手捂住脸,发出了呜咽的泣声。本抓过杯子,又是一饮而尽。

"本,很抱歉,我太自私了,上帝知道你是怎么找到我的。"

"我相信早晚能找到你,因为它已经成了我生活的目标。我选择了警察这个行业,专门负责寻找失踪的人。在我成为探长后,我受聘于约翰·杰伊法学院的犯罪心理系。这么多年我一直在寻找……瞧,这是我的孩子们,两男两女,都不小了,这几个是我的孙子和孙女。"

"上帝啊,那我就是叔叔,奎恩叔叔,太有意思了。其实我也快当爷爷了,我女儿也有堂兄堂姐了,我儿子和女儿都是叔叔和婶婶了……"

"我本想过些时候来,但克罗德夫人认为晚来不如早来,所以我就来了。"

本又讲述了一下他寻找奎恩的历程,所有当事人都不在了,亚历山大的真相也蒙上了一层迷雾,但本依稀记得加利克主教大人的几次来访,然后一切就都平静了。

"父亲一死,我成了他唯一的血脉。律师当着我的面打开了保险柜,里面有价值的东西不多,只是些股票、珠宝、产权证和保单。我没想到的是,他早交给了加利克主教大人和他的接任者一个密封的信封,上面写着:2000年交给本·霍奥维茨或他的继承人。这是里面的东西。"

那是玛丽娜和戴维的一些合影,还有"小霍奥维茨"的一张出生证明。

"我想去修道院查你的去向，但每次一到大门外我就停下了脚步，那谜一样的深宫大院只有上帝才深谙其中的奥妙。"

"上帝的幽默总是与众不同。"马尔轻蔑地咧了咧嘴。

"我只好按出生证上的脚印去查档案记录。联邦调查局的数据库里有上亿指纹，但新生儿的脚印有可能改变，所以我从计算机上没能找到相应的匹配。我又加上出生日期作为比对条件，经过筛查，我发现你的情况和出生证上的描述非常相似。"

"是我的脚印吗？会有谁搞到我的脚印？"

"我不是说你的脚印，但出生证上有你的名字、出生时间和出生地点。我调出了前后五年天主教会的领养记录，其中一条引起了我的注意：'小帕特里克，父母不祥，领养人是科罗拉多州乱世城的丹和舒本·奥康内尔，领养时间为1953年2月17日。'然后就是小帕特里克变成了奎恩·帕特里克·奥康内尔州长。"

"但你怎么就确定你和奎恩是兄弟呢？"丽塔忍不住问道。

"奎恩经常义务献血，红十字会的血库里储存了大量奎恩捐献的血浆，我搞了一些与我的做了DNA对比。为了避免误会，我从父亲的遗体上取了足够的血样，结果证实了我们三人之间的血缘关系。"

"我看根本不用做DNA比对，看他们两个长得有多像。"丽塔摘下本的眼镜说道。

离奇的故事告一段落，他们又回到了马尔的工作室。

"感谢上帝，本在这个时候出现是我们的福气，如果公众在大选后知道真相，那将是一场全国的噩梦。"戈尔说道。

"我能发表点我的看法吗？"马尔坐不住了。

"当然，你有你的权利。"奎恩答道。

"那好，事已至此，我们必须向美国人民说明真相，但不管你如何应对，你都将踏进一片雷区。"

"那他也会有一说一。"丽塔激动地喊了起来。

"人民需要真相，只有真相才能取得他们的谅解。至于那些不愿接受真相的人，他们一定会大惊小怪地把这事与犹太复国主义的阴谋扯在一起。我可以随便找个记者，花点小钱就能爆出一条'一个左翼天主教神父为了犹太复国主义的阴谋隐藏了一个犹太孤儿'的特大新闻。千万别把这当成疯话，恨你的人什么事都能做得出来。"

在马尔看来，眼前这兄弟俩长得太像了，他摇了摇头说道："关键问题是，反犹仇犹的心理存在了两千年，这是历史留下的根深蒂固的种族主义偏见。从罗马人的屠城到为了一个新耶稣的诞生而诋毁犹太人，从伊斯兰教的兴起和十字军东征到莱茵河畔犹太人血流成河，从西班牙宗教大审判到马丁·路德基督新教的起源，从东欧的犹太小区清洗到希特勒的种族灭绝屠杀，哪一样不都令人难以置信？"

"人类就永远不能摆脱种族偏见的枷锁吗？"奎恩叹了口气。

"你、丽塔和孩子们不能卷入仇恨的风暴，退出吧，奎恩。"马尔说。

本从没听说过奎恩和丽塔在美国步枪协会年会上受到的威胁和恐吓，他是在戈尔的鼓励下才做了他认为应该做的事，但现在，他不禁对自己盲目的寻亲热情感到自责。

"其实犹太人是最爱国的一个少数民族，"本终于忍不住说道，"虽然我们只占美国人口的百分之二，但我们推动了工业文明，诞生出许多杰出的医生、作家和音乐人。我在教我的学生时常常提到，在诺贝尔奖的得主中，至少有七十人是犹太人。如果我们不能得到应有的尊重，就连上帝都会不高兴。"

"而且没有犯罪……没有阴谋。"奎恩打断了他。

"那要看谁说，谁听，有些人早就等在那儿摩拳擦掌了。"马尔说。

"可如果我退出了，还有谁会去碰那个《第二修正案》？"

"还记得克林顿的下场吗？狼狈不堪，身败名裂。"丽塔突然感到一阵恐惧，如果丈夫坚持，她知道那将意味着什么。她的变化无疑影响了奎恩，因为他最坚定的人生伴侣瞬间失去了自信。

戈尔呢？戈尔是什么态度？她是个聪明人，她应该知道如何应对这个乱局。

"你是老板，你说了算。"戈尔的回答很简单。

"好吧，我当年的上司邓肯将军说过：'既然要上战场，就不能怕流血。'戈尔，给我安排一个网络和有线电视频段，我将在一点钟从这儿向美国人民发表一个电视讲话。"说完又大笑着补充了一句，"当然是落基山时间一点整。"

"需要我就给我来电话。"马尔说着离开了画室。

丽塔显得有些无助，不管怎样，她必须和丈夫站在一起，但一想起可能发生的一切她就感到不寒而栗。戈尔似乎看透了她的顾虑，伸手把她拉了过来。

"我来告诉你什么是真相。"她大声说道，"真相就是，奎恩不会也永远不会逃避挑战，过去不会，将来也永远不会。"

"我知道。"泪水流下了她的面颊，"我知道他不会。"

"你要对选民说什么呢，奎恩？"戈尔问道。

"直言不讳，不隐瞒，不辩解，更不会自暴自弃，一切交给人民去决定。"

"耶稣啊，这才是奎恩。"戈尔叹了口气说道，"本，你跟我来，我们要把这个故事梳理一下才能交给媒体。"

"这是我侄子和侄女吗？是邓肯和雷伊？邓肯的妻子要生了吗？"本显得有些兴奋。

"奎恩会告诉他们，一小时后你就能见到他们，现在我们还有事要做。"她和丽塔冷冷地看了对方一眼。

新闻！特大新闻！特大新闻！

"这里是微软全国广播公司，我是丹佛台主持人卢·伦伯格，我们现在从民主党候选人奥康内尔州长的家乡科罗拉多州乱世城向各位报道。根据下午报纸的披露，围绕他的巡回竞选总部出现了各种谣传，但截至目前为止，他的竞选团队尚未做任何表态。事情的起因与今天早上从纽约飞来的一位不速之客有关,据初步判定,他叫本·霍奥维茨,是个探长,同时又是一位刑事犯罪学的教授。奥康内尔州长将于东部时间十一点、太平洋沿岸时间八点发表一个电视讲话。"

奎恩坐在镜头前,像被扒光了似的看着面前的这个世界。敞开的衣领,没有讲稿,没有旗帜,没有照片,没有林肯的半身像,也没有雷明顿的雕塑。

"同胞们,"奎恩说道,"今天,是我人生中一个大喜的日子。各位知道,我是个孤儿,从一岁到三岁我是在一家修道院度过的。我不记得抚养过我的修女,也说不出修道院的名字和地点。

"我三岁的时候,我的父母丹和舒本·奥康内尔收养了我,他们是科罗拉多州乱世城附近的一家农场主。

"与普通美国家庭相比,我的家庭和我并无特别之处。作为爱尔兰人的后裔,我们就像尤金·奥尼尔笔下的人物,常常发生摩擦和争执,但最终我们总能找回爱的和谐。如今,丹已经故去,舒本生命垂危,我为能成为他们的儿子感到无上的荣幸。

"每个孤儿对生命的想象都是双重的,谁也阻挡不了,因为对生身父母的渴望就是对自己的认知。我究竟是谁?从哪儿来?上帝会驱使你本能地去寻找,如果找不到自己的根,你就不是一个完整的人。

"今天,我见到了我哥哥本·霍奥维茨。是他,经过半个世纪的努力才终于找到了我。"

奎恩简要讲了讲戴维·霍奥维茨、玛丽娜·盖勒和尤里·索科洛夫的遭遇后接着说道:

"我们处在一个充满挑战的历史阶段,美国文明正面临道德的考验,要摆脱种族主义的束缚,我们还有很长的路要走。我相信,如果我以我亚历山大·霍奥维茨的犹太身份参选科罗拉多州州长,我一定能当选,我同时也相信亚历山大·霍奥维茨州长一定能获得民主党代表大会的提名，由此我更相信亚历山大·霍奥维茨同样能赢得本届总统大选。

"我还是我，昨天的我和今天的我没有区别，我将坚持我的价值观，履行我的职责，为废除《宪法第二修正案》勇于拼搏。

"我是在天主教环境里长大的，我不会离开天主教会，但既然我知道了我的犹太血缘，无论未来怎样，我将不会掩盖我对犹太传统的探索和好奇。

"从古至今，人类历史的演变充满了邪恶和血腥，但历史因此又上演了一幕幕迫于无奈的道德革命，所以我们才以崭新的思维打开了黑奴的枷锁。我相信，枪支管制的问题同样需要一场道德革命，而彻底荡涤反犹排犹的思潮更需要一场道德革命。

"我在这儿坦率地说出了真相，如果你们相信我，愿意与我一道为了美国的文明和美国的道德感而努力，我们将拥有美好的明天。

"我的话完了，上帝保佑你们，保佑美国。"

第四十六章

丽塔托着个冰桶和一瓶伏特加,外加两个酒杯,小心翼翼地走进客房,然后用脚关上了房门。

戈尔正靠在床头,专注地看着电视上几个评论家的胡说八道。泪水抹去了她脸上的化妆,床头柜上留下一个伏特加的空酒瓶子。

"我知道我这鬼样子很糟糕。"戈尔带着哭腔说道。

"机房需要接线生,为了招募志愿者,马尔在丹佛忙得脱不开身。"

"奎恩呢?"

"正和马尔一起安排今天的工作,记者会要到明天才开。"

丽塔放下托盘,给戈尔倒上一杯,又给自己倒了双份,转身从盥洗室拿出两条毛巾。她坐到床边,先用湿毛巾擦去戈尔的泪痕,然后把干毛巾轻轻捂在戈尔脸上,像是在哄幼儿园的一个孩子。

"邓肯和雷伊好吗?莉萨怎么样?"戈尔还是带着哭腔。

"奎恩发表讲话前我们看过他们,他们这会儿正和本在一起,他是个不错的大伯。"

"我最好收拾收拾离开这里,"戈尔咕哝着,"我想想,太晚了,我恐怕赶不到丹佛……还是明天一早吧,你和马尔不会嫌弃我吧?"

"其实我知道奎恩不会退出,但当时我真的很害怕。看来我得挺起腰板才行,否则还怎么过下去啊。"

"老实讲,我可以做些补救,不能让这事像野火一样烧起来。"戈尔说。

"别想那么多,戈尔,做个深呼吸,然后一醉方休。"

"好吧，就像一对无忧无虑的梅花鹿。"

"其实丹佛和民主党全国委员会的反应还不错。"

"是啊，"戈尔说，"我们一下子把三十个电视频道的名嘴都惊动了，据我在电玩游戏和喜剧中心频道的内线透露，他们一致认为'奎恩那小子还真是个不可多得的杂种'。"

"那是当然。"

"他太棒了，"戈尔又变得眼泪汪汪的，"我已经打电话给沃伦，叫他赶快开着他的游艇从佛罗里达滚回来，我要去巴黎，为我自己花上他妈的五百万美元。奎恩这小子……我们曾经那么亲近，现在又该说再见了……我是说，我永远不想再见到他了。"丽塔轻轻抹去戈尔脸上哗哗的泪水。

"我知道我这鬼样子很糟糕。"戈尔又伤心地说道。

"戈尔，我必须承认，你是个有胆识的女人，而且是个为了爱而勇于行动的才女，我知道你有多爱他。"

"我也爱你呀，不是每个女人都能放心地看着我去接近奎恩这样的人，当我越了解你，越敬重你，我也就死心了。"

她们敞开心扉，又畅饮了瓶酒，直到戈尔醉得飘飘欲仙，丽塔才像哄孩子一样一边拍着她，一边听着她的酒后"胡话"。

丽塔拿起枕头抖了抖，把戈尔扶到床上躺好后，温柔地抚摸着戈尔的额头哼起了一首墨西哥民谣。

"我爱你们，丽塔。"戈尔喃喃地说道。

轻轻的叩门声后，奎恩走了进来，丽塔伸出手指放在唇边朝他"嘘"了一声。

"发生了一些骚乱，伯明翰和芝加哥怕是要出事。"奎恩说。

"总统知道吗？"

"他当然知道。"

"记住，奎恩，你还有我。"

第四十七章

华盛顿

从戴维斯营起飞的海军陆战队直升机一号呼啸着朝华盛顿飞去，总统手忙脚乱地戴上耳机，打开了麦克风。

"太不可思议了，达内尔。我从不迷信，老天爷又没有网站和电脑，他怎么知道我在想什么？你认为选情会逆转吗？"

"七十二小时是个关键的时间点，你必须像个真正的政治家，拿出一个国家领导人的智慧。"

"达内尔，那个家伙给了我们机会。"

"别忘了，你钻过他的空子，千万不要再唯恐天下不乱。"

总统抓起白宫的直通电话："马莎，我是总统，立刻通知雅各布和休到我的办公室去，还有联邦调查局局长卢卡斯·德·弗雷斯特，我在办公室旁的书房等他们。"

"要不要叫上帕奇？"

"你知道她在哪儿吗？"桑顿问。

"除非是外出助选，否则她应该把自己锁在白宫官邸。"

"但愿如此，她要能和我多出来搞几场助选倒好了。"

说完，他又一次拿起了那部直通白宫的电话。

每次在夜幕下飞临华盛顿，达内尔都会对探照灯光中的圆顶的国会建筑和雄伟的纪念碑感到敬畏。前面就是白宫，街对面的拉菲亚公园里聚集了许多人，这么晚了，他们在干吗？

海军陆战队一号平稳地降落在白宫的草坪上,没有爱犬,也不见太太,桑顿迈开长腿越过草坪朝白宫的大门走去。

"他们来了!"

"总统先生……"

"总统先生……能不能发表……"

他在大门口转过身,举起了双手。"女士们,先生们,一旦我把情况了解清楚,我会尽快发表讲话。"

"奥康内尔州长和你通过话吗?"

"这件事对选情的结果……"

"总统先生,你事先有没有想到……"

桑顿消失了,达内尔看了看白宫大门外的车道,电视转播车和记者的小车正一窝蜂地朝这里涌来。

当休衣冠不整地捧着一堆最新的数据走进总统办公室时,雅各布已经在那儿等候多时了。

"马莎,那个该死的卢卡斯到底在哪儿?"

"他刚来过电话,十分钟后就到。"

桑顿点点头,示意她出去时把门关上,然后抬手指了指休。

"外面正流传着一些令人困惑和难以置信的谣传,现在谈民调还为时过早,倒是各有线电视台吸引了众多法学专家,你也知道,那不过是为了多些电视观众罢了。唯一确实的消息是,奥康内尔不会再去伯明翰了,那里的三K党在一座犹太人的百货商店前焚烧了一个十字架,亚特兰大的一座犹太教堂受到破坏,在瓦特、奥克兰、哈莱姆、底特律和东圣路易斯的市内也发生了骚乱。"

"都是黑人干的?"

"是的,先生,主要是由一些穆斯林阿訇煽动起来的。一旦大量新资料得到证实,我将尽快整理出明天各大报刊新闻评论的分析报告。"

"有没有已经登报的?"

"有倒是有。"休心事重重地拿出了一份《纽约时报》的特刊。

《奥康内尔州长是否还值得信任?》

无论是从奥康内尔对他身世的袒露还是从他大选中的表现,我们没发现他有任何蓄意隐瞒或欺骗公众的行为,因此,《纽约时报》将一如既往地支持他作为总统候选人。

"怎么会这样!"桑顿一掌拍在了桌上。

"总统先生,别太认真。"雅各布安慰道,"《纽约时报》本来就是犹太人的报纸,我们还是能期待会有越来越多他的支持者转向我们。"

"总统先生,卢卡斯局长到了。"内部对讲系统中传出了马莎的声音。

卢卡斯是联邦调查局有史以来第一位黑人局长,是桑顿为了政府形象而任命的。他从新奥尔良警察局发迹,后又调到费城,是个非常自负甚至常常罔顾民权的硬汉。联邦调查局一直想打入巴尔道这样的网络系统,因此他和桑顿在互联网上有过博弈。桑顿入主白宫的重要原因之一,就是要阻止他们的企图,以免他们妨碍网上的交易。

不管怎样,卢卡斯是个出色的警察。

"有什么新闻吗,卢卡斯?"桑顿一见他就迫不及待地问道。

卢卡斯不但像个警察,更像个重量级拳手。他长得五大三粗,坚如磐石。他看了看休问道:"我们两小时前刚介入此事,休,互联网上有什么消息?"

"白人雅利安基督教会和新纳粹网站表现活跃,但都是些幼稚的言论。"

"电视媒体呢?"

"七嘴八舌,越搅越乱,可没一家把奥康内尔当成个骗子……"

"好吧,如果骚乱只是那些怀有仇恨的团体引起的,我想局势还没失控,我们能收拾他们……都是些小泥鳅,掀不起大浪,闹闹也就散了。"

"可我担心市区的骚乱,"雅各布说,"在黑人贫民区,局势有可能演变成针对犹太人的哥萨克式暴行。'机会来了，弟兄们，该是找那些犹太佬房东出气的时候了。'等等，等等。"

"有道理，不能让骚乱在市区蔓延。"卢卡斯赞同地点了点头。

"你们都认为事态会恶化吗？"总统问道。

"总统先生，星星之火，可以燎原。"达内尔说。

休的手机响了，他躲进总统办公室的酒吧间。基督教右翼发出了鼓噪声，尽管除了极端仇视犹太人的社团，还没人公开指责奥康内尔是个骗子，但白人雅利安基督教会和三K党徒的诅咒正在发酵。

"我想我们该站出来表态了。"达内尔说。

"报纸还是电视？"

"我看就先发个书面声明吧。"桑顿做出了决定。

"那些媒体狗仔队还堵在大门外呢。"休嘟囔起来。

"表个态总能给事态降降温。"达内尔忧心忡忡地说。

"雅各布？"

"今晚遇上了真正的挑战，我看你最好以不变应万变。"雅各布抛出了他深思熟虑的看法，"我们先假设奥康内尔讲的是真相，你可以表态说他如果能在大选之前公布真相就不会引起社会动荡了。"

"你这不是在故意刁难吗？"达内尔打断了他。

"不是，当然不是。"雅各布解释道，"总统又没提犹太人，更没说他是个骗子……"

"可谁都明白'如果那条狗不停下吃屎，它本该逮住那只兔子'，对吗？"

桑顿闭上眼，口中念念有词地打起了他的算盘。

"总统先生，《华尔街日报》的评论——"休兴冲冲地闯了进来，"'当水中的沉渣泛起时，幸运女神又转向了总统。'"

一阵兴奋的喜悦过后，紧张和焦虑飞到了九霄云外。

"雅各布，马上起草一份声明：……我们姑且相信奥康内尔讲的都是真相，但如果他能在大选前把真相公之于众，就不会引起社会动荡。"

"不能乱来，删掉这句。"达内尔忍不住说道，"我们没必要指桑骂槐，谁都明白这是什么意思。总统先生，你该利用这个千载难逢的机会，发表具有政治家风度的精彩、有意义的声明。"

"那该怎么说？"

"你看这样好不好？"达内尔答道，"我重温了宪法，没有任何条款表明一个孤儿寻找生身父母的行为是违法的，而且这个问题应该与本次大选无关。"

雅各布和休面面相觑，不置可否，卢卡斯显然对政客的语言漠不关心，只有桑顿依然摆出一副不把政敌置之死地誓不甘休的架势。

"那就删掉这句，但必须保留'……姑且相信他说的是真相……还是应该在大选前公之于众……'就这样定了。"说完，总统转向他的联邦调查局长问道，"我们对当前的局势有什么应急方案吗？"

卢卡斯从他破旧的公文包里拿出一个硕大的档夹，往咖啡桌上一放，几乎趴在了上面。

文件的标题是：《紧急状态行动方案绝密！》

本方案仅针对反政府势力挑起的市民骚乱，学生运动除外。

"校园里不是常有学生闹事吗？"总统好奇地问道。

"是的，总统先生，但校园里从没发生过针对犹太人的骚乱，不过这次情况例外，我们还真不能大意。"

"那就把这个行动方案说给我听听。"

"第一阶段是在突发事件早期，第一时间内通报联邦调查局、烟酒与军火管理局、消防局，建立热点地区与华盛顿的通信专线。"

他一边翻看文件，一边画出了一些重点段落。

"这，还是第一阶段，迅速与我们在可疑组织中的'鼹鼠'、内线、情报人员取得联系。这很重要，它能确保我们掌握任何个人、组织、团体是否有特定的爆炸计划或暗杀目标的情况，以及恐怖组织的头儿和他们的藏身之地。"

"我们一共养了多少只'鼹鼠'？"总统问道。

"两百多，"卢卡斯回答，"但只有二三十个人渗入进了各个组织，其他人因种种原因或者已经暴露，或者准备放弃，或者为了将来而变成了一只真正的'鼹鼠'。"

桑顿朝卢卡斯挥了挥手。

"总统先生，如果能通过他们在第一阶段挫败三到四起恐怖行动，我们就能控制局面。"

"我提点意见，"总统打断了他，"不能仅凭可能就采取行动，那样的话，公众会认为我们滥用权力，甚至会认为我们崇尚暴力。"

"但我们的行动是保密的，不会有人知道。"

"算了吧，局长先生，只要你的命令一下，媒体在五分钟内就能知道得一清二楚。"休一脸的不屑。

"而且我们已经把鲁莽和暴力的帽子扣在了奥康内尔头上。"总统说道。

"但是先生，如果我们错过第一阶段的行动，我们就可能失去良机，这个行动方案的核心就是要在第一时间把对手打趴下。"

"接着说你的方案吧，局长先生。"

"第二阶段的方案是，调动所有城区警力和区县治安力量，包围和拘捕嫌疑人。一旦到了第三阶段，就只能动用国民警卫队去平息骚乱，维护地方治安了。"

"真是越听越像一部滑稽的警匪片了。"总统不以为然地说。

"怎么会呢？我们的确有很多重要人物和建筑需要保护，国民警卫队要控制街头骚乱和围捕极端分子，但我们一定能在明天中午前后就平息事态。"

"先听听你的方案还有些什么内容再说。"

"如果事态恶化，只好颁布宵禁，取缔非法组织，直至动用军队宣布戒严。"

"不好，洛杉矶犹太小区发生了炸弹袭击。"休爆出了一个坏消息。

"应该是个孤立事件，不能证明事态已经恶化。"雅各布说。

"我建议立刻启动第一阶段方案，否则我们将失去机会，一旦大火烧起来，我们就都成了玩火的人。"卢卡斯发出了警告。

"如果动用武力，那将给公众一个危险的信号，不等天亮全国都将陷入动荡。"总统说。

"但它已经威胁到公共安全，总统先生。"卢卡斯急了。

"休。"

"总统先生。"

"复制一份这套方案，你应该知道什么时候把它拿出来。还有要说的吗？局长。"

"这是等待您签署的行动命令，总统先生。"

"放这儿吧，非常感谢，先生们。"他朝每个人点了点头，"请杰斐逊先生再留一会儿。"

三人忧心忡忡地离开了总统办公室。休复印过那份行动方案后，给卢卡斯局长打了张收条。

"见鬼，巴尔的摩又烧了座犹太教堂。"卢卡斯忿忿的话音未落，休摆出一付无辜的样子摊开了两手："搞不懂，头儿到底在打什么牌？"

桑顿瞥了一眼脸色越来越难看的达内尔，把鞋一脱，不停地搓起了脚丫。"我想到目前为止我并没做错什么，达内尔，但你看起来却憋着一肚子话要说。"

"是啊，我突然明白了许多。"达内尔闷声闷气地说道。

"明白什么？"

"说了你也不懂。"

"我们没工夫打哑谜，明天又是要命的一天，我都不知道该怎么熬过这剩下的几天了。"

"好办，去发生骚乱的地方转转不就过去了。"

"那不是自找麻烦吗？不如我们在每天午间和晚间八点安排两个三十分钟的时段，一起做个时尚的购物广告怎么样？"

达内尔站起来，伸手去拉办公室的房门。"达内尔！不许走！说说你都明白了什么？"

"明白了我这辈子过得实在可怜。"

"坐下,沉住气,再喝点儿,事态随时会变化……"桑顿说。

"你不正盼着出现变化吗?"达内尔终于爆发了,"你希望有更多炸弹爆炸、亵渎陵园、焚烧犹太教堂的事件发生,然后上演又一个迫害犹太人的'水晶之夜',因为只有这一切成为现实,我们慈父般的总统才能挺身而出,救民众于水火之中。为了扮演救世主,你在有意扩大事态。"

"你想说我是动乱的黑手吗?"

"你明知道它会发生,兄弟,半小时前你就该制止事态恶化,但你嫌乱得不够,因为你要大街上出现更多的流血,而每多一个死伤者,奥康内尔就多一分压力,也就多一分退出的可能。"

"别那么恶毒嘛!"桑顿狡辩道。

"恶毒?你最好悬崖勒马。流血会给奥康内尔带来压力,但无疑将给你更大的压力。"

桑顿不想再和他纠缠下去。

"其实这账很好算,他的票还是他的票,而支持你连任的人也一定会把票投给你。"

从孩童时代起,桑顿从未见达内尔如此的咄咄逼人。

"看在上帝的份上,伙计,该出手了。"达内尔急出了一身大汗。

见桑顿仍不肯让步,达内尔绝望了。"没想到我这辈子跟了一个黑心烂肠的家伙!你一出生,我老爸就把你当成东方地平线上升起的一颗新星,当成了耶稣降生。他对我说:'桑顿这孩子前途无量,因为他有常人没有的天才和智慧。'我信了,我相信你不会做出危害美国的决定。"

"够了,达内尔。"

"我还没说完呢,我早该想到,你今晚的变态,在你还是波塔基特那个满脸粉刺、又瘦又高的篮球中锋时就埋下了祸根。你那时就不合群,如今更成了孤家寡人,但你偏要天马行空、独来独往,哪怕失去所有的朋友,你也要摆平这个世界。"

"我说够了!"

达内尔没理他,仍滔滔不绝地说道:"从网络安全的角度讲,你的巴尔道系统是个好东西,它是人类科技进步的结晶。可你为什么如此钟爱它?因为贪婪,因为金钱和权力带给你快感,更因为你用金钱代替了你对人与人关系的无知和束手无策。在你心中,金钱和贪婪成了你控制世界的理由和目的,你是电子时代的一个怪物,居然为了竞选连任,连人民的生死都可以不顾。"

"我早料到一旦遇上棘手问题,你一定会吓破胆,你根本不懂总统的分量。"桑顿说。

休好像幽灵一样出现在他们面前。

"底特律发生了穆斯林骚乱,那是个敏感的城市,密歇根州州长格雷森·麦肯尼正在调动国民警卫队。"

"见鬼!格雷森也算是共和党人,怎么不先给我打个招呼?"

"美国步枪协会正通过电视和网络进行动员,天亮前会有所动作,其他各地的骚乱都愈演愈烈。"

"科罗拉多呢?奥康内尔也在调动国民警卫队吗?"

"没有,丹佛好像平静得很。"

"有办法把那儿搞乱吗?"桑顿问道。

"太过分了吧!"达内尔叫了起来。

"闭嘴!坐下!"

局势越发难以控制,十几座城市的打砸抢烧,让市区变得火光冲天。

二十一世纪的"水晶之夜"拉开了序幕!

在桑顿的书房里,十几台电视监视器播出了眼花缭乱的画面:催泪瓦斯、挥舞的警棍、高压水龙……

"来吧,小子,"桑顿暗自思忖着,"不给你点厉害,就不能做个了断!"

本·霍奥维茨越想越后悔,都是自己引起了邪恶势力的躁动。

奎恩的镇静感染了他的团队，他们不再坐立不安，不再祈求上帝，不再担心局势会演变成对抗。面对五花八门的谣传，奎恩总能一如既往地做出理智的判断。

"内布拉斯加州出动了国民警卫队。"戈尔说。

"用不着学他们。迄今为止，有多少个州动用了国民警卫队？"

"九个，另有六个州处于戒备状态，二十八个州暂时还没动静……但如果总统继续保持沉默，局面又能撑多久呢？"

旧金山的菲尔曼·丰田汽车专卖店发生了汽车炸弹爆炸。

一名歹徒在百老汇大街入口处一家叫卢·辛格·德里的食品店持自动步枪滥射，已造成六死二十伤。

位于犹太人小区的杰克逊图书馆遭到哄抢，大量犹太书刊在纳粹军礼和军歌声中被焚之一炬。

爱达荷州凯特哈姆市一家银行发生了抢劫，十几名武装分子抢走了五十万美元，一人被打死。

……

随着夜幕的降临，谁也不知道明天又会怎样。那些对奥康内尔恨之入骨的人正在观望，观望政府的反应，准备掀起更大的风浪。

市长和州长们也在观望，他们小心翼翼地掂量着手中的权力，既要防止事态恶化，又要避免成千上万名市民与武装力量的对抗。

二十一世纪的"水晶之夜"吹响了它的前奏！

阿莫斯·约翰逊是个牧师，也是早期民权运动的风云人物，他曾两次竞选过美国总统，但都以百分之十八的选票在初选中落败。

尽管他的政治抱负在一个以白人为主的社会里屡受打压，他的不屈不挠和成功还是给人民带来了希望。他不但在黑人，而且在拉美裔的美国人中拥有广泛的基础。

当美国历史上的黑人和犹太人解放运动发生分裂时，一些非洲裔的黑人领袖将他们的犹太盟友指责为瞧不起黑人兄弟的伪君子。

反犹主义思潮就这样像章鱼的触角一般伸进了美国社会的各个角落，犹太人有钱、有势、有房产，他们是贫民区中压榨穷人的富翁。

在阿莫斯眼里，犹太人有钱，也资助过黑人，虽然他们的资助并非出于愧疚，更谈不上爱。

要愈合如此严重的创伤，单靠小小的邦迪创可贴根本无济于事。

在美国黑人穆斯林运动的煽动下，反犹主义的怒火越烧越旺，犹太人就是敌人！

但阿莫斯牧师在与很多犹太领袖和政治人物打过交道后，却发现黑人与犹太人原本是一根藤上的两颗苦瓜。

对那些承受了更多苦难，仍在为改变命运而挣扎的黑人来讲，犹太人取得的成功越大，就越容易激怒他们。多少年来，黑人是个"黑不帮黑谁帮黑[1]"的群体，不过阿莫斯牧师却一直对穆斯林世界的反犹宣传敬而远之，也从不利用他在黑人社会中的知名度，发表任何公开指责犹太人的言论。

当历史不再是白人的历史，政权也不再是白人的政权时，长久的压抑和歧视却孕育出一个畸形的黑白世界，黑人陪审团做出的判决同样深深地打上了种族偏见的烙印。

作为一个老牌的民权主义者，一个对煽风点火失去了兴趣的老人，阿莫斯在他的三个孩子（其中有两个女儿）当选议员后，又在他们的劝说下重出江湖，成为非洲裔美国人彻底摆脱悲惨命运的精神领袖。

骚乱发生后，孩子们跑回家，手拉手，祈祷上苍的说明。门前的院子里和街道上站满了人，足足有好几千，都是阿莫斯的忠实信徒。

包括黑人有线电视台和一家黑人报社在内的媒体都竖起了耳朵。

"现在听我说！"阿莫斯朝屋外的人群喊道。

"我们都在听！"

"这是个一次次让我们留下悲惨历史，一次次把我们逼上绝路的

---

[1] 美国国歌歌词。——译者注

国家,我们的心在痛!"

"心在痛!"

"我们在挣扎,在等待曙光的出现!"

"给我们希望吧,神父!"

"一点,一点,靠着这个富有社会的施舍,我们在缓缓地爬行,在等待曙光的出现!"

"哈利路亚!"

"今晚!"阿莫斯声嘶力竭地喊道。

"今晚!"

"我们将抛开偏见,以上帝的名义做个真正的美国人!我们——一个曾经饱受私刑、恶犬、警棍的摧残,在警察的仇视下战栗的群体,将对这个国家发出我们的呐喊:我们不会成为任何人手中的工具,更不会把我们的痛苦再转嫁给其他民族!"

"阿门!"

"我们不做魔鬼的附庸,无论我们与犹太人有过多少恩怨,我们将不计前嫌,因为上帝要我们去拯救我们的兄弟。

"一个被剥夺过公民权的民族,决不能被利用再去伤害其他民族。我们黑人的双手不能染上犹太人的鲜血,如果杀戮得不到制止,我们的兄弟姐妹将成为下一个目标。没有包容就没有美国,民族不分大小,必须一律平等。今晚,我们将抚平内心的伤口,做一个真正的美国人!"

说完,他转身离开大大小小的麦克风,投入妻子和孩子的怀抱。

"说得太好了,爸爸。"女儿的钦佩溢于言表。

"我们不能总是生活在仇恨的阴影里。"阿莫斯咕哝道。

在威斯康星的港口城市米尔沃基,光头党正蠢蠢欲动。街道上安静极了,没有一个警察,他们按捺不住了,发出骇人的叫嚣。

六十名身穿黑色皮衣、佩戴纳粹十字徽章的光头党徒,高唱当年法西斯黑衫党的军歌,扑向夜色中的伯利特犹太教堂。

"用犹太人的鲜血，磨亮我们的刀锋……"

新闻！号外！特大新闻！

"这里是哥伦比亚广播公司驻孟菲斯记者站，我是夏洛特·卡西迪，号称'南方巨鳄'的波特·韦斯利刚刚号召四个州的三K党徒在拂晓前齐聚孟菲斯，以举办一场盛大的示威游行。韦斯利先生，可以问你几个问题吗？"

"不行。"

"你认为天亮前能有多少三K党人抵达孟菲斯呢？"

"你说能有多少？"他咆哮着反问道。

"至少会有上千人。"

"你很聪明，但我得告诉你，哥伦比亚广播公司就是犹太人彻头彻尾的另一个喉舌。"

"据我所知，有些三K党人可能会携带武器……"

"这是个和平的游行，我们从不以暴力对付黑鬼和犹太佬，但谁要是想携枪自卫，我也管不了那么多。"

"按照警方的说法，三K党人是在体现力量，只要他们安分守己，就不会受到干预。但附近的几所大学透露，三K党人的集会无疑会与校园中的学生集会发生冲突。"

新闻！号外！特大新闻！

旧金山面对大大小小的镜头，在主持人介绍后，神学院院长、重大事件发言人、红衣主教穆勒一字一顿地谈起了他对局势的看法。

"教会的使命是不断发现和传播真相，包括纠正教会以往的过错，没有哪个教会能靠谎言生存。自从第二次世界大战后，梵蒂冈对大屠杀的负面影响动摇了我们的根基，在反思中我们发现，我们在西班牙大审判中的形象也极不光彩。

"半个世纪前，一个漆黑的夜晚，当德国的犹太人在绝望中拍打邻居的房门时，他们拍开的是奥斯威辛集中营的大门。

"在我们的城市乡村、大街小巷,一个新的'水晶之夜'又拉开了大幕,作为基督徒,我们不得不再次吞下这颗苦果。

"对我们来讲,大屠杀犹如一场噩梦,一场不仅是犹太人,而且是所有基督徒的噩梦,我们不能容忍它的重演,因为那将毁掉我们自己的信仰。"

"关上那鬼东西!"桑顿歇斯底里地叫道,"什么狗屁红衣主教,这个德国佬明明是想把他们的罪过转嫁到我们头上,别忘了,奥康内尔就是天主教徒,那个阿莫斯神父和他的三个孩子也都是民主党。"

就在桑顿焦头烂额地面对一份份选情报告时,达内尔像个初生的婴儿蜷缩在角落里,他要重新梳理他的人生。每次摊牌,桑顿最终都能回归理性,也正因为如此,他们之间才保持了四十年的交往,可为什么直到现在他才恍然大悟?

总统的任何妥协都是为了自己,他从没真正妥协过,他甚至不能接受一个体面的收场。

是的,他将不惜把国家当成他的赌注!

我的上帝!达内尔突然感到一阵心惊肉跳。每个时代都有自己的时代画面,例如海军陆战队在琉璜岛上的升旗、坐在田间小路上的越战孤儿、小约翰·肯尼迪对父亲灵柩的敬礼,这次又将是什么画面?

是熊熊烈火中的戴维之星?街头巷尾的血流成河?还是一个紧握毛绒玩具奄奄一息的婴儿?难道这就是"水晶之夜"?就像克林顿与莫妮卡·莱温斯基的拥抱,留下的永远是丑陋的瞬间。

"天一亮,极右翼势力很可能发起新的街头运动,一旦这些事件从一个城市蔓延到另一个城市……我看我们已经到了容忍的极限。"

坐立不安的雅各布显然没给总统带来他想听的消息,因为总统突然想起了副总统,想起副总统手下的右翼基督教联盟。总统到底在等什么?他要火烧到什么程度才肯出手?

休的手中抖动着一页报告慌慌张张地走了进来。

"嗯!嗯!"他清了清嗓子,这可不是什么好兆头,"一百家发行量最大的报纸,其中百分之九十二将在明天头版刊登他们的评论。对于骚乱的表态是,如果抗议行动不危害公共财产和人身安全……百分之二十的人理解,百分之八十一的人要求总统采取行动……相信奥康内尔州长的人占百分之七十八,认为是犹太人阴谋的为百分之三,建议推迟大选的人为百分之十二,反对的为百分之八……"

"都是扯淡!"桑顿破口骂道。

"有些评论还相当刺耳。"休说道。

桑顿怒火中烧,不由得将气撒到了雅各布身上。什么狗屁精英,除了坐在那儿发表他的普林斯顿高见,该真刀真枪的时候就傻了。

"副总统的电话,总统先生。"

"谢天谢地!"桑顿大喜,拿起电话问道,"你跑哪儿去了,马修?"

"在塔尔萨,总统先生。"

"有什么新情况?"

"我游说了联盟中最大的二十五个教会,情况不妙,总统先生,看来奥康内尔已经打入了我们的阵线。这里的女人本来就讨厌武器,如今,她们的男人又把奥康内尔当成英雄,还美其名曰选择的权利……"

"该死!"

"还不止这些,她们一直在服用见鬼的避孕药,或者干脆就去堕胎,丝毫不觉得有什么见不得人。你得有所行动,不能光隔岸观火,该把我们的人撒到街上去做点什么了。"

"我本想坚持到下午再正式表态,为了连任,我已经不惜越过红线了。"桑顿说道。

"千万别玩过了头。"副总统劝道。

"说说你的意见吧!"

"这可是一场愈演愈烈的全国性混乱,该出手了!"

桑顿"啪"地挂断电话,顺手抓起另一部话机:"给我接卢卡斯局长。"

时钟指向凌晨四点半，再有几个小时，一场黑暗中的不幸将变成阳光下的罪恶，一筹莫展、像个老奴似的达内尔·杰斐逊又进入了总统的视线。得给他打打气，赶快振作起来，我还离不开他。

"喂！"

"总统先生，我是卢卡斯。"

"你他妈在哪儿，卢卡斯？"

"联邦调查局，我的办公室，正清理我的物品准备滚蛋。"

"见鬼！我又没炒你的鱿鱼。"

"是我自己炒的，我的辞职报告放在你秘书的桌上了。"

"没门，我不接受。"桑顿一惊，心中泛起一丝不祥的预感，"我命令你立刻颁布紧急状态……我命令你必须留下。"

卢卡斯感到一阵热血沸腾，全身的关节，还有眼皮和脑袋都跟着心脏的跳动颤抖起来："你准备启动紧急状态行动方案了吗？"

"明天……我想想……明天上午十点怎么样？"

"总统先生，你真是头倔驴！"卢卡斯被噎得爆出了粗话。

"别挂……别挂电话……好吧，你说怎么办？"

"立刻启动方案，同步实施第一、第二阶段，同意还是不同意，长官？"

达内尔像个刚注射了吗啡的瘾君子，突然扑过来，一把从桑顿手里夺去了电话。

他们冷冷地看着对方，在一阵从未有过的怒目相视后，达内尔默默地把电话交给了桑顿。

"好吧，我同意。"桑顿挂上电话，眼神中露出一股怨恨，"再给我几小时，我一定能把他搞定。"

"当然，老板，但你得先学会什么时候停牌，什么时候亮牌。"达内尔说，"我想我也该赎回我的赌注了，桑顿。"

"你说什么？又在威胁我？算了吧，伙计，我们还有很多事要做才能给公众一个交代……达内尔，你在听吗？……达内尔，你真打算袖手旁观了吗？要不是你跟着我赚下了大把大把的钞票，你哪来的资本充当什么正义的化身！"桑顿叫了起来。

"现在说什么都晚了，伙计，我赚够了，也玩够了。顺便再给你出个主意，免费的。你干吗不反咬一口，把耽误实施紧急状态的责任推给卢卡斯呢？这样还能压压那个特务头子的嚣张。"

"你是认真的？那我们就试试？"桑顿兴奋地问道。

"耶稣啊，要不是我已经说得口干舌燥，真恨不得朝你脸上吐上一大口唾沫。"

二十一世纪的"水晶之夜"究竟应该是什么画面呢？

是美国人的仇恨？还是美国人的良知？

哦，你可看见，透过黎明的那缕曙光？[1]

---

[1] 美国国歌歌词。——译者注

第四十八章

"她很坚强,我从没见过像她这样的癌症患者。"医生说。

"再坚持五天,行吗?"奎恩的口气里充满了期待。

"她一定会与死神抗争到最后,但在疼痛和药物的作用下,她一会儿昏睡,一会儿清醒,而任何一次昏睡都可能再也醒不过来,我们尽力了。"

奎恩在床边坐下,轻轻握住了母亲的手。一月的阳光洒满房间,窗外的群山失去了往日的威严,当晚霞渐渐淡去,朦胧伴随夕阳落下了地平线。

母亲爱书,爱各种版本的《圣经》,更爱以爱尔兰文和英文编写的《圣经》。最近,当她在听孩子们阅读梭罗的草叶集时,总会在他们的阅读声中点点头,为的是让他们知道她听懂了,并感受到了孩子们的爱。

母亲的眼皮动了动,似乎在迷茫中看到了奎恩的身影。"儿子?"

"妈妈,能听到我说话吗?"

"听到。"

"我和丽塔明天就要走,已经晚了两天,但孩子们会陪着你,雷伊、邓肯和莉萨,还有他们按照爷爷的名字取名的小宝宝丹·王·奥康内尔都会在这儿陪着你。"

"他们应该和你在一起。"

"我有丽塔和马尔,还有我哥哥本。"

"多好的一家……"她眼皮眨了眨,突然用仅有的一点力气握紧了儿子的手。

"痛吗,妈妈?"

"真该让希特勒也尝尝这滋味。"

疼痛一过,她又断断续续地咕哝起来:"一个四世同堂的奥康内尔大家庭……一个真正的大家庭……丹还有了个中国的曾孙子……多好啊……"然后鼓起最后一口气问道,"你自己还好吗?"

"看在上帝的份上,国会已经不再是中世纪的宗教审判所,就连克林顿都能在饱受羞辱、被当着整个世界扒得一丝不挂后,和他的妻子怀着勇气和尊严又熬了过来。你很痛吗,妈妈?"

"真不行了我一定先告诉你。"

"我相信美国人民的良知。"奎恩说。

舒本露出了笑容,示意儿子从床头的书刊里取出一本念给她听。

奎恩意识到,母亲剩下的时间不多了,她要儿子陪她走完人生的最后旅程,在儿子的阅读声中静静地离开这个世界。

他拿起那本拉尔夫·沃尔多·埃默森的《世代》,打开夹着书签的那页,轻轻地背诵起来:"在这个多事之秋,人类若不能保持清醒和良知,生命不会长久,更不能从梦想中获得永生。"

舒本会意地点点头。

"然而,几百年来,这个世界却如此疯狂与混乱,只有……只有……"

"死亡。"母亲咕哝了一声。

"只有死亡和新生才能与它抗衡。"奎恩心头一激灵,我们的丹·王·奥康内尔不就是一个新的生命吗?"人类若非脱胎换骨,迎来又一个弥赛亚,将难以从没落中重新复苏。"

"妈妈,我感受到了美国人民的爱,因为他们知道,我是决不会向邪恶妥协的。"

舒本的回答很虚弱,虚弱到奎恩只好把耳朵贴在了母亲的脸上。

"我可以叫你一声吗?"

"当然,妈妈。"

"总统先生……"在喃喃的自语声中,她闭上了双眼。

一月是潮湿阴冷的季节，盛大的就职典礼被安排在这个时候，无疑是宪法制定者们的一个失误。

上千英里长的彩旗、彩带把华盛顿装点得像块堆满奶油巧克力的大蛋糕，各种各样以科技、历史、探索、艺术和小吃为主题的帐篷星罗棋布地占据了国家广场。

来自福音的祝福和摩门教的赞美，伴着吉他、摇滚、桑巴、乡村音乐的旋律回荡在教堂、礼堂、剧场、会所的上空。大街小巷传出风笛、管乐、迪克西兰爵士乐的演奏，墨西哥民间舞、爱尔兰踢踏舞、少年儿童合唱团，以及由男同性恋组成的一支合唱队，在夏威夷、印度、朝鲜的手鼓腰鼓舞的鼓点声中，把首都变成了节日的海洋。

国家交响乐团在肯尼迪中心的演出，奏响了崇高的爱国主义强音。这是一片上帝恩赐的沃土，它有广袤的平原、漫长的海岸线，有巍巍群山和人头攒动的现代城市。

迎着笑容满面的一座座雕像，熙熙攘攘的人流穿梭般出没于杜勒斯机场、里根机场、联合火车站的大堂和广场。

就职典礼的当晚将举办三十场不同风格的晚会，狂热的崇拜者们还能屏住呼吸，在总统和第一夫人亮相的那五分钟里，一睹心中偶像的风采。

总统就职大典的盛况，令昔日的君王都羡慕不已。

2009年1月19日

无论何时何地，只要允许，奎恩总能想睡就睡，想起就起。要没这点本事，还做什么政治人物。

他想起丽塔，伸手一摸，却摸了个空。这是哪儿？对了，是布莱尔套房。他起身往床头一靠，发现丽塔正坐在桌旁奋笔疾书。透过敞开的窗帘，他看见窗外飘起了雪花，他就这样默默地注视着丽塔，直到她放下手中的笔。

丽塔把写好的那张纸折成一个便签,注明"奎恩亲启"后,放进她为奎恩准备好的西装口袋。做完这一切,她又拉上窗帘,转身扑进奎恩的怀抱。他们相拥而卧,静候黎明的到来……此时此刻,任何言语都变得多余。

天亮了,雪也停了,树枝在微风中摇曳,抖去了枝上的雪花。

"太阳出来了。"丽塔看着窗外的草坪说道,"你确定早餐时不用我和你一起做祷告吗?"

"请你理解。"

"好吧,我就在这儿为舒本祈祷,你去为美国祝福吧。"说完,她钻进了化妆间。

丽塔委托著名的斯泰森衣帽公司给自己和奎恩定做了两顶帽子,看上去既不太牛仔,也不太张扬,有点像影星克拉克·盖博戴的那种船上的赌徒才戴的帽子,奎恩戴上真是再科罗拉多不过了。

早餐祈祷后,他要去会见国会领袖,然后再按照传统,与丽塔去和即将离任的总统夫妇一起喝杯茶。

帕奇尽可能大度地迎来风度翩翩的奎恩夫妇,她领着丽塔在白宫转了一圈,把自己打理白宫的体会传给了丽塔。这是个阴冷的季节,桑顿几乎很少离开书房。在缺少欢歌笑语,就连身边的女士都看着越来越不顺眼的时候,达内尔的出现给了他一丝苦涩的安慰。看来他们注定是要一起撞死在诺亚礁上了,至于为什么,恐怕他们那万能的巴尔道系统都搞不明白。

"我能玩转人类史上最伟大的发明,我以为我们总该一路高歌、所向披靡,可这到底是出了什么他妈的差错?"桑顿问道。

"我现在只想要一杯血红玛丽。"达内尔没有理他。

"要什么自己倒,别总站在一边像个看客。到底是怎么回事?"

"嗯,好酒,第一口好,第二口更好。"

"说呀!"桑顿似乎失去了耐性。

"你知道,人的行为是由性格驱动的,有时候我们自己也不知道我们在做什么。我们按照自己的性格总认为自己对，当我们与别人发生矛盾时，别人说我们错了我们都不明白，你就是这样当上了总统。遗憾的是，你在惯性的作用下越走越远。"

"可为什么我总会为此而感到兴奋呢？"

"是啊，你的性格为你赚到了两百五十亿美元，把你送上了总统的宝座，还差一点让你变成了君主。"

"我的性格决定了我的命运，有什么错吗？"桑顿握紧了拳头。

"可人民有人民的看法，桑顿。贪欲之心人皆有之，但如果靠内森国际吃热狗大赛来赞助林肯纪念堂的话，公众还是会感到耻辱的。"

桑顿听得一头雾水，他实在搞不懂达内尔在说什么。

"我们给孩子取名总会以父亲、母亲、亲人或某个英雄的名字做参考；我们送别逝者也总会选一块草坪，再献上鲜花以表思念；我们一想起家庭悲剧就伤心落泪；我们对长辈体贴入微，对敌人毫不手软。"

"那又怎样？"

"但我从没为一台报废的计算机而痛心疾首。"达内尔说，"像你我这样的计算机元老应该小心了，不要眼看着那些冰冷的机器一步步取代了人类的道德和良知。"

"这不就是生存竞争的法则吗？正是人类的本性才导致了战争，我们又能怎样呢，达内尔？"

"或许我们还能自诩是个特殊的群体，但和过去比真是大不如前，好在还没到不可救药的地步。"

"所以奥康内尔才利用了我们的辉煌为他的成功铺平道路，他可真是个狗娘养的。照你的看法，我已经失去了我的原动力，对吗？"桑顿气得脸色都变了。

"是的，桑顿。"

帕奇走了进来："奥康内尔夫妇到了，我们去大门迎接他们吧。"

"要我说，这喝茶的把戏简直就是扯淡。"桑顿骂道，"我们该聊什么呢？"

"聊丹佛的野马棒球队吧,奥康内尔可是个铁杆的野马球迷。"

"我——奎恩·帕特里克·奥康内尔在此庄严宣誓,我将忠实履行美国总统的职责,竭尽全力恪守、维护、捍卫美利坚合众国的宪法。"

天地之间,已知未知的万物之中,难道有什么是比一个人站在那临危受命更神圣的吗?

在他身边,数千人迎着寒风一动不动地见证了那个历史时刻。

"大约一年前,我来到你们中间,聆听你们的意愿,向你们阐述我对未来的希望。是你们提醒了我,为了美国的进步和文明,今天的美国必须加速前进,而它的动力源于每个公民的努力……"

当他回顾自己的承诺和义务时,他将这个世界上最慷慨、最具有良知的人民的权益当成了他最大的责任。

在这个寒冷的就职典礼上,他用简洁的演讲表达了他崇高的理想,对于任何想把他赶下台或颠覆这个国家的企图,他将毫不留情地给以迎头痛击。

"人类从诞生起,就形成强者对弱者、多数对少数的奴役。虚伪被美化成良知,人类几乎失去了它的本来面目。我们究竟该怎样评价自己呢?在一场场道德革命的推动下,我们要么重新认识自己,要么毁灭。

"解放奴隶和美国内战就是革命,而对犹太人的大屠杀发生后,我们又一次认识到,人类大家庭不能再发生类似的惨剧,但种族灭绝的丑闻却依然在现实生活中流传。

"上世纪初,自从电灯、X射线、汽车、飞机、胶片发明以后,人类社会的进步有了质的变化,但机关枪和新式武器的问世,却在索姆河畔的战场上一天就杀死了两万人。

"今天,我们走进了二十一世纪,在面对生存、尊严和保护这个星球的挑战时,我们拥有了更大的主动权。

"回顾刚刚过去的世纪,我们发现它是人民摆脱奴役、争取自由的世纪,是纳尔逊·曼德拉的世纪。

"然而,仇恨是魔鬼。在我们的生存方式发生巨大变化的今天,我们又要面对一场彻底消除种族主义的道德革命。在人与人、族群与族群、民族与民族之间,种族主义都是残留在我们心中和这个世界上的最危险的祸患。

"不管我们能否从根本上铲除这场祸患,只要我们能认清它,面对它,在它刚一蔓延的时候就制止它,我们就拥有了人类的良知。

"仅此而论,像我们这样一个拥有世界不同民族、种族、宗教、信仰又具备了基本道德水平的国家,不领导这场人类最伟大的革命,谁又能领导呢?"

奎恩结束演讲,在听众的注视下离开了会场。突然,从国家广场到观礼台,从林肯纪念堂到国会山,整个就职典礼的现场爆发出一个共同的声音:

"奎恩!奎恩!奎恩!奎恩!"

雪后的街道泥泞湿滑,多亏丽塔在总统专车里准备了两双雪地靴。他们步行在前往白宫的路上,迎接他们的是街道两侧挥手致意的人群和热情洋溢的问候。

一个大约十二岁的男孩引起了奎恩的注意,从他的衣着和敬畏的神情上判断,他来自一个普通的家庭。奎恩停下脚步,摘下自己的帽子,轻轻地扣在孩子头上。

他们登上白宫前的观礼台后,沿宾夕法尼亚大道走过来的海军陆战队军乐团,在他们的老兵"大炮"奎恩的面前,用小号和军鼓奏响了《向总统致敬》。

随后,游行队伍在美籍华人的舞龙表演和一个踩高跷的山姆大叔的带领下走过了观礼台;代表弗吉尼亚州的彩车上有几名矿工和几头骡子;缅因州的彩车像是一条捕龙虾的大船;新墨西哥州布勒穆尔地区的圣·约瑟夫山的高中铜管乐队用他们在田间拾麦穗换来的钱,才凑足了来首都参加庆典的路费;接着是自由女神的雕像;美国陆军的军乐;草原牧场的孩子;西部警察的精英;空中飞过的战机;地面上浩荡的民兵队伍……

在美国海军军乐团的引导下,装点成群山大川、瀑布河流、草原森林、大漠荒原的一辆辆彩车,满载美国人民的祝福经过了观礼台。

当最后一支游行队伍跟随美国空军军乐团的鼓点出现时,晚霞伴着夕阳落下了地平线。

夜幕下的华盛顿人头攒动,上万枚礼花照亮了首都的夜空,就职典礼的晚会即将拉开大幕。

此时此刻,一切都像是做梦,他眼中只剩下了光彩照人的丽塔。

"还等什么?"他习惯性地拍拍大腿和胸脯,结果发现了丽塔在凌晨藏进他上衣口袋的那张纸条,上面写着:

致我最爱的人

当一切成为现实,
我就在你的身边,
这是我心中的话语,
为你就职而唱的诗篇。
它深藏在你的心中,
只有我才是你的知音,
我相信那熟悉的耳廓,
一定能辨别出它的韵律。